비밀의 집

비밀의 집

S.C. 리차드 지음

최유솔 옮김

글

로드와 팀에게,
끝없는 사랑과 지지를 보내주고
항상 웃음을 주어 고맙습니다.
정말 사랑합니다.

"인간의 심장은 자신에게 가장 큰 상처를 준 것으로부터 멀리 떠나지 못한다.
고뇌로 되돌아가는 여정에서 벗어날 수 있는 사람은 아무도 없다."

— 릴리안 스미스

차례

1

받아들일 마음의 준비가 끝나기도 전에 직감적으로 알게 되는 것들이 있다. 결말이 그리 아름답지 않을 거라는 사실을 자연스레 알게 되는 것이다. 나는 아무 일도 일어나지 않은 척하고 싶었다. 하지만 아무리 외면하려 해도 내가 이미 알게 된 사실이 바뀌지는 않았다.

20분 전에 사촌 프레드가 우리 집에 불쑥 나타나 나를 흔들어 깨웠다.

"리지, 어서 일어나봐. 지금 당장 메러디스 집에 가봐야겠어. 무슨 일이 생긴 것 같아."

그것이 이 사건의 시작이었다.

내가 뭐라 반응을 하기도 전에 프레드는 계단을 성큼성큼 내려갔다.

"바로 앞에 차 세워뒀어."

프레드의 말이 끝나기가 무섭게 현관문이 쾅-하고 닫혔다.

나는 프레드가 운전하는 적갈색 재규어에 앉았다. 내가 사는 세인트폴의 아파트에서 출발한 자동차는 정체된 차량 사이를 이리저리 피하며 고속도로를 향해 달렸다. 나는 궁금증을 참지 못하고 물었다.

"대체 무슨 일인데?"

프레드가 구찌 선글라스 너머로 나를 힐끔 쳐다보더니 다시 도로로 시선을 돌렸다.

"어젯밤에 메러디스가 메시지 보내지 않았어?"

"모르겠는데."

가방을 뒤져 휴대전화를 꺼냈다. 메러디스에게서 걸려 온 부재중 전화 한 통이 찍혀 있었다. 휴대전화 잠금을 해제하고 스피커로 메시지를 확인했다.

"엘리, 전화 좀 해줘. 중요한 일이야."

메러디스는 나를 엘리라고 부르는 유일한 사람이었다. 한참 동안 말이 없다가 어렵게 말을 이었다.

"너한테 할 말이 있어. 내가 어떤 일을 겪게 됐는데… 너도 알아야 할 것 같아. 무슨 일이 일어나든 날 미워하진 말아줘. 부탁이야."

메러디스는 현실적인 사람이고 매우 규칙적인 삶을 살았다. 그런 까닭에 그 메시지는 나를 초조하게 만들었다. 그녀는 내가 아는 사람 중에 유일하게 안정적인 삶을 사는 사람이고, 나에게 문제가 생겼을 때 도움을 청할 수 있는 사람이기도 했다. 그런 그녀에게 어떤 일이 생겼다고 한다면 그건 정말 곤란한 상황에 처했다는 의미였다. 나는 그게 어떤 일인지 예상조차 되지 않았다.

전날 밤에 과음한 탓에 자동차 바퀴가 울퉁불퉁한 도로에 닿을 때마다 주기적으로 머리가 욱신거렸다.

"이해가 안 돼. 대체 무슨 일이야?"

"나도 모르겠어. 나도 같은 메시지를 받았어. 아마 너랑 통화가 안 돼서 나한테 전화를 한 것 같아."

프레드의 휴대전화는 블루투스로 연결되어 있었다. 그는 음성 명령으로 메시지를 재생시켰다. 울었던 건지 메러디스의 목소리가 잔뜩 위축되어 있었다.

"프레드, 네가 필요해. 전화해줘. 엘리는 통화가 안 돼. 너희들이 필요해. 나는… 나는 너희들이 필요해."

또다시 긴 침묵이 이어졌다. 어떤 말을 꺼내려다가 다시 입을 닫았다.

"이만 가봐야겠어."

통화 종료 버튼을 누르기 위해 귀에 대고 있던 전화기를 얼굴에서 떼려는 순간 녹음된 메러디스의 목소리가 들렸다.

"여기서 뭘……"

너무 작아서 거의 놓칠 뻔했다.

"다시 전화 걸어봤어?"

"오늘 아침에야 메시지를 확인했어. 열 번쯤 한 것 같은데 전화를 안 받더라고. 너도 마찬가지고."

"메러디스가 마지막에 뭐라고 한 거야?"

프레드가 음성 메시지를 다시 재생시켰다. 이번에는 선명했다. 누군가 그녀와 함께 있었다. 하지만 누구지? 가슴이 조여오는 것 같았다. 소리 없는 공포심에 가슴에 철렁하고 내려앉는 기분이었다. 때로는 이렇게 직감적으로 알게 된다.

분명 평소보다 훨씬 빨리 도착했는데도, 메러디스의 집까지의 거리가 평소보다 두 배는 더 길게 느껴졌다. 미네소타주 레이크 엘모 동쪽에 위치한 메러디스의 집은 우리집과 차로 30분 거리였다. 이번에는 통화가 연결되기를 바라면서 휴대전화에 저장된 메러디스의 번호를 눌렀다. 전화를 받지 않았다. 다시 전화를 걸었다. 다시, 그리고 또다시. 마침내 프레드가 내 손을 잡으며 나를 막았다.

"그런다고 바뀌는 건 아무것도 없어."

"경찰에 신고해야 할까?"

"나도 모르겠어."

그가 고개를 까딱이며 '맥칼리스터'라는 이름이 새겨진 우편함을 가리켰다.

"여기까지 왔으니 일단 우리가 먼저 확인해보자. 혹시……."

그가 목을 가다듬었다.

"집에 있는지."

자갈이 깔린 도로가 주 고속도로부터 메러디스의 집까지 연결되어 있었다. 프레드는 잡초가 무성한 길 사이를 지나 침실이 세 개인 일 층짜리 벽돌집 앞에 차를 세웠다. 메러디스가 타고 다니는 스웨덴산 자동차 사브가 간이 차고 아래에 안전하게 주차되어 있었다. 프레드의 재규어가 그 뒤에 엉성하게 멈춰 섰다. 프레드가 먼저 현관으로 가 손잡이를 돌려보고 문을 쾅쾅 두드렸다. 하지만 문은 열리지 않았다. 그가 녹색 페인트칠이 된 나무문을 주먹으로 두드리며 메러디스의 이름을 부르는 동안, 나는 더듬거리며 열쇠고리에서 집 열쇠를 찾았다. 프레드에게 열쇠를 건네자 그가 자물쇠에 열쇠를 꽂아 넣었다.

낯선 적막이 스멀스멀 다가와 온몸을 오싹하게 했다. 프레드가 손을 뻗어 팔을 잡았다. 나는 그의 팔을 뿌리치고 긴 복도를 따라 잰걸음으로 집 안으로 들어가며 메러디스의 이름을 큰 소리로 불렀다.

메러디스는 얼굴이 바닥을 향한 채 거실에 쓰러져 있었고, 오른손 근처에 휴대전화가 떨어져 있었다. 카펫 위에는 크랜베리 빛 얼룩이 메러디스 주위로 번져있었다.

때로는…… 직감적으로 알게 된다.

내 뒤에 바짝 붙어 따라오던 프레드가 깜짝 놀라 소리를 질렀다.

"세상에, 이런!"

내가 메러디스 옆으로 다가가 무릎을 꿇자 프레드가 나를 억지로 일으켜 세웠다.

"하지 마."

"이거 놔! 메러디스가 괜찮은지 확인해야 해. 메러디스를 도와줘야 한다고."

"리지, 그러지 마. 네가 할 수 있는 건 없어."

나는 프레드를 바라보았다. 그렇게 우리는 아무 말 없이 서로를 빤히 바라보았다. 몇 초가 흘렀을까. 아니, 그럴 리가 없다. 분명 프레드가 잘못 생각하는 것이다.

메러디스 위로 몸을 숙여 그녀의 얼굴 옆으로 입술을 갖다 댔다.

"괜찮을 거야, 메러디스. 제발, 괜찮을 거야."

하지만 그녀의 피부는 얼음장처럼 차가웠다. 축축하고 끈적거리는 액체가 팔에 찐득하게 달라붙었다. 프레드는 내 어깨를 두어 번 토닥이고는 방에서 사라졌다. 멀리 떨어진 곳에서 그가 방안을 서성였고, 누군가에게 전화를 걸어서 길을 알려주는 소리가 들렸다. 난 물에 빠진 것 같은 기분이었다. 숨을 쉴 수가 없었다.

프레드가 돌아와 내 어깨를 꽉 움켜쥐고는 나를 일으켜 세웠다. 이건 꿈, 아니 악몽이었다. 누군가 나를 구해주러 와야만 한다. 그가 나를 구해줄 것이다. 그가 메러디스를 구해줄 것이다. 모든 것이 괜찮아질 것이다.

"밖으로 나가야 해."

프레드가 말했다.

좋아. 밖으로 나가면 꿈에서 깰 것이다.

프레드가 내 손을 억지로 잡아끌었다. 프레드와 눈이 마주치는 순간, 이것이 꿈이 아니란 것을 깨달았다. 그는 애써 눈물을 참는 중이었고 얼굴은 새하얗게 질려 있었다.

"아니, 나는 메러디스 옆에 있어야 해……"

"리지, 그러지 않아도 힘든데 더 곤란하게 만들지 말아줘. 넌 나와 함께 가야 해."

그가 내 팔을 잡고 테라스 쪽으로 난 유리문으로 나를 억지로 끌고 나갔다. 밖으로 나간 우리는 길 위에서 경찰과 구급차가 도착하기를, 그리고 정신없이 돌아가는 세상이 그만 멈추기를 기다렸다.

프레드가 테라스와 뒷마당을 분리하기 위해 세워진 낮은 돌담으로 걸어갔다. 자리에 풀썩 주저앉아 두 손에 얼굴을 묻고 흐느끼기 시작했다. 어깨가 들썩거렸다. 그렇지만 나는 차마 그럴 수 없었다. 가까스로 억누른 감정을 표출하기 시작하면 내 안의 모든 것이 휘청거릴 것 같았다. 나는 자갈이 깔린 도로를 서성거리며 숨을 쉬려고 노력했다. 그리고 기다렸다.

메러디스의 집과 마주한 나무숲 끝에서 방향을 바꾸어 되돌아오려고 하던 때였다. 몸을 돌리는 찰나 누군가 숲속으로 재빨리 달아났다.

"프레드!"

프레드가 고개를 들었다.

"왜?"

"저기 있던 사람 봤어?"

숲을 향해 고개를 돌렸지만, 그 사람은 이미 사라진 후였다.

"아니."

내가 혹시 헛것을 본 걸까?

그때 앞마당에서 사이렌이 울렸다. 차 문이 닫히고 누군가 큰 소리로 지시사항을 전했다. 프레드가 자리에서 일어나 손등으로 눈물을 훔쳤다.

"안 갈 거야?"

내가 고개를 젓자 그가 집 주위를 빙 돌아서 안으로 들어갔다.

유리문 너머로 웅얼거리는 소리가 들려왔다. 나는 다시 방향을 바꾸어 호수를 향해 걸어가면서 마지막으로 이곳에 온 게 언제였는지 생각했다. 메모리얼 데이 주말. 호숫가에서 모두 함께 바비큐를 먹었다. 평범한 미국인들이 기념일에 그러하듯 온 가족이 모였다. 하지만 우리 중 평범한 미국인 가족은 없었다. 각자 맡은 역할을 충실히 수행하기 위해 무던히 노력했지만, 자기가 어떤 역할을 수행하고 있는지 제대로 아는 사람은 아무도 없었다.

우리는 맥칼리스터 가족이다. 유서 깊은 가문으로 조상 대대로 내려오는 재산도 있었다. 비록 몇 세대가 걸리긴 했지만, 우리는 겉으로 보기에 그럭저럭 평범한 가족의 모습을 만들어냈다. 프레드, 메러디스, 그리고 나는 이 망가진 집안에 남은 마지막 핏줄이었다.

메러디스가 세상을 떠난 지금, 그녀 없이 내가 무엇을 할 수 있을지 알 수 없었다. 최근에 그녀를 자주 만났던 건 아니었다. 마지막으로 이곳에 온 후 두 달 반이 지났다. 지난 두 달 반 동안 나는 메러디스를 피했다.

메모리얼 데이 주말에는 무언가 일이 단단히 틀어졌다는 사실이 분명히 느껴졌다. 그녀와 관련된 무엇인가가 심각하게 어긋나버렸다. 그게 무엇인지 감도 잡을 수 없었지만 무언가 잘못되었다는 사실만으로도 두려움에 떨기에 충분했다. 곤란한 상황에 빠진 메러디스의 모습을 보는 것만으로도 공포심이 밀려왔지만, 그 일에 연루된다는 생각은 나를 더 불안하게 만들었다. 일이 틀어졌다는 사실을 내가 알게 된다면, 문제를 해결할 방법도 모르면서 앞뒤 가리지 않고 그 일에 덜컥 개입하게 될 것이 불 보듯 뻔했기 때문이다. 그게 무슨 일이든 상관없었다.

그래서 곤란에 처한 메러디스를 돕는 대신, 그리고 메러디스의 삶에 무슨 일이 일어나고 있는지 알아보는 대신, 그냥 도망쳐버렸다. 알고 싶지 않았다. 무엇이든 알고 난 후에는 그것을 알기 전으로 돌아갈 수 없으니까. 그녀를 불안하게 만드는 원인이 무엇이든 내가 그것을 해결해 줄 수 있을 것 같지도 않았다.

모든 것을 잊기 위해 여름 내내 낯선 남자와 필름이 끊길 때까지 술을 마셨다. 그리고 나는 이제 모든 게 피곤하게 느껴졌다.

새까만 장막처럼 죄책감이 내려앉았다. 더는 눈물을 참을 수 없었다. 하지만 솔직히 말하자면 내가 우는 이유가 메러디스 때문인지 나 때문인지 알 수 없었다.

2

"리지?"

톰이다.

익숙했지만, 지난 15년 동안 한 번도 들은 적이 없는 목소리. 하지만 어디서든 알아차릴 수 있었을 것이다. 아니면 이미 머릿속에 온통 메러디스에 대한 생각으로 가득 차 있었기 때문에 그랬던 것인지도 모른다.

톰은 메러디스가 처음으로 진지하게 만났던 남자친구였다. 톰과 메러디스는 나보다 나이가 다섯 살이 많았는데 고등학교에서 처음 만나 중간에 잠시 헤어졌다가 대학에 가서 재회했다. 둘은 사랑스러운 커플이었다. 온 힘을 다해 영원히 행복하기를 바라게 되는 커플. 역경을 극복하고 마지막까지 함께 할 그런 커플. 그들에게 질투심이 아주 심한 여동생이 없었다면 말이다. 실은 나도 톰을 열렬히 짝사랑했었다.

나는 메러디스의 집 선창 끝에 앉았다. 차가운 물에 발을 담그고 이곳에서 어떻게든 벗어나려 애쓰고 있다. 그런 나에게 톰이 말을 걸고 있다.

고개를 돌리자 톰의 강청색 눈동자와 눈이 마주쳤다.

"톰, 여기서 뭐 하는 거야? 메러디스랑 아직도 만나고 있는 줄 몰랐어."

그의 표정이 누그러졌다.

"범죄수사국에서 일하고 있어. 여기에서 일어난 사건 때문에…… 조사하러 왔어."

생경한 기분이 드는 이유가 톰 마튼스가 형사가 된 것 때문인지 메러디스의 죽음을 에둘러 표현한 것 때문인지 알 수 없었다.

나는 천천히 일어났다.

"그러면 나랑도…… 이야기를 해야겠구나."

"정말 유감이야, 리지."

톰이 가까이 다가와 나를 안아주었다.

톰은 나보다 10센티미터쯤 큰 것 같았지만 180센티미터는 되지 않는 것이 분명했다. 오래전, 톰과 메러디스가 한창 사귀고 있던 시절에는 그의 키가 훨씬 더 크다고 생각했었다. 하지만 그때는 톰이 키가 작은 메러디스와 함께 있는 모습만 보았으니까. 메러디스처럼 아담한 사람 옆에 있으면 누구라도 키가 커 보였을 것이다.

나는 그의 품에 안겨있다가 그를 밀어냈다. 그대로 있으면 다시 눈물이 흐를 것 같았기 때문이다.

톰이 믿을 수 없다는 듯 고개를 저었다.

"메러디스를 해칠 만한 사람이 있었어? 그녀는 정말……"

"완벽했다고?"

대답하는 내 목소리에 케케묵은 질투심이 불쑥 튀어나와 깜짝 놀랐다.

그가 미소 지었다.

"맞아, 거의 그렇지."

그랬다. 메러디스는 완벽하고, 아름답고, 친절했다. 이번에는 도저히 눈물을 참을 수 없었다. 메러디스는 내가 아는 사람 중에 제일 좋은 사람이었다. 그녀는 내게 가장 소중한 사람이었다. 그런 그녀가 떠났다.

내가 우는 동안 톰이 나를 안아주었다. 그의 어깨에 머리를 기댔다. 캘빈 클라인의 이터너티 향수와 시나몬롤 향기가 났다. 그의 품에서 영원히 벗어나고 싶지 않았다. 안전함을 느끼고 싶었다.

내가 그를 품에서 밀어내자 그가 물었다.

"괜찮겠어?"

나는 눈가에 남은 눈물을 닦았다.

"아마도. 적어도 잠깐은."

그가 고갯짓으로 잔디밭 한가운데에 있는 야외 테이블을 가리켰고 나는 톰의 뒤를 따라 걸어가 탁자에 앉았다.

톰이 내 옆에 바싹 붙어 앉은 탓에 서로의 무릎이 닿았다.

"리지, 다시 만나니 정말 좋다. 이런 일로 만나게 된 건 정말 안타깝지만."

내가 심호흡을 했다.

"있잖아, 나에게 물어보고 싶은 게 있으면 그냥 지금 물어봐. 눈물샘이 다시 터지기 전에 얼마나 버틸 수 있을지 모르겠거든."

톰이 힘겹게 미소를 지어 보였다.

"미안, 잊고 있었네. 명망 있는 맥칼리스터 가문은 다른 사람들 앞에서 울지 않는데 말이야."

나도 미소로 화답했다. 그의 말이 맞았다. 그게 나와 우리 가족이 살아가는 방식이었다. 나의 새엄마 루스를 두고 한 말이라는 것도 알고 있었다. 그녀는 교양 있는 사람이라면 남들 앞에서 감정을 드러내지 않아야 한다고 생각했다. 그녀가 깨닫지 못한 사실은 돈으로 자녀 양육을 대신할 수는 없다는 것이었다. 우리에게는 돈이 넘쳐났지만, 양육은 다른 문제였다.

톰이 초조한 듯 허벅지에 손바닥을 문질렀다. 그의 얼굴에 햇볕이 내리쬐자 웨이브가 진 짙은 갈색 머리카락 사이로 드문드문 흰머리가 보였다. 눈가에는 옅은 주름도 있었다. 미끄러지듯 흘러가버린 15년 세월의 흔적이었다.

"그래서, 메러디스랑은 아직도 만나고 있었던 거야?"

메러디스가 톰을 만나고 있었다면 나에게 숨길 이유는 없었다.

톰이 단단한 나무 의자에 몸을 기댔다.

"지난봄에 메러디스가 갑자기 커피나 한잔하자고 전화를 했어. 대학교를 졸업한 이후로는 만난 적이 없었거든. 그래서 몇 번 만나긴 했는데 그게 다야."

"데이트는 아니었다?"

그가 미소 지었다.

"데이트는 아니었어. 메러디스가 전화한 이유는 나도 몰라. 다시 만나니 반갑긴 했는데……"

"반갑긴 했는데?"

"내 생각엔 나에게 뭔가 부탁을 하려고 했던 것 같아. 그게 뭔지는 나도 정확히 모르겠지만."

"그게 전부야?"

톰이 고개를 끄덕였다. 미세한 눈빛의 변화가 옛 추억에 젖어 있던 시간은 끝이 났고 이제 경찰로서 자신의 임무를 수행할 것임을 알려주었다.

"최근에 누구와 문제가 있다고 이야기한 적 있어? 남자친구라든가 이웃 사람? 아니면 직장 동료?"

충격적인 질문이었다.

"메러디스를 아는 사람이 이런 짓을 저질렀다고 생각하는 거야?"

"문이나 창문을 억지로 연 흔적이 없어."

메러디스는 알고 있었다. 그 전화, 곧 끔찍한 일이 닥칠 거란 사실을 말이다. 하지만 메러디스는 바보가 아니었다. 상황이 이렇게 될 줄 알았더라면 진작 떠났을 것이다. 경찰에 도움을 요청했을 것이다. 실제로는 아무것도 하지 않았지만…… 어떤 일이 벌어질 거라는 사실만은 충분히 짐작하고 있었다. 그게 무엇이었을지 생각해내려고 애썼다.

톰이 다시 같은 질문을 던졌다.

"혹시 누구랑 사이가 안 좋다거나 하는 이야기를 들은 적 없어?"

지난 몇 달간의 기억을 되짚어 보았다.

"아니, 하지만 그런 일이 있었다고 해도 나에게 말했을 것 같지 않아. 고민이 생겼을 때 누구에게 털어놓는지 모르겠어. 프레드랑 이야기할 수도 있고, 아무에게도 말하지 않을 수도 있고. 메러디스가 어떤 사람인지 잘 알잖아. 문제가 있어도 혼자 끙끙 앓는 거."

"맞아, 그렇지. 맥칼리스터 가문의 피를 물려받았다면 그래야만 하니까. 잊고 있었네."

그의 눈가에 옅은 미소가 비쳤다.

"오늘 네가 여기 올 거란 사실을 메러디스도 알고 있었어?"

"아니, 어젯밤에 프레드하고 나한테 전화를 했는데 우리 둘 다 못 받았어. 그리고 나서 메러디스가 우리에게 음성 메시지를 남겼고."

"메시지를 한번 들어봐야겠는데."

스피커 모드로 음성 메시지를 재생시키고 야외 탁자에 전화기를 올려놓은 후 자리를 피했다. 그 메시지를 다시 들을 수는 없었다. 메러디스의 목소리를 차마 들을 수 없었다. 다시금 떠올리고 싶지 않은 사실은 인생에서 딱 한 번, 정말 딱 한 번 메러디스가 도움을 청했는데 그녀 곁에 있어 주지 못했다는 점이다. 그리고 이제 메러디스가 죽었다.

나는 선창 가장자리까지 걸어 나와 호수를 물끄러미 바라보았다. 8개 정도의 작은 집이 주위를 에워싸고 있는, 크기가 12에이커 정도밖에 되지 않는 작은 호수였다. 수영이나 민물고기 낚시, 카누를 타기에 딱 알맞은 크기였다. 호수 건너편에서는 야구모자로 얼굴을 반쯤 가린 한 소녀가 우리를 바라보고 있었다. 호수 주변의 모든 사람이 맥칼리스터 집에 어떤 일이 생겨서 경찰차가 출동했다는 사실을 다 알게 된 것이다. 소녀와 나는 서로의 눈을 피하지 않고 계속 응시했다.

몇 분이 지난 후 톰이 내 뒤로 다가왔다. 톰의 손에 들린 증거 수집용 봉투에 내 휴대전화가 들어 있었다.

고갯짓으로 봉투를 가리키며 물었다.

"다시 돌려받을 수 있어?"

"수사가 끝나면. 하지만 먼저 증거 분석실로 보낼 거야."

호수 반대편에서 선외 모터의 시동이 걸리자 톰이 가까이 다가왔다.

"메시지는 언제 확인한 거야?"

"오늘 아침에. 프레드가 집으로 찾아왔어."

"어젯밤에는 얼마나 중요한 일이 있었길래 메러디스 전화도 받지 못한 거야?"

어떠한 연유인지 나는 그가 이미 질문에 대한 대답을 알고 있는 것처럼 느껴졌다.

"바빴어."

톰은 아무 말이 없었다.

나는 톰의 눈치를 살피다가 대답했다.

"술 마셨어. 뜨거운 밤도 보내고. 어느 게 먼저였는지는 기억나지 않지만."

톰은 한심하다는 듯 눈살을 찌푸렸지만 아무 말도 하지 않았다.

"그래서, 알리바이가 있다는 거야?"

"아마도."

그렇게 말했지만 정작 그 순간에는 함께 밤을 보낸 사람의 이름 조차 기억이 나지 않았다.

"그럼 프레드는? 어젯밤에 어디에 있었는지 알아?"

그런 것까진 알 수 없다는 듯 어깨를 으쓱했다.

"프레드에게 직접 물어봐야 할 것 같은데."

"물어봤지. 프레드의 말을 네가 입증해줄 수 있는지 확인차 물어본 것뿐이야."

"지금 상황이 그렇게 돌아가는 거야, 톰? 프레드도 용의자고, 나도 용의자고?"

"리지, 솔직히 말하자면 지금으로선 미니애폴리스와 세인트폴 도심과 그 주변에 거주하는 모든 사람이 용의자야."

"알았어. 어젯밤에 프레드가 어디에 있었는지는 나도 몰라. 그리고 내가 어디에 있었는지도 정확하게 기억이 안 나고."

톰은 또다시 조금 전과 같은 표정을 지었지만, 딱히 어떤 말을 하지는 않았다.

집에서 50피트쯤 떨어진 곳에 작은 흰색 방갈로가 있었다. 톰이 턱으로 방갈로를 가리켰다.

"저건 뭐야?"

"손님용 별채."

"저기 누가 살아?"

"잘 모르겠어. 여름 내내 한 번도 온 적이 없어서."

그는 이 말의 의미를 이해한 것 같았다. 무언의 판단을 바탕으로 그저 고개를 끄덕일 뿐이었다.

"여러 사람이 묵었어."

나는 톰의 눈치를 살피며 메러디스의 삶에 완전히 무관심했던 건 아니라는 사실을 넌지시 알려주려고 했다.

"메러디스가 생각했을 때 도움이 필요하거나 지낼 곳이 없는 사람들이 살았어. 5월 말에도 누가 살고 있다는 이야기는 들었는데 만나 본 적은 없어."

유니폼을 입은 경찰이 이미 손님용 별채 뒤에 있는 작은 보트 창고로 향하고 있었다.

"어떻게…… 어떻게 된 거야?"

내가 물었다.

톰이 난처한 표정으로 나를 바라보았다.

"메러디스가 어떻게 죽었냐고?"

나는 고개를 끄덕였다. 톰과 눈이 마주쳤다.

"근거리에서 총에 맞았어."

다음 질문은 하고 싶지 않았다.

"금방 끝난 거야?"

톰이 호수 건너편을 바라보다가 내게로 시선을 돌렸다.

"부검 결과를 확인하기 전까진 확신할 수 없지만, 일단은 그렇게 판단하고 있어."

"리지?"

뒤를 돌자 프레드가 서 있었다.

"시간이 얼마나 더 필요할 것 같아? 입구에 기자들이 와 있어. 뉴스에서 보기 전에 누군가 루스에게 어떤 일이 일어났는지 말해줘야 할 것 같아."

세상에, 루스! 이 일 만큼은 하고 싶지 않았다.

톰에게 말했다.

"새엄마를 만나러 가야겠어."

그 말을 들은 톰이 생각에 잠겼다.

"가족과도 이야기해 보고 싶은데. 내가 데려다줄게."

"이 일은 혼자서 해야 할 것 같아. 부탁이야."

목소리가 갈라지기 시작했다.

내 얼굴을 바라보며 고민하던 톰이 마침내 말했다.

"그래. 나중에 연락할게."

"내가 같이 가줄까?"

프레드가 물었다. 진심이 아니란 것쯤은 나도 알고 있었다. 나만큼 프레드도 루스를 만나러 가고 싶지 않을 것이다.

"아니, 이 일은 나 혼자 해결해야지. 그래도 네 차는 좀 빌릴게."

"내가 집까지 태워다 줄게."

톰이 프레드에게 말했다.

내키지 않는 표정을 한 프레드가 마지못해 주머니에서 자동차 열쇠를 꺼냈다. 그리고 나에게 건네주었다.

"제발, 사고만 내지 말아줘."

나는 열쇠를 받아 들고 돌아섰다.

톰이 손을 내밀어 나를 멈춰 세우고는 블라우스 앞섬을 가리켰다.

"먼저 옷을 좀 닦아야겠는데."

셔츠와 팔이 언니의 피로 얼룩져 있었다.

3

세인트폴을 향해 차를 몰며 루스를 떠올렸다. 최대한 자연스럽게 이 소식을 전달할 수 있을 만한 단어를 생각해 내려고 애썼다. 한여름 토요일 오후치고는 보기 드물게 도로가 한산했다. 루스에게 일찍 도착할 수도 있었지만 나는 천천히 일부러 운전하면서 머지않아 닥칠 일을 피하려고 애썼다.

메러디스와 나는 사람들 앞에서 가족 이야기를 하지 않았다. 다른 사람들에게 납득 시키기에는 너무 복잡했기 때문이다. 차라리 아무런 말도 하지 않는 편이 더 나았다.

내가 다섯 살 때 친엄마가 돌아가셨다. 얼마 남지 않은 기억 중 하나는 엄마가 화장대에 앉아 외출 준비를 하던 모습이다. 금발 머리에, 언니처럼 체구가 작았던 엄마는 아름다웠다. 예쁜 옷을 좋아했으며, 뜻대로 되지 않으면 뿌루퉁한 표정을 지었다. 엄마는 아빠와 함께 파티에 갔다가 집에 돌아오는 길에 자동차 사고로 목숨을 잃었다. 아빠가 운전했는데 아무도 내게 직접 일러준 적은 없지만, 그 당시 아빠가 술에 꽤 취한 상태였던 것으로 생각한다. 아마 엄마와 아빠 모두 취해있었을 것이다. 두 사람 모두 안전벨트를 매고 있지 않았었으니까. 아빠는 차 밖으로 몸이 튕겨 나갔고, 엄마는 그 예쁜 얼굴과 몸이 전면 유리를 뚫고 통과해버렸다.

병원에 입원한 아빠의 병실에 방문한 뒤 엄마의 장례식에 참석했던 기억이 어렴풋이 남아있다. 하지만 그 당시 일어난 일을 이해하고 있었던 것은 아니었다. 나에게는 죽음이라는 개념이 없었다. 다섯 살 난 아이에게는 대단히 충격적인 일이었겠지만, 그렇다고 살면서 엄마를 그리워한 기억도 없다. 나는 엄마와 나 사이에 애틋한 유대 관계가 있었다고 생각하지 않는다. 나에게는 메러디스가 있었고 그걸로 충분했다.

엄마가 세상을 떠나고 일 년이 지난 후, 아빠는 루스와 재혼했다. 엘리노어 루즈벨트처럼 루스 역시 아빠와 결혼하기 전부터 맥칼리스터 가문의 사람이었다. 사촌 혹은 오촌쯤 되는 먼 친척이었다고 한다. 사실 어렸을 때도 그녀의 혈통에 그다지 관심이 없었다. 이제는 고리타분한 옛일로밖에 생각되지 않는다.

아빠가 루스와 결혼할쯤 그녀는 병든 모친을 돌보느라 결혼할 시기를 놓친 중년의 여성이었다. 루스와 아빠는 공통점이 하나도 없었고 무엇이 이 두 사람을 결혼에 이르게 했는지는 아직도 알 수가 없다.

이것만으로도 이미 충분히 복잡하지 않던가. 재혼 후 일 년이 채 지나기 전에 슈피리어 호수에서 보트 사고로 아빠가 실종되고 말았다. 아빠가 탔던 요트는 아포슬 아일랜즈 섬 인근 바위에서 뒤집힌 채로 발견되었지만, 결국 시신은 찾을 수 없었다.

내가 기억하기로 태어나서 처음 상실감을 느꼈다. 엄마를 잃었을 때와 달리 아빠가 보고 싶었다. 그러나 가끔, 아주 가끔, 나를 낳아 준 부모를 언급해야 할 때면 나는 그들을 엄마, 아빠가 아닌 캐서린과 조셉이라고 불렀다.

사고가 일어나고 일 년 후 루스는 데이비드 알더와 결혼했다. 메러디스와 나는 새엄마와 새아빠 사이에서 자란 셈이었다.

서밋 애비뉴 거리의 가로수가 자동차 전면 유리에 얼룩덜룩한 그늘을 만들었다. 나는 길을 따라가다가 커다란 원으로 연결된 진입로 끝에 자리 잡은 3층짜리 벽돌 건물에 도착했다. 지난 몇 주간 비가 한 방울도 내리지 않아 저택 주변에서는 그을린 잔디와 오래된 돈 냄새가 났다.

집은 어둡고 서늘했다. 나는 현관 안쪽에 서서 거기에 살았던 때를 떠올렸다. 아주 먼 옛날의 일처럼 느껴졌다. 우리 중 누구도 행복했던 적이 없었다. 그렇다고 해서 우리가 확실히 불행한 것도 아니었다. 우리는 그저 존재할 뿐이었다. 한 지붕 아래 사는 네 명의 사람들이 서로 교류하지 않고 각자 다른 방향으로 나아갈 뿐이었다. 방이 22개나 되는 집에서는 다른 사람의 눈을 쉽게 피할 수 있었다.

햇볕이 가득 드는 베란다를 음악이 채우고 있었다. 거쉰인가? 나는 곧장 거실로 가려다가 피범벅이 된 팔을 확인하고 중앙 계단으로 방향을 바꾸었다. 그리고 오래전에 내가 사용하던 침실로 향했다.

내 방은 계단 끝 왼편 세 번째에 있는 방이었다. 방으로 들어가 문을 닫았다. 몇 년이 지났음에도 달라진 것이 거의 없었다. 모든 것이 빳빳하고 새하얬다. 침대가 커다란 방 한가운데 놓여있었다. 침대의 네 귀퉁이에 우뚝 솟은 기둥에는 캐노피가 씌워져 있었다. 어린아이의 취향에 맞는 침실 인테리어와는 거리가 멀었다. 화사한 컬러의 벽에 포스터가 덕지덕지 붙어 있는 게 평범한 아이들의 취향이라면, 이곳은 얌전한 숙녀가 사용 중인 방의 모습이었다. 그건 곧 루스의 이미지이기도 했다.

루스는 집안 곳곳에 자신의 흔적을 남기며, 그녀의 스타일대로 집안을 바꾸었다. 우리 삶의 규칙도 정했다. 내가 반항하긴 했지만, 그것은 분명 우리에게 도움이 되었다.

옷장에서 분홍색 블라우스와 청바지를, 서랍에서 깨끗한 속옷을 꺼냈다. 그리고 어린 시절 언니와 내가 함께 썼던 욕실로 향했다.

망연자실한 느낌이 온몸을 감싸 안았다. 그런 채로 팔에 묻어 있던 피가 배수구를 타고 흘러내리는 모습을 멍하니 바라보았다. 나는 평소보다 더 오래 샤워기의 물을 맞으면서 서 있었다. 이 상태를 영원히 피할 수는 없다는 사실을 깨닫고 나서야 샤워기의 물을 잠그고 밖으로 나왔다. 물기를 닦고 옷을 입은 후 아래층으로 내려갔다.

이번에는 음악 소리를 따라갔다. 거실을 통과해 베란다로 이어지는 유리문으로 향했다.

루스는 정원이 내려다보이는 창문 옆에서 등받이가 높은 라탄 의자에 앉아 눈을 감고 있었다. 평온한 표정이었다. 탄력 있는 백발 머리는 느슨하게 묶어 올린 상태였다. 한때는 그녀도 나처럼 갈색 머리였는데 지난 몇 년간 유일하게 변한 것이라고는 그녀의 머리 색깔뿐인 것 같았다. 루스는 곱게 나이 든 편이었다. 얼굴 피부는 매끄러웠고, 여전히 날씬하고 건강한 체형을 유지하고 있었다. 잔인할 만큼 매서운 미네소타의 겨울도 그녀가 매일 하는 걷기 운동을 막진 못했다.

인기척을 느낀 루스가 눈을 떠 문을 쳐다봤다. 나를 보자마자 반갑게 미소 지었다.

"엘리자베스."

내 이름을 부르는 그녀의 목소리에 반가움이 묻어났다.

"생각지도 못한 깜짝 방문인걸. 오늘쯤 네가 전화나 한 통 해주면 좋겠다고 생각하고 있었는데 그보다 훨씬 낫구나. 이리 와서 내 옆에 앉으렴."

루스가 옆자리 의자를 토닥였다. 나는 루스가 앉아있는 의자 옆자리에 앉았다.

"데이비드는요?"

"아침 내내 청년부 아이들하고 노동절 캠핑 여행 계획을 짜고 있어. 금방 돌아오실 거야."

내가 대학에 입학한 후부터 데이비드는 지역 청년부와 함께 자원봉사자로 활동해 해왔다. 여러 해 동안 수백 명의 아이들에게 공부를 가르치고, 훈육하고, 캠핑을 가고, 인생의 길잡이가 되어주었다. 나는 메러디스처럼 데이비드와 가깝게 지내지는 못했다. 그녀는 집에 있는 것을 좋아했고 내가 감당할 수 없을 만큼 데이비드와 많은 시간을 보냈다.

어쩌면 루스는 데이비드와 자원봉사 활동을 하면서 자기 삶에 나타난 모든 사회적 약자와 친구가 되겠다고, 그래서 세상을 구하겠다고 생각하게 되었는지도 모른다. 나는 데이비드나 그의 공상적 박애주의 활동에는 조금도 흥미가 없었다. 대신 나에게는 친구가 있었고, 그것이 내가 존재하는 이유였다.

새아빠는 조용하고 말쑥한 남자였다. 엄청나게 많은 돈을 유산으로 상속받은 후 성공적인 주식 투자로 재산을 크게 불린 사람이었다. 아빠와 루스 사이에 공통점이라고는 눈을 씻고 찾아보기도 어려웠던 반면, 새엄마와 새아빠는 자원봉사나 자선활동을 좋아한다는 점에서 통하는 게 있는 것 같았다. 데이비드는 여러 자선단체의 이사와 교회 협의회 회장으로 활동하고 있었다. 루스 역시 지역사회 활동으로 늘 바빴다.

"엘리자베스?"

그제야 그녀가 나에게 이야기하고 있다는 사실을 깨달았다.

"네?"

"무슨 문제라도 생긴 거니? 표정이 좋지 않구나."

"메러디스가 죽었어요."

그렇게 말할 계획은 아니었는데 생각과 달리 불쑥 말이 튀어나왔다. 나는 분위기를 살피면서 그녀가 마음의 준비를 할 수 있도록 시간을 주려고 했다. 하지만 이런 일에 어떻게 마음의 준비를 할 수 있을까? 입 밖으로 말을 꺼낸 순간 내가 엄청난 실수를 저질렀다는 사실을 깨달았다.

루스에게서 어떤 종류의 반응을 기대했던 것인지 나조차도 알 수 없지만, 확실히 이런 반응은 아니었다. 나한테 뺨이라도 맞은 것처럼 루스가 뻣뻣하게 굳어버렸다. 두 눈에 눈물이 맺히기 시작했다. 손으로 얼굴을 감싸자마자 마음속 깊은 곳에서부터 작고 고통스러운 흐느낌이 새어 나오기 시작했다.

리드미컬한 움직임에서 마음의 안정을 찾으려는 듯 그녀의 몸이 앞뒤로 흔들렸다.

"아니, 아니야, 그럴 리 없어."

나는 자리에서 일어나 방을 가로질러 앞마당이 내려다보이는 창문으로 갔다. 내 슬픔도 간신히 추스르고 있는 마당에 다른 누군가의 슬픔을 감당할 자신이 없었다.

"어떻게?"

잔뜩 긴장된 목소리로 그녀가 물었다.

"무슨 일이 있었던 거야?"

루스의 얼굴을 타고 흘러내리는 눈물은 고통이라는 가면을 통해 70년 언저리의 세월을 드러내고 있었다.

"총에 맞았어요. 집에서요. 오늘 아침, 아니면 어젯밤. 그건 저도 잘 모르겠어요."

나는 다시 등을 돌려 창문 밖을 바라보았다. 이곳에 있고 싶지 않았다. 하지만 나를 필요로 하는 사람이 있다. 지금 루스가 나를 원한다. 그리고 나는 멀리, 아주 멀리 떠나고 싶다. 오직 나만의 고통만 가지고 오롯이 홀로.

"총에? 우리 딸. 우리 예쁜 딸."

루스는 고개를 저으며 또 다른 충격에 대비해 자신을 보호하려는 듯 두 팔로 배를 감쌌다.

몇 분이 흘렀다. 그제야 루스가 연회색 치마 주머니에서 휴지를 꺼냈다. 눈가의 눈물을 닦고 코를 푼 다음 허리를 펴고 자세를 고쳐 앉았다.

"경찰은? 경찰에서는 뭐래?"

"아직이요. 경찰에서도 아직 아무것도 모른대요."

"준비를 해야겠구나."

루스가 말했다.

"네."

조심스러운 목소리로 대답했다.

"그래야죠."

루스가 자리에서 일어나 작은 방을 가로질러 내게 다가왔다. 뻣뻣한 동작으로 어색하게 나를 껴안았다.

"이제 내게 남은 아이는 너뿐이구나, 엘리자베스."

일곱 살, 아빠가 죽었을 때 이후로 그녀가 나를 안아준 건 처음이었다.

4

루스가 우리, 그러니까 메러디스와 나를 사랑했다는 사실에는 한 치의 의심도 없었다. 우리는 루스의 인생에 유일한 자식이었으니까. 그녀는 겉으로 드러나지 않는 조용한 방식으로 우리에게 맹목적인 사랑을 주었다. 하지만 진짜 엄마처럼 나를 보살펴 준 사람은 메러디스와 가정부 마사였다. 마사와 그녀의 남편 존은 내가 태어나기도 전부터 우리 집에서 일했다. 나는 루스에게 이야기할 때보다 마사에게 이 소식을 전하는 것이 훨씬 더 두려웠다.

얼마간 어색한 친절을 베푼 뒤, 루스는 침대에 누워 쉬기 위해 위층으로 올라갔다. 나는 나에게 부모 역할을 해주었던, 다른 누구보다도 훨씬 부모 같았던 두 사람에게 위로를 받기 위해 주방으로 향했다. 지금 내게 가장 필요한 것이었다.

그들은 식탁에 앉아있었다. 마사는 쇼핑 목록을 적고 있었고, 존은 카드 한 벌을 펼쳐놓고 솔리테어 카드놀이를 하고 있었다. 주방은 이 집에서 늘 내가 가장 좋아하는 장소였다. 내 삶이 너무나 보잘 것 없어서 더는 붙잡을 수 있을 것 같지도 않았는데…… 그런 메러디스와 내가 닻을 내릴 수 있도록 도와준, 온기가 있는 곳이 바로 이 주방이었다.

그들은 마 앤 파 케틀 영화에 나오는 인물들과 놀랍도록 닮았다. 마사는 크고 풍만한 체형에 머리가 늘 흐트러져 있었고, 존은 군살이 없는 강단 있는 체형으로 말수가 적은 남자였다. 하지만 그들이 보여주는 평범함은 내 심장을 파고들어 다른 무엇과 비교할 수 없는 방식으로 나를 안정시켰다.

오후의 햇살이 빛으로 방을 가득 채워 안전하면서도 따뜻한 분위기를 자아냈다.

"엘리자베스."

고개도 들지 않고 마사가 말했다.

"거기 계속 서서 종일 우리를 쳐다보고 있을 거야, 아니면 들어와서 커피 한잔할래?"

나는 마사의 맞은편에 놓인 의자에 앉았다.

"저인 줄 어떻게 아셨어요?"

"차 타고 들어오는 걸 봤거든."

어렸을 때는 마사에게 신비로운 투시력이 있다고 생각했다. 내가 뭔가를 잘못하거나 거짓말을 할 때면 금세 알아차렸기 때문이었다. 하지만 이제는 안다. 그녀가 주변을 주의 깊게 관찰하고 있다는 것을 말이다.

존이 나에게 찡긋 윙크하고는 자리에서 일어나 커피를 가져다주었다. 그러자 마사가 고개를 들어 나의 얼굴을 바라보았다.

"무슨 일이 있구나."

존이 식탁 머리로 가서 앉았다. 그들은 아무 말 없이 내가 이야기를 털어놓기를 기다리고 있었다. 나는 손등을 만지작거리다가 그들을 바라보았다.

"메러디스가 죽었어요."

이 말을 꺼내는 것은 여전히 힘들었다.

마사가 비명을 지르며 가슴을 움켜쥐고는 본능적으로 남편의 손을 잡았다.

"아니, 아니야. 안돼."

그녀가 고개를 저었다.

나는 지금까지 존이 우는 모습을 한 번도 본 적이 없었다. 목구멍 깊숙한 곳에서 억눌려 있던 고통이 폭발하듯 터져 나왔고, 존이 내게서 고개를 돌렸다. 셔츠 속 어깨가 격렬하게 움직이고 있었다. 가장 마주하기 힘든 모습이었다.

내가 이 일을 다시 반복할 수 있을지 자신이 없었다. 내가 할 수 있는 일은 기다리는 것뿐이었다. 나는 천천히 숨을 쉬었다.

마침내 충격이 가라앉자, 제정신을 유지하는 유일한 방법은 이 일을 받아들이는 것뿐이라는 원초적 생존 본능이 스멀스멀 고개를 들었다.

존과 마사는 울다가 애써 감정을 추스렸다가 다시 울기 시작하는 것을 반복했다. 그리고 루스와 내가 했던 것과 똑같은 질문을 했다. 어떻게? 언제? 어디에서? 하지만 왜? 라는 질문 앞에서 말문이 막히고 말았다. 우리가 납득할 수 있는 이유는 절대로 없을 것이다.

우리는 우리에게 중요하다고 생각되는 것들에 대해 이야기했다.

우리가 느끼는 슬픔, 장례식, 메러리스가 얼마나 좋은 사람이었는지에 대해서 말이다. 한 시간이 지났다. 나는 내가 해야 할 역할을 잘 수행했다고 생각했다. 이 사람들을 잘 위로해주었고, 이제 나는 지쳤다.

주방에서 나가려고 일어났을 때 마사가 식탁 맞은편에 있던 내게로 와서 나를 꼭 안아주었다.

"아가, 우린 이겨낼 수 있을 거야."

그녀가 내 귀에 속삭였다.

"방법은 모르지만…… 우리는 함께 이겨낼 거야."

다음은 존의 차례였다. 그는 힘센 팔로 나를 껴안고 그의 품 안으로 나를 끌어당겼다. 오래된 편안함과 익숙한 감정이 수면 위로 떠올랐다. 이걸 놓치면 어디로 떨어질지 모른다는 불안감에 꽉 붙잡았다.

마침내 내가 먼저 한 발짝 물러섰다.

"이제 가야 해요. 루스에게 필요한 게 있으면 알려주세요. 마사와 존에게 필요한 게 있어도 언제든 알려주시고요."

나에게 주어진 새로운 역할이 낯설고 어색했다. 내 성격과는 맞지 않는 것처럼 느껴졌다. 이런 일들은 계속 메러리스가 담당해왔다. 그녀는 무엇을 해야 하는지, 어떻게 모든 걸 제자리로 되돌려 놓을 수 있는지, 어떻게 앞으로 나아갈 수 있을지에 대한 답을 항상 가지고 있었다. 어쩌면 답을 아는 유일한 사람이었다. 이제 이런 일을 할 사람이 나밖에 남지 않았는데, 내게도 그런 일을 할 만한 능력이 있는지는 도저히 알 수 없었다.

현관으로 걸어가면서 무사히 이 집에서 빠져나갈 수 있기를 기도 했다. 루스와 데이비드가 거실에 놓인 2인용 꽃무늬 안락의자에 앉아 서로 마주 보고 있었다. 루스의 얼굴은 핏기가 하나도 없이 창백했지만, 눈가의 눈물은 말라 있었다. 그녀는 혼자 방에 있을 때를 제외하고는 더는 눈물을 흘리지 않았다.

데이비드의 얼굴은 울어서 벌겋게 부어있었다. 내가 인사를 하려고 멈추자 데이비드가 자리에서 일어나 믿을 수 없다는 듯 고개를 저으며 내게 다가왔다.

"엘리자베스."

다시 감정이 복받쳐 올라 다음 말을 잇지 못했다. 하얀 리넨 손수건으로 눈가를 닦은 다음 두툼한 두 손으로 내 어깨를 감쌌다.

"아직도 믿어지지 않는구나."

그가 가까스로 입을 열었다.

"정말 유감이야. 괜찮은 거니?"

"네."

딱딱한 목소리로 대답했다. 내게는 다른 사람의 슬픔을 감당할 여력이 남지 않았다. 그가 나를 안아주도록 내버려 두었다가 그를 밀어냈다.

"이제 가봐야 해요."

"엘리자베스."

루스가 말했다.

"여기에서 우리와 함께 지내는 게 좋겠어."

"아니에요, 루스. 가야 해요. 경찰을 다시 만나봐야 해요. 처리해야 할 일들도 있고요."

엄밀히 따지면 거짓말은 아니었지만, 사실은 품위를 지키며 상황을 모면하는 방법이었다. 남들에게 보이는 모습이 중요했던 루스는 이것을 잘 가르쳐 주었다.

그녀가 고개를 끄덕였다.

데이비드는 현관까지 나를 배웅하며 나를 위로할 수 있는 말을 건네려고 했다. 하지만 계속 흐느끼느라 두 마디 이상 말하기가 어려웠다. 이렇게 말하는 것이 민망하긴 하지만 그런 그의 모습이 당황스럽고 한심해 보이기도 했다.

당연한 일이었다. 그는 맥칼리스터 가문의 사람이 아니었기 때문이다. 데이비드는 겉으로 드러내지 않고 속으로 삭이는 방법을 알지 못했다. 그것들이 그를 갉아먹기 시작할 때까지. 더는 느낄 수 있는 감정이 남지 않을 때까지.

5

건물 앞 주차장에 차를 세웠을 때 톰 마튼스는 현관 계단에 앉아 있었다. 내가 사는 곳은 다섯 가구가 사는 낡고 거대한 빅토리안 양식의 건물이었다. 차에서 내려 입구로 걸어가자 그가 자리에서 일어났다. 송골송골 맺힌 땀이 얼굴로 뚝뚝 떨어졌다.

서 있는 그를 살짝 피해 잠긴 문을 열었다.

"여기서 얼마나 오래 기다린 거야?"

"이십 분쯤."

톰이 내 옆에 바짝 서 있던 탓에 목으로 그의 뜨거운 숨이 느껴졌다.

"오늘 날씨가 정말 덥다."

"차에서 기다리지 그랬어."

"그러게 말이야. 그럼 이렇게 불평할 일도 없었을 텐데."

그가 나를 따라 집 안으로 들어왔다. 창문형 에어컨이 켜져 있었고 아파트는 비교적 시원했다.

나는 주방으로 향했다.

"마실 것 좀 줄까?"

"다이어트 콜라 있어? 아니면 아무거나 시원한 거."

그렇게 말하고는 작은 주방의 카운터 앞에 놓인 의자에 앉았다.

"루스하고 데이비드는 좀 어때?"

나는 그에게 탄산음료 캔과 얼음이 담긴 유리잔을 건네주고는 옆에 놓인 의자에 앉았다.

"데이비드는 엉망이었어. 루스는, 음, 루스였고."

"유감이야."

양부모의 슬픔을 말하는 건지, 우리 가족의 역학 관계를 말하는 건지 알 수 없었지만, 굳이 묻지는 않았다. 아주 잠깐 그가 내 어깨에 손을 얹고 나를 위로했다. 하지만 금세 손을 내리고는 다시 경찰 모드로 돌아섰다.

"음성 메시지를 들어보니 메러디스가 자신이 한 일을 설명해야겠다고 말하던데 그게 무슨 말이야?"

나는 고개를 떨구었다.

"나도 모르겠어."

메러디스는 자신을 미워하지 말라는 말도 덧붙였는데 나로서는 그 말이 설명이 필요하다는 것보다 더 당황스러웠다. 메러디스가 내게 미움을 살 만한 행동을 할 수 있을 거라고 상상조차 해본 적 없었기 때문이다.

"메러디스와 마지막으로 이야기한 게 언제야?"

"어제. 아니면 그제. 잘 모르겠어. 이번 주에 통화했던 거로 기억해."

톰이 미간을 찌푸렸다. 처음으로 그가 뭔가를 판단했다고 느꼈다. 언니의 삶에 별다른 관심을 두지 않은 것에 대한 비판인지, 아니면 내 삶에 대한 무언의 지적인지 알 수 없었다. 그에게 인정받고 싶었지만 나 자신도 왜 그러한 욕구가 드는지 알 수 없었다. 어떠한 연유로 그의 인정이 중요했다. 설명하고 싶었지만, 말이 나오지 않았다. 어쩌면 내가 한 일에 대해 할 말이 없었는지도 모르겠다. 혹은…… 하지 않은 일에 대해.

메모리얼 데이 주말에 메러디스에게 어떤 일이 일어나고 있었다는 사실 만큼은 분명했다. 그녀에게서 슬픔이 느껴졌고, 그녀가 어두운 곳으로 향하고 있다는 기운 같은 것이 느껴졌다. 그곳이 어디인지 짐작조차 할 수 없었다. 그리고 솔직히 말하자면, 나는 그곳이 어디인지 알고 싶지도 않았다.

메러디스는 내 삶의 버팀목이었다. 그녀의 삶이 무너진다면 내 삶은 어떻게 되는 걸까? 그래서 내가 늘 하던 대로 행동했다. 도망친 것이다.

메러디스는 자신에게 일어나고 있는 일에 대해 내가 알아주기를 원했고, 나에게 털어 놓고 싶어 했다. 하지만 나는 교묘하게 그녀의 전화를 피하고, 핑계를 만들어 점심 약속을 거절하고, 주말에 호수에 함께 가자고 했을 때 일부러 약속을 만들었다. 메러디스에게 무슨 일이 일어나고 있든지 간에 어떤 일이 일어나고 있다는 사실만으로도 겁이 났고, 그 일을 내게 털어놓는다면, 그러니까 어떻게든 그녀의 짐을 함께 짊어지게 된다면, 내가 무너질 것만 같았다. 그것만큼은 분명한 사실이었다.

톰이 다시 이야기하고 있었다.

"메러디스가 내게 이스트사이드 성폭력 피해자 단체에서 사회복지사로 일하고 있다고 말했어."

"그래."

톰이 이마를 찌푸렸다.

"스콧 페더슨이란 사람을 알아?"

나는 고개를 저었다.

"알아야 해?"

맙소사, 술이 마시고 싶었다. 이런 대화를 하고 싶지 않았다.

"지난 6개월 동안 메러디스의 별채에 살던 사람이야."

그의 눈동자가 내 표정을 살폈다.

"전에 말했잖아. 여러 사람이 거기에 드나들었다고. 메러디스는 도움이 필요한 사람들을 구하는 게 자기 일이라고 생각했어. 스콧이라는 사람에 대해 말한 적이 있긴 했는데 성이 뭔지는 몰랐어."

"스콧 페더슨은 성범죄자로 고발당한 사람이야, 리지. 그런 사람이 마을에서 멀리 떨어진 메러디스의 집에서 대체 뭘 하고 있었던 걸까?"

"아마도 그녀가…… 이런, 세상에. 톰, 메러디스가 강간당한 거야?"

진지했던 그의 표정이 누그러졌다.

"확실하진 않아. 지금은 아니라고 생각하고 있지만 그래도 부검 보고서를 봐야 확실히 알 수 있어."

나는 머뭇거렸다.

"무슨 혐의를 받았던 거야?"

"미성년자 강간. 기소된 적은 없지만 어떤 소녀의 아버지가 경찰에 신고할 만한 짓을 했다는 거지."

"하지만 미성년자 강간이라면 진짜 강간과는 다른 거잖아, 그렇지? 그러니까 내 말은 서로 합의해서 이뤄진 관계일 수도 있다는 거지."

나는 지푸라기라도 잡고 싶은 심정이었고 그 사실을 알고 있었다.

"엄밀히 따지자면 그렇지만, 이건 심각한 판단 착오를 보여주는 거야."

나는 창밖을 내다보았다. 감당하기 힘든 일이었다. 엄밀하게 따지는 건 고사하고 우리가 여기에서 지금 뭘 하는 걸까? 메러디스에 대해 강간과 부검 같은 끔찍한 이야기를 하고 있다니? 그의 말이 하나도 이해되지 않았다. 내가 거실로 자리를 옮기자 톰이 나를 따라왔다.

그가 다시 이야기하고 있었다. 나는 억지로 그의 입술을 보면서 단어를 연결하려고 노력했다. 하지만 너무 힘들었다.

"곧 메러디스의 생일이야."

톰이 말했다.

나는 그를 멀뚱히 바라보면서 메러디스의 생일과 죽음이 어떤 상관관계가 있는지 이해하려 애썼다.

"뭐라고?"

"다음 달에 서른네 살이 되었겠네, 맞지?"

나는 고개를 끄덕였다.

"서른네 살이 되면 어떻게 되는 건가?"

무슨 말을 하고 싶은 건지 도저히 감이 오지 않았다.

"어떻게 되는 거냐니?"

"신탁 재산을 받는 건가?"

맙소사.

"대체 무슨 말이 하고 싶은 거야?"

하지만 나는 그 말의 의도를 정확히 알고 있었다.

오래전 할아버지와 할머니는 메러디스와 프레드, 그리고 나를 위해 신탁 기금을 마련해 두었다. 서른네 살이 되었을 때 찾을 수 있는 기금이었다. 서른네 살이라는 나이가 너무 멀게만 느껴져 그다지 관심을 두지 않았는데 이제 생각해 보니 그 돈은 신탁에 맡겨져 수십 년 동안 이자가 쌓이고 있었다. 신탁을 가장 먼저 상속받을 사람이 메러디스였다.

"갑자기 생각나서 말해 본 거야."

톰이 말했다.

나는 불쾌한 감정을 노골적으로 드러냈다.

"아니, 그렇지 않아. 메러디스가 남기는 유산으로 이득을 볼 사람이 프레드랑 나뿐이라는 사실을 너무나 잘 알고 있잖아. 우리가 다시 주요 용의자가 된 거야?"

당황스럽게도 갑자기, 너무나 갑자기 화가 났다.

"이제, 그만 나가줘."

톰이 한 발짝 물러섰다.

"모든 가능성을 살펴보지 않으면 수사를 제대로 할 수가 없어. 너도 알잖아, 리지. 곁에서 보았을 때 이 모든 일 중 어느 것도 프레드에게 좋을 게 하나도 없다는 걸 알잖아."

"프레드라고? 장난해? 프레드는 메러디스를 사랑했어. 우리한테는 형제나 다름없다고."

"한량처럼 형편없는 형제지. 너와 메러디스는 일하면서 평범한 사람처럼 월급이라도 받았지만, 프레드가 한 번이라도 제 손으로 돈이라는 걸 벌어본 적 있어?"

사실이었다. 프레드는 한 번도 직업을 가진 적이 없었다. 메러디스와 나는 대학에 입학한 이후 줄곧 일을 해왔다. 나의 경우에는 7년 동안 이곳저곳 직장을 옮겨 다니긴 했지만 그래도 계속 일을 했었다. 프레드는? 그는 남들이 흔히 생각하는 한량으로 살기를 원했고 어느 정도 그 바람대로 살아왔다. 그렇지만 분명 좋은 사람이었기 때문에 나는 톰의 말에 화가 났다.

"알았으니까 그만해. 진심이야. 프레드 이야기는 하고 싶지 않아. 그 망할 살인자를 찾아야 할 시간을 낭비하고 있잖아."

"순진하게 굴지 마, 리지."

그가 차분한 목소리로 말했다.

"네가 한 번도 돈에 신경 쓰지 않았거나 신경 쓸 필요가 없었다고 해서 다른 사람들까지 그렇다는 의미는 아니야. 잠깐이라도 진지하게 생각해 봐."

톰이 한동안 말이 없었다.

"알겠어."

마침내 그가 말했다.

"지금은 프레드 이야기는 하지 말자. 메러디스 친구 중에 아는 사람 있어?"

나는 바로 대답하지 않았다. 생각할 시간이 필요했다.

"메러디스 직장 상사하고 같이 일했던 직원 몇 명을 알고 있어. 왜?"

"전에도 말했듯이 강제로 침입한 흔적이 없어. 메러디스는 아주 가까운 거리에서 총에 맞았어. 누가 그녀를 살해했든 방아쇠를 당기기 전에 아주 가까이 다가갈 수 있었을 거야."

내 뇌는 과부하 상태였다. 톰이 내게 말한 정보 중 어느 것도 정상적으로 처리할 수 없었다. 자리에서 일어나 창문으로 걸어갔다. 거리에 세워진 자동차가 햇빛을 받아 반짝이고 있었다. 등을 돌려 톰을 바라보았다.

"이건 정말 말이 안 돼. 우린 지금 메러디스 이야기를 하고 있다고. 기억 안 나? 이 지구상에 그녀를 아는 사람 중 누구도 메러디스를 해치고 싶어 하지 않는다고."

내 목소리는 떨리고 있었다.

"메러디스가 죽기를 원했던 사람이 있었잖아."

가까스로 그녀의 목소리를 들을 수 있었다. 음성 메시지에 희미하게 남아있던 메러디스의 목소리……

"여기서 뭘……"

그녀는 누구와 이야기하고 있었을까? 그녀를 살해한 사람? 그리고 그토록 끔찍한 범죄를 저지를 만큼 메러디스를 증오했던 사람은 누구였을까?

톰이 내 얼굴을 빤히 쳐다보고 있었다.

"마지막으로 밥을 먹은 게 언제야?"

갑작스러운 화제 전환에 나도 모르게 방심했다.

"뭐라고?"

"음식 말이야. 마지막으로 뭐라도 먹은 게 언제냐고."

내 끼니를 걱정하는 톰의 말은 마사와 대화를 하고 있는 것 같은 착각에 빠지도록 만들었다. 하지만 그 순간, 망가진 것은 무엇이든 고치려고 했던 톰의 관리인 같은 성격이 떠올랐다.

"기억이 안 나."

내가 대답했다. 음식을 먹는 것 따위는 상관이 없기도 했다.

"심문은 끝났어. 넌 뭘 좀 먹어야 해."

"배 안 고파."

"다음 블록에 피자헛이 있던데 피자를 주문하자. 내가 살게."

세상에. 톰이 내 끼니를 챙겨주려고 하고 있었다.

"그래, 그런데 마실 것 좀 만들어야겠어. 한 잔 마실래?"

"와인으로. 혹시 있다면."

톰에게 샤르도네 한 잔을 따라주고는 보드카와 오렌지 주스를 섞어 칵테일을 만들었다. 오렌지 주스보다는 보드카를 더 많이 넣어서. 술의 온기로 몸이 달아오르자 슬픔도 나를 어찌할 수 없는, 안전하고 익숙한 곳으로 향하고 있다는 느낌이 들었다.

저녁 식사를 마쳤을 때는 8시가 지나 있었다. 톰이 옳았다. 일단 음식이 들어가기 시작하자 내게 음식이 필요했다는 사실을 깨달았다. 그리고 무엇보다도 메러디스에 대해 이야기할 수 있는 가족이 아닌 누군가가 필요했다.

우리는 톰과 메러디스가 대학에 다니면서 데이트하던 지난날을 회상했다. 새벽 네 시가 될 때까지 집에 돌아오지 않았던 어느 날 밤에 대해서. 루스는 걱정스러운 마음에 어찌할 줄을 몰랐다. 마침 그날 프레드가 우리 집에 머물고 있었는데, 아침이 되어서야 톰이 메러디스를 집에 바래다주자 프레드는 어그러진 기사도 정신으로 앞마당 잔디에서 톰을 흠씬 두들겨 팼다. 그 기억은 여전히 나를 웃게 했다.

톰은 식탁을 치우고 싱크대로 설거지를 가져갔다. 그가 우리 삶의 일부였던 시절이 아주 먼 옛날의 이야기처럼 느껴졌다. 너무나 많은 것이 변했다. 이제는 모든 것이 달라졌다.

톰이 정리하는 모습을 가만히 지켜보았다. 보호자였던 톰. 자기 삶에 속한 사람들을 돌보았던 톰. 몇 년 전 그는 메러디스를 보살펴주었다.

이제는 그가 나를 돌봐주었으면 싶었다. 심연으로 나를 끌어당기는 압도적인 상실감으로부터, 메러디스가 나를 필요로 한다는 사실을 알고 있었으면서도 그녀 앞에 모습을 드러내지 않았다는 죄책감으로부터, 하지만 무엇보다도 아직 남은 밤으로부터, 그리고 그 밤이 가져올 모든 일들로부터.

마음 깊은 곳에서 오랫동안 묻어두었던 감정이 꿈틀거리기 시작했다. 나는 그의 뒤로 다가가 허리에 두 팔을 감고 목덜미에 키스하기 시작했다.

"리지, 이러지 마."

그렇게 말하면서도 나를 밀어내지는 않았다.

손이 그의 셔츠 앞쪽으로 들어갔고 손가락으로 그의 가슴을 더듬자 근육이 긴장한 듯 단단해졌다. 잘못된 행동이었지만 멈출 수가 없었다. 여기서 멈춘다면 톰이 떠날 테고 그러면 나는…… 혼자 남게 될 것이다.

내 손이 그의 청바지 앞섶을 스쳤을 때 톰이 확실하게 거절의 의사를 밝혔다. 내 손을 막고 고개를 돌려 나를 바라보았다.

"엘리자베스, 이러지 마……"

그의 목소리는 단호했다.

나는 그에게 키스하기 위해 몸을 기울였다. 톰은 내 어깨를 잡고 나를 저지했다.

"이제, 그만 가봐야 할 것 같아."

현관문이 닫힌 뒤에도 한참 동안 어둑해지는 주방의 싱크대 옆에서 있었다. 눈물이 두 뺨을 타고 미끄러져 내렸다. 바닥에 주저앉아 공처럼 몸을 둥글게 웅크렸다. 슬픔이 나를 사로잡았다.

* * *

결국, 위층으로 올라가 침대에 누웠다.

메러디스에 대한 꿈을 꾸었다. 나의 무의식에 숨어 오랫동안 잊고 있던 기억의 일부가 꿈틀거리고 있었다. 나는 여덟 살이었고 낯선 소음 때문에 잠에서 깼다. 어두컴컴한 침실에서 공포에 떨면서, 오래전 이야기로 들었던 어떤 괴물에게 잡아 먹히기를 기다리고 있었다. 용기를 끌어모아 간신히 침대를 빠져나온 다음, 살금살금 소리를 내지 않고 바로 옆에 있는 메러디스의 방으로 갔다. 조용히 방문을 두드리고 대답을 기다리면서 무방비 상태인 어린 꼬마를 잡아먹기 위해 차례를 기다리고 있는 악귀들이 있는지 어깨너머로 살폈다.

"엘리, 방에 가서 자."

나지막한 메러디스의 목소리가 들렸다.

"메러디스, 나 잠깐 들어갈게."

"오늘 밤은 안 돼. 돌아가."

방문을 열자 메러디스가 창문 아래 의자에 동그랗게 몸을 말고 앉아있는 모습이 보였다. 그녀의 작은 체구로 달빛이 쏟아지고 있었다.

"오늘은 언니랑 같이 잘래."

내 뒤에 숨어있는 보이지 않는 괴생명체가 들어오지 못하게 문을 닫고 살금살금 메러디스의 침대로 향했다.

"오늘 밤은 네 방에서 잤으면 좋겠어, 엘리."

그녀가 말했다.

"하지만 어떤 소리를 들었단 말이야, 메러디스."

"무슨 소리?"

"끔찍한 괴물이 내는 소리."

메러디스가 한숨을 쉬었다.

"알았어."

우리는 함께 침대에 누워 동이 틀 때까지 같이 잠을 잤다.

다음 날 아침, 메러디스가 나보다 먼저 일어났다. 나는 여전히 침대에 누워있었고 잠이 덜 깬 상태였다. 전날 밤의 공포에서 무사히 살아남은 것에 안도감을 느꼈다. 몸을 뒤척이던 나는 순간 얼어붙고 말았다. 메러디스가 누워있던 쪽의 침대 시트가 피로 얼룩져 있던 것이다.

꿈은 직접 했던 경험만큼이나 생생했다. 나는 아파트 침실 천장을 멍하니 바라보면서 내 뇌 어딘가에 숨겨져 있는 그 많은 기억 가운데 왜 하필 그 기억이 떠오른 건지 곰곰이 생각해 보았다.

그 날 나는 소리를 지르며 루스에게 달려갔던 것으로 기억한다. 메러디스가 죽어가고 있다고 생각했기 때문이었다.

성과 관련된 모든 경험을 통틀어서 그것이 나의 첫 번째 경험이었다. 여자와 월경에 대해 설명하는 루스는 확실히 불편해 보였다. 메러디스 앞에 놓인 끔찍한 운명을 알게 된 나는 그 전보다 훨씬 더 공포에 떨게 되었다.

마사가 나의 구세주가 되었다. 그녀는 주방에 나를 앉혀놓고 우유와 시나몬 토스트를 주면서 여덟 살 아이의 시각에서도 이해할 수 있는 수준으로 성과 관련된 지식을 차분히 설명해주었다. 마사의 이야기를 듣고 난 후 나는 메러디스가 죽을병에 걸린 것이 아니란 사실을 확실히 알게 되었고, 메러디스에게 일어난 일이 여자라면 누구나 겪는 일이고 자연스러운 성장 과정이라는 사실을 배울 수 있었다.

꿈의 기억이 말뚝처럼 심장에 콱 박혔다. 그날 밤 메러디스는 괴물들로부터 나를 구해주었고, 나는 매일 밤 그녀를 찾았다. 그녀는 항상, 언제나, 내 곁에 있었다. 메러디스는 나의 보호자였다. 그런 그녀가 이제 떠났다. 그녀에게 빚을 갚기 위해 내가 할 수 있는 일은 아무것도 없었다. 유일하게 남은 한 가지가 있다면 메러디스에게 일어난 일의 진실을 밝히는 것뿐이었다. 그날 밤 어떤 괴물이 나타나서 내게서 그녀를 앗아갔는지를 알아내는 것뿐이었다.

"무슨 일이 일어나든 날 미워하진 말아줘."

메러디스가 내 휴대전화에 남긴, 표정을 알 수 없는 말이었다.

내가 어떻게 언니를 미워할 수 있겠어? 메러디스, 언니는 내 전부였어.

침대에서 일어나 화장실로 향했다. 15분 후 나는 일출을 향해 달리는 차 안에 있었다.

그렇게 한 시간 반을 달려, 주차된 메러디스의 사브 자동차 뒤편 진입로에 차를 세웠다. 발아래로 낙엽이 바스락거렸다. 노랗게 시든 잔디를 밟으며 현관문으로 향했다. 그러고는 집 출입구를 봉쇄한 노란색 경찰 테이프 아래로 기어들어 갔다.

잠긴 현관문을 열고 집 안으로 들어가자 아직 온기가 남아있는 것이 느껴졌다. 범죄 현장 감식반이 다녀갔음을 의미하는 회색 가루가 집안 곳곳에 남아있었고, 시체의 위치를 표시하는 현장 보존선이 보였다. 카펫 위 크랜베리 빛깔 얼룩이 과녁처럼 튀어나와 하마터면 문밖으로 뛰쳐나갈 뻔했다.

나는 용기를 그러모아 내가 이곳에 온 이유를 기억해 내야 했다. 나 때문이 아니라 메러디스 때문이었다. 잠시 깊게 숨을 들이마시면서 마음을 진정시키고는 주위를 둘러보았다. 톰이 옳았다. 강제로 침입한 흔적은 없었다. 모든 것이 제자리에 놓여있었다.

복도를 따라 침실로 걸어갔다. 메러디스의 침실은 오른쪽 끝 방이었다. 바깥 경치가 훤히 보이는 커다란 유리창 밖으로 호수 전경이 파노라마처럼 펼쳐져 있었다.

"생각해 봐, 엘리."

내게 처음으로 집을 보여주었을 때 메러디스가 했던 말이다.

"매일 아침 눈을 뜨자마자 호수를 볼 수 있는 거야. 아빠도 분명 좋아하셨을 거야. 기억나지?"

아니, 나는 기억이 나지 않았다. 하지만 메러디스에게 그 사실을 말할 수는 없었다. 그저 고개만 끄덕일 뿐이었다.

가슴이 아려왔다. 문을 열면 침대에 걸터앉은 메러디스의 모습이 보이길 바랐다. 발톱에 매니큐어를 칠하는 모습, 책을 읽는 모습, 그녀가 살아있다는, 내가 그녀를 잃지 않았다는 것을 의미하는 그 어떤 모습이라도.

나를 맞이하는 건 고요한 방의 적막뿐이었다. 퀸사이즈 침대 위 파란색 이불은 말끔하게 정돈되어 있었다. 커튼은 열려있었다. 모든 것이 단정하게 정리된 상태였다.

나는 침대 옆 탁자로 걸어가 침대에 걸터앉았다. 물건이 많지는 않았다. 수면 램프, 디지털 알람 시계, 제임스 패터슨의 스릴러 소설이 전부였다. 책을 들어 페이지를 넘기니 책갈피가 펄럭이며 떨어졌다. 아직 반절밖에 읽지 못했다. 이제 메러디스는 이 책의 결말을 영영 알지 못할 것이다.

메러디스가 책갈피로 사용하고 있던 노란색 작은 쪽지를 보았다. '데이나'라는 이름과 함께 지역 번호를 포함한 전화번호가 적혀있었다. 쪽지를 청바지 주머니에 넣었다.

방을 서성거렸다. 메러디스의 방은 내 방과 달리 모든 것이 정해진 자리에 놓여있었다. 그것이 무엇이든 내가 찾고 있는 물건도 제자리에 있을 것이다.

서랍 몇 개를 열어보았지만, 색깔별로 분류하여 말끔하게 개어 놓은 옷 말고는 아무것도 없었다. 잘 정리된 옷장 안에는 흥미를 끌만한 물건이 없었다. 메러디스의 삶에 대해 이야기해 줄 수 있는 무언가가 분명 어딘가에 있을 것이다. 경찰은 절대로 찾아낼 수 없는 무언가가.

어린 시절 메러디스는 루스나 내가 찾지 못하길 바라면서 비밀스러운 물건들을 자기 방에 숨기곤 했었다. 감쪽같이 물건을 숨길 수 있는 장소가 몇 군데 있었지만 몇 년간의 연습 끝에 그녀가 어디에 물건을 숨기는지 제법 잘 찾아낼 수 있었다.

사냥에 수반되는 난관을 상기하며 다시 수색을 시작했다. 베갯잇

속, 책장 선반 아래, 속옷 서랍의 모든 물건 속을 샅샅이 뒤졌다. 그러다 침대 매트리스 아래 박스스프링 바닥으로 난 작은 구멍에서 뭔가를 발견했다. 책이었다.

밖으로 책을 꺼내자 손에 들린 책의 무게가 제법 묵직했다. 메러디스의 일기장이었다. 그런데 일기장이 왜 여기에? 여동생이 몰래 숨어들어올 상황이 아니라면 왜 일기장을 숨겨야만 했을까? 어쩌면 그녀에게 일어날 일을 대비한 예방책일 수도 있다. 그녀는 내가 이것을 찾아낼 거라는 걸 알고 있었을 것이다.

남은 게 아무것도 없는지 확인하기 위해 박스스프링에 뚫린 구멍 주위를 다시 한번 손으로 더듬어 보았다. 무언가 손에 부딪히더니 바닥으로 툭-하고 떨어졌다. 손으로 더듬거리다가 작은 USB 하나를 발견하고는 쪽지를 넣은 청바지 주머니에 함께 넣었다.

침대에 앉아서 메러디스의 필체가 빽빽하게 적힌 작은 일기장을 빠르게 넘겨 메모리얼 데이에 쓴 일기를 찾았다. 그날 그녀에게 무슨 일이 일어나고 있었는지, 무엇이 그녀를 그렇게 위축되게 만들었는지 알아보기 위해서였다.

오늘은 가족들이 집에 찾아왔다. 엘리와 단둘이서 시간을 보내고 싶었지만 그럴 수 없었다. 이 모든 일이 밝혀지기 전에 엘리에게 무슨 일이 있었는지 털어놔야 한다. 어쩌면 감당하기 힘들 만큼 많은 말을 해야 할지도. 앞으로 무슨 일이 일어날지, 이 일이 어떻게 끝날지 아직 모르겠다. 내가 알고 있는 건 지금 뭔가를 해야만 한다는 것뿐이다. 너무 많은 사람이 다쳤고, 너무 많은 사람의 인생이 망가졌다. 이제 때가 되었다.

갑자기 눈물이 터졌다.

"젠장, 나에게 말을 했어야지, 메러디스. 내게 말을 해야 했다고. 내가 도와줬을 텐데."

나는 그렇게 생각하면서도 그것이 진심이 아니었다는 것을 알았다. 자리에서 일어나 방을 서성거렸다. 메러디스가 떠났다. 과거로 돌아가서 다른 사람, 더 나은 동생인 것처럼 행동하는 건 불가능한 일이었다.

이제 메러디스를 위해 내가 할 수 있는 일은 그녀를 엄청난 고통 속으로 몰아넣은 사건의 전말을 밝히는 것뿐이었다. 메러디스를 위해 계속 찾을 것이다. 또, 나를 위해 계속 찾을 것이다. 그리고 이 일을 벌인 그놈을 찾아낼 것이다.

몇 분이 지난 후 다시 집을 뒤지기 시작했다.

거실에 있는 책상 맨 아래 서랍 뒤쪽을 뒤지다가 주소록 옆에서 편지 더미를 발견했다. 날짜가 오래된 것으로 보아 경찰은 이미 이 안에는 도움이 될 만한 것이 없다고 판단했을 것이다. 하지만 나는 편지 더미를 그녀의 일기장과 함께 가방에 넣었다. 책장 한쪽 선반에는 앨범이 놓여있었다. 겨드랑이에 앨범을 끼워 넣었다.

주위를 살피며 프레드와 나에게 걸려 왔던 절박한 전화를 생각했다. 메러디스는 무슨 일이 일어날지 알고 있었던 걸까? 얼마나 위험한 일인지 이미 알고 있었던 걸까?

루스는 메러디스가 마을에서 멀리 떨어진 곳에 홀로 산다는 사실을 늘 못마땅해했다. 루스가 메러디스에게 집들이 선물로 준 것도 아버지의 애장품 중 하나였던 루거 MKⅢ 권총이었다.

우리가 어렸을 때 루스는 메러디스와 나에게 총을 다루는 법을 가르쳐주었다. 루스는 그 옛날 컨트리클럽 출신이었다. 그런 그녀에게 사격은 다재다능한 젊은 여성으로 성장하기 위한 필수 과정이었던 것 같다. 우리는 승마, 사격, 테니스, 피아노, 발레 레슨을 받았지만 무용과 피아노 실력이 형편없었다. 두 의붓딸이 끔찍한 몸치에 음치라는 사실을 깨달은 루스는 결국 자신이 원하는 걸 가르치는 일을 포기했다.

하지만 우리는 우리 주변의 어떤 남자애들보다 사격 솜씨가 좋았다. 그날 밤, 누가 메러디스를 찾아올 것이라는 사실을 미리 알고 무장을 했더라면 상황이 달라졌을까?

메러디스가 권총을 보관하던 거실 붙박이 책장의 문은 잠겨 있었다. 책장에서 열쇠를 찾아 수납장 문을 열고 총이 들어있는 금속 상자를 꺼냈다. 눈에 띄지 않는 장소에 숨겨두었던 총을 꺼내자 상자에 담긴 총의 무게가 느껴졌다. 상자의 자물쇠를 열고 그 안에 담긴 총을 보았다.

어쩌면 톰의 말이 맞는지도 모른다. 메러디스는 자신이 알고 신뢰하던 사람에게 총을 맞았다. 혹은 적어도 자신을 죽이지는 않을 거라고 신뢰하던 사람에게 총을 맞았다. 메러디스는 겁에 질려 정신이 혼미해졌는데도 총을 꺼낼 생각을 하지 않았다.

총을 다시 제자리에 놓아두고 마지막으로 다시 한번 집을 둘러봤다. 이 작고 아늑한 집에서 우리가 공유했던 모든 기억이 사라지는 것만 같은 상실감을 느꼈다. 집을 나와 문을 잠그고 경찰 테이프 아래로 몸을 구부려 빠져나왔다.

톰이 가슴 앞으로 팔짱을 끼고 내 차에 기대어 서 있었다.

"여기 오면 안 돼. 범죄 현장을 훼손한 혐의로 널 체포할 수도 있다고."

"메러디스의 물건이 필요했어. 며칠간 버티는 데 필요한 개인적인 물건."

나는 겨드랑이 아래 끼워 둔 앨범을 꺼내 보여주었다.

"지금 수사가 진행 중이잖아, 리지. 그건 경찰의 증거품이라고. 집 안에 있는 물건은 뭐든 전부다."

"그래서 이것도 압수할 거야?"

하지만 그는 움직이지 않았다.

"내가 여기에 있는 건 어떻게 알았어?"

"운이 좋았지. 다른 물건 챙긴 거 있어?"

나는 고개를 저었다.

"그냥 여기 한 번 더 와보고 싶었어."

톰은 나를 물끄러미 바라보면서 혹시 다른 의도가 있는지 내 표정을 읽으려고 했다.

"집으로 돌아가. 다시는 여기에 오지 말고. 알겠어?"

그의 말에 동의하는 척 고개를 끄덕였다. 톰이 차에서 몸을 비켜주자 자동차에 올라 급회전으로 방향을 바꾸고 진입로를 따라 달리기 시작했다. 톰은 내가 나무 덤불 속으로 사라질 때까지 그 자리에 그대로 서서 나를 지켜보았다.

정말 내가 여기서 멈출 거라고 생각했다면 그는 대단히 큰 착각을 한 것이다.

6

차를 운전해서 집으로 돌아왔다. 문을 잠근 뒤 메러디스의 집에서 가져온 물건들을 들고 위층으로 올라갔다.

어질러진 침대에 앉아 등 뒤에 베개를 받치고 얇은 빨간색 앨범을 펼쳤다. 지난 18개월 동안 찍은, 비교적 최근 사진들이었다. 모두 날짜와 시간순으로 정리되어 있었다. 정말 메러디스다웠다.

여린 미소가 담긴 메러디스의 얼굴을 보고 있자니 그녀를 다시 볼 수 없다는 생각에 마음이 아려왔다. 하지만 과거를 추억하고 메러디스에 대한 기억을 공유할 수 있다는 달콤한 위로도 있었다.

지난여름에 밸리페어 놀이동산에서 프레드, 메러디스와 셋이 찍은 사진도 있었다. 사무실 크리스마스 파티에서 찍은 스냅숏. 프레드의 주특기인 테라스 탁자에서 마시고, 먹고, 자는 모습을 담은 사진도 여러 장 있었다.

마지막 사진은 메모리얼 데이 주말에 찍은 가족사진이었다. 루스는 제법 즐거워 보였다. 데이비드의 창백한 피부는 햇볕을 너무 많이 쬔 탓에 불그스름하니 부어있었다. 프레드는, 뭐 평소의 프레드 모습이었다. 나는 어딘가에 정신이 팔린 모습이었는데, 그냥 그 자리를 빨리 벗어나고 싶은 생각만 하고 있었던 거로 기억한다. 그리고 슬픔에 가득 찬 눈으로 카메라를 보며 억지로 웃고 있는 메러디스가 있었다.

그 표정이 기억났다.

프레드가 찍은 것이 분명한 사진 한 장은 피크닉용 테이블에 모여 앉아 모두 카메라를 응시하고 있었다. 우리 뒤편의 게스트하우스 창문으로 유리창에 기대어 우리를 지켜보고 있는 한 남자의 얼굴이 비쳤다.

나는 비닐을 뜯고 앨범에서 사진을 꺼냈다. 그 아래 다른 사진이 숨겨져 있었다. 낯선 이들의 가족사진이었다. 엄마와 아빠, 그리고 어린 두 딸. 모두 빨간 스웨터에 검은 바지를 입고 있었다. 여자의 헤어스타일로 짐작하건대 15년 전쯤 찍은 사진 같았다. 사진을 자세히 들여다보았지만 그중 누구도 알아볼 수 없었다. 이들이 누구인지, 왜 이 사진이 다른 사진 아래 숨겨져 있었는지 궁금했다.

앨범 뒤쪽으로 페이지를 넘기자 아무 사진도 끼워져 있지 않은 빈 페이지가 나왔다. 따라서 사진을 꽂을 공간이 부족해서 두 장을 겹쳐 놓은 것은 아니었다. 동료의 크리스마스 사진이라던가 고객의 가족사진, 또는 호수 근처에 사는 이웃처럼 지인의 가족사진일 수도 있었다. 그런데 왜 사진첩에 그 사진을 숨겨놓았을까? 단순한 행동에서 너무 많은 의미를 찾으려고 하는 것인지도 모르지만 아무 의미가 없는 행동으로 넘겨짚을 수만도 없었다.

사진 뒤쪽에 스튜디오 이름이 인쇄되어 있었다. 미니애폴리스 남부 외곽의 블루밍톤 지역에 있는 사업장 주소였다. 사진과 앨범을 침대 옆 탁자에 놓고 손에 잡히는 대로 메러디스의 일기장을 펼쳤다.

2월 15일: 리가 갑자기 전화를 걸어오다니 너무 이상한 일이었다. 그녀와 마주치거나 그녀를 떠올렸던 적이 언제인지 기억도 나지 않는다. 하지만 과거에 알던 목소리를 들으니 반가웠다. 그녀는 조만간 만나자고 말했다. 오랜만에 만나 지난 이야기를 하면 재미있을 것 같다.

3월 3일: 오늘 그녀가 전화했다. 내가 행복해야 한다는 걸 안다. 그녀는 나를 만나고 싶어하지만, 내가 그럴 수 있을지 모르겠다. 아직도 기억이 생생하다. 그들이 나를 괴롭힌다. 내가 그들에게 맞설 힘이 있는지 모르겠다.

3월 10일: 오늘 정말 미친 짓을 했다. 멍청한 짓 같지만 지금 벌어지고 있는 모든 일을 생각했을 때 톰을 꼭 만나야겠다는 생각이 강하게 들었다. 이렇게 오랜 세월이 흐른 지금 톰이 어떻게 생각할지 궁금하다. 오늘 그에게 전화를 걸었다. 톰은 깜짝 놀란 것 같았지만 곧 만나기로 약속을 정했다.

3월 12일: 톰을 만나 커피를 마셨다. 내가 그를 이렇게 그리워하고 있다는 사실을 미처 알지 못했다. 그는 예전 모습과 크게 달라지지 않았다. 여전히 너무나 근사하고 친절했다. 우리는 아주 오래도록 이야기를 나누었다. 갑자기 리가 나타나서 셋이 함께 옛날 같은 기분을 느꼈다. 잃어버렸다고 생각했던 내 삶의 일부를 떠올렸다.

3월 19일: 대학에 다닐 때 자주 갔던 딩키타운의 작은 식당에서 톰과 저녁을 먹었다. 또다시 리와 마주쳤다. 이 두 사람이 내 삶에 가져다준 그 모든 추억을 사랑한다.

메러디스는 너무 행복해 보였다. 일기 속에서 머지않아 어떤 문제나 살인이 닥칠지도 모른다는 힌트는 조금도 발견하기 어려웠다. 나는 다른 날짜로 몇 페이지를 건너뛰었다.

4월 8일: 오늘 본 사진에서 그를 알아보았다. 한 치의 의심도 없이 그가 확실하다. 얼굴을 확인하고 가장 힘들었던 부분은 넘치도록 행복해 보이는 그의 표정이었다. 그는 자신이 무슨 일을 저질렀는지 전혀 알지 못한다. 나는 그를 경멸한다. 어떻게 내게 이런 짓을 할 수 있었을까? 인간이 대체 어떻게 이런 짓을 할 수가 있을까? 내가 고통받은 것처럼 그도 고통받았으면 좋겠다. 그들이 전부 고통받았으면 좋겠다.

등골이 오싹해졌다. 대체 뭐지? 전날에 쓴 일기 몇 개를 읽고 끝까지 전부 확인했지만, 메러디스는 '그'가 누구인지, 그리고 그가 무슨 짓을 했는지에 대해서 적지 않았다. 마치 기억하고 싶지 않거나 종이에 애써 적고 싶지 않은 것 같았다. 메러디스를 괴롭히던 어떤 기억과 이 사람은 관련이 있었을까? 그가 누구인지 알아내야 했다. 하지만 당장 어디부터 시작해야 할지 막막했다.

한 시간이 지난 후 나는 주방으로 갔다. 뭔가를 먹어야 하기 때문에 음식을 찾고 있는 거라고 나 자신을 설득했지만, 사실은 싱크대 위 캐비닛에 들어있는 보드카 생각뿐이었다. 보드카를 향해 손을 뻗던 순간 등 뒤에서 목소리가 들려왔다.

"지금부터 마시기엔 아직 좀 이르지 않아?"

화들짝 놀라 뒤를 돌아보았다. 문 앞에 프레드가 서 있었다. 얼굴 위로 땀이 뚝뚝 떨어지고 있었다.

"세상에, 깜짝 놀랐잖아. 여긴 어떻게 들어온 거야?"

"나 열쇠 가지고 있잖아. 기억 안 나? 어제 아침에도 같은 열쇠로 들어왔었는데. 지난 5년 동안 가지고 있었다고."

"아, 그렇지. 좀 초조했나 봐."

"누가 안 그러겠어."

프레드가 내 얼굴을 쳐다보다가 턱으로 싱크대 위 캐비닛을 가리켰다.

"꼭 마셔야겠어?"

나는 얼굴에 흘러내린 머리카락을 뒤로 쓸어 넘겼다.

"지금으로선 그래야만 할 것 같아. 내 인생에서 가장 긴 24시간이었어."

"술을 마신다고 해서 달라지는 건 아무것도 없어. 리지, 너도 알고 있잖아. 이 일이 더 쉬워지지도 않을 거라고."

"정말? 알려줘서 고마워. 그런 줄은 몰랐네."

그게 누구든 금주에 관한 설교를 들을 기분이 아니었고, 특히 프레드는 더더욱 아니었다. 프레드와 함께 술을 마신 적이 너무나 많았기 때문에 그의 말이 하나도 진지하게 들리지 않았다. 어색한 분위기가 맴도는 긴 몇 초 동안 우리 꼼짝 않고 그 자리에 그대로 서 있었다. 내가 싱크대에서 한 발짝 물러나자 프레드가 경계를 낮추었다.

"여기는 어쩐 일이야?"

"방금 공항에서 엄마를 만나서 루스와 데이비드 집으로 모셔다 드렸어. 휴식이 필요했거든."

프레드가 조리대에 걸터앉아 손으로 머리를 감쌌다.

"아주 긴, 한 주가 될 거야."

레이첼은 아빠의 동생이다. 고모는 일 년에 한 번 연례행사로 크리스마스에만 우리집에 방문했다. 가족이 되기 위한 나름의 시도였는데, 이번 방문은 메러디스의 장례식이라는 새로운 가족 행사가 있다는 것을 또 한 번 상기시켜 주었다.

"그래서 한 시간쯤 있다가 나왔다고?"

프레드가 이마를 만지작거렸다.

"체감 시간은 그보다 훨씬 길었고."

"루스랑 데이비드는 지금 뭘 하고 있어?"

나를 바라보는 사촌의 표정에서 평소의 프레드다운 모습이 순식간에 사라졌다.

"장례식 준비 중이셔."

그가 나지막이 말했다.

"너도 꼭 와야 해."

나는 창가로 걸어가 시선을 피했다. 프레드가 일어나 내 뒤로 다가왔다.

"메러디스가 돌아왔으면 좋겠어, 프레드. 메러디스가 필요해."

몸을 돌려 프레드의 어깨에 머리를 묻고 눈물을 흘렸다. 그의 팔이 나를 따뜻하게 안아주었다. 프레드가 흘리는 뜨거운 눈물도 내 뺨에 닿는 것을 느낄 수 있었다.

내 눈물은 마침내 광활하고 깊은 공허함으로 변해 내 마음속 깊은 곳을 서서히 파고들었다. 프레드는 나를 오랫동안 안고 있었다. 몇 분이 지난 뒤에야 프레드는 날 안고 있던 손을 풀었다. 나는 창턱에 놓인 상자에서 휴지 한 장을 뽑아 눈물을 닦았다.

"이제 우리는 대체 뭘 해야 해, 리지?"

"나도 모르겠어. 하지만 가만히 앉아서 경찰이 뭔가를 알아내기만을 기다리고 있을 수는 없어."

"그래서?"

"나도 뭐라도 해야지. 메러디스에게 누가 이런 짓을 했는지 찾아내야지. 그건 내가 메러디스에게 진 빚이니까."

예상치 못한 대답에 프레드는 지금 자신이 제대로 들은 게 맞는지 재차 확인했다.

"잠깐. 지금 메러디스를 죽인 살인범을 찾겠다는 거야?"

"맞기도 하고 아니기도 해. 나도 잘 모르겠어. 조금 전에 메러디스에게 끔찍한 일이 일어나고 있었단 사실을 알았어. 그게 뭔지 알아내야 해."

프레드가 고개를 가로저었다.

"네가 이 일에 직접 나설 수는 없어. 그건 미친 짓이야."

"아니, 그래야만 해. 메러디스를 위해 이 일을 해야만 해."

내 목소리에서는 절박함까지 느껴졌다.

나는 프레드를 설득하려 했다. 메러디스가 아는 사람에게 살해당한 것 같다는 톰의 추측과 메러디스의 일기, 그리고 다른 사진 아래 숨겨져 있던 사진에 대해 이야기한 뒤, 지난봄부터 메러디스의 얼굴에서 볼 수 있었던 혼란스러운 표정에 대해서도 설명했다.

"나도 느꼈어."

프레드가 말했다.

"하지만 메러디스잖아. 그게 무슨 일이든 스스로 해결할 수 있을 거로 생각했어."

프레드는 한참 동안 말이 없었다. 마침내 그가 입을 열었다.

"좋아. 나도 같이해."

"무슨 뜻이야?"

"네가 이 일을 하겠다면 나도 같이하겠다고."

"너한테 도와달라고 한 적 없어."

"젠장, 리지. 제발 단 한 번만이라도 다른 사람을 좀 생각해 줄 수는 없는 거야? 너 혼자만 상처받은 거 아니잖아. 메러디스를 잃은 사람은 너 혼자가 아니라고."

프레드의 목소리에서 강렬한 고통이 느껴졌다. 나는 마지못해 프레드의 제안을 받아들였다.

"알겠어."

다시 싱크대 위 찬장으로 다가갔다. 프레드가 팔을 뻗어 내 손을 막았다.

"그런다고 해서 달라지는 건 하나도 없어. 이제, 그만해."

"네가 상관할 일 아니잖아."

"아니, 네가 틀렸어."

걱정스러운 눈빛으로 프레드가 말했다.

"네가 누군가를 사랑한다면, 언제라도 상관할 수 있는 일이야. 난 네가 필요해, 리지. 그리고 네가 맑은 정신이었으면 좋겠어. 메러디스도 그걸 바랄 거야. 노력하겠다고 약속해줘. 얼마 동안만이라도. 제발."

프레드는 내게 뭘 부탁하고 있는지 알지 못했다. 그는 이것이 악마를 막을 수 있는 유일한 방법이라는 사실을 이해하지 못하는 것이다. 하지만 프레드가 옳았다. 나도 그 정도는 알고 있었다. 술을 마신다고 해서 달라지는 건 하나도 없다.

"노력해 볼게. 하지만 약속 같은 건 할 수 없어. 그래도…… 노력은 해 볼게."

"내가 바라는 것도 그거야. 그리고 네가 필요하다면 언제든지 함께 있을게."

"그럼 넌?"

"나는 뭐?"

"내가 맨정신으로 이 일을 해야 한다며. 너는 어떻게 할 건데?"

프레드가 자기 손을 물끄러미 바라보다가 쑥스러운 표정으로 나를 쳐다보았다.

"나 지난 9개월 동안 술 한 모금도 안 마셨어."

"뭐라고? 정말이야?"

"진짜야. 내 안에 악마를 술독에 빠뜨려 익사시키려고 했는데 내가 생각했던 것만큼 잘되지 않았어. 사실 효과가 전혀 없었지. 그냥 더 우울해질 뿐이어서 그만뒀어. 게다가 누구를 만나기도 했고. 술로 불행을 쫓아보려는 게…… 우리 관계에 전혀 도움이 되지 않더라고."

금주와 헌신이라. 지금까지 한 번도 본 적이 없었던 프레드의 모습이었다.

"왜 내게 말하지 않았어?"

프레드가 어깨를 으쓱했다.

"처음에 술을 끊기 시작했을 때는 내가 정말 잘해 낼 수 있을지 자신이 없었어. 그리고 이야기하고 싶지도 않았고. 이게 진짜인지 먼저 직접 확인하고 싶었거든."

"그래서, 진짜야?"

프레드가 미소 지었다.

"진짜야."

"누군데?"

"이름은 찰리. 찰스라고도 해. 페어뷰 병원에서 외과 의사로 일해. 너도 만나봤으면 좋겠어. 좋은 사람이거든."

내가 미소 지었다.

"의사라니. 엄마가 정말 좋아하시겠다."

프레드가 탄식했다.

"이런. 그건 좀 기다려야겠다. 먼저 장례식을 치러야지. 그리고 앞으로 찰리가 겪게 될 일에 대해 준비할 시간도 좀 줘야 하고."

프레드를 위해 진심으로 기뻐해 주고 싶었지만 약간의 질투심이 드는 건 어쩔 수 없었다. 잘생긴 게이 사촌이 마침내 운명의 반쪽을 만나게 되었는데 나에게 그런 일이 일어날 가능성은 아주 희박했기 때문이었다.

슬프게도, 나는 메러디스에게 그랬던 것처럼 프레드의 삶에 어떤 일이 일어나는지 관심을 두고 있지 않았다. 프레드의 고난이나 기쁨을 함께 나누지 않았고 프레드 역시 내게 그런 걸 기대하지 않았다. 나는 궁금해졌다. 왜 우리는 모두 비밀스러운 삶을 사는 걸까? 왜 우리는 서로를 충분히 신뢰하지 못했을까? 왜 마음속 깊은 곳에 있는 진짜 모습을 서로에게 보여주지 못했을까? 그리고 무엇보다도…… 도대체 뭐가 문제여서 우리는 다른 가족들처럼 평범해질 수 없었을까?

프레드가 설레는 표정으로 나를 바라보고 있었다. 나는 프레드와 눈을 마주치고 미소 지었다.

"빨리 그 사람을 만나보고 싶다."

프레드가 칠리 통조림을 데우고 탁자 위에 소다크래커 한 상자를 올려놓았다. 함께 먹고, 이야기하며, 계획을 세웠다. 위층으로 올라가서 앨범에 숨겨져 있던 사진을 가져왔다.

우연한 행동에 너무 많은 의미를 부여하고 있다고 생각하면서도 프레드에게 사진을 보여주었다.

"누군지 알겠어?"

프레드가 사진 속 얼굴을 유심히 살펴보았다.

"아니, 중요한 사진이야?"

"잘 모르겠어."

"내가 확인해볼게."

프레드가 사진의 앞면과 뒷면을 휴대전화 카메라로 촬영하고는 다음 날 사진사를 찾아가 보겠다고 말했다. 승산이 없는 게임이라는 건 나도 알고 있었다. 나는 호주머니에서 USB 드라이브를 꺼냈다.

"그건 뭐야?"

"메러디스 거야. 여기에 뭐가 들었는지는 몰라. 그런데 어떤 이유인지 메러디스가 이걸 숨겨놔야겠다고 생각했나 봐."

"좋아, 내가 나중에 한 번 볼게."

프레드가 폴로셔츠 주머니에 USB를 넣었다.

나는 월요일 아침에 메러디스의 사무실로 가봐야겠다고 생각했다. 메러디스의 동료 대부분을 알고 있었기 때문에 메러디스의 개인 물품을 챙기러 사무실에 들른다 해도 전혀 이상하지 않을 것이다. 다이어리 같은…… 최근 메러디스의 삶에 무슨 일이 일어나고 있었는지 파악하는 데 도움이 될 만한 물건은 뭐든 가져올 요량이었다.

방향이 정해졌다는 사실 때문에 다소 안도감이 들기도 했지만 내머릿속에서는 작은 목소리가 계속해서 내게 묻고 있었다.

정말 진실을 알고 싶어?

* * *

6시, 누군가 현관문을 두드렸다. 문을 열자 더위와 피곤에 절은 톰이 두 블록 위에 있는 태국 식당에서 포장해 온 것으로 보이는 봉지를 들고 서 있었다.

"음식을 가져오면…… 나를 내치진 못하겠지."

톰이 말했다.

"그런 전략을 쓰기로 한 거야?"

"맞아."

톰이 현관에 선 나를 지나쳐 곧장 주방으로 향했다.

전날 밤 톰이 화가 나서 이 집에서 뛰쳐나갔다고 생각했기 때문에 조금은 혼란스러웠다. 그가 탁자에 봉투를 올려놓았다.

"죽을 것 같아. 괜찮으면 뭐 좀 마셔도 될까?"

"좋을 대로."

톰이 냉장고로 가서 맥주 한 캔을 꺼냈다.

"너도 마실래?"

그가 어깨너머로 나를 바라보았다.

나는 고개를 저었다.

"여기 오다니 조금 놀라운걸. 어제 나한테 화가 난 줄 알았는데."

톰이 의아하다는 표정을 지었다.

"왜 그렇게 생각했는데?"

"글쎄, 어젯밤…… 그리고 오늘 아침……"

"화 안 났어. 오늘 아침에 그렇게 메러디스 집에 가서는 안 됐지만, 이해해."

톰이 말을 멈췄다.

"어젯밤은?"

그가 내 어깨너머로 시선을 돌려 잠시 생각에 잠긴 듯하더니 이내 내게로 시선을 돌렸다.

"어젯밤 일로 화난 거 아니야, 리지. 단지 지금은 우리 둘에게 적절한 때가 아니잖아. 너도 지금 마음이 너무 불안정한 상태고, 메러디스의 살인을 수사하면서 그런 행동을 하는 건 내게도 옳지 않아."

"그래, 알겠어."

나는 찬장으로 걸어가 접시를 향해 손을 뻗었다.

"이제 네가 화가 났구나."

"말했잖아, 알겠다고."

내가 식탁에 접시를 놓으려고 움직이자 작은 주방에서 톰이 슬쩍 길을 비켜주었다.

"슬플 때 섹스하는 게 해결책은 아니라는 거 알잖아."

내 등 뒤에 대고 톰이 말했다.

나는 톰을 바라보았다.

"무슨 말이 하고 싶은 거야?"

"그냥 고통을 잊으려고 하는 거잖아. 필름이 끊길 때까지 술을 마시는 것처럼 말이야. 그런 방법의 문제점은 섹스가 끝나거나 술이 깨고 난 후에도 여전히 고통이 남아있다는 사실이야. 그런 행동이 고통을 사라지도록 하지는 못해."

톰의 강렬한 눈빛이 나를 불편하게 만들었다.

"그 이야기는 그만두고 밥이나 먹자."

야채 커리와 파낭 치킨을 접시에 담는 동안 우리는 둘 다 아무런 말이 없었다.

"여긴 왜 온 거야?"

궁금증을 참지 못하고 내가 물었다.

"어떻게 지내고 있나 보고 싶어서. 그리고 이걸 가져왔어."

톰이 주머니에서 내 휴대전화가 담긴 증거 수집용 봉투를 꺼내 나에게 돌려주었다.

"그리고…… 사무실에서 나오기 직전에 부검 결과가 나왔어."

나는 이 소식을 들을 준비가 되지 않았다.

"내가 그 이야기를 들을 준비가 되었는지 모르겠어."

"좋아. 원하지 않는다면 굳이 이야기할 필요는 없어. 하지만 몇 가지 소식은 안심할 만한 것들이야."

"예를 들면?"

톰과 눈이 마주쳤다.

"메러디스는 강간당하지 않았어. 성폭행의 흔적은 없었대."

폐에서 공기가 천천히 새어 나가기 전까지 내가 숨을 참고 있다는 사실조차 깨닫지 못했다.

"그리고,"

톰이 말했다.

"메러디스가 즉사했는지 알고 싶다고 했었지? 검시관 소견으로는 즉사했을 확률이 아주 높대. 총알이 심장을 관통했거든."

눈물이 흘렀다. 두 가지 소식 모두 작은 위안을 주었다. 나는 지금 신과 흥정할 입장이 아니었다. 지금은 내가 가질 수 있는 것에 만족해야 했다. 지금으로선 메러디스의 마지막이 순식간에 끝났다는 사실을 아는 것만으로도 충분했다.

톰이 다시 나를 바라보았다. 의미를 알 수 없는 표정이었다.

"왜?"

내가 물었다.

"메러디스에게 아이가 있다는 말은 하지 않았잖아."

"없으니까."

"검시관 말이 메러디스가 출산했던 흔적이 있다고 하던데."

"아니야, 메러디스가 애를 낳은 적은 없어. 그랬다면 내가 알았겠지."

분명 부검 결과가 잘못되었을 것이다. 다른 누군가와 메러디스를 착각했을지도 모른다. 메러디스는 임신한 적조차 없다. 내 머릿속에서는 그런 생각들이 오가고 있었지만, 톰의 눈빛은 내 생각이 완전히 틀렸다고 말하고 있었다. 자리에서 일어나 술병이 있는 찬장으로 가려다가 겨우 마음을 바꾸고 다시 자리에 앉았다.

"나도 깜짝 놀랐어. 그래서 검시관에게 전화를 걸었는데 임신한 적이 있고 실제 출산한 흔적도 있다고 확신하더라고."

나는 톰을 바라보았다.

"네 애야?"

"뭐? 아니야."

톰이 고개를 저었다.

"너 설마……."

"너희 고등학교 때 1년 넘게 사귀고 대학에 가고 난 후에도 또 1년 넘게 사귀었잖아. 충분히 가능성이 있지, 안 그래?"

톰이 불편한 표정을 지었다. 그대로 창가로 가서 내게 등을 돌리고 옛 생각에 잠겼다. 나는 톰이 존재를 알지 못했던 아이가 어딘가에 살아있을 가능성을 고려하고 있다고 생각했다. 마침내 그가 입을 열었다.

"우리는 그런 사이가 전혀 아니었어."

"어떤 사이를 말하는 거야?"

"우리는 단 한 번도 잠자리를 가진 적이 없어. 날 믿어줘. 나는 정말 그러고 싶었지만, 메러디스가 계속 미뤘어. 가톨릭 신자로 자라서 그런 거라고 생각했어. 메러디스는 알다시피……."

"순결을 지켰다고?"

"그래, 맞아."

"이해가 안 돼."

그는 할 말을 잃은 듯 보였다.

"설명하기 어려워. 고등학생 때는 둘 다 너무 어렸고 경험이 없었기 때문에 그냥 시간을 같이 보내는 게 전부였어. 메러디스가 절대로 그 이상을 원하는 것 같지 않았거든. 그리고 대학생이 되어 다시 재회했을 때도 그 이상으로 크게 진전되지 않았어. 시간이 지날수록 나는 메러디스가 원하는 게 그냥 친구 사이라는 걸 깨닫게 됐어. 메러디스는 정체성 위기 비슷한 걸 겪고 있었고, 나는 일종의 실험 대상이었던 셈이지."

톰의 이야기는 나를 깜짝 놀라게 했다. 이해할 수 없을 만큼 나를 괴롭게 만들었다. 나는 항상 메러디스와 톰이 깊고 친밀한 관계를 맺고 있다고 생각했었다. 하늘이 맺어준 연인들처럼 영원히 함께할 운명이라고. 둘이 헤어졌을 때는 질투심에 눈이 멀어 만족감을 느끼는 부분도 있었지만, 서로에게 완벽한 반쪽이었던 두 사람이 끝내 함께하지 못하게 되었다는 생각에 슬프기도 했었다.

"왜?"

톰이 물었다.

차마 내 속마음을 말할 수는 없었다.

"그냥 생각 중이었어. 내가 두 사람의 관계를 완전히 잘못 생각하고 있었나 봐."

* * *

숙취 없이 맑은 정신으로 잠에서 깬 적이 언제였는지 기억도 나지 않는다. 정말 오래된 것 같다. 기분은 제법 좋았지만 나 자신을 속일 수는 없었다. 하룻밤의 금주가 내가 버틸 수 있는 최선일지도 몰랐다.

18개월째 편집자로 일하고 있는 아동 도서 출판사 실버스프링스의 상사에게 전화를 걸었다. 이렇게 오래 일한 건 나에게 기록적인 일이었다. 아직 이른 시간이었기 때문에 누구와도 이야기할 필요가 없었지만, 음성 메시지를 남겨 무슨 일이 있었는지 설명하고 앞으로 2주 동안 사무실에 출근하지 못할 거라고 일러두었다. 그다음 옷가지를 챙겨 후덥지근한 날씨 속으로 현관문을 열고 나왔다.

메러디스가 임신을 했었다. 언제? 누구의 아이를? 톰은 메러디스가 가장 오래 만난 남자였다. 이제야 그것이 진짜 관계가 아니었다는 사실을 알게 되었지만. 적어도 톰은 그렇게 말했다.

프레드와 이야기하고 싶었지만, 전화를 받지 않았다.

메러디스가 고등학교 때부터 대학교, 그리고 그 이후에 누구와 데이트했는지 생각해내려고 애썼다. 메러디스와 톰은 고등학교 1학년 내내 데이트를 하다가 헤어진 후 대학에 입학해서 우연한 기회로 다시 재회했다. 메러디스는 그사이에 남자애들 몇 명을 만나기도 하고 완전히 헤어진 후에도 다른 사람과 데이트를 한 적이 있었다. 그렇지만 남자를 많이 만난 것은 아니었다. 내 기억으로 지난 몇 년 동안은 남자를 아예 만나지 않았다. 메러디스는 집에 있는 걸 좋아했다. 루스가 종종 말했듯이, 그녀의 머리를 새하얗게 만든 장본인은 바로 나였다.

그렇다면 누구일까? 그리고 왜 내게 말하지 않은 거지?

우리가 떨어져 지냈던 유일한 시간은 메러디스가 고등학교 2학년이던 때, 시카고에 있는 기숙학교에 다녔던 시기였다. 그 당시 루스는 우리를 자신이 바라는 모습대로 만드는 것이 숙명인 사람처럼 보였다. 메러디스는 9개월 동안 자취를 감추었다. 생각해 보면 그건 원치 않는 임신을 숨기는 완벽한 방법이 될 수도 있었다.

메러디스가 내게 아무런 말도 하지 않았다는 사실이 여전히 놀라웠다. 그로부터 긴 시간이 지난 지금, 메러디스는 아직도 그 일을 수치스럽게 생각하고 있을까?

프레드와 나는 그날 해야 할 일이 있었다. 프레드는 메러디스의 앨범에서 찾은, 알 수 없는 가족사진을 찍은 사진사를 추적해야 했다. 오래된 사진이었기 때문에 프레드가 뭔가를 알아낼 수 있을 거라고 기대하지 않았다. 그 사진은 단지 메러디스가 아는 지인의 가족사진일 수도 있었기 때문이다.

나는 렉싱턴 애비뉴에 있는 메러디스의 사무실 건물로 들어가면서, 지금쯤이면 사무실에 있는 모두가 뉴스를 통해 메러디스에게 일어난 일을 전부 알고 있을 거라고 확신했다. 안내데스크의 다이애나 밸런타인이 컴퓨터를 들여다보고 있었다. 50대 후반 정도로 추정되는 그녀는 약간 통통한 체형에 삐죽삐죽한 분홍색 머리를 하고 있었다. 적어도 오늘은 분홍색이었다.

잔뜩 구겨진 휴지가 그녀의 책상 위에 놓여있었고 눈은 퉁퉁 부어 붉게 충혈되어 있었다. 이 사람들도 알고 있구나. 다이애나가 내 얼굴을 확인하고는 화들짝 놀랐다. 마음을 차분히 가라앉히는 데 잠시 시간이 걸렸다. 그녀는 상자에서 휴지 한 장을 더 뽑아 눈가를 톡톡 두드려 눈물을 닦았다. 그리고 책상에서 돌아 나와 나를 꼭 껴안았다.

"정말 유감이에요, 엘리자베스. 정말, 정말 유감이에요. 여기 사람들 모두 충격받았어요. 좀 어때요?"

"그럭저럭 버티고 있어요."

"메러디스는 내가 아는 사람 중 가장 친절한 사람이었는데. 메러디스 없이 이제 어떻게 해야 할지 모르겠어요."

"바브는 아직 출근 안 했나요?"

바브 포스먼은 메러디스의 상사였다.

"지금 다른 사람과 이야기하고 있어요. 어떤 남자요. 오늘 아침에 출근했을 때부터 여기 있었어요. 오래 걸리진 않을 거예요. 기다리시겠어요?"

"메러디스 사무실에서 기다려도 될까요?"

"그럼요. 좋은 생각이네요. 거기에 있으면 아무도 귀찮게 하지 않을 거예요."

대기실을 통과해 메러디스의 사무실로 들어가 문을 닫았다. 내게 남은 시간이 얼마나 될지 알 수 없었다. 중간 크기의 사무실에는 주차장과 렉싱턴 애비뉴가 내려다보이는 창문이 여러 개 있었다. 가짜 나무로 만든 책상은 풍수를 고려하여 문을 마주 보는 모서리에 비스듬히 놓여있었다. 파일 캐비닛과 주변 책장 위로 화분과 가족 사진이 있었다.

책상은 잠겨 있었지만, 메러디스가 열쇠를 숨기는 장소를 알고 있었다. 함께 저녁을 먹으러 가기 위해 기다리는 동안 메러디스가 책상 서랍을 잠그는 모습을 여러 번 봤기 때문이다. 책상 옆에 놓인 커다란 서랍에는 고객 파일이 들어있었다. 나는 서류철에 적힌 이름을 쭉 훑어보면서 익숙한 이름이 있는지 찾아보았다. 하지만 아는 이름이 하나도 없었다.

가운데 서랍에서 메러디스의 다이어리를 꺼냈다. 메러디스에게 첨단 기술에 대한 거부감이 있어서, 비밀번호를 알아내야 하는 컴퓨터에 일정을 기록하지 않았던 것이 다행이었다. 5월부터 한 페이지씩 읽으며 앞으로 나아갔다.

5월의 첫 2주 동안에 적힌 일정에는 'JM'이라는 이니셜만 적혀 있었다. 고객일 수도 있었지만 나는 그렇게 생각하지 않았다. 이름의 첫 글자와 마지막 글자를 따서 적었기 때문이다. 어떤 칸에는 내가 알지 못하는 지역 번호가 적힌 전화번호도 있었다. 나는 페이지를 찢어 주머니에 쑤셔 넣었다.

6월의 마지막 주, 메러디스는 미니애폴리스 시내에 있는 툴러만 빌딩에서 리 앳워터와 2시에 약속이 있었다. 페이지를 빠르게 넘기며 훑어보니 리와 만나기로 한 다른 약속들이 보였다. 이름은 알고 있었지만, 어디에서 보았는지는 기억나지 않았다.

그러다 문득 메러디스와 리가 고등학교 시절부터 서로 알고 지냈으며, 같은 대학에 진학했고, 심지어 같은 여학생 클럽 회원이었다는 사실이 떠올랐다. 하지만 내가 기억하기로 리는 메러디스를 끔찍이 싫어했었다. 리는 고등학교 1학년쯤에 톰을 만나 사귀기 시작했는데 톰이 메러디스 때문에 리를 차버렸다. 이때가 처음이었다. 그렇게 만난 톰과 메러디스는 이후 일 년 이상 사귀었다.

그 후 대학생이 된 톰과 리가 다시 사귀기 시작했는데, 그때는 심지어 톰이 리와 약혼까지 한 상태였다. 톰이 메러디스 때문에 또다시 리에게 작별을 고한 것이다. 이렇게 오랜 시간이 흘렀는데 메러디스와 리가 어떻게, 그리고 왜 다시 만나게 되었을까? 메러디스의 일기장에서 본 리가 리 앳워터를 말하는 게 맞긴 할까?

문 반대편에서 인기척을 느낀 나는 재빨리 모든 서랍의 문을 닫았다. 손에는 메러디스의 다이어리가 들려있었는데 가방에 슬쩍 넣으려고 하는 순간 문이 열렸다. 바브 포스먼이 톰과 함께 서 있었다. 그는 바브의 어깨너머로 나를 쳐다보고 있었다. 화가 난 듯 이를 악물었다. 구제불능이라는 듯 가늘게 실눈을 뜨고 날 노려보더니 고개를 저었다. 나는 손에 들고 있던 다이어리를 재빨리 내려놓았다.

"리지, 여기서 뭐 하고 있어?"

톰의 목소리는 전혀 친절하지 않았다.

"바브를 좀 만날까 해서 왔는데 대기실에 멍하니 앉아있긴 싫어서 여기로 왔어."

톰은 내 말을 믿지 않았지만 바브에게는 통했다. 그녀가 책상 뒤로 와서 나를 안아주었다.

"정말 유감이에요, 리지."

그녀가 말했다.

"소식을 들었을 때 전화하려다가 루스와 있을 것 같아서 안 했어요. 방해하고 싶지 않았거든요. 기분은 좀 어때요?"

나는 바브가 좋았다. 이유는 나도 모른다. 내 기준에서는 감정 표현이 다소 스스럼없긴 했지만 공감능력이 뛰어나고, 진실된 사람이었다. 메러디스의 좋은 멘토이기도 했다. 바브가 날 놓아주었지만 나는 그녀와 눈을 마주치지 않으려고 최선을 다했다. 바브의 눈동자는 너무나 깊고 파랬다. 그리고 현기증이 날 만큼 친절했다. 눈을 보는 대신 나는 은색 머리카락이 군데군데 섞인 그녀의 곱슬머리에 집중했다.

"전 괜찮아요. 바쁘지 않으면 잠깐 이야기 좀 할 수 있을까 해서 왔어요."

"물론이죠. 그럼 제 사무실로 갈까요?"

바브가 톰을 바라보았다.

"마튼스 형사님, 제가 또 도와드릴 일이 있나요?"

"지금은 없습니다."

바브가 먼저 문밖으로 나가자 톰이 내 앞을 가로막아 섰다.

"지금 대체 뭘 하고 다니는 거야, 리지? 이 일에서 손 떼라고 분명히 말했잖아."

"메러디스가 죽었어. 바브는 언니의 친한 친구였고. 그냥 잠깐 이야기나 좀 하고 싶은 것뿐이야."

"지금 말한 것 외에 다른 목적이 있다는 사실을 알게 되는 즉시 감옥에 보내 버릴 테니 조심해. 내 말 알겠어?"

그와 눈이 마주쳤다.

"그래."

내가 대답했다.

톰이 마지못해 길을 비켜주었다.

"커피 한 잔 드릴까요?"

바브의 사무실에 앉자 그녀가 물었다.

"아니요, 괜찮아요."

바브는 책상 건너편에 앉은 나를 향해 크리넥스 상자를 슬쩍 밀었다. 눈에는 눈물이 고여 있었다.

"리지, 뭘 도와드릴까요?"

나는 감정에 함몰되지 않으려고 애를 썼다. 지금 길을 잃는다면 영원히 헤어 나오지 못할 것 같아 바로 본론으로 들어갔다.

"메러디스에게 무슨 문제가…… 있었나요?"

바브가 잠시 시선을 피했다가 나를 정면으로 응시했다.

"어떤 문제를 이야기하는 거예요?"

"메러디스에게 어떤 문제가 있었는지 알아야 한다는 사실만으로도, 그녀에게 문제가 있었다는 걸 의미해요. 대체 무슨 일이 일어나고 있었던 거예요?"

바브가 고개를 뒤로 젖히고 천장을 바라보았다.

"나도 말해줄 수 있으면 좋겠네요."

"바브, 메러디스는 제 언니예요……"

바브가 손을 들어 나를 저지했다.

"내가 말하지 않겠다는 게 아니에요. 말을 해줄 수 없다는 거예요. 나도 아는 게 없으니까요."

"하지만 방금……"

"마튼스 형사님께도 말했지만 어떤 일이 일어나고 있었다는 건 확실해요. 하지만 맹세컨대 그게 무슨 일인지는 나도 몰라요. 최근 몇 달 동안 메러디스는 불안하고 어딘가에 정신이 팔린 듯 보였어요. 업무가 너무 많은 것 같아서 최대한 업무를 줄여주기도 했는데 전혀 소용이 없었어요."

바브는 손으로 곱슬머리를 쓸어 넘겼다.

"메러디스에게 휴가를 주기도 했어요. 5월 초에 베이필드에 가서 몇 주 쉬다가 돌아왔는데 상태가 더 안 좋아졌어요. 혹시 가족에게 무슨 일이 생긴 건 아닐까 싶어서 당신이나 루스가 어디 아픈 거냐고 물었지만, 메러디스는 모든 게 괜찮다고만 말했어요. 살이 빠지기 시작하고 눈 밑에는 다크서클이 생겼더라고요. 상담을 받아보는 게 좋겠다고 했는데 이미 치료를 받고 있다고 했어요."

바브는 앞에 놓인 책상 위에 손가락을 펼쳤다.

"더 많은 걸 알려드리고 싶지만… 저도 아무것도 몰라요."

"하지만 확실히 뭔가 일이 있었다는 거죠?"

"확실히요."

내가 생각에 잠긴 동안 바브가 오래도록 내 얼굴을 바라보았다.

"지금 이 일을 제외하면 가족에게는 아무런 문제가 없는 거죠?"

"제가 아는 한은요."

"그렇다면 전혀 모르겠네요."

"고객들은요? 동료들은요? 아무런 문제도 없었나요?"

"그냥 업계 특성상 일어나는 일들이요."

바브가 머뭇거렸다.

"관련 없는 이야기일 수도 있지만, 이 근처에 계속 나타나는 남자가 있었어요."

"새로운 남자친구요?"

바브가 고개를 저었다.

"그런 것 같진 않았어요. 사무실에도 몇 번 찾아왔었는데 나이가 많고 덩치가 큰 남자였어요. 어느 날 아침 스타벅스에서 우연히 마주쳤는데 메러디스가 우리에게 그 남자가 누구인지 소개하지 않더라고요. 그 남자를 대여섯 번 정도 본 것 같아요."

"이름도 아시나요?"

"아니요. 비밀스러운 느낌이었어요. 도움이 하나도 안 됐죠?"

"그렇네요."

하지만 어떻게든 이 미스터리한 남자를 추적할 수 있게 되길 바라면서 정보를 기록해두었다. 우리는 몇 분간 이야기를 더 나누었지만 별로 할 말이 없었다. 바브는 장례식에 대해 물었고, 나는 그녀에게 일정을 알려주겠다고 했다. 바브가 책상으로 고개를 떨구었고 나를 위해 그녀가 눈물을 참으려고 애쓰고 있다는 것을 알았다.

"당신이 생각하는 것보다 훨씬 더 많이…… 메러디스가 보고 싶을 거예요."

바브의 목소리가 떨렸다.

"그녀는 훌륭한 사회복지사이자 좋은 친구였거든요."

돌아가기 위해 자리에서 일어서자 바브가 책상을 돌아 나와 나를 다시 안아주었다.

"제가 여기 있어요. 도움이 필요하면 그게 뭐가 됐든 연락해요."

품에서 나를 놓아준 바브의 눈에 눈물이 고여 있었다.

"고마워요, 바브. 우린 괜찮을 거예요."

바브가 내 팔을 잡았다.

"제 말은, 당신을 위해 내가 여기 있겠다고요, 리지. 메러디스가 그랬던 것처럼 이 모든 걸 혼자 마음속에 꽁꽁 담아두지 않았으면 좋겠어요. 이야기를 들어줄 사람이 필요하거나 기대어 울 어깨가 필요하다면 언제든 연락해요."

손잡이에 손을 얹는 순간 바브가 말했다.

"메러디스가 누구에게라도 솔직하게 털어놓았더라면 이런 일은 일어나지 않았을 거예요. 우리가 메러디스의 장례식에 관해 이야기할 일이 없었을지도 모르죠."

7

글쎄, 그 말은 내가 가장 듣고 싶지 않았던 말이었다. 나는 메러디스가 자신도 모르는 사이에 본인의 죽음에 원인을 제공했을 거라고 믿고 싶지 않았다.

자동차 내부는 숨이 턱 막힐 만큼 더웠고 나는 주차장에 세워 둔 차 안에 들어가 에어컨이 실내 온도를 낮춰 주기를 기다리고 있었다.

조수석 문이 벌컥 열리고 톰이 차에 탔다.

"어제 메러디스네 집에서 마주쳤을 때 범죄 현장을 기웃거리는 널 체포하지 않았던 건, 옛정을 생각해서 예의를 갖춘 거야."

"고맙다고 인사라도 해야 해?"

"경찰이 공식적으로 수사 중인 사건에 간섭하지 않는 게 지금 네가 할 일이야."

"나 아무 일도 안 했는데."

"아직은 그렇지."

톰이 내 얼굴을 살폈다.

"그래서, 찾으려고 했던 건 찾았어?"

노골적인 톰의 질문에 나도 모르게 움찔했다.

"말장난할 시간 없어, 리지. 메러디스 다이어리랑 책상 뒤지고 있었잖아. 대체 뭘 찾고 있었던 거야?"

이 상황에서 부인해봤자 시간만 낭비하는 꼴이었다.

"나도 잘 모르겠어. 내가 아는 거라고는 메러디스의 삶에 엄청난 일이 일어나고 있었다는 거야, 그리고……"

"그리고 뭐?"

"아직 확실히는 모르지만 어쩌면 그 일이 메러디스를 죽였을지도 몰라."

"네 말이 맞아. 그러니까 지금 이게 어떤 상황인지, 우리가 상대하는 놈이 어떤 사람인지 확실히 알기 전까지는 네가 이 일에서 손을 떼야 한다고."

이런 상황에 나까지 상대해야 하는 것이 피곤하다는 듯 그가 손으로 눈을 비볐다.

"리지, 지금은 범인을 찾기 위해 살인 사건을 수사 중이야. 지금부터 이 사건에 기웃대지 않겠다는 약속을 해줬으면 좋겠어."

"나도 알아. 나는 네 수사를 방해하고 싶은 것도 아니고. 메러디스의 삶에 무슨 일이 일어나고 있었는지 알아내려는 것뿐이야."

"그 일이 메러디스가 죽은 것과 관련이 없다는 사실도 아직 밝혀지지 않았잖아. 다시 한번 경고하는데 이 일에서 제발 빠져."

"알겠어."

그가 투덜거렸다.

"네 말이 믿기진 않지만, 지금은 네가 해주는 약속 말고는 달리 믿을 수 있는 게 없으니 여기까지만 할게."

톰이 차에서 내리더니 문을 닫았다.

휴대전화가 울렸다. 프레드였다.

"우리 좀 만나야겠어."

그에게 말했다.

"좋아. 언제, 어디서?"

"지금 미니애폴리스 시내 쪽으로 가는 길이야. 한 시간 뒤 어때? 발렌티노에서 점심 먹자."

"기다리고 있을게."

* * *

고속도로를 빠져나왔다. 메러디스의 같은 반 친구이자 톰을 사이에 둔 라이벌이었던 리 앳워터의 사무실은 미니애폴리스 시내 6번가 바로 앞에 있는 툴러만 빌딩에 있었다. 주차장에 차를 세워두고 엘리베이터를 타고 9층으로 올라갔다.

전문 심리 상담사인 리 앳워터 박사의 접수담당자는 리가 지금 환자와 상담 중이며 오늘은 예약이 꽉 차 있다고 말했다. 리 앳워터의 오랜 친구로 나를 소개한 후 시애틀에 있는 집으로 돌아가기 전에 그녀에게 잠깐 안부 인사를 하고 싶다고 말했다. 접수담당자는 내게 잠시 앉아서 기다리라고 말하며 예약 사이에 잠깐 만날 수 있을지 시간을 찾아보겠다고 말했다.

대기실은 크롬과 가죽으로 꾸며져 있었다. 딱딱한 의자에 앉아

20분쯤 기다리자 접수담당자가 안으로 들어가 보라고 일러주었다. 리는 커다란 마호가니 책상 뒤에 앉아있었는데 그녀의 등 뒤로 보이는 유리 벽은 미니애폴리스의 스카이라인을 내려다보고 있었다. 날씬한 체형을 부드럽게 감싸고 있는 300달러짜리 수트가 리의 비즈니스가 성공적으로 운영되고 있음을 말해주고 있었다. 대학 시절 힘없이 축 늘어져 있던 그녀의 머리카락은 세련된 레이어드컷으로 변했다. 헤어 스타일이 그녀의 작은 얼굴을 강조해주었다. 고등학교 시절 촌스러운 소녀였던 리는 이제 스스로의 노력으로 백조가 되었다. 매력적이고 성공한 여성이 된 것이다.

리의 맞은편에 놓인 의자에 앉았다.

"만나줘서 고마워, 리."

"네가 시애틀로 돌아가기 전에 만날 수 있는 기회인데 놓치고 싶지 않았거든."

리의 입가에 희미한 미소가 번졌다가 빠르게 사라졌다.

"어떻게 위로의 말을 해야 할지 모르겠어, 리지. 메러디스 소식을 듣고 정말 슬펐어."

"고마워. 네가 나를 좀 도와줄 수 있으면 좋겠는데."

"내가 도울 수 있는 일이라면……."

호의적이었지만 그러면서도 리의 목소리에 경계심이 느껴졌다.

"메러디스랑 주기적으로 만나고 있었다는 거 알아. 네가 메러디스의 상담사였던 거 같은데."

말을 잠시 멈추고 그녀가 끼어들기를 기다렸지만, 리는 아무 말이 없었다.

"지난 몇 달간 메러디스에게 무슨 일이 일어나고 있었는지 알아보는 중이야. 메러디스가 어떤 일 때문에 괴로워하고 있었던 건 알 아냈어. 그게 꽤 심각한 일이라는 것도."

여전히 리는 아무런 말이 없었다.

"네가 나를 좀 도와줬으면 좋겠어."

"뭘?"

"무슨 일이 있었는지 알고 싶어."

난처하다는 듯 리가 입술을 깨물었다.

"리지, 메러디스는 내 고객이었어. 그 말은 내가 너에게 메러디스 에 관해 무엇도 이야기해서는 안 된다는 말이야. 비밀을 알려주는 건 더더욱 안 될 일이고."

"메러디스가 살해당한 거라고 해도?"

"살해당했다고 해도 마찬가지야."

"리, 나 좀 도와줘. 부탁이야."

리가 아니라면 이 문제를 누구에게 물어봐야 할지도 알 수 없었다.

"메러디스가 널 만나는 특별한 이유라도 있었던 거야? 아니면 그 냥 '인생이 너무 힘드네' 같은 거였던 거야?"

"너 지금 나를 굉장히 곤란하게 만들고 있어. 나도 널 돕고 싶어. 메러디스도 정말 도와주고 싶었고. 하지만 나는 전문 상담가야. 법 적으로, 그리고 윤리적으로 메러디스의 상담 내용에 관한 이야기는 할 수 없게 돼 있어."

리가 책상 뒤로 가서 나와 마주 보고 앉았다.

"슬픔을 이겨내는 데 도움이 필요하다면 얼마든지 도와줄 수 있 어. 하지만 그게 아니라면 내가 할 수 있는 일은 없어."

아무런 소득도 없이 빈손으로 돌아가고 싶지는 않았다. 뭐라도 알아내야 했다. 그게 무엇이든. 나는 머리를 쥐어짰다.

"메러디스를 힘들게 하는 남자라도 있었어?"

"너, 이대로 호락호락하게 물러설 생각이 없는 거지?"

리가 못 말린다는 표정을 지었다.

"뭐라도 알아낼 때까지는 절대로 나가지 않겠다는 표정이네."

리가 잠시 고민했다.

"10분 후에 다른 예약이 있어서 빨리 끝내야 해. 메러디스가 왜 내게 상담을 받았는지 네게 알려줄 수는 없어. 하지만 친구로서 내가 할 수 있는 일을 할게. '예, 아니요'로 대답할 수 있는 질문으로 물어보면 알려줘도 괜찮을 만한 것들, 아니 네가 알고 있어야 할 것 같은 질문에 대답해줄게. 어때?"

"좋아."

"준비되면 시작해."

메러디스의 삶을 속속들이 알지 못하는 상황에서 어디서부터 질문해야 할지 감조차 오지 않았다. 내가 알고 있던 몇 가지 소소한 사실부터 시작해야 했다.

"메러디스가 임신했던 사실 알고 있었어?"

"응."

"메러디스가 애를 낳았어?"

약간의 망설임이 이어졌다.

"응."

좋아. 이제 뭘 물어봐야 하지?

"메러디스가 아이를 입양 보냈어?"

"응."

"아이는 지금 어디에 있어?"

리가 눈썹을 찌푸린 후 고개를 저었다.

"그건 말해줄 수 없어."

"그 아이가 어디 있는지 모르기 때문이야? 아니면 말해줘도 괜찮을 것 같은 질문에 포함되지 않아서 그런 거야?"

"다음 질문으로 넘어가자."

시간이 없었다. 나는 빨리 다음 질문을 던졌다.

"좋아. 루스도 메러디스가 출산했다는 사실을 알고 있었어?"

리가 다시 잠시 망설였다.

"응."

"애 아빠는 누구야?"

그녀가 미소 지었다.

"제법인데."

그녀를 따라 나도 웃었다.

"시도해 볼 만 했으니까. 애 아빠가 누구였는지 알고 있어?"

리가 고개를 숙여 손을 바라보며 내 시선을 피했다. 그녀의 목소리가 차분하게 가라앉았다.

"아니, 나도 확실히 몰라."

"톰 마튼스가 아빠였어?"

리가 빠르게 고개를 들었다.

"뭐? 세상에. 그런 걸 왜 물어보는 거야?"

나는 아무렇지 않은 듯 태연한 표정을 지어 보였다.

"혹시 누군가 메러디스를 협박하고 있었어?"

리의 눈에 눈물이 맺힌 것 같았다. 그때 책상 위에 놓여있던 전화기가 울리고 다른 방에 있는 누군가가 이야기하는 목소리가 방안에 울려 퍼졌다.

"앳워터 박사님, 다음 환자분 오셨습니다."

리가 자리에서 일어났다.

"리지, 미안해. 그만 돌아가 줘."

"아직 마지막 질문에 대답 안 해줬잖아."

"할 수 없어. 그건 내가 이야기해 줄 수 없는 문제야."

내가 자리에서 일어서자 리가 두 손으로 내 손을 감싸 쥐었다.

"메러디스에게 일어난 일은 정말 유감이야, 엘리자베스. 메러디스는 정말 좋은 사람이었어. 널 정말 많이 사랑했었어."

리가 온화한 미소를 지어 보이자 나는 고개를 돌릴 수밖에 없었다.

"고마워, 리."

인사를 건네고 문으로 향했다.

"있잖아, 리지. 내가 메러디스를 만나고 깨달은 건, '조심하지 않으면 우리의 강점이 약점이 될 수도 있다'는 거야."

리의 말에 가던 길을 멈추고 멈칫했다.

"무슨 말인지 잘 모르겠어."

"이해하게 될 거야."

8

나는 퍼즐을 싫어한다. 골치가 아프니까. 불길한 느낌이 드는 리의 마지막 말이 무엇을 의미하는지 조금도 감을 잡을 수 없었다.

이렇게 오랜 시간이 지난 후에 메러디스가 자신의 연적을 다시 찾은 이유도 여전히 의문이었다. 하지만 리는 익숙한 사람이었고, 학창 시절에 리가 메러디스에게 가졌던 적대감이 무엇이든 지금쯤이면 충분히 가라앉았을 터였다.

가장 먼저 도착한 엘리베이터에 타려는 순간 바로 옆 엘리베이터에서 톰이 내렸다. 예상치 못한 장소에서 나와 마주친 그는 깜짝 놀란 표정을 지었다. 톰의 말을 무시하고 약속을 어긴 탓인지, 톰은 화가 난 얼굴로 허공을 향해 황당한 표정을 지어 보였다.

나는 재빨리 차를 몰아 발렌티노로 향했다. 프레드가 식당의 창가 옆 테이블에 앉아 나를 기다리고 있었고, 그의 앞에는 넋을 잃게 만드는 근사한 남자가 앉아있었다. 매그넘 P.I. 드라마 시절의 톰 셸

렉이 떠올랐다. 훤칠한 키에 근육질의 몸매. 완벽했다.

테이블로 다가가는 나를 발견하고 프레드가 대화를 멈추었다. 맞은편에 앉은 남자가 나를 보고 자리에서 일어났다.

"리지!"

프레드가 나를 불렀다.

"내 친구 찰리야."

찰리가 미소 지으며 악수를 건넸다.

"드디어! 이렇게 만나다니, 정말 반가워요, 리지."

눈가의 잔주름이 정말 매력적이었다.

"프레드한테 이야기 정말 많이 들었어요."

나는 프레드를 바라보았다. 찰리에게 최근에서야 그의 이야기를 들었다는 말은 하지 않았다.

"저도 정말 반가워요."

그는 내 손을 계속 꼭 붙잡은 상태였다.

"메러디스 일은 정말 유감이에요."

"감사합니다."

나는 고개를 돌리고 눈물이 흐르지 않도록 꾹 참았다.

"좀 더 같이 있고 싶은데 그만 병원으로 돌아가 봐야 해서요. 만나서 인사하고 싶었어요."

그가 프레드에게 눈인사를 건넸다.

"나중에 전화할게."

식당 안에 있던 모든 여자와 몇 명의 남자까지 찰리가 식당을 빠져나가는 모습을 바라보았다.

"와우."

찰리가 떠난 후 내가 감탄했다.

"얼굴만 잘생긴 게 아니야."

프레드가 잠시 뜸을 들였다.

"몸매도 끝내줘."

"네가 찰리와 그 정도로 깊은 관계라는 사실까지 알려주다니 정말 고맙네."

프레드가 웃었다.

"농담이야, 리지. 찰리를 만난 것보다 더 좋은 일은 내 인생에 없을 거야."

"네가 행복하다니 기쁘다."

점심을 주문한 후 곧바로 본론으로 들어갔다.

"그래서, 뭐 좀 알아냈어?"

"첫 번째 목적지에서는 아무런 소득이 없었어. 사진작가는 순 나쁜 놈이더라고. 당연히 그 가족은 기억도 못 했고. 일 년에 사진을 수천 장씩 찍는다고 하던데 뭐든 기억하기가 힘들겠지. 심지어 돈을 준다고 했는데도 기억이 나는 척도 안 하더라. 세상이 대체 어떻게 돌아가고 있는 걸까? 돈을 줘도 비밀스러운 정보를 살 수 없다니. 무서울 지경이야."

"정말 소름 돋는다."

"너는? 이것보단 운이 좋았길 바라."

나도 별반 다를 게 없었다. 프레드에게 내가 찾은 걸 설명해주는 데 시간이 오래 걸리지도 않았다. 나는 메러디스가 일정을 적어 놓은 다이어리와 바브가 목격했다던 의문의 남자, 리 앳워터와의 대화, 그리고 톰 마튼스가 늘 나보다 한 발짝 늦는다는 사실과 그 사실에 대해 아주 불쾌해 한다는 사실들을 털어놓았다.

프레드가 나를 잠자코 바라보았다.

"그래서? 톰이랑은 어떻게 되어가는 건데?"

"뭐가?"

"네가 가는 곳마다 톰이 계속 나타난다며. 너를 미행이라도 하고 있는 거야?"

"글쎄, 메러디스의 사무실에서는 나보다 빨랐지만 그게 중요한 것 같지는 않아. 리의 사무실을 찾아간 것도 우리 두 사람이 합리적으로 생각할 수 있는 다음 단계였고."

"그래, 그리고?"

"그리고…… 라니?"

"그 밖에 내가 알아야 할 다른 일은 없어?"

"예를 들면?"

"네가 톰에 대해 이야기할 때마다 뭔가 좀 다른 것 같은데."

나는 시선을 피했다. 내가 느낀 감정을 어떻게 설명해야 할지, 내가 감정을 제대로 이해하고 있긴 한 건지 알 수 없었다.

프레드가 내 손등을 톡톡 두드렸다.

"말해 봐."

눈가에 눈물이 고였다.

"다린 실버 기억해? 열다섯 살 때 내가 푹 빠져있었던 남자애 말이야."

"걔가 뭘……."

"그 애 기억하냐고."

"그래. 걔 쓰레기였잖아."

사실이었다.

"나 개랑 결혼하고 싶었어."

나는 프레드의 눈치를 살폈다. 그는 아무런 말이 없었다.

"개가 나랑 제일 친했던 매기랑 바람나서 나 차버린 날 펑펑 울면서 집에 왔어. 내가 원했던 모든 게 사라져버렸으니까. 단순히 절망적이기만 한 게 아니었어."

"난데없이 과거 이야기를 하는 이유가 뭔데?"

"그날 집에 오니까 톰이 메러디스와 함께 외출하려고 거실에서 기다리고 있었어. 나한테 무슨 일이 있느냐고 묻더라고. 그리고 나를 달래주면서 모든 게 다 잘 될 거라고 말해줬어."

"그래, 톰이 착한 사람이었네. 그런데 그게 뭐?"

"그러더니 톰이 그 애 이름하고 어디에 사는지 물어보더라고. 그때는 아무런 생각이 없었는데, 이틀쯤 지난 후에 다린이 학교에서 집에 가는 나를 붙잡고는 잠깐 이야기 좀 하자고 했어. 어쩐 일인지 잔뜩 긴장한 듯한 모습이었어. 계속 주위를 힐끔거리고. 무슨 상황인지 감도 오지 않았는데 다린이 내게 상처를 줬다고 사과하면서 나를 만나기엔 자기가 너무 부족한 사람이라고 말하는 거야."

프레드가 인상을 찌푸렸다.

"다린이 태도를 바꾼 게 톰 때문이었다고 생각하는 거야?"

"그래."

"그래서 요점이 뭔데?"

나는 다시 창밖을 바라보았다.

"톰은 내가 안전하다고 느끼고 싶을 때, 내가 그렇게 느낄 수 있도록 해줘."

프레드는 오랫동안 말이 없었다.

"그건 아주 오래전의 일이잖아, 리지. 우린 모두 변했어. 오랜 시간이 지났으니 예전과 다른 사람이라고."

"난 변하지 않는 것들도 있다고 생각하고 싶어. 좋은 사람은 계속 좋은 사람으로 남는 것 같은……."

"다린은 톰이 정말 좋은 사람이었다고 생각할 거 같지 않은데."

프레드가 내 표정을 살폈다.

"내 생각에 너 좀 조심해야 할 것 같아."

"**톰**이잖아. 열두 살 때부터 그를 알고 지냈다고."

"우리 같이 데이트라인 TV 프로그램에서 본 거 기억 안 나? 쓸만한 단서가 없을 때 형사들이 어떻게 하지? 범인일 확률이 가장 높은 사람을 찾아가서 자백하라고 강요하잖아."

"그런 일은 절대로……."

"조심해서 나쁠 거 없잖아. 부탁이야."

"알겠어."

둘 다 잠시 아무런 말도 없었다. 그러다 내가 문득 잊고 있던 질문이 생각 나서 프레드에게 물었다.

"메러디스가 임신했었다는 사실 알고 있었어?"

"뭐라고? 아니."

프레드가 고개를 가로저었다.

나는 그에게 부검 결과와 리가 확인해 준 사실을 들려주었다. 그가 깊은 구석에 묻어 놓은 옛 기억을 뒤지고 있다는 것을 그의 표정에서 알 수 있었다.

"그럴 리 없어. 메러디스가 임신했는데 어떻게 우리가 그 사실을 모를 수가 있어? 그건 말도 안 돼. 서로의 생활을 속속들이 다 알고 있는 상태에서 메러디스가 임신했다는 사실을 숨길 수는 없어."

프레드의 말이 옳았다. 우리 세 사람은 늘 함께였고, 우리의 삶은 하나로 뒤엉켜있었다. 몇 주쯤은 서로 얼굴을 안 보고 지나갈 수 있었겠지만 그런 시간이 몇 달로 이어지지는 않았다. 우리가 유일하게 떨어져 있던 시간은 메러디스가 기숙학교에 갔을 때뿐이었다.

"메러디스가 고등학교 2학년이었을 때 기억나?"

내가 말했다.

"나도 그때 생각하고 있었어. 루스가 짐 싸서 시카고로 보냈었잖아. 지금 생각해 보니 그랬을 수도 있겠어."

"리가 그러는데 루스가 임신 사실을 알고 있었다고 했어. 메러디스가 자의로 멀리 떠나 있었다면 원치 않는 임신을 루스에게 털어놨을 리가 없어."

버섯에 고명을 채운 요리를 접시에 옮겨 담았다. 그 해는 내 인생에서 최악의 한 해였다.

"여름에 기숙학교로 떠나기 전에 메러디스가 완전히 신경질적이었어. 종일 싸우기만 했다니까."

프레드가 어깨를 으쓱했다.

"호르몬 때문이었네."

"메러디스 혼자 기숙학교로 떠났다면 그렇게 나쁘지 않았을 수도 있어. 그때 메러디스가 나도 집에서 멀리 떨어진 학교에 가야 한다고 고집을 부렸는데 루스도 동의하는 바람에 둘이 합심해서 나를 보스턴으로 보내버렸잖아. 거기 정말 끔찍했어."

"메러디스는 너한테 도움이 될 거라고 생각했는지도 모르지. 좀 더 어른스러워지는 기회가 될 수도 있고."

"그럴지도. 그런데 무슨 벌을 받는 것 같았어. 그때 메러디스는 화가 많이 나 있었는데 나는 왜 그러는지 이유를 짐작도 못 했거든. 메러디스가 1년간 지옥 생활을 견뎌야 한다면 나도 그래야만 하는 것 같았다니까."

"그때 메러디스가 누구랑 만나고 있었어?"

"아침에 내내 생각해봤는데 그해 여름에 마크라는 남자를 만나고 있었던 것 같아. 루스가 별로 안 좋아했었어."

"그 마크라는 남자는 어떻게 됐는데?"

"메러디스가 시카고로 가기 전에 헤어졌어. 마지막으로 소식을 들었을 땐 성직자가 되려고 준비한다 들었고."

"들을수록 알쏭달쏭하네."

"아니면…… 들을수록 이상하던가."

하지만 마크라는 남자를 만나기 직전에 톰이 있었다. 억지로라도 생각하지 않으려 애를 썼지만, 시간 순서대로 따져보았을 때 메러디스가 고등학교 2학년 때 임신을 했다면 톰이 아이의 아빠일 가능성도 충분히 있었다.

톰이 자신과 메러디스 사이의 관계를 내게 거짓말할 이유는 없었지만 한번 의심이 들기 시작하자 좀처럼 머릿속에서 사라지지 않았다.

나는 실망스러운 표정으로 프레드를 보았다.

"그러니까 아기를 가졌다는 걸 빼면 어제보다 더 알아낸 정보는 아무것도 없는 거네."

"잠깐."

프레드가 바지 뒷주머니에서 종이 한 장을 꺼냈다.

"USB에 저장된 파일을 전부 다 확인한 건 아니야. 어젯밤에 찰리가 잠깐 들르는 바람에 중간에 끊겼거든."

프레드가 나를 보고 장난스러운 미소를 지었지만 나는 모른 척했다.

"보니까,"

프레드가 말을 이었다.

"USB 안에 폴더가 여러 개 있더라고. 그중에 하나만 열어봤는데 그게 이거야."

그가 내게 종이를 건넨다. 지난 3월에 사설탐정이 보낸 청구서였다. 어리둥절한 표정으로 프레드를 보았다.

"이게 뭐야?"

"폴더 안에 청구서가 여러 장 있었어. 여기 청구서 내용을 자세히 좀 봐."

위스콘신주 베이필드까지 이동 거리를 따져 계산한 출장비와 베이필드에 있는 애플게이트 모텔의 5박 숙박비에 대한 청구 내역이었다.

"대체 무슨 일이 일어나고 있었던 거야?"

내가 물었다.

"5월에 메러디스가 베이필드에 갔었다고 지난번에 바브가 그러지 않았어?"

"맞아. 베이필드에 가보는 게 좋겠어."

* * *

안타깝게도 베이필드로 즉시 떠날 수는 없었다. 베이필드까지는 차로 운전해서 4시간이 걸리는 데다가 며칠 후면 메러디스의 장례식이 열릴 예정이었기 때문이다. 게다가 오늘 6시에는 루스와 함께 저녁을 먹기로 약속이 되어있었다.

빠른 시일 내에 루스에게 메러디스의 임신 사실에 대해 물어봐야 했다. 하지만 오늘 밤은 적당한 타이밍이 아니었다. 루스의 성격으로 미루어 보아 쉽지 않은 대화가 될 게 뻔했다.

나는 6시 10분쯤 집에 도착했는데 프레드가 먼저 도착했기를 바라며 일부러 시간을 끌었다. 하지만 프레드의 차는 보이지 않았다. 그러니까 프레드가 도착하거나 내가 미치광이가 되기 전까지는 나 혼자서 이 집의 어른들을 감당해야 한다는 뜻이었다.

루스와 레이첼 고모가 거실에 앉아있었다. 붉게 충혈된 레이첼의 눈 주위로 마스카라가 거뭇거뭇하게 번져있었고, 손에는 휴지가 한 웅큼 들려있었다. 고모는 보자마자 소파에서 튕겨 나오듯 일어나 두 팔을 활짝 벌리고 내게 다가왔다. 카프탄 블라우스의 통이 넓은 소매가 커다란 싱크홀처럼 입을 쩍 벌리고 늘어져 나를 통째로 삼켜버리겠다고 위협하는 것 같았다.

레이첼은 나를 그녀의 가슴으로 끌어당겨 볼에 입을 맞추고는 그녀의 어깨에 내 머리를 묻고 나를 위로해주었다. 마침내 나를 놓아주고 나서 그녀는 내 머리를 쓰다듬으며 양손으로 내 얼굴을 감쌌다.

"프레드가 전화했을 때 믿을 수가 없었단다. 거짓말이라고 생각했어. 어떻게 지내고 있니?"

"점점 괜찮아지고 있어요."

"다행이구나."

그녀가 부드러운 목소리로 말했다.

"내 옆에 앉으려무나."

나는 레이첼 고모를 좋아했다. 그녀는 자신의 게이 아들보다 화통하고, 유머가 넘쳤으며, 세련된 사람이었다. 단둘이서 오랜 시간을 보낼 수 있을 만큼 편한 성격이었고, 또 늘 다정했다. 그녀도 나를 좋아한다는 사실을 알고 있었다. 탈색한 금발 머리는 이제 숏컷으로 길이가 짧아졌고, 얼굴 피부는 마지막으로 봤을 때보다 더 탱탱해 보였다. 성형수술 중독이었다. '하지만 내게 다른 사람을 비난할 자격이 있을까?' 술이 담긴 카트를 빙 돌아 피하면서 레이첼 옆소파 자리에 무사히 앉았다.

"데이비드는요?"

내가 물었다.

"데이비드하고 프레드는 골프 치고 사격도 연습하고 온다고 나갔어. 데이비드가 많이 힘들어하고 있단다."

루스가 말했다.

"관심을 다른 데로 돌릴 만한 게 필요한 것 같아."

가장 먼저 떠오른 생각은 메러디스가 총에 맞아 사망한 이 시점에 사격연습을 하는 것이 과연 옳은가 하는 것이었다. 두 번째로 든 생각은 프레드가 불쌍하다는 것이었다. 내가 그랬던 것처럼 프레드도 사람들을 챙기는 일에 익숙해지고 있었다.

"우리가 계획을 좀 짜봤는데 말이야,"

루스가 말했다.

"어떤 음악이 좋을지 의견을 좀 주면 좋겠구나, 엘리자베스. 혹시 메러디스가 특별히 좋아했던 거 있니?"

나는 이렇게 말하고 싶었다. 메러디스는 자신에게 주어진 인생을 끝까지 살아내는 걸 좋아했을 거예요. 결혼하고, 아이를 낳고, 언젠가는 할머니가 되는 삶이요. 메러디스는 우리 가족이 서로에게 더 가까운 존재가 되기를 바랐을 거예요. 옳은 일을 하는 척하며 하루하루를 살아가는, 예의 바른 지인 정도의 사이보다 더 가까운 존재요. 메러디스는 우리가 바보 같고, 행복하고, 화가 날 때의 그 솔직한 감정 그대로를 서로에게 보여주길 바랐을 거예요. 하지만 내가 할 수 있는 말은 이것뿐이었다.

"더 로즈요."

"잘 모르는 노래 같구나."

루스가 말했다.

"제가 다운받아 드릴게요. 장례식은 언제예요?"

"토요일 아침."

그녀가 말했다.

"11시에 장례미사를 드리고 성당 식당에서 점심을 먹을 예정이란다. 그 후에는 가족끼리 모여 묘지에서 예배를 드릴 거야."

20분쯤 지난 후 프레드와 데이비드가 돌아왔다. 나를 흘겨보는 프레드의 눈빛에서 그가 얼마나 인상 깊은 오후를 보냈는지 눈치챌 수 있었다. 그런 그의 모습을 보며 나도 모르게 미안한 마음이 들었던 것 같기도 하다.

우리는 다이닝룸에 모여 가벼운 저녁을 먹었다. 어두운 벽과 네 명이 쓰기에는 너무 큰 식탁 때문에 나는 늘 이 방이 싫었다. 방에는 소리를 흡수할 만한 것이 아무것도 없었다. 누군가의 입에서 나온 단어들과 식기가 부딪히는 소리가 벽에 충돌했다가 그대로 튕겨 나와 갈 곳을 잃고 허공을 떠다녔다.

마사가 차가운 랍스터와 함께 그녀의 특제 드레싱을 얹은 샐러드 파스타, 잘게 조각낸 상추 샐러드, 정원에서 신선하게 공수해 온 얇게 썬 토마토, 이탈리아 빵을 내왔다.

데이비드는 상석에 앉아 잔을 비우기가 무섭게 와인을 새로 채웠다. 이렇게 술을 많이 마시는 데이비드의 모습은 처음이었다. 루스는 그런 데이비드의 모습을 하나도 놓치지 않고 기다란 테이블 맞은편에서 못마땅한 시선을 보냈다. 데이비드는 그런 루스의 시선을 눈치채지 못한 것 같았는데 어쩌면 전혀 신경을 쓰지 않는 것 같기도 했다.

주인을 잃은 메러디스의 의자를 볼 때마다, 다 같이 모여 고통스러운 시간을 보내고 있는 이유가 계속 떠올랐다.

마사는 디저트로 살구 콩포트를 내왔다. 테이블을 정리하자마자 프레드가 자리에서 일어났는데 어서 빨리 집으로 돌아가고 싶은 눈치였다.

"엄마, 그만 가요."

프레드가 레이첼에게 말했다.

"집까지 모셔 드릴게요."

"이렇게 빨리?"

레이첼이 답했다.

"오랜만에 만났잖니."

"함께 보낼 시간은 앞으로 며칠 동안 충분하잖아요. 밤에 약속이 있어요. 늦지 않으려면 지금 출발해야 해요."

프레드가 안쓰러운 표정으로 나를 쳐다보았다. 루스가 오늘 밤

집에서 자고 가기를 바란다는 걸 알고 있기 때문이었다. 프레드와 레이첼이 집을 나서자마자 뒤이어 데이비드가 서재로 사라졌다 루스는 음악을 듣기 위해 베란다로 갔고 나는 주방으로 향했다. 마침 식기세척기에 그릇을 넣은 마사가 나를 식탁에 앉히고는 내게 커피 한 잔을 가져다줬다. 자신은 맞은편 의자에 앉았다.

"그래, 어떻게 견디고 있니?"

마사가 내게 물으며 커다란 거친 손으로 내 손을 감쌌다.

"그럭저럭 괜찮은 거 같아요."

마사가 가까이 다가와 늘 그랬던 것처럼 얼굴에 붙은 머리카락을 손가락으로 빗어 뒤로 넘겨주었다.

"이제 메러디스를 볼 수 없다니 믿을 수가 없구나. 최근에 자주 만났던 건 아니었지만 말이야."

"메러디스가 집에 자주 오지 않았어요?"

집에 오기 꺼리는 건 나뿐이라고 생각했었다.

"아니."

나지막한 목소리로 대답하며 식탁을 내려다보고는 눈에 보이지 않는 부스러기들을 손으로 쓸어 담았다. 마사의 표정을 보니 무언가 다른 일이 있었음이 틀림없었다.

"마사, 메러디스가 뭐 때문에 힘들어하는지 혹시라도 이야기한 적 있어요?"

고개를 들어 나를 바라보는 마사의 눈에 눈물이 가득 고여 있었다.

"아니, 이야기해줬더라면 좋았을 것을. 가능한 만큼 메러디스를 도왔을 텐데. 6월에 집에 왔을 때 메러디스와 루스가 크게 다퉜어. 화가 난 메러디스가 그대로 집을 나가버렸고. 그 모습이 마지막 모습일 될 줄이야."

두 뺨을 타고 눈물이 주르륵 흘러내렸다.

"뭐 때문에 싸운 건데요?"

"나도 잘 몰라."

마사는 휴지로 눈가의 눈물을 닦으며 허리를 곧게 펴고 자세를 바로잡아 앉았다.

"어제 경찰이 찾아왔었어. 톰이라는 젊은 남자, 메러디스랑 데이트했던 그 남자가 우리 모두와 이야기했어. 이제 경찰이 되었더구나. 알고 있지?"

"네, 알아요."

"어쨌거나 우리가 그렇게 도움이 되진 않은 것 같아."

"오늘 아침에 리 앳워터를 만나러 갔었어요."

고개를 갸웃거리던 마사의 기억 속에 리가 누구인지 떠올랐다.

"남자친구를 뺏어갔다고 메러디스를 끔찍하게 싫어했던 대학 때 그 애 말이니?"

옛 기억이 떠오르자 마사가 식탁을 손으로 내리쳤다.

"톰이 리를 사귀다가 메러디스를 만나겠다고 걔를 차버렸잖아. 걔는 왜 만난 거니?"

모두가 그 이야기를 기억하고 있는 것 같았다.

등 뒤에서 거친 손이 내 어깨를 꽉 움켜쥐었다. 고개를 들어보니 존이 서 있었다. 그는 자신의 컵에 커피를 따르고는 마사 옆으로 가서 앉았다.

"오늘 아침에 메러디스 사무실에 갔었어요."

내가 말했다.

"메러디스 다이어리에 리 이름이 있더라고요. 지금은 아주 성공한 상담사예요. 지난 몇 달간 메러디스도 고객으로 리를 만나서 계속 상담해왔고요."

"왜?"

존이 물었다.

"뭔가에 불안해하고 있었어요. 속마음을 털어놓을 사람이 필요했나 봐요."

"가족에게 이야기할 수도 있었지."

출입구에서 루스가 말했다.

루스의 목소리를 들은 나는 깜짝 놀랐다. 루스가 마사의 공간에 들어오는 일은 거의 없었기 때문이다. 지금까지 살면서 루스가 주방에 들어온 횟수를 손가락으로 꼽을 수 있을 정도였다.

그녀는 탁자 맨 끝자리에 앉았다.

"계속 이야기해 보렴. 메러디스가 어쨌다고?"

"제가 아는 건 메러디스가 누군가를 만나고 있었단 사실뿐이에요."

마사와 존이 시선을 주고받았다.

"그리고 메러디스가 만나고 있던 누군가가 리 앳워터고?"

루스가 물었다.

"네."

"이 사실은 어떻게 알았니?"

"아침에 메러디스의 사무실에 갔다가 다이어리에 적힌 메모를 봤어요."

"메러디스의 다이어리는 왜 본 거니?"

어린 시절의 기억 속에 묻어두었던 그 떨떠름한 표정으로 루스가 나를 바라보았다.

"누군가 메러디스를 살해했고 그 사람이 누구인지 알고 싶으니까요."

"엘리자베스."

루스의 목소리는 더할 나위 없이 냉랭했다.

"그건 경찰이 하는 일이야. 어떤 방식으로든 사건에 개입해선 안 돼. 내 말 이해하겠니?"

내가 머뭇거리자 그녀가 말했다.

"나는 딸 하나를 잃었어. 남은 딸까지 잃을 수는 없다."

나를 바라보며 이야기하는 그녀의 목소리가 떨렸다.

"그러니까 다시 말하마. 너 자신을 위험에 빠뜨리는 일은 절대로 해서는 안 돼. 내가 허락하지 않을 거야."

자리에서 우아하게 일어난 루스가 나에게 다시 주의를 주었다.

"그냥 하는 말이 아니니 새겨들으렴."

루스가 자리를 뜨고 마사가 다시 손을 뻗어 내 손을 잡았다.

"많이 놀라셨을 테니 네가 이해해야 해. 게다가 루스 말이 맞아. 너도 알다시피 이건 경찰이 할 일이야."

"저도 알아요."

모든 일을 마치고 어린 시절 사용하던 위층 침실로 가 침대에 누웠다. 메러디스가 고집을 부린 탓에, 11년 전 대학에 가기 위해 집을 떠난 이후로 특별한 경우를 제외하고는 이 방에 살지 않았다.

"멀리 떠나야 해, 엘리."

메러디스가 말했다.

"나도 그랬으면 좋았을 텐데. 기숙사에 살면 재미있는 일도 많고 집에 사는 것보다 훨씬 더 자유로울 거야."

그래서 난 햄린대학교 기숙사로 이사했다. 집에서 아주 먼 곳에 떨어져 있는 건 아니었지만 독립심을 느끼기에는 충분할 정도의 거리였다. 메러디스가 옳았다. 집을 나온 건 현명한 선택이었다. 루스의 감시망에서 벗어나 날개를 활짝 펼칠 수 있다는 건 환상적인 느낌이었다.

이제는 그 시간이 아주 오래전 옛날처럼 느껴졌다.

침대의 네 귀퉁이에 늘어진 얇은 캐노피 천을 멍하니 바라보았다. 플러시 천으로 만든 카페트를 지나 메러디스의 침실과 연결된 문을 열었지만 차마 방 안으로 들어갈 수는 없었다. 메러디스가 떠났다. 심지어 집도 그 사실을 느끼고 있는 것 같았다. 나는 문을 닫고 다시 침대로 돌아왔다.

"무슨 일이 일어나든 날 미워하진 말아줘."

내가 어떻게 언니를 미워할 수 있겠어, 메러디스.

9시 정각이 되었을 때 방문을 가볍게 노크하는 소리가 들렸다. 자리에서 일어나 침대 옆으로 몸을 일으켰다.

"네."

조심스럽게 문이 열리고 루스가 머리를 빼꼼히 내밀었다.

"자러 가기 전에 네가 어떤지 잠깐 확인하고 싶어서."

"네, 들어오세요."

루스가 방 안으로 들어와 문을 닫았다.

책상 앞에 놓인 파란색 컴퓨터 의자에 앉은 그녀는 무릎 위에 곱게 포갠 손을 물끄러미 바라보다가 힘겹게 내 쪽으로 시선을 옮겼다.

"이 일로 네가 얼마나 힘들어하는지 알고 있단다, 엘리자베스. 우리 누구도 예상하지 않았고, 예측할 수도 없던 소식이었어."

루스가 깊게 숨을 들이마셨다.

"우리가 이 일을 잘 이겨낼 수 있을 거라는 걸 너도 알아줬으면 좋겠구나. 이번 일로 우리가 더욱 단단해지는 계기가 될 거야."

나는 그녀의 말이 무엇을 의미하는 건지 확신할 수 없었다. 우리가 이번 일을 잘 이겨낼 수 있다는 걸까? 아니면 이번 일을 계기로 더 나은 사람이 될 수 있을 거라는 의미일까? 항상 나를 지지해 줄 단 한 명의 사람이 이제 사라졌다. 나는 혼자서 이 일을 헤쳐 나갈 수 있을지 자신이 없었다.

"루스는 어때요? 이런 일을 어떻게 해결하세요? 어머니가 돌아가셨을 때 어떻게 하셨어요?"

루스가 고개를 저었다.

"그건 이번 일과는 아주 달라. 우리 엄마는 오랫동안 투병 생활을 하셨고 마지막 2년 동안은 침대에서만 생활하다시피 했어. 행복하지 않으셨지. 엄마에게 죽음은 거의 해방이나 마찬가지였어. 게다가 연세도 많으셨잖니. 아빠와 난 결혼을 생각하던 중이라 엄마가 세상을 떠난 후에도 기쁜 일이라고 할 만한 게 여전히 남아있었어."

"그럼 조셉, 그러니까 아빠가 돌아가셨을 때는 어땠어요?"

루스는 여러 번 죽음을 겪은 터였다.

"어린아이 둘을 키워야 하는 젊은 과부가 될 거라고는 상상도 하지 못했어. 남편을 잃는 것도 물론 힘든 경험이었지만 그것 역시 이것과는 달랐단다. 너와 메러디스가 있었잖니. 너희들을 보살피는 게 우선이었어. 그래서 내 슬픔 같은 건 잠시 제쳐두고 너희들이 잘 헤쳐 나갈 수 있게 도와야 했단다. 물론 쉬운 일은 아니었지. 하지만 우리는 이렇게 이겨냈잖니."

"그럼 그 일을 통해 무엇을 배우셨어요?"

이 상황을 이겨내는 데 도움이 될 만한 이야기를 듣고 싶었다. 루스의 얼굴에 부드러운 미소가 번졌다.

"하루에 하나씩 하자, 얘야. 지금 우리가 할 수 있는 건 그게 전부란다."

의자에서 일어난 루스가 방을 가로질러 와서 내 이마에 입을 맞췄다.

"잘 자렴."

그렇게 말하고는 나를 혼자 남겨두고 방을 나갔다.

불을 끄고 어둑해진 방에 누워 메러디스 생각에서 벗어나기 위해 할 수 있는 모든 시도를 하고 있었다. 단 몇 분이라도 말이다. 가능한 일인지는 모르겠지만.

그때 휴대전화가 울렸다. 톰이었다.

"아직도 루스 집에 있어?"

"오늘 밤은 예전에 쓰던 침대에서 자려고. 무슨 일이야?"

"아무 일도 없어. 그냥 뭐 하나 궁금해서 전화해 봤어."

걱정이 가득 담긴 톰의 말에서 어떤 의미를 읽어내고 싶었지만, 프레드가 했던 경고가 떠올랐다.

"고마워."

내가 대답했다.

"내 생각엔 그럭저럭 지내고 있는 것 같아."

우리는 몇 분 더 대화를 나누었다. 전화를 끊은 후 나는 침대 위에서 이리저리 뒤척이다가 톰을 생각하며 잠이 들었다. 프레드가 틀렸기를, 톰이 정말로 좋은 사람이었기를 바라면서.

9

꿈에 메러디스가 나왔다. 당연했다. 꿈속의 난 여덟 살이었고, 메러디스는 어린 시절 살았던 집의 덥고 매캐한 다락방에 앉아있었다. 그녀는 누가 봐도 울고 있었다. 나는 그런 그녀의 모습을 보고 분노하기보다는 호기심을 느꼈다. 부모님이 돌아가셨을 때도 메러디스가 우는 모습을 본 적이 없었기 때문이다.

나는 메러디스 앞에 앉아 양팔로 무릎을 감싸 안고는 어린아이의 호기심이 가득한 표정으로 메러디스를 바라보았다.

"여기에서 뭐 하는 거야?"

내가 물었다.

"저리 가, 엘리. 혼자 있고 싶어."

"왜?"

나는 메러디스의 말이 하나도 이해가 되지 않았다. 여름이었고, 나는 놀고 싶었다.

"엘리, 그만 좀 가줘."

"그런데 여기서 뭘 하고 있는데?"

"그냥 여기에 앉아서 생각하고 있어. 혼자 있고 싶다고."

가느다란 손이 뺨으로 흐르는 눈물을 훔쳤다.

"무슨 생각을 하는데?"

메러디스가 한숨을 쉬었다.

"말해주면 날 혼자 내버려 둘 거야?"

이건 꿈도, 상상도 아니었다. 실제로 일어난 일이었다. 그녀가 다음에 내게 했던 말이 무엇이었는지 생각해 내려고 애를 쓰면서 이른 아침 햇살에 잠에서 깼다. 중요한 말이었던 것 같은데 그게 무엇이었는지 도무지 기억이 나질 않았다.

침실은 덥고 끈적끈적했다. 나는 침대에서 일어나 창문으로 가서 잔디밭을 내려다보았다. 이처럼 이른 아침에 갈색으로 바싹 마른 잔디는 본 적이 없었다. 콘크리트 바닥에서는 뜨거운 열기가 만들어낸 아지랑이가 어른거리고 있었다.

루스는 일찌감치 일어나 아침 산책을 하기 위해 길을 나서고 있었다. 언제부터였는지 기억도 나지 않을 만큼 오래된 그녀의 습관이었다. 나는 침실에서 나와 긴 복도를 따라 다락으로 향했다. 의식적으로 내린 결정이라기보다는 메러디스를 붙잡기 위해 싸우고 있던 마음 깊은 곳에서 불거져 나온 것이었다. 비논리적으로 보일지라도 메러디스와의 추억이 깃든 장소에 내가 있다는 사실이 갑자기 중요하게 느껴졌다.

낡은 집에 계단으로 연결된 다락이었다. 계단 꼭대기의 공기는 숨이 턱 막힐 지경이었다. 지붕 창을 열었지만, 컵에 담긴 물로 활활 타오르는 불을 끄려는 것만큼이나 아무런 도움도 되지 않았다.

널찍한 방 서쪽 벽에는 낡은 옷이 가득 담긴 트렁크가 몇 개 놓여 있었다. 인접한 벽면에는 오래된 가구와 책이 담긴 상자가 잔뜩 쌓여있었다. 비가 오는 날이면 그 자리에서 소꿉놀이를 하고 있는 나를 루스나 마사가 찾으러 오곤 했다. 이따금 운이 좋으면 프레드를 협박해서 억지로 남편 역할을 시키곤 했지만, 프레드는 놀이가 시작되기도 전에 데이비드의 고장난 낡은 권총을 가지고 놀기 위해 방 반대편으로 도망가버리곤 했었다.

맞은편에는 루스의 엄마가 사용하던 도자기 그릇과 아일랜드 워터퍼드사에서 생산한 크리스탈이 담긴 나무 상자가 있었다. 그곳에서 노는 건 금지되었지만 늘 말을 잘 들었던 것은 아니었다.

루스가 결혼할 때 가져온 물건들을 보면서 머리 위에 전등을 켤 수 있는 실이란 실은 모두 당겨보았다.

다락 한쪽 구석에는 작고 쓸모없는 문이 달린 조그만 방이 여러 개 있었다. 메러디스가 나에게서 벗어나 혼자 있고 싶을 때 여러 개의 방 중 하나로 도망가면 나는 그 문 앞에 서 있곤 했었다.

그 방에는 정원이 내려다보이는 지붕 창이 있었고, 바닥에는 얼룩진 매트리스가 깔려있었다. 나는 매트리스에 누웠다. 그녀가 돌아오기만 한다면 다시는 그녀를 괴롭히지 않을 거라고 약속하면서 이 은신처로 메러디스를 불러오기 위해 애쓰고 있었다.

당연히 효과는 없었다. 나는 눈을 감고 덥고 매캐한 다락에 홀로 앉아있는 열 세살 소녀를 그려보았다.

"여기에서 뭐 하는 거야?"

내가 물었다.

메러디스는 눈을 감고 얼굴에서 아무것도 읽을 수 없도록 마음속 깊은 곳으로 모든 표정을 숨겨버렸다.

"생각하고 있어, 엘리."

메러디스가 말했다.

"무슨 생각을 하는데?"

"달의 가장자리에서 살면 어떨까 생각하고 있었어. 세상과 멀리 떨어져서 아무도 너를 만질 수 없는 곳 말이야. 안전하고 오롯이 혼자 있을 수 있는 곳, 모든 것이 내 것이 되는 곳. 초대받지 않은 사람은 아무도 올 수 없는 곳. 초대하고 싶지 않으면 초대할 필요가 없는 그런 곳 말이야."

그때 메러디스가 내게 했던 말이 바로 이것이었다. 갑자기 기억이 또렷해졌다. 메러디스는 내게 달의 가장자리에 살면 어떨지에 대해 이야기했다.

그 당시에도 메러디스의 말이 무엇을 의미하는지 이해하지 못했고 지금 역시 마찬가지였다. 하지만 갑자기 메러디스와 아주 가까워진 느낌이 들었다. 언니의 말을 이해하지는 못하면서도 존재만으로 안정감을 느끼는 여덟살짜리 꼬마에게, 그녀는 자신의 일부를 보여주었다.

지금 가장 중요한 건 메러디스에게 무슨 일이 있었던 건지 알아내야 한다는 사실이었다. 톰과 그의 팀원들이 해결해 주기를 마냥 기다리고 있을 수만은 없었다. 메러디스를 살해한 범인을 찾을 수 있을지 알 수 없지만 언젠가 본 책에 의하면 수사가 성공을 거두지 못해 미제 사건으로 남겨진 경우가 제법 많이 있었다.

하지만 경찰이 메러디스를 죽인 범인을 찾아낸다 해도 그녀의 삶에 어떤 일이 일어나고 있었는지 그 진실을 낱낱이 알려주지는 못할 것이다. 그리고 무엇보다도, 메러디스를 그토록 슬프게 만든 일이 대체 무엇이었는지, 나는 알아야만 했다.

10

아래층으로 내려가 샤워기에서 쏟아지는 차가운 물 속에 몸을 맡기고 먼지와 땀과 기억들을 모두 흘려보냈다. 그다음 침실로 가서 면바지와 블라우스를 찾아서 옷을 갈아입었다. 루스가 나를 보러 오기 전에 이 집을 빠져나갈 생각이었다. 루스는 분명 내가 여기에 하루 더 머물면서 자신과 레이첼과 함께 시간을 보내기를 원할 테지만 그런 상황을 더는 견딜 수 없었다.

현관문을 빠져나와 차에 올라탄 후 집과 연결된 도로로 핸들을 꺾으며 프레드에게 전화를 걸었다.

"무슨 일이야?"

프레드가 물었다.

"메러디스가 고용했던 사설탐정을 만나봐야겠어."

***

내가 차를 몰고 오크데일에 있는 타운하우스에 도착하자 집 앞에서 기다리고 있던 프레드가 조수석에 냉큼 올라탔다.

"네 차는 어딨어?"

내가 물었다.

시무룩한 표정이었다.

"레이첼이 가져갔어."

프레드가 모는 재규어는 그의 분신이나 다름없어서 다른 사람에게 빌려주는 법이 없었다.

"내가 지은 죄 때문에 벌을 받는 중인 것 같아."

경계석을 빠져나온 차가 도로에 합류했다.

"그래서 그 탐정이 누구인지 알아냈어?"

"이 사설탐정이라는 사람한테 정보를 캐내기가 쉽지는 않을 것 같긴 한데……"

프레드가 말했다.

"30분 후에 만나자고 하고선 우리가 시간만 낭비하게 될 거라고 말하더라고. 메러디스가 의뢰인이었기 때문에 알려줄 수 있는 정보가 거의 없다는 거지."

해들리 애비뉴에서 남쪽으로 쭉 달리다가 북쪽 텐스 스트릿으로 좌회전한 다음 남쪽 방향으로 연결된 694번 주간고속도로로 합류하여 웨스트 세인트폴에 있는 메이너드 에드먼이라는 사설탐정 사무실로 향했다. 빨간색 포드 포커스가 내 뒤로 와서 멈췄다. 그 차를 어디선가 본 듯한 찜찜한 기분이 가시질 않았지만 어디서 봤었는지 알 수 없었다. 메러디스가 살해된 이후 피해망상이라도 생긴 걸까? 미니애폴리스와 세인트폴 도심 지역에만 빨간색 포드 포커스가 몇 대나 있을까? 셀 수도 없이 많겠지? 나는 운전에만 집중했다. 그리고 사설탐정을 잘 구슬릴 방법만 고민했다. 위스콘신주 베이필드에서 그가 무엇을 알아냈기에, 그로부터 몇 주 뒤 메러디스가 베이필드로 직접 찾아가야만 했는지 알아야 했다.

메이너드 에드먼의 사무실은 상점이 일렬로 쭉 늘어선 건물에 있었는데, 주변이 꽤 지저분했다. 주차장을 둘러본 프레드는 자신의 재규어를 이곳에 주차하지 않아도 된다는 사실에 안도하는 듯했다.

지금까지 내가 알던 사설탐정들은 TV를 통해 본 사람들이 전부였기 때문에 실제로 사설탐정이 무슨 일을 해주는지에 대해 아는 바가 전혀 없었다. 벨을 누르고 유리문을 열어 사무실로 들어갔다.

주인이 자리를 비운 안내데스크 위에는 컴퓨터, 프린터, 전화기, 여러 개의 펜이 꽂힌 형편없이 작은 펜꽂이가 있었다. 벽에는 키가 큰 철제 파일 캐비닛이 두어 개 세워져 있었고, 바닥에는 얼룩이 진 흉측한 주황색 카펫이 깔려있었다. 뭐 때문에 그런 얼룩이 생긴 건지 상상하고 싶지도 않았다.

건장한 체격에 카키색 반바지와 폴로셔츠를 입은 백발의 남자가 안내데스크와 연결된 사무실 문을 열고 나왔다.

"무엇을 도와드릴까요?"

프레드가 한 걸음 앞으로 나와 손을 내밀었다.

"에드먼씨? 프레드 맥칼리스터입니다. 제 사촌 메러디스의 일로 전화를 드렸었는데요."

전화했던 게 그리 오래전의 일이 아닌데도 에드먼은 생각이 나지 않는 듯 이름을 기억해 내려 애를 쓰는 모습이었다.

"오, 그래요."

에드먼이 프레드와 악수하고 나를 바라보았다.

"이쪽은 메러디스의 여동생 엘리자베스입니다."

프레드가 나를 소개했다.

에드먼이 내 쪽으로 고개를 까닥이며 인사했다.

"제 사무실로 가실까요?"

그의 사무실은 대기실보다 크기가 두 배쯤은 커 보였다. 하지만 사무실 자체가 워낙 작은탓에 여전히 비좁았고, 바닥에 여기저기 널려 있는 종이 서류함에는 파일이 가득 차다 못해 흘러넘치고 있었다. 개인정보 보호 한번 잘 되는구먼.

프레드와 나는 에드먼 맞은편에 놓인 의자에 앉았다.

"절 어떻게 찾으신 거죠?"

에드먼이 물었다.

"메러디스가 사용하던 USB 안에 저장되어 있던 청구서에서 발견했어요."

내가 대답했다.

에드먼이 고개를 끄덕였다.

"제가 뭘 도와드리면 될까요?"

"메러디스가 당신을 고용한 이유를 알고 싶어요."

"죄송합니다만 법원 명령 없이는 말씀드릴 수 없습니다. 메러디스는 제 의뢰인이었고 전 법적 효력이 있는 비밀유지 계약에 사인했으니까요."

비밀유지? 무슨 클럽이라도 조직했다는 말로 들렸다.

"에드먼 씨, 메러디스가 죽었어요. 살해당했다고요. 이제 그 계약에 법적 효력이 사라졌다고 생각하지 않으세요?"

그가 고개를 가로저었다.

"그렇지 않습니다."

"메러디스가 뭘 조사해 달라고 했는지 아주 작은 단서라도 주실 수 없을까요?"

그가 다시 고개를 저었다.

"안 됩니다. 죄송합니다."

"지난봄에 베이필드에 방문한 출장비와 교통비를 메러디스에게 청구하셨잖아요."

"그랬죠."

"대체 뭐가 있길래 베이필드에 가야만 했던 거죠?"

에드먼이 한숨 쉬었다.

"좋은 분들이신 거 같고 저도 도와드리고 싶지만 안 돼요. 저를 고용해서 살해 사건에 대해 조사해달라고 의뢰하지 않는 한 제가 해드릴 수 있는 건 없습니다."

"당신이 베이필드에 방문하고 몇 주 있다가 메러디스가 베이필드를 찾아갔어요. 메러디스가 뭘 찾고 있었던 거죠? 거기에 뭐가 있다고 말해준 건가요?"

무슨 질문을 해도 소용없다는 듯 어깨를 으쓱했다.

"제가 베이필드에 갔던 건 사실입니다. 메러디스가 베이필드에 직접 방문했다면 그 부분에 대해서는 저도 아는 바가 없습니다. 게다가 범죄수사국에서 형사들이 이미 다녀갔어요. 영장을 발부받아 다시 온다고 하더군요. 그럼 서류를 제출할 수밖에 없습니다. 서류에 무슨 내용이 적혀있는지 알고 싶으면 범죄수사국에 문의하세요. 그 방법 말고 제가 도와드릴 수 있는 일은 없습니다."

에드먼이 자리에서 일어났다. 그렇게 우리의 대화가 끝났다. 프레드와 주차장으로 돌아가 차에 탔다. 나는 자동차에 시동을 걸었다.

"이럴 줄 알았어. 이제는 어쩌지?"

"플랜 B?"

"좋은 생각이야. 그런데 우리는 플랜 B가 없잖아, 기억 안 나?"

"아, 그렇지."

나는 프레드를 바라보았다.

"범죄수사국이 이미 다녀갔다고 에드먼이 그랬잖아."

"그래서?"

"USB는 우리가 가지고 있는데 형사들이 어떻게 알고 이곳을 찾아온 거지?"

"맞아, 그렇네. 형사들이 어떻게 알았을까?"

누군가 자동차 창문을 두드렸고 나는 의자에서 튕겨 나갈 만큼 깜짝 놀랐다. 고개를 돌리니 톰이 서 있었다. 오늘도 그다지 기분이 좋지 않은 표정이었다. 나는 버튼을 눌러 자동차 창문을 열면서 백미러로 빨간색 포드 포커스가 내 차와 어느 정도 간격을 두고 주차된 것을 확인했다. 제기랄!

톰이 고갯짓으로 프레드에게 알은 척은 했다.

"두 사람 다 잘 들어. 마지막으로 경고하는 거야. 내 사건에 기웃대지 말고 빠져. 너희 둘을 체포하고 싶진 않지만 계속 이런 식으로 나온다면 체포할 수밖에 없어."

프레드가 고개를 끄덕였다.

"알겠어."

톰이 나를 쳐다보았다.

"여기까지 오는데 시간이 꽤 걸렸네?"

내가 물었다.

톰이 눈살을 찌푸렸다.

"뭐?"

"나 미행하고 있었던 거 아니었어? 왜 이렇게 오래 걸린 거야?"

톰이 이를 악물었다.

"받아야 할 전화가 있어서."

"그리고 에드먼은 어떻게 알아낸 거야?"

"당연히 알고 있지. 메러디스 사건을 조사 중이니까. 그리고 네가 명심해야 할 부분도 바로 그거고."

톰이 손바닥으로 자동차 루프를 툭-쳤다.

"이제, 그만 돌아가."

프레드와 나는 다시 도로로 나왔다.

"USB 어디 있어?"

프레드에게 물었다.

그가 셔츠 주머니를 토닥였다.

"여기. 왜?"

"그 안에 다른 건 뭐가 있는지 봐야겠어."

내 아파트로 함께 돌아가는 길에 휴대전화가 울렸다. 모르는 번호로 걸려 온 전화였다.

"맥칼리스터 씨?"

전화를 받자 의문의 목소리가 말했다.

"그런데요?"

"웨인라이트 사무실의 노마 베를입니다."

그녀가 잠시 생각할 시간을 주었다. 그녀의 이름을 기억해 내기까지 몇 초의 시간이 흘렀다. 웨인라이트는 우리 가족의 변호사였다.

"네."

노마 베를 아니면 짐 웨인라이트가 내게 전화할 용건이 무엇인지 짐작도 되지 않았다.

"웨인라이트 변호사님이 가능한 한 빠르게 사무실에서 한번 뵙자고 하시는데요."

"무슨 일로요?"

"부동산 때문인 거 같아요."

나는 프레드를 힐끗 쳐다보고는 어깨를 으쓱했다.

"저한테 땅이 있는지 몰랐는데요. 웨인라이트 변호사님이 언제 저를 보자고 하셨나요?"

"가능한 한 빨리요."

그래요, 처음에 그렇게 말한 걸 저도 알고 있어요, 노마. 나는 속으로 그렇게 생각했지만 정중하게 답했다.

"지금 당장 갈 수 있어요. 15분 후면 도착해요."

"좋아요. 알겠습니다. 그럼 그때 뵙도록 하죠. 그런데 사촌이신 프레드릭 맥칼리스터 씨 전화번호 좀 알 수 있을까요? 저희가 가진 서류에는 현재 사용 중이신 연락처가 없어서요."

"지금 프레드랑 같이 있어요. 전화를 바꿔드릴까요? 아니면 사무실에 같이 갈까요?"

"그럼 같이 방문해주세요. 웨인라이트 변호사님이 함께 뵙고 싶다고 하시네요."

통화가 끝났다.

"흠, 이것 참 이상하네."

프레드가 말했다.

"무슨 일인 거 같아?"

나도 아는 바가 전혀 없었다.

"아마도 신탁 재산 때문에? 우리가 먼저 전화를 하지 않아서?"

프레드가 고개를 저었다.

"난 전혀 모르겠어."

부유한 가정에서 자라면서 경험하는 여러 문제 가운데 하나는 일상의 사소한 문제들에 대해 걱정할 필요가 없다는 것이다. 프레드도 마찬가지고 나도 보통 사람들이 사는 세상, 그러니까 돈을 어디에 보관해야 하고 어떤 법적 문제가 생길 수 있는지 등에 대해서는 아는 바가 전혀 없었다.

도로가 꽉 막힌 탓에 25분이 지난 후에야 세인트폴 시내에 위치한 옛 브라운스톤 건물에 있는 웨인라이트의 사무실에 도착할 수 있었다. 그의 아버지는 내가 어렸을 때부터 우리 집의 가족 변호사로 일했고, 그가 은퇴한 후에는 아들인 짐이 그 자리를 물려받아 일을 봐주고 있었다. 한 식구 내에서 일을 해결할 수 있다는 건 좋은 일이다. 건물 앞에 설치한 간판이나 편지지에 새겨진 로고를 바꿀 필요가 없으니 비즈니스를 시작할 때 필요한 초기 비용도 절약할 수 있을 것이다.

사무실을 자주 방문했던 것은 아니었지만 새로 추가된 것이 있다면 노마 베를 뿐이었다. 어렸을 때는 루스가 법적 문제를 처리하기 위해 사무실을 방문할 때 나를 데려가곤 했지만, 이후에는 한동안 사무실을 찾은 적이 없었다.

노마는 친근한 타입은 아니었다. 40대 즈음으로 추정되는 그녀는 중성적이고 특색 없는 타입에 가까웠다. 웨인라이트에게 아내가 있었다면, 남편이 사무실에서 바람을 피울까 걱정하는 일은 없었을 거라고 확신했다.

프레드와 내가 단조로운 대기실에 앉아 기다리는 동안 노마가 웨인라이트의 사무실로 사라졌다. 부드러운 코린트식 가죽으로 만든 의자는 놀라울 만큼 편했고 갈색과 연회색을 메인 컬러로 조합한 인테리어는 나른한 느낌까지 자아냈다. 심지어 예술작품마저도 이렇다 할 특색이 없었다.

나는 나쁜 짓을 저지르고 교장실에 불려 와 혼나기를 기다리는 학생이 된 것 같은 기분이 들었다. 프레드는 이 장소와는 어울리지 않는 사람처럼 보였다. 그가 내게로 몸을 기울여 무언가 이야기하려는 찰나 노마가 돌아와 웨인라이트의 사무실로 우리를 안내했다.

짐 웨인라이트 변호사는 키가 크고, 체격이 앙상하며, 근엄한 표정의 소유자로, 내 기억 속에 남아있는 그의 아버지처럼 둥글둥글하고 친근한 이미지와는 거리가 멀었다. 사무실에 들어서자 그가 자리에 서서 우리를 맞이했다.

그의 악수는 따뜻하고 강렬했다.

"이렇게 빨리 와주시다니 정말 감사합니다."

웨인라이트가 말했다.

"메러디스의 일은 정말 유감입니다. 그녀는 정말 사랑스러운 사람이었어요."

"감사합니다."

내가 대답했다.

"왜 저희를 뵙자고 하신 건지 모르겠어요."

"일단 좀 앉으시죠."

웨인스타인은 우리가 자리에 앉을 때까지 기다렸다가 체리 나무로 만든 책상 건너편에 마련된 자신의 자리에 앉았다.

"메러디스가 저…… 사망했기 때문에 처리해야 할 일이 몇 가지 있습니다. 문제에 적극적으로 대응하는 것이 어떨까 싶습니다."

나는 적극적으로 대응해야 할 문제가 무엇인지 알지도 못하면서 고개를 끄덕였다.

짐 웨인라이트가 말을 이었다.

"아시다시피 조부모님이 가입해 두신 신탁이 34세 생일을 기점으로 효력을 발휘하게 됩니다. 메러디스의 나이가 가장 많기 때문에 다음 달에 있을 생일에 유산을 상속하게 될 예정이었죠. 이제 그녀가 사망했기 때문에 신탁 계약 조건에 따라 법적 배우자나 자손, 혹은 둘 다 없는 경우 남아있는 두 명의 유산 수령인에게 신탁을 공평하게 분배하게 되었습니다."

"그럼 프레드와 제가 서른네 살 생일을 맞을 때까지 신탁 상속이 연기되겠군요."

내가 말했다.

웨인라이트는 약간 당황한 듯 보였다. 내가 그의 말을 잘라 어디부터 다시 설명해야 할지 고민하는 것 같았다.

"글쎄요, 그렇지 않습니다. 신탁에 적힌 바에 따르면 두 분이, 다시 한번 말씀드리지만, 법적 배우자나 자녀가 없는 경우에 사망 시점을 기준으로 메러디스의 유산을 절반씩 상속받게 됩니다."

"만약 아이가 있다면요?"

내가 물었다.

프레드가 입 좀 다물어하고 말하는 듯한 표정으로 나를 노려보았다.

웨인라이트가 놀란 토끼 눈을 떴다.

"아이가 있으신가요? 그 사실은 몰랐는데요."

"저도 마찬가지예요. 그런데 메러디스의 부검 결과지를 보고 아이를 출산한 적이 있다는 사실을 알게 됐어요. 메러디스의 친구가 그 사실을 확인해주었고요."

웨인라이트의 이마에 근심 어린 주름이 생겼다.

"아이가 몇 살이죠?"

"저도 몰라요."

웨인라이트가 한쪽으로 고개를 갸우뚱했다.

"모른다고요?"

섬뜩한 느낌이었다.

"보아하니 메러디스가 원치 않는 임신을 했던 모양이에요. 우리에게도 말을 안 해서 언제인지는 몰라요. 아이는 입양을 보냈고요."

웨인라이트가 나를 빤히 쳐다보았다. 그는 표정을 잘 숨기는 유형의 사람은 아니었다. 마침내 그가 입을 열었다.

"그게 사실이라면 아이에 관한 증거 서류가 필요합니다. 출생신고서나 입양확인서 같은 거요. 이 경우 입양된 아이가 법적으로 유산 상속을 청구할 법적 권리가 있는지 관련 조항을 좀 자세히 들여다봐야겠군요."

"사실 그게 문제예요."

내가 말했다.

"저희도 최근에서야 출생 사실을 알게 되어서 언제 애를 낳았는지, 그 애가 지금 어디에 살고 있는지 아무런 정보가 없어요."

"루스는 알고 있지 않을까요?"

그가 물었다.

"잘 모르겠네요. 변호사님이 직접 한번 물어보세요."

그는 내 대답이 마음에 들지 않는 듯 보였다. 그도 나만큼이나 루스에게 이 문제를 물어보기가 껄끄러운 것 같았다.

"이 문제에 대해 저보다 정보를 많이 가지고 계시니 그런 질문은 저보다는 가족끼리 하는 게 나을 것 같군요."

제법인걸. 공이 다시 내 쪽으로 넘어왔다.

"제가 한번 알아볼게요."

"좋습니다. 메러디스의 신탁 자산에 대한 처리는 확실한 정보를 알게 될 때까지 잠정 보류하는 것으로 하겠습니다."

프레드와 내가 그만 돌아가기 위해 일어섰지만, 웨인라이트는 여전히 우리에게 할 말이 남아있었다.

"엘리자베스."

그가 나를 불렀다.

"주택 권리증을 변경해야 해요."

"어떤 집이요?"

나는 다시 자리에 앉았다.

"당연히 서밋 애비뉴에 있는 집이지요."

"혼란스럽네요. 무슨 말씀을 하시는 건지 모르겠어요."

"가족 재산이 메러디스와 엘리자베스에게로 상속되었잖아요."

"조셉, 그러니까 아빠가 죽었을 때를 말씀하시는 거예요?"

이 소식은 처음 듣는 이야기였다.

"아니요. 조부모님이 상속해주신 거죠. 법적후견인인 부모님은 부동산을 관리하셨던 것뿐이에요. 조셉이 사망하고 루스가 후견인이 되었을 때 그 역할을 넘겨받았던 거죠."

"전혀 몰랐어요."

"메러디스와 엘리자베스 공동명의로 되어있었어요. 이제 상황이 바뀌었으니 명의자 변경이 필요할 것 같네요."

이 문제에 대해 생각해 봐야 했다. 이유는 모르지만, 변화구를 맞은 것처럼 예상치 못한 일에 맞닥뜨린 기분이었다.

"웨인라이트 변호사님, 나중에 다시 이야기할 수 있을까요? 장례식이라도 끝난 다음으로요. 시간이 좀 필요해요."

"물론이죠. 서두를 것 없습니다. 준비되면 언제든 알려주세요."

"또 뭘 해야 하죠?"

내가 물었다.

"지금으로선 이제 전부입니다. 아이에 대한 정보만 최대한 빨리 알려주세요."

"그럴게요."

차로 돌아온 뒤 프레드가 말했다.

"집에 대해 전혀 모르고 있었던 거야?"

"응, 너는?"

"상상도 못 했지. 이제 어떻게 할 거야?"

나도 마땅한 대책이 없었다.

"나도 모르겠어. 무덤 같은 집에서 혼자 살고 싶지 않은 것만은 확실하니까. 루스에게 양도하는 편이 낫겠지. 좋아할 거야."

자동차에 시동을 걸고 프레드와 함께 내 아파트로 향했다. 식탁에 올려놓은 노트북 앞에 프레드가 앉아 USB를 연결하자 화면에 10개의 폴더가 나타났다. 날짜가 이름으로 지정되어 있었는데 가장 빠른 일자가 지난 3월이었다.

프레드 옆에 앉자마자 그가 폴더를 클릭하기 시작했다. 첫 번째 폴더에는 청구서가 들어있었다. 우리는 계산서를 훑어보면서 메이너드 에드먼이 출장으로 방문한 장소에 대한 정보를 캐내려고 애썼다. 블루밍턴에 있는 한 장소에 여러 번 방문한 후 왕복 출장비를 청구한 내역을 제외하고는 그가 메러디스에게 청구한 항목들은 대부분 시간, 사본, 팩스 비용이었다.

다음 폴더에는 계약서 사본이 들어있었다.

세 번째 폴더는 사진이 저장되어 있었다. 프레드가 그중에 하나를 클릭해 크기를 확대했다. 크기가 제법 큰 숲속의 오두막집은 형태가 눈에 익긴 했지만, 정확히 어디에 있는 건지는 기억이 나질 않았다. 미네소타 북부와 위스콘신에는 숲속에 지어진 오두막집이 셀 수도 없이 많았고, 어느 순간부터는 집의 형태까지 모두 비슷해지기 시작했다.

"어디인지 알아보겠어?"

프레드에게 물었다.

프레드도 그곳이 어디인지 알 수 없기는 마찬가지였다. 다른 사진을 클릭했다. 같은 오두막집을 다른 각도에서 찍은 사진이었다.

"건질 게 없겠는걸."

프레드가 말했다.

"이 오두막 사진을 대체 몇 장을 찍은 거야? 이게 뭐가 그렇게 중요하길래 메러디스는 한 시간에 백 달러씩이나 주면서 이 사진을 찍게 한 거야?"

폴더에 들어있던 12장 모두 건물이나 주변의 환경, 혹은 뒤편의 숲을 찍은 사진들이었다.

프레드가 다음 폴더를 클릭했다. 작은 카페 앞에 주차된 흰색 포드 레인저 트럭 사진이 있었다. 나는 사진을 자세히 관찰했다.

"베이필드에 있는 카페야."

내가 말했다.

"이 거리를 본 기억이 나."

"그렇다고 해도 이게 어떤 단서를 주지는 않아."

여러 장소에 주차된 트럭을 찍은 사진이 있었다. 마트, 철물점, 그리고 다시 오두막집 앞에 주차된 사진.

프레드가 다음 폴더를 열어 우체국에서 나오는 남자를 찍은 첫 번째 사진을 크게 확대했다. 심장이 멎는 기분이었다. 나를 바라보는 프레드가 놀란 토끼 눈을 하고 있었다. 나는 고개를 저었다. 멀리서 찍은 탓에 사진이 선명하지 않았다.

나오지 않는 목소리에 가까스로 힘을 주어 말했다.

"다음 사진을 보자."

프레드가 나를 빤히 쳐다보았다.

"다음 사진 보자."

프레드에게 다시 말했다.

큰 키에 훤칠한 외모, 하얗게 센 머리, 다부진 체형에 청바지, 등산화, 플란넬 셔츠를 착용한 꾸미지 않은 자연스러운 모습의 남자가 은행에서 걸어 나오고 있었다.

프레드가 화면을 가만히 응시했다.

"정말 맞아?"

나는 고개를 끄덕였다. 그 폴더에 저장된 사진 속 남성은 전부 아빠였다.

11

"어떻게 다 최근 사진일 수 있어?"

프레드는 믿지 않았다.

"사진을 찍은 날짜가 전부 새겨져 있잖아. 가장 오래된 사진이 지난 4월이야."

"네가 뭘 하는지 알고 있다면 사진에 가짜 날짜를 새겨서 속이는 것쯤은 식은 죽 먹기 일 거야."

"에드먼이 뭐하러 그런 일을 꾸미겠어? 그리고 사진을 봐, 프레드. 22년 전에 사라진 사람이 아니잖아. 그때보다 더 늙었어. 조셉이야, 나이가 든 조셉."

"그것도 쉽게 조작할 수 있잖아."

나는 고개를 저었다.

"조셉이야. 확실해. 그리고 메러디스도 그걸 알고 있었어. 이유는 모르지만 조셉이 살아있다는 걸 눈치채고 에드먼을 보내서 조셉을 찾게 시킨 거야."

"이해가 안 돼. 그럼 가짜로 죽은 것처럼 꾸몄단 말이야?"

"그런 거 같아."

"왜?"

"나도 모르지. 우리에게서 도망치고 싶어서? 아니면 루스한테?"

"루스랑 이혼하면 되는데 왜?"

"원하지도 않는 애를 두 명이나 책임져야 하잖아. 세상에! 레이첼도 이 사실을 알고 있을까?"

프레드가 혹시나 하는 마음으로 그럴 가능성을 곰곰이 생각했다.

"아니, 그런 일은 없다고 봐."

자리에서 일어나 주방으로 걸어갔다.

"리지, 안돼."

이것이 나의 한계였다.

"너무 괴로워. 메러디스는 죽었고, 아빠는 우리를 버렸어. 게다가 메러디스에게는 어디에 사는지 아무도 행방을 모르는 애도 있고. 더는 못 참겠어."

나는 등을 돌려 나를 기다리는 보드카 병이 있는 주방 싱크대로 향했다. 프레드는 벌떡 일어나 세 걸음 만에 성큼성큼 다가왔고 내 앞을 가로막았다.

"도대체 술을 마시는 게 뭘 바꿀 수 있는데? 메러디스가 다시 살아 돌아올 일도 없고 널 버리고 도망간 아빠가 덜 나쁜 놈이 되는 것도 아니잖아."

"그냥 복잡한 마음을 달랠 게 필요해."

"리지, 난 널 막을 수 없어. 그러지도 않을 거야. 하지만 노력이라도 해봤으면 좋겠어. 부탁이야. 우리는 이 문제를 해결할 수 있어. 내가 널 도와줄 거니까."

프레드의 가슴에 이마를 기대고 내 안의 악마를 잠재우려고 애썼다. 나는 두렵고, 겁이 났다. 지금까지 내가 가지고 있던 대처 기술이라고는 술과 섹스, 그리고 외면이 전부였다. 상황을 헤쳐 나갈 수 있게 나를 도와준 세 가지가 전부 사라졌다. 이것들에 기대지 않고도 내가 잘 해낼 수 있을지 알 수 없었다.

마지못해 프레드의 말을 따르기로 했다.

"노력해 볼게. 그런데 전에도 말했지만, 약속 같은 건 안 해."

"너에게 뭘 요구하지는 않을 거야. 네가 좋다면 나랑 같이 모임에 나가도 좋고."

나는 프레드를 바라보았다.

"아니야. 그럴 준비는 안 됐어."

"좋아. 그럼 언제든 가고 싶은 마음이 들면 말해줘."

"그럴 일은 영원히 없을 것 같은데."

프레드가 미소 지었다.

"어쩌면 네가 생각한 것보다 그날이 더 빨리 올지도 모르지."

우리는 다시 식탁에 앉아 아빠의 사진들을 살펴보았다. 대체 어떻게 한 걸까? 어떻게 사망으로 위장하고 빠져나갈 수 있었던 거지? 대체 왜?

"에드먼은 조셉을 어떻게 찾아냈을까?"

프레드가 물었다.

"메러디스가 먼저 알고 거기로 보냈을 거야. 하지만 메러디스는 또 어떻게 그 사실을 알았을까? 나 베이필드에 가봐야겠어, 프레드.

조섭을 직접 만나봐야겠어."

프레드가 곰곰이 생각했다.

"장례식이 끝난 다음에 바로 출발하자. 어디로 가는지 아무에게
도 말하지 말고. 묘지에서 바로 출발할 수 있게 미리 짐 싸놔."

메러디스의 장례식만 아니었다면 나는 그 자리에서 즉시 베이필
드로 떠났겠지만, 메러디스를 위해 마지막으로 내가 해야 할 일을
해야만 했다. 그녀를 땅에 묻어주는 것, 어떤 것도 그 일을 방해할
수 없었다.

세 시가 되자 레이첼이 프레드를 데리러 왔다. 우리는 더 많은 정
보를 알아내기 전까지는 레이첼에게 조섭에 대해 아무것도 말하지
않기로 했다. 나는 계속 찾아보았지만, 여기에서 어느 방향으로 가야
하는지 알 수 없었다. USB에 저장된 첫 번째 폴더를 열어 에드먼이
많은 시간을 보냈던 블루밍턴의 한 주소를 빠르게 옮겨 적었다.

* * *

한 시간 반 정도를 달려 사진에서 본 집에 도착했다. 집은 어렵지
않게 찾을 수 있었다. 전형적인 교외 막다른 골목에 있는 깔끔한 목
장 스타일의 집이었는데 같은 블록에 다섯 채가 더 있었다. 별다른
일이 일어나지 않는 오후 네 시의 도로는 적막했다.

에드먼의 청구서에 적힌 주소에서 두 집 떨어진 도로 경계석 옆
에 차를 세웠다. 내가 뭘 찾고 있는지, 여기에서 무엇을 마주하게 될
지 아는 바가 전혀 없었다. 20분쯤 지나자 점점 허탈한 기분이 들기
시작했다. 이 집에 누가 살고 있고, 메러디스와 어떤 사이였는지 알

고 있다면 도움이 되었을 텐데.

10분쯤 지나자 파란색 닛산 베르사가 집과 연결된 진입로에 와서 멈췄다. 55살에서 60살쯤 되어 보이는 여자가 차에서 내려 뒷좌석 문을 열었다. 차 안으로 허리를 숙여 타깃 마트 로고가 그려진 쇼핑백 두 개를 꺼내 집으로 사라졌다. 일 분 후 여자가 다시 밖으로 나와 해치백을 열었다. 나를 한번 힐끔거리고는 차에서 식료품을 꺼내 다시 집안으로 사라졌다. 일 분이 지난 후 여자가 짐을 가지러 다시 밖으로 나왔다. 이번에도 내 쪽을 한 번 쳐다보고는 차에서 쇼핑백을 꺼내 집안으로 사라졌다.

이제 뭘 어떻게 해야 하지? 초인종을 눌러 메러디스를 아느냐고 물어봐야 하나? 그럼 뭐라고 말해야 하지? 10분쯤 차에서 더 기다리자 여자가 다시 밖으로 나왔다. 이번에는 내 차가 있는 쪽으로 걸어왔다.

그녀는 내게 해를 끼치지 않을 거라는 신호를 보내려는 듯이 머뭇머뭇하며 어색한 미소를 지었다. 그러고는 가까이 다가와 자동차 창문을 내리라는 신호를 보냈다.

그녀는 나이가 들어 곧 60쯤 되어보이는 사람이었다. 늘씬한 체격에 매력적이었지만 뼈마디가 시린 사람처럼 걸음이 조심스러웠다. 메러디스가 앨범에 숨겨놓았던 사진 속 바로 그 여자였지만 사진보다 최소 15년은 늙어 보였다. 다시 한번 의문이 들었다. 메러디스는 대체 왜 이 여자의 사진을 갖고 있었으며, 앨범에 사진을 숨겨놓은 이유가 무엇이었을까?

"도움이 필요하신가요?"

그녀가 물었다.

나는 애써 태연한 척 대답했다.

"아니요, 일행을 기다리고 있어요."

"그래요? 저희 동네 사람인가요?"

내 말을 믿지 않는 눈치였다. 그녀가 나를 경계하기 시작했다.

"사실은,"

내가 입을 열었다.

"그쪽 집을 보고 있었어요. 언니 물건에서 이 집 주소를 찾았거든
요……"

예기치 못하게 갑자기 그녀의 눈에 눈물이 고이기 시작했다.

"그럼 데이나 때문에 오신 게 아닌가요?"

그제야 침대 옆 탁자에 놓인 책에 '데이나'라는 이름과 전화번호
가 적힌 쪽지가 끼워져 있던 것이 기억났다. 그 쪽지는 지금 침실에
아무렇게나 벗어둔 청바지 뒷주머니에 있다.

"데이나가 누구죠?"

"제 딸이에요. 몇 달 전에 또 집을 나갔어요. 딸애가 너무 걱정돼
요. 경찰은 데이나를 찾으려는 노력도 안 하고 있어요. 그래서 직접
전단지를 만들어서 온 동네에 붙이고 친구들에게 소셜미디어에 게
시물을 올려 달라고 부탁했어요."

뺨으로 눈물이 흘러내리자 손등으로 눈물을 훔쳤다.

메러디스에 관해 물어보려다가 마음을 바꾸었다. 나는 이 여자
가 누군지도 모르고, 메러디스와 어떤 관계였는지도 몰랐다. 하지
만 메러디스는 성폭행 피해자와 만나는 일을 했으므로 데이나는 메
러디스의 고객 중 한 명일지도 몰랐다. 아니면 이 여자가 메러디스
의 고객이었을지도. 진실을 알 방법은 없었다. 에드먼이 메러디스

의 고객 중 한 명을 조사했다는 게 논리적으로 말이 되지는 않았지만 나는 어느 누구도 위험에 빠뜨리고 싶지 않았다.

그녀가 다시 말하기 시작했다.

"여기에 몇 번 찾아와서 지금 바로 이 자리에 차를 세우고 지켜보던 남자가 있었어요. 그 사람이 데이나가 어디에 있는지 알고 있나 궁금했지만 차마 물어볼 용기가 나지 않았어요. 이렇게 폐를 끼치면 안 됐는데 아무래도 같은 여자니까 더 안전하지 않을까 생각했어요. 그리고 아이가 있다면 절 이해할 수 있을 것 같기도 했고요."

"정말 죄송합니다……"

"벡우드, 제 이름이에요."

"벡우드 씨, 전 당신을 도울 수 없어요. 어서 빨리 따님을 찾길 바랄게요."

내가 차에 시동을 걸자 그녀가 뒤로 물러섰다.

"감사합니다."

그렇게 말하고는 차를 돌려 집으로 향했다.

그녀가 안쓰러웠다. 그건 나도 마찬가지였다. 실망으로 가득한 롤러코스터에서 만난, 또 다른 막다른 골목이었다.

* * *

집에 도착하니 저녁 여섯 시였다. 얼마 후 잔뜩 지쳐 보이는 얼굴로 톰이 나타났다. 이번에는 그의 손에 아무것도 들려있지 않았다.

그에게 거실로 들어오라고 손짓했다.

"괜찮은 거야?"

그가 소파에 풀썩 주저앉았다.

"긴 하루였어."

"새로운 사실이라도 알아낸 거야?"

그가 고개를 저었다.

나는 톰의 옆으로 가 앉았다.

"그러면 여기는 왜 온 거야?"

질문이 마음에 들지 않는다는 듯 톰이 미간을 찌푸렸다.

"그만 돌아갈까?"

"아니야. 그냥 여기 온 이유가 궁금해서 물어본 거야."

톰이 태연하게 답했다.

"그냥 너 확인하러 들른 거야."

"그것뿐이야?"

"응, 그것뿐이야."

"피해자 가족에게 늘 이렇게 해줘?"

톰의 얼굴에 불편한 기색이 감돌았다.

"아니."

"그러면 나한테는 왜 이렇게 해주는데?"

아무 말이 없었다.

"내가 용의자라서?"

여전히 톰은 아무런 말이 없었다.

"말 해봐."

"어떻게 대답해야 할지 모르겠어."

"그냥 응, 아니—로만 대답하면 되잖아. 내가 용의자야?"

"메러디스를 살해한 범인을 찾을 때까지는 모든 사람이 용의자야. 하지만 그것 때문에 여기에 온 건 아니야."

이번엔 내 쪽에서 아무런 말도 할 수 없었다.

톰이 나를 바라보았다.

"내가 여기 온 건 네가 괜찮은지 확인하고 싶어서야. 그냥 그것뿐이야."

나도 그 말을 믿고 싶었지만, 톰이 무언가를 숨기고 있다는 느낌을 지울 수 없었다.

"혹시 내가 위험한 상황이야?"

"아니, 왜? 무슨 일 있었어?"

톰이 한 대답 때문에 신경질이 나기 시작했다.

"아무 일도 없었어. 그냥 이렇게 개인적으로 챙겨주는 게 이해가 안 될 뿐이야."

톰이 눈을 감고 손으로 이마를 문질렀다. 그가 다시 눈을 떴을 때 경찰로서의 모습은 온데간데없이 사라지고 오래전 내가 알던 톰이 보였다.

"나 때문에 무서워졌다거나 화가 났다면 미안해. 나한테는 너희 가족이 중요하기도 하고, 그리고……"

톰이 멈칫했다. 나는 그가 다음 말을 하기를 기다렸다.

"너한테 빚진 기분이 들어서."

"메러디스를 죽인 범인을 아직 못 찾아서?"

톰이 잠시 생각에 잠겼다.

"그래. 하지만 그것 때문만은 아니야."

"왜?"

"왜냐하면, 난 단순히 사건을 수사하는 형사가 아니잖아. 친구라고. 그리고 원래 친구가 그런 거잖아. 서로를 돌봐주는 거."

톰이 말한 것 외에도 뭔가 다른 이유가 있는 것 같았지만 적어도 그의 목소리만큼은 너무나 진심처럼 느껴졌다. 나를 확인하는 게 그에게 정말 중요한 일인 것 같았다.

"알겠어."

일단은 톰을 믿어 보기로 했다.

톰은 안심한 듯한 표정이었다. 그가 일어났다.

"마실 것 좀 있을까?"

"냉장고 열어봐."

"너도 뭐 마실래?"

"물."

거실로 돌아온 톰이 내게 물을 건넸다.

"너는 종일 뭐 했는데? 아니면 내가 뭐 알아야 할 일 있었어?"

"짐 웨인라이트 사무실에서 전화가 와서 프레드랑 갔다 왔어."

톰이 맥주를 꿀꺽꿀꺽 마셨다.

"그게 누군데?"

"가족 변호사."

"너희를 왜 부른 건데?"

"신탁 재산에 대해 말하려고."

"그게 왜?"

"법적 배우자나 자녀가 없으면 메러디스의 신탁 재산을 프레드와 내가 동일하게 나눠 갖게 된대."

나는 메러디스의 신탁을 상속받기 위해 우리가 서른네 살이 될 때까지 기다릴 필요가 없다는 사실은 말하지 않았다. 프레드와 나에게 전혀 도움이 되지 않을 거란 걸 알고 있었기 때문이었다.

톰이 고개를 끄덕였다.

"별로 놀랍지도 않은 소식이네. 웨인라이트 씨한테 메러디스한테 애가 있다는 얘기도 했어?"

"했지. 그 사실은 전혀 모르고 있던데. 나한테 출생신고서를 가져다 달래. 애가 언제, 어디에서 태어났는지도 모르는데 그걸 내가 어떻게 가져다줄 수 있겠어?"

"곧 알게 되겠지."

"그래서, 수사는 어떻게 되어가는 중이야?"

"아직 몇 가지 정보를 확인하려고 기다리고 있어."

"에드먼 파일 가지고 있어?"

톰이 내 눈을 똑바로 보았다. 나는 또 한바탕 설교가 이어지리라 생각했다.

"그래."

"그리고?"

"아직 전부 다 살펴보지는 못했어. 내일 봐야지."

톰이 나를 유심히 관찰하고 있었다.

"에드먼에 대해 어떻게 알게 되었는지 말해줄 거야?"

"아니."

"그럼 이렇게 물어볼게. 에드먼은 어떻게 알아낸 거야?"

"그 질문에 꼭 대답해야 하는 건지 모르겠네. 대답해야 해?"

"증거 은닉은 범죄 행위야. 그래서? 한 번 해보겠다는 거야?"

톰이 다시 형사 모드가 되었다.

나는 주저했다. 내가 해야만 하는 일을 톰이 막도록 놔둘 수는 없었다.

"메러디스네 집에서 USB를 발견했어."

결국은 솔직하게 털어놓았다.

예상치 못한 답변에 톰이 깜짝 놀랐다.

"어디서?"

"메러디스가 침실에 숨겨놨더라고."

"그 USB는 지금 어디에 있는데?"

"프레드가 가지고 있어."

나는 거짓말을 했다.

"거기에 뭐가 들어있었는데?"

"에드먼이 보낸 청구서."

톰의 표정을 보아하니 내 말을 믿지 않는 것 같았다.

"젠장, 리지. 지금 대체 뭘 하는 거야? 메러디스 집을 뒤지는 것도 말도 안 될 일인데 그런 걸 찾았으면 당장 가지고 왔어야지."

톰이 한숨을 쉬었다.

"같은 말을 자꾸 반복하는데 대체 네가 뭘 하고 있는지나 알아?"

"그냥 답을 찾고 싶은 것뿐이야. 메러디스에게 무슨 일이 있었던 건지 알아내려는 것뿐이라고. 넌 살인범을 찾고 있잖아. 나는 그걸로 만족할 수 없어. 누군가가 왜 메러디스를 죽여야만 했는지, 메러디스가 뭐 때문에 도망 다니고 있었는지 알아야만 해."

"제발 나를 좀 믿어줘. 네가 알고 싶은 것들은 내가 전부 알아낼 거야. 하지만 그러려면 네가 나를 믿어야만 해."

톰의 말도 물론 일리가 있었다. 하지만 나는 누군가를 크게 신뢰하지 않는다. 다른 사람을 믿었다가 실망한 적이 너무 많았기 때문이다. 게다가 누군가를 다시 한번 믿어 보기에는 지금의 내가 너무 나약했다.

* * *

잠이 오지 않았다. 나는 침대에 누워 멍하니 천장을 바라보았다. 머릿속에 떠오른 생각은 아빠의 사진들이었다.

깜깜한 어둠 속에서 아래층으로 내려가 노트북 전원을 켰다.

아빠의 얼굴을 보고 어떤 기분을 느껴야 하는 걸까? 엄마보다 더 오래, 더 많이 아빠를 알았다. 아빠는 나와 친해지기 위해 엄마보다 더 많은 시간을 사용했다. 아빠와 함께 갔던 장소들이 기억났다. 그는 나를 학교에 데려다주었고, 이런저런 일을 하기 위해 외출했다. 우리는 낚시를 갔다. 아빠가 수영을 좋아했기 때문에 함께 강이나 수영장에도 갔었다. 그는 매력적이고 재미있는 사람이었고, 나는 아빠를 좋아했다. 아빠를 사랑했는지도 모르겠다. 하지만 아이의 시선으로도 알 수 있었다. 친구들의 아빠와 달리 내 아빠의 인생에서 자식은 그다지 중요한 존재가 아니라는 것을 말이다.

사진 속 잘생긴 아빠의 얼굴을 보며 내가 아빠를 그리워했던 건 아닐까 궁금해졌다. 내가 아빠를 그리워했던 적이 있었나?

메러디스와 나의 인생은 한마디로 엉망진창이었다.

그 순간 배신감이 들었다. 어떻게 우리를 두고 떠날 수 있었을까? 도대체 뭐가 그리도 끔찍했길래 가족을 버려두고 도망쳐야만 했을까? 그리고 메러디스는 아빠가 어딘가에 살아있다는 사실을 어떻게 알게 되었을까?

모든 해답은 메러디스의 집에 있을 것이다. 그 집에 분명 내가 놓친 것이 있을 것이다.

새벽 다섯 시를 조금 넘긴 시각, 메러디스의 차고와 연결된 진입로에 도착했다. 범죄 현장을 차단한 테이프가 여전히 현관문에 걸려 있었고 지평선으로 해가 막 떠오르고 있었다. 자물쇠에 열쇠를 넣는 순간 뒤에서 인기척이 느껴졌다. 잔디를 어슬렁거리는 곰을 생각하면서 재빨리 뒤를 돌아보았다.

곰이 아니었다. 첫째 날 아침, 강 건너에서 보았던 소녀였다. 거기서 날 계속 바라보던 소녀가 이제 100피트쯤 떨어진 곳에 서 있었다. 그녀는 어딘지 낯설지가 않았다. 가까이에서 보니 그녀는 어린아이가 아니었다. 체구가 작을 뿐 10대 중후반 정도로 보였다. 안개가 자욱한 새벽이라 확실히 가늠하기가 어려웠다. 한 발짝 걸음을 옮기자 그녀가 재빨리 숲으로 달아났다.

대체 무슨 일이지? 나는 틈을 보이지 않는 수비수처럼 재빨리 그녀를 쫓아갔다. 그녀는 젊은 신체를 가졌고, 나보다 먼저 출발했다. 하지만 나는 누구보다 숲을 잘 알고 있었다. 여러 해 동안 술을 즐겼음에도 나는 여전히 제법 건강한 편에 속했다. 가을이면 오후에 메러디스와 함께 오래도록 숲에서 오후산책을 하곤 했었다.

묵직한 아침 공기에 숨이 턱까지 차올랐다. 나는 계속 달렸다. 나뭇가지가 얼굴을 때리고, 셔츠를 붙잡았다. 지면 위로 튀어나온 나무뿌리도 자꾸만 발을 걸었다. 옆구리에 통증이 느껴지기 시작했다. 그래도 계속 달렸다. 숲 안으로 300야드쯤 들어가자 작은 공터가 나왔다. 내게 기회가 왔다. 소녀를 향해 몸을 날렸다. 발이 바닥에서 떨어지고 몸이 공중에 붕 떴다.

착지 지점을 잘못 계산하는 바람에 바닥에 거칠게 고꾸라지고 말았다. 몸속에 있던 공기가 쉭-하고 전부 빠져나갔다. 미식축구 수비수가 절대로 걱정할 필요가 없는 것, 만약 이것을 걱정해야 했다면 우리가 알고 있는 프로 경기가 막을 내릴 수도 있는 것, 바로 가슴이었다. 갈비뼈가 바위에 긁히면서 살이 찢어졌고 내 몸은 바닥에 내동댕이쳐졌다. 그것도 가슴 먼저. 세상에, 말로 설명할 수 없는 통증이었다. 나는 그 자리에서 엉엉 울고 싶은 마음이었다.

손으로 그녀의 발목을 낚아챘다. 똑바로 서 있으려 했지만 결국 중심을 잃었다. 느릿느릿 그녀가 넘어졌다. 하지만 내가 느낀 것처럼 뼈가 으스러지는 듯한 충격은 아니었다. 가장 추한 모습으로 넘어지기 대회에서 우승 트로피를 받은 사람처럼, 절대 놓치지 않겠다는 일념으로 그녀의 발목을 움켜쥐었다.

하지만 내가 전혀 예상하지 못했던 것, 그리고 미식축구에서는 구경도 못 할 한 방이 있었다. 발차기였다. 그녀는 나한테 잡히지 않은 발목을 가슴까지 끌어올려 내 얼굴을 향해 있는 힘껏 내리꽂았다. 그녀의 신발이 얼굴을 스치듯 빗나갔다. 나는 고통으로 울부짖었다. 별이 보였지만 절대로 발목을 놓치지 않고 매달렸다.

그녀가 다시 발로 찰 준비를 했다. 그 발이 내 머리 위를 강타하기 바로 직전에 나는 오른쪽으로 몸을 있는 힘껏 굴려 손으로 잡고 있던 발목을 내 몸이 구르는 방향으로 비틀었다. 픽-하는 소리가 나면서 그녀가 고함을 질렀다.

그녀가 등을 대고 바닥에 누워 거친 숨을 내쉬면서 나지막이 투덜거렸다. 나도 숨을 헐떡이면서 그녀의 다리를 타고 올라가 가슴 위에 걸터앉고는 꼼짝 못 하게 무릎으로 두 팔을 하나씩 눌렀다.

그녀가 고개를 옆으로 돌려 뭔가를 찾기 시작했다. 다리를 굽혀 몸에서 나를 밀어내려고 애썼다. 등 뒤에서 가위처럼 다리를 교차하면서 허공으로 발을 차는 것이 느껴졌다. 그녀의 머리 옆에 작은 돌멩이가 보였다. 나는 돌멩이를 주워 그녀의 얼굴 앞에 갖다 댔다.

"하지 마!"

내가 소리쳤다.

"하지 말라고!"

머리를 겨눈 돌멩이 덕에 결국 그녀가 발차기를 멈추었다.

그녀가 나를 노려보았다. 그제야 가까이에서 그녀의 얼굴을 볼 수 있었다. 땀과, 흙과, 긁힌 자국투성이인 얼굴에서 메러디스의 얼굴이 보였다.

12

숨이 멎는 것 같았다. 내 머리는 말 그대로 '작동 정지' 상태가 되어 버렸다.

"너 누구야?"

내가 물었다.

그 애가 나를 쳐다보았다.

"누구냐니까?"

그 애의 얼굴에 대고 소리쳤다. 그녀가 미소 지었다.

"제가 누군지 모르시겠어요, 리지 이모?"

나는 그녀에게서 떨어져 나무로 서둘러 기어갔다. 그러고는 나무에 등을 대고 내가 이해할 수 없는 것으로부터 거리를 두려고 노력했다. 그 애는 목소리까지 메러디스와 똑같았다. 그 애가 일어났다. 어쩌면 다시 도망갈지도 모른다고 생각했지만 상관없었다.

그녀는 시시하다는 듯한 표정이었다.

"뭐예요? 포옹 같은 거 안 해요? '가족이 된 걸 환영한다' 같은 인사 없어요? 질문은요?"

언니가 죽었다. 나는 다시는 메러디스의 얼굴을 보지 못할 거라고 생각했는데, 내 앞에 있는 이 소녀가 메러디스의 얼굴을 하고 있었다. 나는 폐에 남아있는 공기를 뱉으면서 이 상황을 제대로 이해하고 흩어진 조각들을 맞추기 위해 갖은 애를 썼다.

그녀의 눈동자에서 따뜻함이라고는 조금도 찾아볼 수 없었다.

"전 데이나예요."

"메러디스가 네 엄마니?"

그 애에게서 눈을 뗄 수 없었다.

"제 생모죠."

"어떻게…… 언제……"

나뭇가지가 톡-하고 부러졌다. 왼쪽으로 고개를 돌리는 순간 누군가 옆머리를 세게 가격했다. 충격을 느끼자마자 고통이 찾아왔고, 나는 깊은 어둠 속으로 떨어져 정신을 잃고 말았다.

* * *

차가운 무언가가 내 얼굴을 누르고 있는 사이 정신이 돌아왔다. 사람들의 말소리가 들렸다. 눈을 뜨자 데이나가 내 옆에 서 있었고, 그 옆에 젊은 남자가 앉아 얼음 팩을 내 볼에 대주고 있었다. 집 안이었다.

"당신은 누구야?"

젊은 남자에게 물었다.

"스콧이라고 합니다."

그가 답했다.

"스콧 페더슨이에요. 아까 갑자기 때린 건 죄송했어요. 하지만 거기에서 일어나고 있던 일을 봤을 때는…… 데이나를 보러 오신 줄은 몰랐어요."

톰이 스콧 페더슨에 대해 뭐라고 이야기했더라? 그래, 성범죄자라 그랬었지.

나는 주위를 둘러보았다. 메러디스 집에 있는 손님용 별채였다. 메러디스가 집을 매매하고 난 후 이 안에 들어와 본 것은 처음이었다.

아담한 오두막은 거실, 주방, 침실 두 개가 전부였다. 침실 중 한 개는 싱글침대 한 개가 간신히 들어갈 정도로 좁았고, 침실이라기보다 창문이 달린 큰 창고에 불과했다. 주방에서 두 개의 침실을 통과해 문까지 이어진 짧은 복도 끝에는 호수로 이어지는 현관이 있었다.

나는 거실 소파에 누워있었다. 스콧은 쿠션 가장자리에 걸터앉아 내 얼굴에 얼음팩을 대주고 있었다. 그 모습을 지켜보는 데이나의 표정에 아직 나를 경계하는 눈빛이 남아있었다. 자리에서 일어나 앉으려니 머리가 약간 어지러웠다. 꾹 참고 자리에서 일어났다.

스콧이 압박붕대로 만든 얼음팩을 건네주었다. 붕대 안에는 냉동 옥수수 봉지가 들어있었다.

"괜찮아요?"

옥수수 봉지를 볼에 갖다 대니 피부가 쓰라렸지만 차가운 느낌이 좋았다.

"모르겠어."

스콧은 이십 대 초반쯤 되어 보이는 잘생긴 청년이었다. 팔다리가 가는 호리호리한 체형에 짙은 곱슬머리와 속눈썹이 풍성했다. 데이나는 메러디스의 우아함을 빼다 받았지만, 그녀에게선 찾아볼 수 없는 날카로움이 있었다. 스콧이 소파에 앉았다. 나는 재빨리 다리를 돌려 피했다.

그가 나를 똑바로 바라보았다.

"겁낼 필요 없어요. 당신을 해칠 생각은 없으니까요. 그리고 경찰이 이미 메러디스에 대해 질문하고 갔어요. 사건이 있었을 때 전 다른 도시에 있었고요. 혹시 제가 메러디스를 해쳤는지 의심하고 있는 거라면 전 절대 그런 짓은 안 해요. 물론 사건이 있었을 때 여기에 있었더라면 좋았겠지만요."

스콧의 목소리가 떨리고 눈에 눈물이 고이기 시작했다.

"제가 메러디스를 지켜줬어야 했는데."

"네 잘못이 아니야, 스콧."

데이나가 말했다.

"아무것도 몰랐잖아."

데이나가 스콧을 위로했다.

스콧이 눈물을 훔쳤다.

"나도 알아. 하지만…… 메러디스가 우리한테 해준 걸 생각하면…… 이렇게 죽어서는 안 됐어."

둘이 어떤 사이인지, 정말 경계를 낮춰도 되는지 알 수 없었다. 한 가지 분명한 사실이 있다면 톰이 이미 스콧을 만나보았고 스콧이 감옥에 있지 않았다는 사실이었다.

"메러디스는 어떻게 찾은 거야?"

내가 물었다.

"아니면 메러디스가 널 찾은 거야?"

스콧이 데이나를 쳐다보자 그녀가 한쪽 구석으로 가서 키가 작은 안락의자에 앉았다.

"데이나가 메러디스를 찾았어요."

스콧이 답했다.

"언제? 어떻게?"

나는 데이나를 쳐다보았다. 뚱한 시선으로 나와 눈이 마주쳤다.

"말해봐, 데이나."

스콧이 재촉했다.

"무슨 일이 있었는지 말해줘. 이분도 알 권리가 있으니까."

"아시다시피 전 태어난 지 삼 일만에 입양됐어요."

데이나는 그게 마치 내 잘못이기라도 하다는 듯 매서운 눈빛으로 나를 노려보았다.

"난 몰랐던 사실이야. 네 존재를 알게 된 건 불과 며칠 전이야."

그 말에 그녀의 분노가 조금은 사그라드는 것 같았다.

"정말이에요?"

나는 고개를 끄덕였다.

"몇 살이니?"

"열다섯 살이요."

재빨리 계산을 해보았다.

"메러디스가 열아홉이 되기도 전에 널 낳았네. 아마도 메러디스와 내 새엄마가 임신 사실을 비밀로 하는 게 좋겠다고 판단했던 거 같아."

156

"알아요, 메러디스도 그렇게 말했어요. 그 말을 정말로 믿지는 않았지만요. 어쨌든 제 양부모님은 블루밍 톤에 살고 계세요."

"네 엄마를 만났어."

깜짝 놀란 소녀가 앞으로 몸을 기울였다.

"언제요?"

"어제. 메러디스의 소지품에서 주소를 찾았거든. 네 엄마인 줄은 몰랐지만. 너희 집 앞 도로에 차를 세워두고 있었는데 내가 누구인지 확인하러 나오셨어. 네 걱정 많이 하시던데."

"거봐, 데이나. 엄마에게 전화해야 해."

스콧이 말했다.

"나도 알아."

소녀의 표정이 누그러졌다.

나는 다시 데이나에게서 정보를 캐내려고 시도했다. 다른 가정사 때문에 샛길로 빠지는 건 원치 않았다.

"그럼 메러디스는? 메러디스는 어떻게 찾은 거야?"

"부모님이 저와 제 자매가 입양이란 사실을 밝히셨어요. 그리고 항상 우리가 자신을 특별한 존재로 생각하기를 바라셨죠. 부모님이 저희를 선택했기 때문에 우리가 특별한 거라고요. 전 잘 모르겠어요. 그게 좋은 건지도 모르겠고요. 그런데 나이가 드니까 제 진짜 엄마가 누구인지 알고 싶어졌어요. 그래서 엄마의 파일을 뒤지다가 출생신고서랑 입양확인서를 찾아냈어요."

이 질문을 하지 않을 수 없었다.

"출생신고서에 적힌 아버지는 누구였어?"

그녀가 고개를 저었다.

"'미상'이라고 적혀있었어요."

데이나의 대답은 그리 큰 도움이 되지 않았다.

"그러니까 서류에서 메러디스의 이름을 보고 추적했다는 거야?"

긴장한 데이나가 청바지에 손을 문질러 땀을 닦았다.

"바로 찾기 시작한 건 아니에요. 처음에는 겁이 났어요. 날 만나고 싶지 않을 거라고 생각했거든요. 다른 사람에게 절 보냈으니까요. 그러다가 학교생활이 엉망진창이 되니까, 양부모님이 상담을 받게 했어요. 그런데 상담사가 친엄마에게 전화해보라고 권하더라고요. 문제를 해결하는 데 도움이 될 거라고요. 아빠가 스콧에게 이상하게 굴기 시작할 즈음 메러디스를 찾으러 다니기 시작했어요."

나는 스콧을 쳐다보았지만, 그는 내 시선을 피했다.

"아빠가 왜 스콧에 대해 이상하게 굴기 시작하셨는데?"

반항기 가득한 눈빛이 다시 살아났다.

"그게, 부모님은 우리가 서로 사랑하고 진지한 관계로 발전하기에는 너무 어리다고 생각하셨어요. 그리고 우리가 잠자리를 갖는다는 사실을 알고 난 후에는 아빠가 노발대발 난리가 나셨고요."

나는 다시 스콧을 바라보았다. 이번에는 그가 내 시선을 피하지 않았다.

"미성년자 강간이 그거야?"

스콧이 고개를 끄덕였다.

"그 이후에 집을 나왔어요. 한동안 거리에서 노숙하면서 가벼운 약을 하기도 했고요. 그런데 스콧이 우리가 앞으로도 계속 함께 지내려면 스스로 단정하게 가꾸고 내가 원하는 게 뭔지 알아야 한다고 했어요. 그때 메러디스를 찾기 시작했어요. 나를 낳아준 엄마를 만나게 되면 내가 누구인지 알아가는 데 도움이 될 것 같았거든요."

데이나의 목소리에는 여전히 반항기 어린 날카로움이 있었지만 내면은 놀라울 만큼 성숙했다.

"그게 언제였어?"

"기억이 안 나요. 지난봄, 아마 3월이었던 거 같아요."

그러니까 메러디스를 찾고 있던 데이나가 직접 실행에 옮긴 게 3월이었단 말인데…… 말이 되지 않았다. 메러디스를 속속들이 알고 있는 사람으로서 생각해 보건대 오랜 시간이 지난 후에 딸을 찾게 되었다면 메러디스는 틀림없이 기뻐했을 것이다. 그런데 뭐 때문에 상담사에게 상담을 받아야 했을까? 그리고 왜 에드먼을 고용해서 데이나의 엄마를 찾도록 의뢰했을까?

"메러디스를 만났을 때는 어땠어?"

데이나에게 물었다.

데이나는 잠시 고개를 떨구고 옛 생각에 잠겼다가 나를 바라보았다.

"괜찮았어요. 제 말은…… 좋았던 거 같아요. 내가 어떻게 지내는지 늘 궁금했다고, 내가 건강하게 잘 지내고 있기를 바랐다고 말씀하셨거든요."

그녀는 스콧을 바라보았다.

"메러디스는 우리 둘에게 잘해줬어요. 제가 직장을 찾는 동안 여기에 살 수 있게 해주고, 데이나에게 집에 돌아가 학교를 마치라고 이야기도 해주었어요."

갑자기 데이나가 울기 시작했다. 분노 외에 다른 감정을 품고 있었다는 사실에 나는 깜짝 놀랐다. 뺨을 타고 흐르던 눈물은 흐느낌으로 바뀌었다. 스콧이 자리에서 일어나 데이나에게로 다가갔다. 안락의자 팔걸이에 걸터앉고 데이나의 머리를 자신의 가슴으로 끌어당겨 데이나를 진정시켰다. 소소하지만 다정한 행동이었다.

데이나는 마음의 평정을 되찾은 뒤 주머니에서 크리넥스 휴지를 꺼내 눈가를 닦았다.

"괜찮니?"

내가 물었고, 데이나가 고개를 끄덕였다.

"그냥 내가 모든 사람의 인생을 전부 다 망쳐버린 느낌이에요. 아빠는 아직도 스콧을 싫어해요. 그리고 힘들게 나를 낳아준 엄마를 만났는데 엄마가 살해당했어요."

데이나의 눈이 다시 눈물로 그렁그렁했다. 그녀는 스콧의 팔에 비스듬히 머리를 기댔다.

추적해야 할 단서가 너무 많았다. 인생에서 가장 큰 일을 홀로 해결하기 위해 먼 곳으로 보내졌던 열여덟 살의 언니를 생각하니 울고 싶어졌다. 나는 눈을 감고 숨을 깊게 들이마셨다. 정신을 놓으면 안 된다. 메러디스를 위해 이 일을 해내야만 했다.

"데이나, 메러디스가 사설탐정을 고용해서 네 양모를 조사하고 있던 거 알고 있었어?"

그녀가 스콧의 팔에 묻고 있던 고개를 들었다.

"아니요."

"메러디스가 너를 이미 만났는데 왜 그런 일을 했을까?"

데이나가 자신의 손을 바라보았다.

"저도 몰라요. 사실 처음에는 메러디스에게 솔직하지 않았어요. 부모님이 절 학대하고, 때린다고 말했거든요. 메러디스가 경찰에 신고하려고 해서 집 주소는 말하지 않았어요."

"하지만 부모님이 실제로 널 때리진 않았잖아, 그렇지?"

데이나가 고개를 끄덕였다.

머리가 욱신거렸다. 주먹으로 얼굴을 맞았기 때문만은 아니었다. 방 건너편에서 나와 마주 보고 앉아있는 이 젊은 여자가 내 조카이자 메러디스의 딸이라는 것을 알게 됐다. 메러디스는 이 사실을 알고 있으면서도 나에게 한마디도 하지 않았다. 며칠 만에 내 인생이 송두리째 바뀌어 버렸다. 메러디스는 죽었고, 이제 이전의 삶으로 돌아갈 수 없다.

토끼굴에 빠진 것 같은 느낌이었지만 탈출 방법을 몰랐다. 그 집에서 나와야만 했다. 프레드에게 이야기해야 했다.

숲에서 데이나를 붙잡았을 때 갈비뼈를 제대로 한 방 맞았다. 소파에서 일어나자 몸통 전체에 찌릿한 진통이 퍼졌다. 자리에서 일어나려는 스콧에게 그대로 앉아있으라는 손짓을 했다.

"그만 가야 해."

"다시 만날 수 있을까요?"

스콧이 물었다.

"당연하지."

'메러디스의 죽음에 개입했다면 법정에서 보게 되겠지'란 말은 차마 입 밖으로 내지 않았다. 데이나가 다시 시무룩해졌다. 스콧은 내가 가지 않길 바라는 눈치였지만, 그곳에 계속 있을 수는 없었다. 차마 데이나를 쳐다볼 수도 없었다. 메러디스의 이목구비를 쏙 빼닮은 얼굴에 뿌루퉁한 표정은 너무나도 어색했다.

13

난데없이 불쑥 나타나는 톰의 등장은 메러디스에 관한 꿈처럼 점차 익숙해졌다. 톰은 팔짱을 끼고 내 차의 운전석 문에 비스듬히 기대어 서 있었다. 당황스러운 표정으로 내 얼굴, 블라우스, 그리고 다시 내 얼굴을 차례대로 쳐다보았다.

"무슨 일이 있었던 거야?"

"굴러떨어졌어."

내가 차로 가까이 다가갔지만, 그는 꼼짝도 하지 않았다.

"여기서 뭐 하는 거야?"

"흠, 그게 나의 다음 질문이었어."

차로 조금 더 가까이 다가갔지만, 톰은 조금도 물러설 생각이 없어 보였다. 그건 나도 마찬가지였다.

"내 범죄 현장을 조사하러 왔는데 말이야."

톰이 말했다.

"그런데 세상에, 네 차가 또 여기 있지 않겠어?"

"나를 미행이라도 하는 거 같네."

"너도, 네가 가면 안 되는 장소만 골라서 다니는 거 같네."

"범죄 현장을 조사하러 왔으면…… 할 일을 해야 하지 않아?"

메러디스 집 출입구에서 여자가 나타났다.

"열쇠 찾았어요."

그녀가 톰에게 소리쳤다.

"무슨 열쇠?"

내가 물었고, 톰이 뭔가를 말하려다가 입을 다물었다.

"궁금하면 너도 같이 가서 보든지. 대신 아무것도 만지지 마."

그러고는 멋쩍은 듯 덧붙였다.

"증거가 이미 네 손에 오염됐겠지만."

톰을 따라 집 안으로 들어갔다. 메러디스가 권총을 보관하던 작은 검은색 금고가 커피 테이블 위에 활짝 펼쳐져 있었다. 여자가 장갑 낀 손으로 총을 들어 킁킁대며 냄새를 맡고는 탄창이 장전되어 있지 않은 것을 다시 한번 확인하고서 증거 수집 봉투에 넣어 톰에게 건네주었다. 톰이 장갑을 낀 손으로 총을 이리저리 살피며 무게를 가늠해보고는 나를 쳐다보았다.

"좋은 총이네."

분명 나를 추궁하는 목소리였지만 뭐 때문에 나를 추궁하는 상황인지 감도 오지 않았다.

"아빠가 쓰시던 거야. 메러디스가 이 집을 샀을 때 루스가 줬어. 호신용으로."

마지막 말이 주는 아이러니가 방안을 떠돌다가, 메러디스의 시신이 놓여있던 카펫의 시체표시선 위를 서성거렸다.

여자는 나를 계속 쳐다보고 있었다. 오른손에 낀 장갑을 벗더니 내게 다가왔다.

"여기는 내 파트너 쉐리 브래드포드."

톰이 말했다.

"쉐리라고 해요."

"쉐리, 이쪽은 리지 맥칼리스터."

나는 손을 뻗어 쉐리의 손을 잡았다. 쉐리는 톰만큼 키가 크고 어깨가 넓었다. 악수를 청하는 그녀의 손에 힘이 느껴져 손가락이 얼얼했다.

"메러디스 일은 유감이에요."

쉐리가 말했다.

그녀가 톰을 바라봤다.

"그럼 여기 일은 이제 끝난 건가요? 그럼 전 이만 사무실로 돌아갈게요."

톰이 쉐리에게 증거 수집용 봉투에 담긴 총을 건네주었다.

"먼저 출발해요. 나도 금방 따라갈 테니."

쉐리가 고개를 까닥하며 내게 인사하고는 문밖으로 사라졌다.

또 한 번의 지루한 설교가 한바탕 이어지기를 기다리고 있었지만 내 예상은 가볍게 빗나갔다.

"그 상처랑 멍은 대체 어디서 생긴 거야."

"메러디스의 딸을 찾았어."

"옆집에서?"

"맞아. 어떻게……"

"어제 심문했거든."

"왜 말 안 했어?"

"너한테 보고할 필요는 없으니까."

이런. 우리는 게임을 하고 있었다. 나는 아무런 대꾸도 하지 않았다.

"어디서 그렇게 상처가 난 건지 아직 말 안 했어."

"숲에서 개랑 몸싸움했어."

톰이 웃음을 터뜨렸다.

"볼만 했겠네."

"맞아, 근데 그 당시에는 그렇게 웃기지 않았어."

"그런데 여기서 뭘 하고 있었던 거야?"

뭐라고 대답해야 할지 몰랐다. 이 모든 일을 다른 사람에게 어떻게 설명할 수 있을까? 나조차도 납득 할 수 없는 상황이었다. 합리적인 근거도, 이유도 없었다. 어떤 충동만 있을 뿐이었다.

"난 그냥…… 그 애를 되찾고 싶었어."

톰은 아무 말도 하지 못했다. 우리는 한동안 말이 없었다.

시간이 흐르고 있었다. 30초. 5분. 얼마나 지났을까? 톰의 휴대전화가 울리는 바람에 둘 다 화들짝 놀랐다. 어렴풋이 톰이 한숨을 쉰 것 같았다.

"이 전화 꼭 받아야 해."

휴대전화 액정을 보며 말했다.

그러고는 등을 돌려 내가 엿듣지 못하도록 조심스럽게 전화를 받았다.

"마튼스입니다."

침묵.

"네, 알겠습니다."

톰은 어깨너머로 나를 힐끔 쳐다보고는 테라스로 이어지는 뒷문으로 사라졌다. 부두 끝까지 걸어가서 호수 주변을 서성이는 모습이 보였다. 지난번 집을 뒤졌을 때 살펴보지 못한 부분은 거의 없었다. 따라서 괜히 여기저기 더 들쑤시며 뒤져볼 필요는 없었다. 뭐가 됐든 내가 놓친 부분은 톰과 쉐리가 찾아낼 것이다.

별생각 없이 메러디스의 책상으로 몸을 돌렸다. 두께가 2인치쯤 되는 두꺼운 빨간색 폴더가 정중앙에 놓여있었다. 지난 일요일에는 없던 것이다. 가까이 다가가 서류 분류용 탭에 적힌 글자를 보니 '맥칼리스터, 메러디스'라는 이름과 함께 사망 일자가 적혀있었다. 톰의 수사 폴더였다.

호수 방향으로 난 유리문을 슬쩍 살펴봤다. 톰은 여전히 부두 끝을 서성이며 전화 통화를 하고 있었다.

폴더를 펼쳤다.

첫 번째 서류 더미는 우리 가족과 프레드, 나를 심문한 것이었다. 페이지를 빠르게 넘겼다. 에드먼과 관련된 파일이 출력본으로 함께 묶여 있었다. 이미 본 내용이었기 때문에 다음 페이지로 넘겼다.

프레드의 입출금 내역서. 프레드를 아는 사람이라면 특별히 눈에 띨 만한 게 없었다. 매달 잔고 부족으로 반환된 수표와 초과인출수수료 내역이 있었다. 월세와 재규어 할부금도 매달 자동으로 인출되고 있었다. 프레드는 스물한 살 이후부터 아버지가 정해준 용돈으로 생활했다. 프레드의 말에 의하면 고급스러운 취향을 가진 젊은 청년이 생활하기에 충분한 돈은 아니었다. 잔액 부족으로 인한 수표 반환이 계속되었던 것을 보면 그의 말은 사실이었다.

존과 마사, 그리고 레이첼을 포함한 우리 가족 모두의 재정 상태를 보여주는 서류도 있었다. 메러디스의 은행 입출금 내역에는 지난 6개월 동안 그녀가 써주었다가 취소된 수표의 스캔본이 첨부되어 있었다. 톰은 메러디스가 사설탐정인 에드먼에게 발급해준 수표 내역에서 그의 존재를 알아냈을 것이다.

세인트폴에 있는 US뱅크는 우리 가족의 주거래 은행이었다. 메러디스와 나는 어렸을 때부터 그 은행 계좌를 가지고 있었다. 메러디스는 웨스트 세인트폴에 있는 신용조합과 집에서 멀지 않은 레이크 엘모 지역 은행에도 계좌를 가지고 있었다.

메러디스의 휴대전화 통화 기록은 지난달 메러디스 번호의 수발신 내역을 보여주었다. 지난 금요일 밤 이후의 통화 기록이 노란색 형광펜으로 강조되어 있었고, 나는 기록을 재빨리 눈으로 훑으면서 익숙한 번호가 있는지 살폈다. 메러디스가 살해된 그날 밤의 통화 기록이 있었다. 절박한 마음으로 프레드와 나에게 걸었던 전화와, 그리고 이른 아침 루스에게서 걸려 온 전화가 찍혀 있었다. 금세 눈물이 그렁그렁 고였다. 메러디스가 가족을 가장 필요로 할 때 우리는 어디에 있었던 걸까?

"무슨 일이 일어나든 날 미워하진 말아줘. 부탁이야."

미안해, 메러디스. 내가 곁에 있었어야 했는데.

눈을 깜박이며 억지로 눈물을 삼켰다. 4~5통의 통화 기록은 내가 모르는 번호로 걸려 온 전화였다. 휴대전화에 있는 카메라로 그 번호를 찍어두었다.

우리 가족을 속속들이 조사한 엄청난 양의 파일을 뒤지다가 위스콘신주 베이필드 지역 경찰이 작성한 보고서를 보게 되었다. 내가 어렸을 때 슈피리어 호수에서 보트 사고로 실종된 아빠에 대한 수사기록 사본이었다. 나는 눈으로 빠르게 정보를 훑어 내려가다가 보트에 함께 탑승했던 선원 중 생존자의 이름에서 멈췄다. 존 네츠. 마사의 존. 40년 동안 우리 가족을 위해 일했던 존은 요트가 아포슬 아일랜즈 인근 바위에 충돌했을 때 아빠와 함께 요트에 타고 있던 사람 중 한 명이었다. 존? 내가 왜 이 사실을 모르고 있었지? 속이 울렁거렸다.

존은 의식을 잃은 채로 해변에서 발견되어 27일 동안 병원에 입원해 있었다. 그날 밤 엄청난 강풍이 불었다는 사실은 가까스로 기억해 냈지만, 무슨 일이 있었는지, 그리고 어떻게 보트가 바위에 부딪히게 되었는지 전혀 기억하지 못했다.

아빠가 실종되던 당시 존이 그 자리에 있었다면, 존도 아빠가 우리를 기만하는 행위에 가담했던 걸까? 마사도 이 사실을 알고 있을까? 더 많은 비밀이 존재한다. 우리가 그 비밀 속에서 익사하고 있는 것 같다.

톰이 다시 집으로 돌아오는 기척도 듣지 못했다.

"흥미로운 게 좀 있어?"

내 등 뒤에서 톰이 물었다.

고개를 돌려 톰을 바라보는 내 표정이 어땠는지 나도 모르지만 나를 보는 톰의 얼굴은 창백했다. 톰이 내게로 다가와 내 팔을 잡았다.

"리지? 괜찮아?"

그의 손에서 팔을 잡아 뺐다. 그러자 톰이 내게 한 걸음 더 가까이 다가왔다.

"리지?"

나는 뒤로 한 걸음 물러서서 벽에 등을 기대고 섰다.

"무슨 일인지 이야기해 봐."

톰이 말했다.

"나도 모르겠어."

속삭이듯 목소리에 힘이 없었다. 톰이 가까이 다가와 몸을 숙이고 내 얼굴을 살폈다.

"파일에서 뭘 봤길래 그렇게 당황한 거야?"

마침내 고개를 들어 톰과 눈을 마주쳤다.

"존."

톰은 내 말을 전혀 이해하지 못하는 눈치였다. 존이 뭘 어쨌길래? 톰의 어린 시절은 끝없이 이어지는 거짓말로 점철되지 않은 게 분명했다.

"존이 뭘 했는데?"

"보트 충돌 사고가 있었을 때 존이 그 배에 같이 타고 있었다는 건 몰랐어."

톰은 다소 안심한 듯 보였지만 내가 안정을 되찾았다고 생각하는 것 같진 않았다. 내 표정이 여전히 그를 불안하게 만들고 있었다.

"넌 그때 어렸잖아."

톰이 말했다.

"사고에 대해 상세하게 알려주지 않은 게 당연해."

"물론 그랬겠지만……"

"뭐가 문젠데?"

"사고 후 25년 동안 왜, 아무도 그 사실을 말하지 않았을까?"

"미안해, 리지. 그 질문에 대한 답은 나도 모르겠다."

톰이 몇 걸음 뒤로 물러서자 숨 쉴 공간이 생겼다. 그가 책상에 등을 기댔다. 내 눈에 눈물이 맺혔고, 나는 글썽이기 시작했다.

"우리 가족은 대체 왜 이 모양일까?"

"글쎄. 하지만 네 가족이 엉망진창인 것만은 아니야."

즐거움이라고는 조금도 찾아볼 수 없는 헛웃음이 터져 나왔다.

"하나만 말해봐."

"두 가지도 말할 수 있지. 너와 메러디스."

두 뺨을 타고 눈물이 주르륵 흘렀다.

"고마워. 하지만 그 말에 완전히 동의하지는 못하겠네."

"그럴 필요 없어. 내가 확신하니까."

나는 눈물을 닦고 마음을 다잡았다.

"그만 가야겠어."

톰이 자동차까지 나를 바래다주었다.

운전석 문을 열다가 톰을 보며 말했다.

"혹시 너도 이 일이 힘들어?"

"뭐가 힘드냐는 거야?"

톰이 되물었지만 나는 그가 내 말의 뜻을 완전히 이해하고 있다고 확신했다. 톰은 그저 시간을 끌고 있는 것뿐이었다.

"메러디스의 살인 사건을 수사하는 거."

톰이 시선을 피했다. 나는 잠자코 기다렸다. 마침내 용기를 낸 톰이 다시 나를 바라보았다.

"그래."

톰의 대답은 나를 놀라게 했다.

톰이 헛기침을 했다.

"토요일에 전화를 받고⋯⋯ 살해당한 사람이 메러디스란 사실을 알게 되었을 때 사건에서 손을 떼야 하나 생각했어."

"왜?"

"개인적으로 너무 얽혀있기도 하고 객관적으로 사건을 조사할 수도 없을 것 같아서. 하지만 내 능력을 믿어 보기로 했지."

톰이 말을 멈추었지만 나는 그가 다시 이야기를 시작하기를 잠자코 기다렸다.

"처음에는 내가 괜찮은 줄 알았어. 메러디스의 시신을 보는 일은 힘들었지만 그래도 내가 사건을 잘 해결할 수 있을 거라고 믿었어. 하지만 시간이 갈수록⋯⋯"

나는 다음 말을 기다렸다.

톰이 손으로 이마를 문질렀다.

"점점 더 힘들어졌지."

"어떤 면에서?"

한참을 망설인 후에야 톰이 입을 열었다.

"너 때문에."

"나? 왜?"

톰이 나를 정면으로 응시했다. 그에게서, 오래전 알고 지내던 젊은이의 모습이 보였다. 일요일마다 우리 집에서 함께 저녁을 먹던 대학생 청년. 한때 내가 몰래 좋아했던 잘생긴 소년.

"리지, 메러디스는 내 삶에서 중요한 사람이었어. 네 가족도 마찬가지고. 그리고 너는⋯⋯"

심장이 멎는 것 같았다. 하지만 그에게서 어떤 말을 듣고 싶은 건지, 그가 어떤 말을 할지 알 수 없었다.

"네 눈을 보면 모든 게 느껴져. 메러디스를 잃은 슬픔, 상실감, 전부 다. 너를 볼 때마다 고스란히 느껴져. 네 가족이 지금 얼마나 고통스러워하고 있는지 알아. 토요일 아침에 널 마주쳤을 때는 사건을 다른 사람에게 넘길까 생각했어. 거의 넘길 뻔했는데 내가 그걸 원하지 않는다는 걸 깨달았어. 너를 위해서, 그리고 메러디스를 위해서, 내 손으로 메러디스를 죽인 범인을 꼭 잡고 싶어."

* * *

메러디스의 집을 빠져나오는 내내 백미러로 내내 톰을 지켜보았다. 집과 연결된 진입로를 벗어나자 톰이 시야에서 사라졌다. 톰은 지난번처럼 내가 운전해서 돌아가는 모습을 지켜보고 있었지만, 그가 진짜로 나를 관찰하고 있는지는 확실하지 않았다. 그는 다른 생각에 빠진 것 같았다.

지난 며칠 동안 톰이 어떤 기분을 느끼고 있는지 관심을 두었어야 했다. 하지만 이내 깨달았다. 그의 관심은 내가 아니었다. 메러디스였다. 내가 메러디스가 될 수는 없었다.

톰의 시야에서 완전히 벗어나 큰 도로에 진입하기 직전에 가로수 쪽으로 방향을 틀었다. 차를 세우고 휴대전화를 꺼내 사진첩에서 메러디스의 통화 기록을 찍은 사진을 열었다. 번호를 검색해 보니 리 앳워터의 번호였다. 안절부절못하던 메러디스가 정신과 의사와 통화를 했다는 사실은 그리 놀라운 일은 아니었다. 하지만 절망감에 빠진 메러디스가 전화를 거는 모습을 떠올리고 슬퍼졌다. 메러디스가 '언제나 그 자리에 있을 거'라고 생각한 사람은 나와 프레드가 아닌 리였다.

이런 생각에 빠져있을 시간이 없었다. 나는 억지로 그런 생각을 하지 않으려 애썼다. 내가 원하는 것, 지금 내가 해야 하는 일은 아빠의 실종에 존이 얼마나 개입했는지, 그리고 그 사실이 메러디스의 죽음과 어떤 관련이 있는지 더 많은 정보를 캐내는 것이었다.

지금 믿을 수 있는 사람은 레이첼뿐이라는 생각이 들었다. 아빠가 꾸민 일을 루스가 알고 있을 리 없었다. 루스가 알고 있는 건 본인이 두 명의 의붓딸을 책임져야 하는 미망인이 되었다는 사실이었다. 존이 아빠의 거짓말에 일조했다면 마사는 남편을 보호할 것이다. 결국, 사고 당시 성인이었던 사람 가운데 실제로 무슨 일이 있었는지 솔직하게 말해줄 수 있는 사람은 레이첼뿐이었다.

레이첼이 아직 집에 있기를, 제발 서밋 애비뉴에 있는 집으로 벌써 떠난 것이 아니기를 간절히 기도하면서 그녀의 집으로 전화를 걸었다.

전화벨이 네 번쯤 울리자 레이첼이 전화를 받았다.

"여보세요, 리지?"

내 목소리를 듣자 레이첼이 말했다.

"레이첼, 지금 잠깐 만날 수 있어요? 제가 집으로 갈까요?"

레이첼이 머뭇거렸다.

"지금 친구들이랑 점심 먹으러 나가려던 참인데."

"부탁이에요. 중요한 일이에요."

레이첼이 망설이다가 대답했다.

"그래, 그럼 집으로 오렴."

나는 고속도로로 방향을 틀었다. 레이첼은 프레드가 사는 저택에서 1마일쯤 떨어진 오크데일에 타운하우스를 소유하고 있었지만, 그곳에서 지내는 일은 극히 드물었다. 아스펜, 플로리다키스 제도, 멕시코 카보산루카스에도 각각 집을 한 채씩 가지고 있었다. 레이첼은 일 년 내내 여행을 하며 이곳저곳을 떠돌아다니는 일이 다반사였고 미니애폴리스와 세인트폴에 있는 집은 크리스마스 기간에 딱 2주간만 머물렀다.

레이첼과 알렉스는 프레드가 열 살 때 이혼했다. 알렉스는 큰 투자회사의 CEO였는데 이혼 서류에 잉크가 마르기도 전에 재혼했다. 흔하디흔한 사연으로, 젊고 예쁜 비서와의 로맨스였다. 하지만 그 둘은 제법 잘 맞았던 것 같다. 그들은 20년 동안이나 함께 살았는데 레이첼과의 결혼생활에 비교하면 두 배나 더 긴 시간이었다. 슬하에 두 명의 자녀도 두었다. 내 눈에는 구시대적인 사고방식에 사로잡힌 옛날 가정주부 같은 느낌이긴 해도 알렉스의 두 번째 아내는 착한 사람이었고 알렉스도 행복해 보였다. 변덕스럽고 화려한 레이첼과 10년 동안 결혼생활을 한 이후 알렉스가 진짜 원한 아내의 모습이, 바로 그런 모습이었는지도 모른다.

이혼 후 레이첼은 자신과 아들 프레드의 성을 법적으로 맥칼리스터로 되돌려놓았다. 레이첼이 어떻게 알렉스를 설득했는지 아직도 모른다. 레이첼이 종종 데이트한다는 사실을 알고 있었고 그동안 여러 명의 남자를 만났지만, 프레드의 성에 차는 사람은 단 한 명도 없었다.

프레드가 고등학교를 졸업하자마자 레이첼은 이곳저곳을 떠돌며 집시의 삶을 살았다.

나는 레이첼이 좋았다. 그녀는 엉뚱하고, 유머러스하고, 이야기를 가장 재미있게 하는 사람이었다. 하지만 전에도 말했듯이 레이첼과 오래 같이 있는 건 불가능했다. 그건 아들인 프레드도 마찬가지일 것이다.

레이첼의 타운하우스 앞에 차를 세우고 현관으로 걸어갔다. 레이첼은 나를 보고 있었던 게 틀림없었다. 현관 계단을 올라가기도 전에 문이 벌컥 열렸기 때문이었다. 베이지 슬랙스에 노란 면 블라우스를 입고 있었는데 평소의 레이첼을 생각하면 다소 지루한 옷차림이었다.

레이첼이 평소보다 더 오래 두 팔로 나를 꼭 껴안아 주었다. 그녀가 나를 놓아주었을 때는 불그스름한 둥근 뺨에 눈물이 흐르고 있었다.

"감당하기가 정말 힘들구나. 너랑 메러디스는 내 딸과 마찬가지였는데. 메러디스가 죽었다는 사실이 아직도 믿기지 않아."

레이첼이 나를 빤히 바라보았다.

"꼴이 엉망이구나. 대체 무슨 일이 있었던 거니?"

나는 여기저기 긁힌 자국과 멍투성이인 얼굴, 그리고 더러워진 옷은 까맣게 잊고 있었다.

"말하자면 길어요."

"점심 약속을 취소했어. 시간이 아주 많아."

레이첼을 지나쳐 여행 기념품들이 어지럽게 널려 있는 거실로 향했다.

"마실 것 좀 줄까?"

등 뒤에 대고 레이첼이 물었다.

"커피 있어요?"

"물론이지."

얼마 후 레이첼이 머그잔에 블랙커피 두 잔을 담아 가지고 왔다. 한 잔을 내게 건네주고 자신은 소파 옆자리에 앉았다.

두 손으로 내 손을 꼭 잡고 엄지손가락으로 손등을 문질렀다. 레이첼을 오랫동안 만나지 못할 때면 그녀가 우리와 달리 스킨십을 좋아한다는 사실을 까맣게 잊곤 했다. 그런 신체 접촉이 내게 위안을 준다는 사실을 깨닫고 오랫동안 레이첼을 만나지 못하면 그녀와의 접촉이 그리워졌다.

"이렇게 급하게 나를 만나야 하는 이유가 뭐야?"

레이첼이 물었다.

"지금 가족의 위로가 필요해서 그런 거니?"

일순간 내가 여기에 온 이유가 그다지 중요하지 않은 것처럼 생각됐다. 내가 레이첼과 함께 있다는 것과 그녀가 나를 사랑한다는 사실이 실감 났다. 레이첼의 어깨에 머리를 묻고 엉엉 울기 시작했다. 레이첼은 나를 다독이고 머리를 쓰다듬으면서 괜찮다고 말해주었는데, 그런 행동이 나를 더 오열하도록 만들었다. 나는 메러디스가 그리웠고, 아빠가 보고 싶었다. 그리고 가진 적도 없었던 가족이 그리웠다.

레이첼은 내 눈물이 완전히 멈추고도 시간이 한참 지나서까지 나를 오래도록 안아주었다. 내 이마에 입을 맞추고는 얼굴에 붙은 머리카락을 뒤로 넘겨주었다.

그제야 나는 레이첼의 품에서 벗어나 바로 앉을 수 있었다.

"일단 가서 씻고 오렴. 그다음에 이야기하자."

레이첼이 말했다.

30분이 지난 후, 나는 얼굴을 깨끗이 씻고, 머리를 빗고, 레이첼에게 깨끗한 블라우스를 빌려 입었다. 우리는 베란다 그늘에 앉았다.

"이제 말해봐."

레이첼이 말했다.

"메러디스에게 아이가 있다는 사실을 알고 계셨어요?"

레이첼의 표정을 관찰했다. 내 인생은 하나의 아주 큰 거짓말 같아서 더는 사람들의 말을 그대로 믿을 수 없었다. 표정에서만큼은 거짓말을 숨길 수 없었고, 사람들의 눈은 그들의 입보다 더 진실된 말을 하고 있었다.

안타깝게도 레이첼의 얼굴에 나타난 표정이 희미해서 제대로 읽을 수 없었다. 먼 곳을 응시하고 있었다. 가만히 기다렸지만, 아무것도 보이지 않았다.

"레이첼, 알고 있었냐니까요?"

이번에는 레이첼이 내 눈을 똑바로 응시했다.

"아니."

입으로는 그렇게 말하고 있었지만, 여전히 그녀의 얼굴에는 복잡한 감정들이 한데 뒤섞여 있었다.

"궁금하긴 했지만, 모르고 있었어."

"궁금하긴 했다는 게 무슨 뜻이에요? 뭘 알고 계시는지 알려주세요."

레이첼은 다시 먼 곳을 바라보며 생각에 빠져있다가 내게로 돌아왔다.

"고등학교 때 이야기하는 거 맞지?"

나는 고개를 끄덕였다.

"고등학교 2학년 때였던 거 같은데. 루스가 짐 싸서 기숙학교에 보냈을 때."

"맞아요."

"무슨 일인지 몰랐지만, 혹시 그런 이유 때문이 아닐까 추측했었지. 호르몬 때문이었는지 갑자기 변덕이 심해졌는데 평소의 메러디스 같지 않다는 느낌을 받았어. 그리고 메러디스와 루스가 뭔가를 쉬쉬하는 것 같기도 했고."

"무슨 일인지 대놓고 물어보진 않았어요?"

이렇게 멍청한 질문은 처음 듣는다는 표정으로 고개를 갸웃했다.

"리지, 생각해 봐. 루스와 난 가깝게 지낸 적이 한 번도 없었어. 루스는 낡아빠진 가문을 지킨다는 사명을 가지고 살던 사람이었어. 나는 그런 부분에 있어서는 눈꼽 만큼도 관심이 없었고. 루스에게 악감정이 있는 건 아니지만…… 너와 메러디스를 제외하면 우리 사이에 공통점이라고는 하나도 없었단다. 내가 모든 걸 다 받아들였던 이유는 너희들과 멀어지고 싶지 않아서였어. 만약 너와 메러디스가 없었다면 루스와 난 진작에 멀어졌을 거야."

레이첼이 골똘히 생각에 잠겼다.

"내가 물어봤다고 해도 루스는 메러디스가 임신했다는 사실을 내게 절대로 말하지 않았을 거야. 지금이 무슨 1950년대라도 되는 것처럼 가문에 먹칠한다는 생각이 있었을 테니까. 이제는 아무도 그런 일에 신경도 쓰지 않는데 말이야. 지금은 흔한 일이잖니. 그리고 메러디스는……"

레이첼이 말을 멈췄다.

"메러디스가 왜요?"

그녀의 눈에 눈물이 그렁그렁했다.

"메러디스는 루스를 쏙 빼다 닮았잖니. 내가 살면서 후회하는 게 한 가지 있다면 너희 아빠가 죽었을 때 메러디스와 네 양육권을 가져오기 위해 싸우지 않았던 거야."

죽었을 때. 레이첼은 분명 죽었을 때라고 말했다. 그렇다면 레이첼은 아빠가 정말 죽었다고 생각하는 걸까?

레이첼이 내 손을 토닥였다.

"루스가 너희를 사랑하고 최선을 다해 돌봐주었다는 걸 알아. 하지만 루스는 가문의 이름이라던가 명예 같은 말도 안 되는 헛소리에 너무나 진심이잖니. 오랫동안 루스의 그런 생각이 너희들에게 어떤 영향을 미치는지 지켜봤단다. 특히 메러디스에게 더 큰 영향을 미쳤지. 넌 늘 네가 하고 싶은 일은 어떻게든 하고 마는 성격이었지만 메러디스는……"

레이첼이 고개를 저었다.

"메러디스는 루스의 고리타분한 모습을 그대로 배웠어. 그 점이 나를 슬프게 했지."

"메러디스한테도 안 물어보신 거예요?"

"물어봐도 대답해주지 않을 것 같았어. 당황스러웠을 거야."

"애 아빠가 누구인지 아시는 거 없어요?"

"글쎄."

레이첼이 손으로 이마를 문질렀다.

"그때 메러디스가 누구하고 데이트하고 있었는지도 모르는걸."

"제 생각에 마크라는 남자였던 거 같아요."

레이첼이 웃음을 터뜨렸다.

"그래, 맞아. 마크 더튼. 마크 신부님. 세인트 이그나티우스 성당의 본당 신부님이라던데. 그게 사실이면 신도들이 들고일어날 만한 일인걸?"

"그러면 메러디스가 기숙학교에 간 이유가 임신 때문이었다고 생각하시는 거예요?"

레이첼이 고개를 끄덕였다.

"아마도. 이제야 이 이야기를 꺼내는 이유가 뭔데?"

레이첼에게 메러디스의 부검 결과와 숲에서 데이나를 추격한 이야기를 들려주었다.

"그 애를 만났어요, 레이첼. 메러디스를 빼다 박았더라고요."

레이첼은 옆구리를 찔린 것처럼 깊은숨을 내쉬었다. 눈가가 눈물로 또다시 촉촉해졌다.

"가끔이라도, 그 애를 만날 수 있으면 좋겠구나."

"그 애가 장례식에 왔으면 좋겠어요."

이 말 덕분에 대화의 주제가 아빠로 바뀌었다.

레이첼은 탁자 위에 놓인 담뱃갑에서 담배 한 개비를 꺼냈다. 담배에 불을 붙이고 두어 번 깊게 빨아들이는 모습을 지켜보다가 우리 가족의 두 번째 비밀로 화제를 전환했다.

"조셉이 사라졌을 때 상황을 얘기해주세요."

내가 말했다.

레이첼이 또 한 번 고개를 갸웃거렸다.

"오, 얘야. 지금은 그 이야기를 하기에 적절한 타이밍이 아닌 것 같구나. 나중에 아빠 이야기를 할 기회가 있을 거야. 지금은 그것 말고도 신경 쓸 일들이 많이 있잖니."

나는 손을 뻗어 레이첼의 팔을 잡고 간절한 마음으로 그녀를 바라보았다.

"레이첼, 부탁이에요. 중요한 일이에요."

"확실하니?"

"네, 제발 이야기해 주세요."

"좋아."

레이첼이 담배 한 모금을 깊게 빨아들이며 지난 기억을 더듬었다.

"네 아빠는 밖에서 하는 거라면 뭐든 좋아했지. 낚시, 보트 타기, 등산, 수영. 야외활동이라면 안 해본 게 거의 없을 거야. 어렸을 때부터 그랬어. 그런 네 아빠를 루스가 집에 붙여두려 했지만, 소용이 없었지."

레이첼이 고개를 떨구고 손가락에 낀 반지들을 이리저리 돌리며 손만 빤히 바라보았다.

"사고 말씀하시는 거예요?"

레이첼이 나를 보며 고개를 끄덕였다.

"매년 봄이 되면 긴 여행을 떠나곤 했었지. 사고가 났던 해에는 슈피리어 호수에서 요트를 타고 아포슬 아일랜즈까지 항해하는 일정이었어. 한 달쯤 여행할 계획이었는데 일주일 정도 지난 후에 해안경비대에서 보트가 바위에 부딪혀 산산조각이 났다는 연락을 받았어. 시신은 찾지 못했지. 항해 경력도 많고 수영도 잘했는데 이상한 일이었어. 하지만 호수가 워낙 크고 물이 차니까 물에 능숙했던 조셉도 어쩔 수 없었을거야."

레이첼이 다시 한번 고개를 떨구고 잠자코 손만 바라보았다.

"그래도 그렇게 떠나서 행복했을 거야."

"여행은 혼자 가신 거예요?"

"존이 함께 갔었지."

"원래 둘이 여행을 자주 다녔나요?"

레이첼이 곰곰이 생각했다.

"아니, 그런 적은 없는 것 같아. 아마 둘이 함께 여행을 떠난 게 그게 처음이었던 거 같은데."

"그게 이상하다고 생각하지는 않으셨어요?"

레이첼이 어깨를 으쓱했다.

"그거에 대해 별로 생각해 보지 않은 것 같아. 존이 생각하기에 재미있을 거 같아서 함께 가도 되느냐고 물어봤을 수도 있고, 아니면 네 아빠가 항해를 도와줄 사람이 필요했을 수도 있고."

레이첼이 의심스러운 눈빛으로 나를 쳐다보았다.

"왜?"

"그냥 궁금해서요. 얼마 전에 존이 아빠랑 같이 여행을 갔었단 사실을 알게 됐는데 좀 놀랐거든요."

내 말을 이해한다는 듯 레이첼이 고개를 끄덕였다.

"존이 사고에 대해 말한 건 없었나요?"

내가 물었다.

"그다지. 해변에서 정신을 잃은 채로 발견됐는데 기억 상실에 걸렸던 것 같아. 사고에 대해 전혀 기억하지 못했거든. 발견되고 나서 병원에 거의 한 달을 입원해 있었어. 그런데 사고 이야기는 한 적이 없었지. 네 아빠는 죽었는데 혼자 살아남았다는 사실 때문에 죄책감을 느껴서 그랬을 거야."

레이첼이 담배에 불을 붙이는 동안 우리는 말이 없었다. 가족에 대해 아직도 모르고 있는 사실이 많이 있었고, 내가 이해해야 할 것들도 마찬가지로 많았다.

"조셉하고 루스는 어떻게 결혼하게 됐어요? 내가 기억하는 엄마와 루스는 비슷한 점이 하나도 없거든요."

레이첼이 미소 지었다.

"솔직한 답변을 원하니?"

여느 때와 달리 내가 원하는 건 거짓 없는 답변들이었다.

"네."

"돈이야."

"누구 돈이요?"

"루스의 돈이지. 무슨 일을 하고 다녔는지 나도 모르겠지만 네 아빠는 물려받은 재산을 빠르게 탕진하고 있었어. 우리 부모님이 물려주신 재산을 거의 다 써서 빈털터리가 될 즈음, 루스가 돈이 있다는 사실을 알고 결혼하게 된 거지."

"그렇게 단순한 이유라고요?"

"루스는 그런 이유 때문은 아니었을 거라고 이야기하겠지. 이 자리에 네 아빠가 있었다고 해도 마찬가지였을 거야. 하지만 나는 그게 진짜 이유였을 거라고 확신해. 간단하잖니. 인생이란 원래 그런 거니까. 사람들은 자신이 원하는 걸 가질 수 있다면 뭐든지 하려고 하니까."

"그러니까 루스는 남편이 필요해서 자신을 사랑하지도 않는 남자와 결혼하고, 조셉은 결혼으로 계속 빈둥거리면서 살 돈을 마련했다고요? 정말 로맨틱하네요."

"루스가 어떤 사람인지 너도 잘 알잖니. 모든 면에서 좀 고리타분한 면이 있잖아. 남편 없이 홀로 사는 것보다 사랑 없는 결혼이 더 명예로운 일이라고 생각했던 거지."

"할머니와 할아버지가 저희에게 남겨주신 신탁에서 조셉이 돈을 빌릴 수도 있지 않았을까요?"

레이첼이 의아하다는 표정을 지었다.

"그것과 관련된 가족의 역사도 모르는구나."

"제가 알아야 하는 일인가요?"

레이첼이 어깨를 으쓱했다.

"생각하는 것만큼 나쁘진 않을 거야. 네 조부모님은 너희 엄마를 그다지 좋아하지 않았어. 네 엄마가 아빠한테 있는 돈 때문에 결혼하기로 한거라고 생각했지."

"엄마가 그랬나요?"

레이첼이 또다시 어깨를 으쓱했다.

"그럴지도. 나도 진실은 모르지. 그렇지만 내 생각에 둘은 진짜로 사랑하는 거 같았어. 네 아빠가 어떤 사람인지 내가 알잖니. 네 엄마에게 완전히 푹 빠져있었지."

"그래서 어떻게 됐는데요?"

"네 아빠와 엄마가 결혼하게 되었을 즈음 네 할아버지와 할머니는 이미 엄마를 탐탁지 않게 여기고 있었지. 하지만 네 엄마도 상황을 그렇게 악화시키는 데 일조를 한 셈이나 마찬가지였어. 친해지거나 마음을 풀어주려는 노력을 전혀 하지 않았으니까."

"그래서요?"

"유언장을 작성할 때 네 부모님을 완전히 제외해 버렸지. 네 아버지의 신탁은 오래전에 마련해 두었는데 그것 말고는 네 어머니 손에 한 푼이라도 들어가는 모습을 보고 싶지 않으셨던 거야."

"엄마를 정말로 싫어하셨나 보네요."

"맞아. 그 말을 하고 싶으셨던 걸 거야. 그때쯤 나도 결혼을 했고 네 삼촌이 돈을 잘 벌었기 때문에 나와 프레드 걱정은 하지 않으셨지. 그래서 너와 메러디스가 집 없이 떠돌아다니는 일이 없도록 가족이 소유하고 있던 건물을 너와 메러디스에게 물려주셨던 거야. 그러고 나서 너와 프레디, 그리고 메러디스에게 신탁을 남겨주셨지. 하지만 너희 셋 말고는 아무도 그 돈에 손대지 못하도록 모든 가능성을 철저히 차단해 두셨어."

일그러진 가문에 또 하나의 흠이 추가되었다. 이제 더는 놀랍지도 않았다.

"법적으로 어떻게 그렇게 만들었는지는 나도 몰라."

레이첼이 말했다.

"자세히 알고 싶다면 웨인라이트 씨가 잘 설명해 줄 거야."

"그러니까 우리가 신탁 재산을 증여받은 이유가 전부 엄마 때문이었다고요?"

레이첼이 담배를 비벼 불을 껐다.

"네 엄마가 진짜 이유이긴 하지만 이 모든 문제가 네 엄마 탓이라고는 할 수 없지. 네 아빠는 누구랑 결혼했든지 돈을 전부 써버렸을 거야."

"조셉은 응석받이였던 거 같네요."

레이첼이 손을 바라보며 내 시선을 피하다가 결국 나와 눈을 마주쳤다.

"나도 세상 물정 모르고 버릇없이 자란 애나 마찬가지지 뭐. 좋은 엄마도, 좋은 아내도 아니었으니까. 나는 늘 내 방식대로만 하길 원했고, 실제로 그렇게 살아왔어. 그리고 내 아들이 이제 그 대가를 톡톡히 치르고 있지. 나는 운이 좋게도 금융 지식이 뛰어난 남편을 만나서 재산을 유지하는 방법을 배울 수 있었던 것뿐이야."

"데이비드는요? 데이비드는 어떻게 우리 가족이 된 거예요?"

레이첼의 입을 연 김에 그간 궁금했던 것들을 이 자리에서 최대한 많이 확인해 볼 참이었다. 과거의 미스터리 속 어딘가에 내 삶을 엉망진창으로 만드는, 내 마음속 숨은 악마를 진정시킬 해답을 찾을 수 있을지도 몰랐다.

"내가 알기로 루스와 데이비드는 교회랑 컨트리클럽에서 만나 몇 년 동안 알고 지내던 사이였어. 지금도 사이는 좋은 거 같지만…… 네 아빠랑 루스와 마찬가지로 그다지 어울리는 한 쌍은 아니라고 생각해."

"그런데 왜 데이비드랑 결혼했어요?"

"늘 같은 이유 때문이지 뭐. 맥칼리스터 가문으로 살아가는 거. 네 아빠는 같이 사는 일 년 동안 루스의 돈 대부분을 써버렸어. 데이비드가 그걸 채워줄 수 있었지. 데이비드가 꽤 유복했기 때문에 상류층 삶을 계속 유지할 수 있었던 거야."

그러니까 루스도 자신만의 악마를 가지고 있었다.

"너도 알다시피 루스와 데이비드 사이에서 메러디스는 희망이 전혀 없었어."

"무슨 말이에요?"

"메러디스가 루스에게서 고지식한 면을 배웠다면, 데이비드는 청소년과 하는 자원봉사 활동에 늘 메러디스를 데리고 다녔지. 그게 나쁘다는 게 아니라, 메러디스에게는 다른 아이들처럼 인생을 즐기면서 재미있게 놀 시간이 없었다는 거야."

"음, 루스와 데이비드에게 저는 굉장히 실망스러운 자식이었겠어요."

"교회에서 갈등이 있다는 얘기를 들었어. 데이비드가 교회 협의회 회장직을 빼앗길 수도 있다고."

우쭐한 표정으로 레이첼이 말했다.

"그런 사정은 미처 몰랐는데…… 요즘 집에 자주 가지 않아서 그랬나 봐요."

14

레이첼의 집에서 나올 때쯤에는 더 많은 정보를 알게 됐지만, 그 중 지금 내게 도움이 될 만한 정보는 없어 보였다. 집으로 가다가 갑자기 마음을 바꾸어 세인트 이그나티우스 성당으로 이어지는 길로 빠졌다.

처음 만들어졌을 때의 스테인드글라스 창문이 수백 년 동안 그대로 유지된 아름다운 건물이었다. 크기 면에서는 우리 가족이 다니는 세인트 바르톨로뮤 성당이 압도적이지만 세인트 이그나티우스가 훨씬 더 안락한 느낌이 들었다.

계단을 올라 정문 출입구로 향했지만, 문이 잠겨 있었다. 텅 빈 나르텍스는 선선했고 주위를 둘러보니 탁자 위에 지난 주일의 주보와 달력이 놓여있었다. 오늘 밤 한 시간 후에 마크 신부의 견진성사가 예정되어 있었다. 나는 성소를 통과해 복도를 따라 걸어가다가 제단에서 중간쯤 떨어진 곳에 있는 신도 의자에 앉았다.

결혼식이나 장례식을 제외하고 성당을 찾은 것은 정말 오랜만이었다. 내 마음속 어딘가에서 지금 이 자리에 있고 싶다는 생각이 간절하게 올라왔다. 메러디스가 마침내 평안을 되찾았다는, 그리고 이제 다시는 사악한 일이 그녀를 괴롭히지 못한다는 확신이 필요했다.

서늘하고 조용한 어둠 속에 얼마나 오래 앉아있었는지 모르겠다. 하지만 메러디스가 세상을 떠난 후 처음으로 보일 듯 말 듯 희미한 희망 한 줄기가 슬픔 사이를 비집고 들어오는 것이 느껴졌다. 눈을 감고 천천히 숨을 들이마셨다. 실낱같은 희망이 사라지지 않게 꼭 붙잡고 내 앞에 놓인 일들을 헤쳐 나갈 힘이 되기를 기도했다.

눈을 떴을 때 내 옆에 서 있는 마크 신부를 보고 화들짝 놀랐다.

"방해하려던 건 아니었습니다."

온화한 미소를 지으며 그가 말했다. 그는 내가 앉은 신도석의 앞 줄에 앉아 우리가 서로 마주 볼 수 있도록 뒤쪽으로 몸을 돌렸다.

"오늘 처음 뵙는 분 같은데 제가 도와드릴 일이 있을까 해서요. 저는 마크 신부입니다."

내 기억 속에 남아있는 모습보다 20년쯤 더 늙어 보였다. 자연스러운 일이었다. 하지만 천진만한하고 소년 같은 얼굴과 투명하고 날카로운 파란 눈동자는 아직 그대로였다.

"저는 신부님을 뵌 적이 있어요."

"우리가 만난 적이 있던가요?"

"제 이름은 엘리자베스 맥칼리스터입니다."

내 말이 끝나기가 무섭게 그는 나를 알아보았다. 마감 뉴스와 신문에 메러디스의 살인 사건이 보도되었기 때문일 것이다.

"엘리자베스, 메러디스의 죽음으로 얼마나 상심하셨을지 모르겠습니다."

그가 위로하듯 내 팔에 손을 얹었다.

"감사합니다. 괜찮으시다면 메러디스에 관해 잠시 이야기를 나누고 싶어요."

"물론입니다. 제 사무실로 가서 조용히 이야기하시죠."

우리는 성구 보관실 뒤쪽에 있는 작고 어수선한 사무실에 가서 자리를 잡았다. 그리고 늘 그렇듯 어디서부터 이야기를 꺼내야 할지 망설였다. 마크는 그런 나를 잠자코 기다려주었다. 숨을 크게 내쉬고 마음을 진정시킨 후 입을 열었다.

"메러디스가 시카고에 있는 학교에 갔을 때 임신한 상태였어요. 혹시 당신이 애 아빠인가요?"

한 가지 확실한 건, 그 말을 들은 마크의 표정으로 미루어 보아 이런 질문이 나올 거라고는 전혀 예상하지 못했다는 것이다.

"음, 아닙니다."

우리 둘 모두에게 불편한 상황이었다. 마크는 톰과 달랐다. 톰과 메러디스는 고등학교 시절 데이트를 하다가 잠시 헤어지고 대학에서 재회했다. 두 사람이 만나는 2년 사이, 톰은 우리의 생활에 깊게 들어와 있었다. 거의 가족이나 다름없을 정도였다. 하지만 마크에 대해서는 그만큼 자세히 알지 못했다. 메러디스와 마크가 데이트했던 기간은 십수 년 전, 어느 여름 두어 달에 불과했기 때문이었다.

"미안해요, 마크. 지난 십수 년 동안 한 번도 만난 적도 없고 저도 당신을 잘 모르지만, 메러디스가 죽고 난 이후 궁금한 일들이 너무 많이 생겼어요. 그리고 저는 그 질문에 대한 답을 찾아야……"

마크가 고개를 저었다. 자신이 아이의 아빠일지도 모른다는 가능성을 생각하고 있던 것인지, 맞은편에 앉아있는 정신 나간 여자에게서 벗어날 방법을 궁리하고 있는 건지 알 수 없었다.

"이런 대화를 나누는 것이 불편하군요."

"저도 충분히 이해합니다. 다시 한번 정말 죄송해요. 하지만 제게 중요한 일이에요."

"얼마나 중요하죠?"

"아주 많이요."

우리는 한동안 말이 없었다. 마침내 그가 입을 열었다.

"엘리자베스, 이 상황이 정말 당황스럽습니다."

나는 아무런 말도 하지 않았다.

그가 작은 방을 한번 둘러보고는 마침내 나를 똑바로 바라보았다. 그러고는 한숨을 쉬었다.

"그 당시에 무슨 일이 있었는지 설명해 드릴게요. 애초에 우리가 데이트하게 된 것도 메러디스가 저에게 먼저 제안했기 때문이었어요. 엄밀히 말하자면 우리는 함께 어울리는 사이도 아니었기 때문에 메러디스가 그런 이야기를 꺼냈을 때 놀라기도 했습니다. 어느 날 메러디스가 학교에서 제 앞을 불쑥 가로막고는 같이 영화를 보러 가자고 말하기 전까지는, 저라는 사람의 존재조차 모를 거라고 생각했거든요. 메러디스가 그런 말을 할 거라고 예상도 못했지만, 기분이 좋았던 건 사실이에요. 메러디스는 아름다웠고 데이트를 하고 싶어 하는 남자들이 제법 많았으니까요. 그런데 날 선택했다는 사실이 의외였어요."

금요일 저녁이면 집에서 혼자 쉬는 걸 좋아하던 내성적인 성격의 메러디스가 먼저 데이트 신청을 했다고? 그 사실 자체로도 어딘가 이상했다.

"그리고 그해 여름 동안 사귀었죠."

마크가 고개를 끄덕였다.

"우리가 같이 시간을 보내긴 했지만 엄청난 로맨스가 있었던 건 아니었습니다. 메러디스에게 몇 번 키스했던, 아니 시도했던 기억이 있긴 합니다. 그런데 제가 경험이 없어 능숙하지 못했죠."

"그렇다면 애 아빠일 가능성이 전혀 없다는 말씀이신가요?"

톰이 얼굴을 찌푸렸다.

"가능성이 아예 없는 건 아니지만 확률이 매우 낮을 거라고 말하고 싶군요."

"무슨 뜻이죠?"

톰은 오랫동안 아무 말이 없었다.

"지금 우리가 이 이야기를 해도 되는 건지 모르겠습니다."

그의 입장에서는 이 모든 것들이 자신과 아무런 관련이 없으니 어색하기 짝이 없는 일이었다. 하지만 나는 진실을 알아야만 했다.

"부탁이에요, 마크. 상황이 이렇지 않았다면 이런 질문을 하지도 않았을 거예요. 그런데 메러디스의 임신과 그녀의 죽음 사이에 어떤 관련이 있는 것 같은데 그 연결고리를 설명하기가……"

그의 마음속에서 일어난 갈등이 좀처럼 끝날 기미가 보이지 않았지만 그를 압박하는 건 옳지 않은 것 같았다. 가고 싶어 하지 않는 길로 이미 그를 억지로 끌고 가고 있었기 때문이다.

마침내 그가 입을 열었다.

"메러디스가 시카고로 떠나기 일주일 전쯤, 밤에 둘이서 드라이브를 하러 갔어요. 그리고 인적이 드문 뒷길이 있는 작은 호수에 도착했죠."

마크가 말을 멈추었다. 나는 잠자코 기다렸다.

"말을 하기가 정말 껄끄럽군요."

마크의 시선이 바닥으로 향했다.

"메러디스가, 음, 조금 다가왔어요."

"다가왔다고요?"

루스가 들었다면 행동이 남사스러운 여성이라고 했을 법한 말이었다.

"무슨 뜻인지 아시잖아요."

마크의 얼굴이 벌겋게 달아올랐다.

"메러디스가 이전에는 해 본 적이 없던 수준으로 진도를 나가기 시작했어요. 그쯤 전 사제의 길을 가기로 마음먹었기 때문에 매우 혼란스러웠죠. 하지만 동시에 아름다운 소녀와 인적이 드문 길에 단둘이 있는 사춘기 소년이기도 했어요."

지금 이 시점에서 마크를 재촉하지 않으면 밤을 새워도 이야기가 끝나지 않을 것 같았다.

"그래서요?"

"내가 뭘 하고 있는 건지도 몰랐어요. 여기저기 더듬기도 하고 이 런저런 동작을 하긴 했는데 우리가 완전히 제대로 한 건 아니었어요. 제 말 무슨 뜻인지 아시죠?"

"모르겠는데요."

머쓱해진 마크가 손으로 이마를 문질렀다.

"이걸 어떻게 설명해야 할지 모르겠는데, 우리가 예상했던 것보다 훨씬 더 빨리 끝나버렸어요. 그래서 실제로, 그게…… 음, 우리 사이에 실질적인 접촉이……"

아, 그 말이었군.

"그래서 제가 아빠일 가능성이 아예 없진 않다고 생각해요. 일반적이지 않은 방법으로도 임신을 한 사람들의 이야기를 들은 적이 있으니까요. 하지만 제 경우도 그랬을 거라고 생각하지는 않아요."

"그리고 나서 메러디스가 시카고로 떠났고 그 이후에는 만나지 못하신 건가요?"

"대학에 입학한 후 파티에서 몇 번 마주치긴 했는데 그걸 제외하고는 지난 4월까지 메러디스를 한 번도 만나지 못했어요."

마크의 말에 정신이 번쩍 들었다.

"잠깐만요. 최근에 메러디스와 마주친 적이 있다고요?"

"아니요, 메러디스가 절 만나러 여기로 찾아왔어요. 종교적 상담이 필요하다고 해서 여기에서 몇 번 만났습니다. 지금 앉아계신 바로 그 자리에 메러디스가 앉아있었어요."

"메러디스가 무슨 이야기를 하던가요?"

"죄송하지만 그건 말씀드릴 수 없습니다. 하지만 이것만큼은 장담하죠. 이런 이야기는…… 아니었습니다. 메러디스는 저에게 아이 이야기는 꺼낸 적도 없어요."

마크가 시계를 보았다.

"5분 후에 견진성사가 있습니다."

마크는 성당 입구까지 나를 바래다주었다. 그러더니 두 손으로 내 손을 감싸고 말했다.

"고인의 명복을 빕니다, 엘리자베스. 메러디스는 사랑스러운 사람이었어요. 힘든 시간을 보내고 계신 것 잘 압니다. 오늘 밤 나눈 이야기 때문에 너무 혼란스럽지 않으셨으면 좋겠군요."

"아니에요, 마크. 솔직하게 이야기해 주셔서 감사합니다."

몇 분 후 나는 차에 앉아 상황이 이렇지 않았더라면, 그러니까 메러디스가 살해당한 상황이 아니라면 마크와 메러디스의 일화로 한참을 깔깔댔을 거라고 생각했다. 하지만 지금은 그런 걸 가정할 상황이 아니었다. 메러디스가 살해당한 것이 현실이었고 마크와 메러디스 사이의 일화는 비극적인 이야기의 또 다른 슬픈 에피소드에 불과했다.

* * *

마크는 데이나의 아빠가 아니었다. 그렇다면 대체 누구지? 톰이 거짓말하는 게 아니라면 말이다. 하지만 톰이 무슨 이유로 거짓말을 하겠는가? DNA만 있다면 쉽게 해결될 일이다. 1학년이 끝날 무렵 톰과 헤어지고 나서 마크와 데이트를 하기 전까지, 그사이에 만난 사람이 있었는지 기억나지 않았다. 하지만 마크와 있었던 일은 평소의 메러디스답지 않았다. 내가 모르는 비밀스러운 삶이 있었는지도 모른다. 톰과 마크 사이에 만난 의문의 소년이 있을지도.

고속도로에 진입할 무렵 휴대전화가 울렸다.

"여보세요."

톰이었다.

"지금 어디야?"

"집에 가는 길."

"어디서?"

"글쎄, 너한테 이런 거까지 보고해야 할 의무가 있는지 모르겠는데, 오후 내내 레이첼 이모와 함께 있었어."

"미안. 내가 꼭 알아야 할 일은 아니네."

갑자기 신경질이 나기 시작했다.

"전화한 용건이 뭐야?"

짧은 침묵이 이어졌다.

"별건 아니고 그냥 확인차 전화했어. 뭐 하고 있나 궁금해서."

이번에는 친절하게 응수할 차례였다.

"고마워. 그럭저럭 괜찮은 거 같아. 내 정신건강 말고 다른 이야기를 좀 나눠도 괜찮을까? 내 정신건강이야 좋다고 하는 날이 더 수상한 것 같으니까."

"물론이지."

"아직도 사무실이야?"

"방금 막 나왔어. 다섯 살 된 조카의 생일 파티에 가는 길이야."

"재밌겠네."

그리고, 정말 평범하고. 그가 부러웠다.

얼마간 말이 없던 톰이 말했다.

"혹시…… 이야기할 사람이 필요하거든 나중에 전화 줘."

어떤 이유에서인지 그 말을 듣는 순간 감정이 복받쳐 금방이라도 눈물이 쏟아질 것 같았다. 나는 목을 가다듬었다.

"고마워. 파티에서 좋은 시간 보내."

톰이 뭐라고 덧붙이기 전에 서둘러 전화를 끊었다.

오늘만큼은 혼자 있고 싶지 않은 기분이었다. 그래서 마음 한구석에서는 오늘 밤에 톰이 집에 잠깐 들러주기를 바라고 있었다.

나는 프레드에게 전화를 걸었다.

"같이 저녁 먹을래?"

"미안. 선약이 있어. 찰리가 2주 만에 야간당직을 서지 않는 날이라 같이 저녁 먹기로 했어. 너도 같이 먹을래?"

"정말 로맨틱하네. 내가 너 따라서 나타나면 찰리가 퍽이나 좋아하겠다."

"별로 신경 쓰지 않을 거야. 오늘 하루 종일 엄마랑 같이 있었다며. 나를 제치고 엄마한테 점수라도 딸 생각인 거야?"

"그거야 식은 죽 먹기지. 레이첼이 내가 메러디스 딸을 만났다는 이야기는 안 해?"

둘 사이에 정적만이 맴돌았다. 나는 잠시 전화 연결이 끊어진 줄로만 알았다.

"프레드?"

"그래, 듣고 있어. 아니, 레이첼이 그런 말은 안 하던데. 어땠어?"

"그냥 분노에 찬 10대 소녀였어. 그런데 같이 있으니 기분이 묘하더라고. 메러디스와 정말 똑같이 생겼어."

프레드가 깊은 한숨을 내쉬었다.

"그 애 얘기, 전부 듣고 싶어. 내일 같이 아침 먹을까?"

다음 날 만날 약속을 정하고 전화를 끊었다. 그러고는 웨스트 세인트폴로 가는 다음 출구에서 빠졌다. 메러디스가 고용한 사설탐정인 에드먼이 사무실에 있을 것 같진 않았지만 그래도 한번 들러볼 만했다.

내가 도착했을 때 메이너드 에드먼의 사무실이 있는 쇼핑몰 주차장은 버려진 것처럼 주차된 차가 거의 없었다. 사무실 출입문은 아직 열려 있었다. 종소리가 나의 도착을 경쾌하게 알렸다. 안내데스크에 담당 직원은 이번에도 자리를 비운 상태였지만 이미 퇴근 시간이 지난 후이니 집으로 돌아갔을지도 모를 일이었다.

"뒤쪽 사무실로 오세요."

에드먼이 소리쳤다.

나는 출입구 안쪽으로 고개를 빼꼼 내밀었다.

"아직 사무실에 계실 줄은 몰랐어요."

책상에 앉아있던 그가 고개를 들었다.

"저녁 식사를 가져온 배달원인 줄 알았어요."

에드먼이 안쪽으로 들어오라고 손짓했다.

"앉으세요."

그렇게 말하고는 내 얼굴에 난 상처를 보았다.

"누구하고 그렇게 다툰 거예요?"

지금 내 몰골이 어떤 상태인지 자꾸만 잊어버리고 있었다.

"말하자면 길어요."

에드먼의 맞은편 의자에 앉았다. 의아하다는 듯 에드먼이 눈썹을 치켜떴다.

"그게 누구였든 이기셨길 바랍니다. 다시 오시기를 기다리고 있었어요."

의아한 표정으로 그를 바라보았다.

"무슨 말씀이세요?"

에드먼이 의자에 등을 기댔다.

"필요한 정보를 내가 갖고 있다고 생각하잖아요. 그래서 다시 올

줄 알았어요."

에드먼과 눈이 마주쳤다.

"저한테 필요한 정보를 갖고 계세요?"

"어쩌면요. 궁금한 게 뭔지 말해보세요."

"지난번에는 아무것도 모른다고 했잖아요."

"그랬죠. 하지만 그때는 경찰이 제 파일에 뭐가 들어있는지 예의 주시하던 상황이었으니까요. 뭘 알고 싶은 거죠?"

"메러디스가 사람을 찾으려고 당신을 베이필드로 보냈잖아요. 이유가 뭔지 말했나요?"

"아니요."

"이유를 묻지 않았나요?"

에드먼이 몸을 앞으로 기울여 책상에 팔꿈치를 기댔다.

"물어볼 때도 있죠. 일이 잘 풀리지 않을 때 주로 그래요. 누군가 제가 가장 먼저 정보를 알아내길 원하는 경우 그렇죠. 하지만 대부분은 이유를 묻지 않습니다. 제가 상관할 일이 아니니까요. 메러디스는 좋은 사람이었어요. 그녀가 무슨 일을 겪고 있는지는 알지 못했지만, 그녀에게 중요한 일처럼 보였고 내게 돈을 주었으니 묻지 않았죠."

"메러디스가 찾아달라고 부탁한 남자에 대해서는 뭐라고 하던가요? 분명히 무슨 정보를 줬을 텐데요."

에드먼이 책상 가장 아래 서랍을 열어 마닐라 폴더를 꺼내 책상 위에 활짝 펼쳤다.

"그 남자가 예전에 사용하던 이름이 조셉 맥칼리스터라고 하길래, 친인척 관계일 거라고 추측했어요. 지금은 앤드류 짐머라는 이름으로 살고 있고요."

"지난번에 찾아왔을 땐 왜 이 사실을 알려주지 않았죠?"

에드먼의 표정 변화를 계속 관찰하면서 혹시 나를 속이려는 낌새는 없는지 살폈다. 거짓말을 하는 것 같진 않았지만 확신할 수는 없었다.

"경찰이 오는 중이었고, 골치 아픈 일에 휘말리고 싶지 않았습니다. 난 메러디스를 좋아했어요. 그녀는 정말 좋은 사람이었으니까요. 그쪽이 보기에는 내가 한물간 사설탐정처럼 보일지 모르겠지만 사실은 내가 사람들을 돕고 있다고 생각한 적도 많아요. 진심으로 메러디스를 돕고 싶었어요. 그녀에게 일어난 일은 나도 유감스럽게 생각합니다. 무슨 일이 있었든지 간에 메러디스가 그렇게 세상을 떠나서는 안 됐어요. 내가 도울 일이 있다면 도와드리고 싶어요."

그가 다시 어깨를 으쓱했다.

"무료로 절 도와주실 생각은 아니실 텐데요."

"이봐요, 솔직하게 말씀드릴게요. 저는 그렇게 먹고살아요. 제 시간을 할애한다면 당신에게 요금을 청구할 겁니다. 그런데 여기 앉아 이야기나 하면서 제가 저녁 먹는 모습을 구경이나 한다면 그건 무료로 처리해드리죠."

출입문의 종이 울렸다.

"안쪽으로 들어오세요."

에드먼이 소리쳤다.

길 건너편에 있는 피자가게 옷을 입은 배달원이 사무실로 들어왔다. 에드먼은 그에게 돈을 주고는 책상 위에 피자를 올려놓았다.

"배고프면 한 입 거들어요."

소시지와 버섯, 그리고 잘 익은 올리브가 올라간 피자 한 조각을 집으며 그가 말했다.

하루 종일 먹은 게 아무것도 없는 느낌이었지만, 그마저도 확실하게 기억이 나지 않았다. 좋은 징조는 아니었다. 그제야 내가 얼마나 배고픈 상태인지 깨달았다. 나는 피자 한 조각을 집어 의자에 다시 풀썩 앉았다.

"좋아요. 수수료가 얼마든 당신을 고용하겠어요. 절 도와주세요."

에드먼이 자리에서 일어나 구석에 놓인 선반 위 미니 냉장고에서 다이어트 콜라 두 캔을 꺼내왔다. 내게 하나를 건네고 자리에 앉아 마닐라 폴더를 덮어 원래 있던 서랍에 다시 넣었다.

"여기, 이게 내가 아는 사실이에요. 조셉 맥칼리스터는 당신 아버지입니다."

"전 모르고 계시는 줄 알았는데……"

에드먼이 황당하다는 표정으로 나를 바라보았다.

"난 바보가 아닙니다. 메러디스가 내게 그 이름을 알려줬을 때 내 나름대로 조사를 좀 했어요. 조셉 맥칼리스터는 20여 년 전쯤 보트 사고로 실종되었다가 사망한 것으로 처리되었죠. 메러디스는 그가 현재 사용하고 있는 이름, 앤드류 짐머라는 이름을 알고 있었어요. 내게 찾아달라고 부탁했던 사람도 바로 그 이름이었고요. 오래된 사진 몇 장과 거래하는 은행 이름을 알려주더군요."

"메러디스가 어떻게 앤드류 짐머라는 이름을 알게 되었을까요?"

"그 부분에 대해서는 저에게도 말한 적이 없습니다. 하지만 제 추측으로는…… 어디까지나 저의 추측입니다. 메러디스가 어떤 서류를 통해서 그 사람의 존재를 알게 된 것 같아요. 예를 들면 그가 은행 업무를 보는 곳이요."

"이해가 안 돼요. 이렇게 오랜 시간이 지나서 그를 찾고 싶었던 이유가 무엇이었을까요? 우리는 아빠가 죽었다고 믿고 자랐는데 말이에요."

나는 그저 마음속에 있는 생각을 큰 소리로 내뱉었을 뿐 에드먼이 나보다 더 많은 정보를 가지고 있을 거라고 기대하지 않았다. 하지만 그의 대답은 나를 놀라게 했다.

"그동안 누군가 계속 당신 아버지를 도와주고 있었어요. 그게 누군지 모르지만, 메러디스가 서류에서 그 사실을 발견하게 된 거죠. 앤드류 짐머에게 발행된 수표였던 것 같아요."

"하지만 메러디스가 애초에 왜 그걸 궁금해했을까요? 앤드류 짐머와 조셉 맥칼리스터. 어떻게 두 이름이 동일 인물이라고 연결 지을 수 있었을까요?"

"아마 나름대로 조사를 했을 겁니다. 그리고 아버지가 실종된 곳이 베이필드였고, 앤드류 짐머에게 발급된 수표가 그 지역의 은행 계좌에서 처리되었다면 두 이름을 연관 지어서 생각해볼 수도 있었겠죠."

손을 뻗어 피자 한 조각을 더 집었다.

"여전히 완벽히 맞아떨어지지 않는 부분이 있어요."

에드먼이 고개를 끄덕였다.

"하지만 메러디스에게 힌트를 준 뭔가가 분명 있었을 겁니다."

"메러디스가 조셉의 예전 사진을 주던가요?"

"네. 그 사진을 보고 그를 확인하기가 어렵지는 않았습니다. 나이만 조금 들었을 뿐 외모가 거의 달라지지 않았더군요."

"그와 이야기도 해 봤나요?"

"그건 제 일이 아닙니다. 메러디스는 그를 찾아달라고 돈을 준 거니까요."

"그가 뭘 하던가요?"

"무슨 일을 하냐는 말인가요?"

"네."

"제가 알기로는 아무 일도 하지 않더군요. 그를 도와주는 사람이 누구든지 간에 아주 넉넉하게 지원하는 게 틀림없어요."

이게 대체 무슨 소리지? 아빠를 도와서 이 일에 가담한 사람이 대체 누굴까?

"아, 그리고 하나 더."

에드먼이 나를 똑바로 응시하며 말했다.

"뭐죠?"

"그에게 다른 가정이 있습니다."

* * *

에드먼의 사무실을 나와 핸들을 잡고 정처 없이 돌아다니면서 생각을 정리했다. 저격수의 총알처럼 갑작스럽게 날아든 모든 정보를 이해하려고 애썼다. 누군가 메러디스를 살해한 것만으로는 충분하지 않았던 게 분명하다. 거대한 우주의 손이 내 스노우볼을 마구잡이로 흔들어 온 세상의 위아래를 뒤집어 놓은 느낌이었다.

집에 도착할 즈음에는 온몸의 기운이 다 빠져나간 상태였다. 노트북을 들고 위층으로 올라가 침대에 누워 메러디스의 USB를 넣고 아빠의 사진을 띄워 얼굴을 빤히 쳐다보면서 왜 자식들을 버리고 새 삶을 시작해야만 했는지 이해하려고 애를 썼다.

나도 모르게 잠이 들었다가 어깨에 따뜻한 손의 감촉이 느껴져 잠에서 깼다. 눈을 떠보니 톰이 침대 옆에 서 있었다.

"어떻게 들어온 거야?"

내가 물었다.

"네가 잘 있나 궁금해서. 초인종을 눌렀는데 아무런 대답이 없더라고. 현관문은 열린 상태였고."

"생일 파티는 잘 끝났어?"

"당연하지."

톰이 내 얼굴을 빤히 바라보았다. 내가 어떤 표정을 하고 있었는지는 모르지만 내 얼굴을 본 톰이 물었다.

"괜찮아?"

나는 아무 말 없이 고개를 저었다. 애절한 표정으로 그에게 부탁했다.

"오늘 밤에 나랑 같이 있어 줄 수 있어? 부탁이야. 그냥…… 같이 있어 주기만 하면 돼. 혼자 있고 싶지 않아서 그래."

톰이 머뭇거렸다.

"리지, 나는…… 사건을……"

"사건 따위 잠시만 잊으면 안 될까? 마튼스 형사도 아니고 피해자의 유가족인 엘리자베스 맥칼리스터도 아니고, 그냥 무사히 밤을 보낼 수 있게 도와주는 친구 사이로."

어둑어둑한 방에서도 톰이 어떻게 대답해야 할지 망설이는 것이 느껴졌다.

"부탁이야."

톰이 노트북을 바닥에 내려놓고 셔츠와 신발을 벗고 침대로 올라와 내 옆에 누웠다. 나는 톰의 팔을 베고 누웠다.

"괜찮은 거야, 리지?"

"잘 모르겠어."

"컴퓨터에 있던 사진들 봤어. 그 이야기 하고 싶어?"

"지금은 못 할 거 같아."

톰이 나를 꼭 안아주었다.

"그래."

"생일 파티에서 어땠는지 말해줘."

톰이 들려주는 이야기를 들었다. 다섯 번째 생일을 맞은 작은 소년과 그가 보낼 마법 같은 밤을 상상하며 잠이 들었다.

15

다음 날 아침 화장실에서 나오니 톰이 옷 속에 셔츠 자락을 밀어 넣고 있었다.

"사무실에 있는 사람들이 전부 내가 어제랑 똑같은 셔츠와 바지를 입었다는 사실을 알게 되겠어."

"같이 일하는 남자들이 네가 어제 무슨 옷을 입었는지 기억이나 할까?"

"당연하지. 그런 점에서 꽤 경쟁이 치열하다고. 누가 이번 시즌에 새로 나온 명품 옷을 입었는지, 누가 최근에 살이 쪘는지 다 안단 말이야."

톰이 장난스러운 미소를 지어 보였다.

"오늘은 기분이 좀 어때?"

나는 그의 질문에 심드렁하게 답했다.

"별로 좋아하지도 않는 롤러코스터를 타는 기분이야."

"조금씩 나아질 거야. 데이나에 대해 좀 조사해 봤는데 말이야, 너도 알고 싶어?"

"응."

"부랑죄와 마약 및 무기 불법 소지 혐의로 몇 차례 구금된 적이 있어. 매춘으로 체포된 적도 한 번 있었는데 합의로 풀려났지."

"매춘을 제외하고는 별로 놀랍지도 않네. 나머지 일에 대해서는 넌지시 이야기한 적이 있거든."

"넌지시 이야기했다고?"

"그 일로 구치소에 갔었다고 정확하게 말한 건 아니었지만 거리에서 떠돌면서 살았고 마약도 했다는 이야기는 했어."

"메러디스의 은행 거래 내역에서 데이나와 스콧에게 수표를 써 준 정황이 발견됐어."

"그게 얼마인데?"

"전부다? 서너 달에 걸쳐서 6천 달러쯤 될걸."

톰이 침대 끝에 걸터앉아 허리를 숙여 신발을 신었다.

"그 애들이 다시 자립할 수 있도록 도와주려고 했다면 그렇게 큰 돈은 아니네."

톰이 나를 바라보았다.

"그럴지도."

"그것 말고도 밝혀지지 않은 게 더 있다고 생각해?"

"아직 모르겠어. 하지만 그럴 가능성은 충분하지."

한동안 아무 말이 없었다.

"노트북에 있던 사진이 뭔지 말 안 해줄 거야?"

"안 할래."

톰이 나를 빤히 바라보았다.

"메러디스의 USB에 들어있던 사진들이야?"

나는 옷장에서 짙은 갈색 신발 한 켤레를 꺼내 신었다.

"리지, 그 사진들 메러디스 USB에서 찾은 거냐고 묻잖아."

마지못해 톰을 바라보았다.

"그래."

"그러니까 나한테 말했던 에드먼이 보낸 청구서 말고도 USB에 다른 것들도 들어있었단 거네."

"맞아."

톰의 얼굴을 보지 말았어야 했다. 내가 거짓말을 했다는 사실을 알게 된 톰의 눈이 실망감으로 가득 차 있었다.

"그 사진 속의 남자가 누구인지 알아?"

"톰, 지금은 그 이야기하고 싶지 않아. 부탁인데 사건은 나중에 이야기하면 안 될까?"

아무런 말이 없던 톰은 나와 눈을 마주치고 나서야 가까스로 대답했다.

"알겠어."

그 말을 남기고 사라졌다.

유니버시티 애비뉴에 있는 블루도어 카페에 도착한 후 5분쯤 지나자 프레드가 도착했다. 우리는 뒤쪽 부스에 자리를 잡았다.

"너, 꼴이 말이 아닌데."

맞은편 의자에 앉으며 프레드가 말했다.

"기분도 마찬가지야."

어제 생긴 옆구리의 상처 때문만은 아니었다. 아무것도 할 수 없는 무력함이 느껴졌다.

종업원이 와서 주문을 받아갔다. 커피를 홀짝이면서 나는 데이나와 스콧을 만난 이야기를 들려주었다. 프레드는 더 많은 이야기를 듣고 싶은 모양이었지만 더는 해줄 만한 말이 없었다. 하지만 나는 프레드가 뭘 궁금해하는지 알고 있었다. 금세 끊어져 버릴 만큼 보잘것없는 것이라도 메러디스와 우리를 연결해 줄 실마리가 있다면 꼭 붙잡으려 하고 있었다.

아침을 먹은 후 프레드는 내 차가 주차된 곳까지 바래다주었다.

"메러디스를 매장하기 전에 마지막으로 조문하는 날이 내일 밤이야. 내가 데리러 갈까?"

나는 프레드의 어깨에 기대었다.

"어떻게 해야 할지 모르겠어, 프레드. 내가 이 상황을 이겨낼 수 있을지 자신이 없어."

"정해진 각본 같은 게 있는 게 아니잖아, 리지. 메러디스를 위해 우리가 해야 할 일을 하는 거야. 그게 우리가 할 일이야."

"나도 알아."

"여섯 시에 데리러 갈게."

프레드가 차를 몰고 사라지는 모습을 보면서 불현듯 내가 해야 할 일이 떠올랐다. 시계가 아침 아홉시를 향하고 있었다. 나는 에드먼의 사무실로 전화를 걸었다.

"북쪽으로 출장 한번 안 가실래요?"

"베이필드 말이에요?"

"네, 맞아요. 그 사람을 어떻게 찾아야 하는지 아시잖아요. 전 잘 모르지만."

"언제요?"

"지금 당장이요."

한 치의 망설임도 없었다.

"누구 차로 갈까요?"

"20분 후에 사무실 앞으로 데리러 갈게요."

4시간 후 위스콘신주 베이필드에 있는 홀리데이 주유소에 차를 세웠다. 차에서 내린 에드먼이 기름을 넣는 사이, 나는 모퉁이를 돌아 익숙한 거리 풍경을 멍하니 바라보았다. 대학 시절, 베이필드에서 서쪽으로 25분가량 떨어진 곳에 있는 코르누코피아라는 작은 마을에서 온 남자애와 사귄 적이 있었다. 드문드문 이어진 기억이긴 하지만 이곳에서 술에 취해 몇 번의 주말을 보낸 기억이 났다. 나는 아빠가 자주 가는 술집에서 나도 술을 마시고 있던 적이 있었을지 궁금했다. 아빠와 그렇게 가까이 있었는데도 단 한 번도 알아보지 못하고 지나쳐버린 건지 궁금했다.

아빠는 나를 알아보았을까? 나라는 사람의 존재를 신경은 썼을까?

돈을 지불하고 둘 다 화장실에 다녀온 후 10분쯤 지나 주유소를 빠져나왔다. 이번에는 에드먼이 운전대를 잡았다. 운전하는 동안 차에서 대화는 거의 하지 않았다. 마침내 에드먼이 내 쪽으로 고개를 돌려 물었다.

"마음의 준비는 하신 건가요?"

고개를 돌려 나도 그를 바라보았다.

"선택의 여지가 없으니까요."

에드먼은 동네의 큰길을 쭉 따라가다가 메이어스-올슨 로드를 향해 북서쪽으로 방향을 틀었다. 차창 밖으로 스쳐 지나가는 풍경

들을 보고 있노라니 오랜 기억들이 일순간 생생하게 떠오르기 시작했다. 우리에게 가족용 오두막이 있었다는 사실이 이제야 기억났다. 하지만 네다섯 살 이후로는 그곳에 간 적이 없었기 때문에 자동차를 타고 동네를 벗어났던 기억만 어렴풋이 남아있었다. 우습게도 USB에서 그 사진들을 봤을 때는 별장을 보고도 아무런 기억이 떠오르지 않았다. 갈기갈기 찢긴 어린 시절 중 일부가 떨어져 나와 파도에 떠내려가는 것 같았다.

"아빠가 가족용 오두막을 지금까지 계속 가지고 있었다는 게 신기하지 않나요?"

에드먼에게 물었다.

"그러니까 아빠가 죽은 것처럼 위장했다면 이 동네에 살면서 사람들이 우리 가족 소유라고 알고 있는 별장에 계속 거주하는 게 제법 대범한 행동이잖아요."

에드먼이 코웃음을 쳤다.

"왜요?"

"계속 오두막이라고 이야기해서요. 오두막이라고 부르긴 힘들어요. 오히려 호숫가에 있는 별장에 가깝죠. 이 동네 사람들이 가지고 있는 오두막은 건물 안에 화장실도 없는 게 다반사인데 그거에 비하면 고급 시설을 갖추고 있으니까요."

"저도 알아요. 하지만 조셉이 자신의 정체를 감추고 새 삶을 시작하려고 마음먹은 상황에서 정체가 드러날 수 있는 장소에 계속 살았던 이유가 뭘까요?"

에드먼이 크고 두툼한 손으로 턱을 긁적거렸다.

"메러디스가 날 이곳으로 보냈을 때 나도 그 점이 궁금해서 따로 조사를 좀 해봤어요. 내가 알고 있는 사실은 조셉이 실종된 직후 5년 동안은 샌디에이고에 있었던 사실이에요. 그 후 이곳으로 돌아왔을 때는 보트 사건에 관한 관심이 이미 사그라들었고 그동안 오두막은 내내 비어있던 상태였던 거죠. 그래서 앤드류 짐머가 맥칼리스터에게 그 집을 매매했어요. 이 동네 사람들이 조셉에 대해 아주 잘 알았을 것 같진 않아요. 그래서 그가 이곳으로 돌아왔을 때도 어디서 본 것 같은 익숙한 얼굴이라고 생각은 했지만, 그가 조셉이라는 사실은 확신하지 못했던 거죠."

"그래도 저에게는 도박처럼 위험한 시도로 들리는데요."

"기분 나쁘게 듣지 말아요. 제가 보기에 조셉은 아주 거만한 놈이에요. 누군가 자신을 알아볼 거라는 생각은 전혀 안 했을 거예요."

"완전히 다른 사람으로 신분 세탁을 하는 건 얼마나 어렵죠?"

에드먼이 곁눈질로 나를 힐끔거리고는 다시 도로로 시선을 돌렸다.

"생각하는 만큼 어렵진 않을 거예요. 특히 그 당시엔 지금보다 더 쉬웠겠죠. 기록이 전산화되기 이전이니까요. 그리고……"

에드먼이 다시 한번 곁눈질로 나를 힐끔거렸다.

"조셉은 다른 사람으로 위장하는 데 필요한 신분증을 전부 가지고 있었어요."

머릿속에서 위험 신호를 알리는 종소리가 사정없이 울렸다.

"그게 무슨 말이에요?"

에드먼이 자동차 속도를 줄이더니 갓길에 차를 세웠다. 그는 자동차의 시동을 완전히 끄더니 자리에서 몸을 꼼지락거리며 내 쪽으로 방향을 틀었다.

"말 돌리지 않고 솔직하게 말할게요. 전 원래 꾸며서 말하는 재주가 없는 사람이라서요. 내가 알고 있는 사실을 감당할 자신이 없으면 지금 말하는 편이 나을 거예요. 내가 지금부터 하려는 말을 듣고 기분이 좋을 리 없으니까요. 그리고 전 당신 기분을 고려해서 에둘러 말하지도 않을 생각이고요."

에드먼이 내 눈을 정면으로 응시했다.

내 머릿속에서 울리는 경고음이 점점 커지고 있었다. 어쩌면 메러디스의 죽음으로 시작된 이 순간을 가장 멈추고 싶은 사람이 나인지도 몰랐다. 하지만 그것을 막기 위해 내가 할 수 있는 일은 없어 보였다. 메러디스를 위해 내가 밝혀야 할 비밀이 있다면 그게 뭐가 됐든지 있는 그대로 받아들여야만 했다.

"말해주세요."

잔뜩 긴장된 단어들이 목구멍을 비집고 간신히 새어 나왔다.

"확실해요?"

나는 고개를 저었다.

"아니요. 하지만 그게 뭔지 알아야겠어요."

이야기하는 에드먼의 눈동자는 한 치의 망설임도 없었다.

"해안경비대에 따르면 보트가 난파됐을 때 배에 세 명의 남자가 타고 있었어요. 조셉 맥칼리스터, 존 네츠, 그리고 앤드류 짐머."

톰의 파일에 들어있던 보고서를 제대로 읽지 않은 게 분명했다. 존이 아빠와 같은 배에 타고 있었다는 사실만으로도 큰 충격을 받았기에 그 지점에서 더는 보고서를 읽지 않았던 거다. 그때는 에드먼이 앤드류 짐머에 대한 정보를 알려주기 전이기 때문에 그 이름이 내게 아무런 의미가 없기도 했다.

"그런데 앤드류 짐머는 누구죠?"

가까스로 질문을 던졌다.

"항해를 도와주기 위해 고용된 사람이었어요. 조셉과 나이와 체형이 비슷해서 그 사람의 신분을 도용하기가 쉬웠을 겁니다. 앤드류 짐머의 시신은 존이 발견된 위치에서 얼마 떨어지지 않은 해변에서 발견되었는데 소지품이 아무것도 없어서 경찰이 그의 신원을 확인하기까지 시간이 좀 걸렸다고 해요."

멍하니 가로수를 바라보았다. 내가 아빠라고 알고 있었던 이 남자는 대체 어떤 사람이었을까? 그가 앤드류 짐머를 죽였을까? 아니면 어쩌다 보니 상황이 그렇게 되어 자신에게 유리하게 이용한 걸까? 새로 시작한 삶이 만천하에 공개될 위험에 처한 그가 친딸을 살해한 걸까? 아빠에 대한 감정이 완전히 사라진 줄 알았는데 여전히 마음 한구석에 남아있는 것 같았다.

내가 새로운 정보를 소화하기를 기다린 후 에드먼이 말을 이었다.

"이제 앞으로 어떻게 할 건지 이야기해야 해요. 오늘 어떻게 할 계획인지 듣고 싶어요."

여기까지 차를 타고 달려온 네 시간 내내 나는 그 문제에 대해 단 한 번도 생각해 보지 않았다. 마침내 얼굴을 마주하게 된 아빠의 면전에 대고 고래고래 소리를 지르며 메러디스가 죽었다고, 어떻게 자식을 버리고 떠날 수가 있느냐고 묻고 싶은 마음도 있었다. 한편으로는 우리를 떠나야만 했던 이유가 있었지만 매일 우리를 그리워했다는, 하루도 우리를 잊은 적이 없었다는 말을 듣고도 싶었다. 아빠가 내게 미안하다고 사과해 줬으면 싶었다.

"나도 모르겠어요."

도로에 시선을 고정한 채로 에드먼이 생각에 잠겼다.

"좋아요. 그럼 이렇게 합시다. 지금 이것저것 신경 쓸 일이 많기도 하고 내일까지는 세인트폴에 돌아가야 하니 오늘은 집 뒤쪽으로 가서 누가 그 집에 살고 있는지 한번 살펴봅시다. 그 집에 여자와 10대 소녀도 살고 있어요. 조셉에게 무슨 말을 하든, 어떤 질문을 하든지 간에, 대화할 때는 혼자 가야 할 거예요. 그때 조셉이 어떻게 대답할 것인지에 대한 준비도 해야 하니까요. 지금은 그냥 가까이에서 살펴보고 오는 거로 하죠."

"좋아요."

에드먼이 눈도 깜빡이지 않고 나를 빤히 쳐다보았다.

"아니면,"

그가 말을 이었다.

"지금 차를 돌려서 돌아갈 수도 있어요."

그의 시선을 피하지 않고 똑바로 보며 말했다.

"아니요, 여기까지 왔으니 그 집에 가봐요."

* * *

10분쯤 지나 마침내 그 집에 도착했다. 에드먼이 집으로 이어지는 도로를 가리켰다. 집을 지나쳐 흙이 덮인 비포장도로 쪽으로 방향을 튼 후 안쪽으로 조금 더 들어갔다. 비포장도로는 바퀴 자국이 깊게 패어있어 울퉁불퉁했다. 에드먼은 속도를 줄이고 천천히 숲 안쪽으로 이동했다.

창문을 열고 삼나무와 따뜻한 여름 공기를 들이마셨다. '이건 옳지 않아.' 나는 생각했다. '메러디스도 이곳에 함께 왔어야 했어. 가족 오두막에 함께 와서 길고 편안한 휴식을 즐겨야 했어.' 우리는 이제 다시 그런 주말을 보내지 못할 것이다. 억지로 생각을 떨쳐버리고 눈 앞에 펼쳐진 도로에만 집중했다.

비포장도로는 원만한 커브를 그리며 집 뒤편으로 이어져 있었다. 10분쯤 더 이동한 후 에드먼이 숲 안쪽으로 최대한 깊게 들어가 흙길 위에 차를 세웠다.

"여기서부터는 걸어가야 해요."

에드먼이 말했다.

내가 먼저 차에서 내려 운전석 쪽으로 걸어갔다. 차에서 내리는 순간 바짓단이 올라가면서 왼쪽 다리에 스트랩으로 고정된 작은 권총이 보였다. 내가 권총을 발견했다는 사실을 에드먼이 눈치챘다.

"권총을 가져가는 게 신경 쓰이나요?"

에드먼이 물었다.

"아니요."

만약의 경우를 대비했다는 사실에 오히려 더 안심됐다.

숲으로 연결된 길은 흙먼지가 빈틈없이 덮여 있었는데, 에드먼은 그 길이 익숙한 듯 보였다. 나 혼자 왔더라면 길을 찾는 데만 한 시간쯤 걸렸겠지만 에드먼은 길을 찾는 데 주저함이 없었고 나는 그의 뒤를 놓치지 않고 따라갔다.

차를 세워둔 도로에서 집 뒤쪽 언덕까지 가는 길은 그리 멀지 않았다. 그 집에 사는 사람들이 드나드는 모습을 관찰하기 위해 자리 잡은 장소는 눈에 띄기 쉬웠다. 에드먼은 잠시 멈춰 내게 더 다가오지 말라는 신호를 보냈다. 우리는 귀를 기울였지만, 뒤편의 숲에서 들리는 소리 말고는 아무 소리도 들리지 않았다.

에드먼과 나는 더 가까이 다가가 줄지어 심어진 나무 끝에 자리를 잡았다. 우리가 위장한 것은 아니었기 때문에 누군가 우리가 숨은 장소를 바라본다면 사람이 있다는 사실을 금세 알아차릴 것이었다.

내가 오두막이라고 부르던 그 집은 실제로 호숫가에 있는 집이었다. 벽에는 커다란 창문이 여러 개 있었고 서쪽 벽에는 거대한 벽난로도 있었다. 내 머릿속에 남은 집 내부에 대한 기억은 희미했고, 우리는 집 뒤편에서 내부를 훔쳐보고 있었다. 정면에서 관찰한다면 더 선명한 기억이 떠오를지도 모를 일이었다.

시간이 15분쯤 지났다. 우리가 있는 곳의 반대편으로 난 문이 쾅 닫히고, 잠시 후 흰색 포드 레인저 픽업트럭으로 느긋느긋 걸어가는 10대 소녀의 모습이 시야에 나타났다. 10대 소녀들은 대체 왜 그렇게 늘 뿌루퉁한 표정일까? 나 역시도 언젠가 그런 소녀였지만 나의 어린 시절과는 완전히 다른 세대가 생겨났고, 내가 기억하던 10대의 모습보다 이들은 더 예민한 것처럼 보였다.

소녀는 금발 머리에 키가 컸다. 제대로 보이지는 않았지만, 얼굴도 예쁘장한 듯했다. 소녀가 트럭에 가까이 다가갔을 때 다시 한번 문이 쾅 닫혔고 소녀와 꼭 닮은 여자가 자동차로 걸어갔다. 여자는 소녀가 자신을 볼 수 있게 팔을 잡아 몸을 돌리고는 둘이 같이 소리를 지르기 시작했다. 1분쯤 지나자 다시 한번 문이 쾅 닫혔다. 그리고 곧바로 성큼성큼 걸어오는 아빠의 모습이 보였다.

에드먼은 내가 숨을 들이마시는 소리를 들었거나 몸이 뻣뻣하게 굳는 걸 느꼈을 것이다. 에드먼이 따뜻한 손을 내 팔에 얹고 다정한 눈빛으로 나를 바라보았다. 보일 듯 말 듯 한 미세한 고갯짓으로 내게 아무런 소리도 내지 말라고 타이르고 있었다.

아빠의 모습을 멍하니 바라보았다. 멀리 떨어져 있어도 한눈에 아빠를 알아볼 수 있었다. 아빠는 여전히 너무 멋있었다. 두 여자 사이에 선 아빠가 낮고 깊은 목소리로 그들을 진정시켰다. 아빠가 소녀의 어깨에 팔을 올리자 날카로운 무언가가 심장을 마구 찌르는 고통이 느껴졌다. 지난 시간 동안 나는, 아니 우리에겐 아빠가 필요했다. 그런 아빠는 그동안 어디에 있었나? 버리고 떠나온 가족이 아닌 자신이 원하는 가족과 함께 살고 있었다.

입술을 깨물었다. 그 순간 그가 우리에게 한 짓은 결코 용서받지 못한다는 것을 깨달았다. 짧은 대화 끝에 소녀는 아빠의 뺨에 뽀뽀했다. 그리고 픽업트럭의 조수석에 올라탔다. 아빠는 여자의 입술에 키스하고는 운전석에 올라 우리의 시야에서 멀어졌다. 보기 좋은 가족의 모습이었다.

여자가 집 안으로 사라졌다가 지갑을 가지고 나왔다. 지프 체로키를 타고 아빠와 소녀가 사라진 길을 따라 사라졌다.

에드먼이 나를 바라보았다.

"어때요? 더 필요한 거 있어요?"

"그럼요. 필요한 게 아주 많답니다."

그 자리에 선 잠깐의 시간 동안, 상실의 고통이 배신에 의한 분노로 바뀌었다.

"집 안으로 들어가요."

내 말을 들은 에드먼이 화들짝 놀랐다.

"진심이에요?"

"지금 존나 진지하거든요."

바위가 널린 언덕을 따라 이어진 길을 앞장서 걸었다.

에드먼이 손을 뻗어 나를 멈춰 세웠다.

"제가 먼저 갈게요."

이 일로 실랑이하지 않겠다는 굳은 의지가 담긴 목소리였다.

"그리고 내 말 잘 들어요. 집에 사람이 없다고 확신할 수 없어요. 우리가 들킬 확률이 아주 높다는 뜻이죠. 그러니까 내가 그만 나가야 한다고 말하면 곧바로 밖으로 나가야 한다는 뜻이에요. 5초라도 늦게 나오면 나 혼자 갈 거예요."

"단 한 명의 낙오자도 만들지 않겠다던 군인 정신은 어떻게 된 건가요?"

"지금 한가하게 군인 놀이나 하는 게 아니잖아요. 총에 맞거나 체포되거나 아니면 사설탐정 허가증을 뺏길 수도 있는 상황이라고요. 알겠어요?"

나는 고개를 끄덕였다.

에드먼이 언덕을 따라 내려가며 내 앞에서 길을 안내했다.

"반대편에 오래된 대피용 지하실과 연결된 문이 있어요."

에드먼이 말했다.

"여기 와 본 적 있어요?"

에드먼이 어깨너머로 나를 힐끔거렸지만, 대답은 하지 않았다.

언덕의 높이가 그다지 높지 않았기 때문에 1분도 채 지나지 않아 집에 도착했다. 에드먼은 흰색 판자로 된 건물에 가까이 다가가면서 최대한 눈에 띄지 않으려고 노력했다. 나는 손을 뻗어 널빤지를 만지면서 기억을 되살리려 애썼다. 이 집이 잃어버린 어린 시절의 기억 일부를 소환해 주길 바랐지만, 아무것도 떠오르지 않았다. 나는 에드먼을 따라 집 동쪽으로 가서 바닥에서 튀어나와 있는 대피실 문으로 갔다. 에드먼이 자물쇠를 만지작거리자 잠금장치가 풀렸다. 그는 청바지 주머니에 자물쇠를 넣고는 문을 열었다. 칠흑 같은 어둠 속으로 지하실과 연결된 계단이 보였다.

지하실로 이어진 나무 계단을 내려가면서 나는 에드먼이 이곳에 온 적이 있을 거라고 확신했다. 에드먼이 펜 모양의 손전등으로 바닥을 비춰주었다. 방 한가운데서 그가 손을 뻗어 줄을 당기자 머리 위에 매달린 발가벗은 전구 하나가 환하게 빛났다. 에드먼이 입술 위에 손가락을 올리며 아무 소리도 내지 말라는 신호를 보내고 고갯짓으로 집과 연결된 내부 계단을 가리켰다.

낡은 지하실은 잡동사니로 가득 차 있었다. 오래된 집에 수백 년 동안 쌓인 흔적일 것이다. 계단, 낡은 페인트통, 형형색색의 전선 묶음. 먼지와 때가 묻은 항해용 트렁크, 망가져서 더는 사용하지 않는 장난감들, 가구가 구석에 쌓여있었다.

낡은 나무 계단에서 삐그덕 소리가 날 때마다 걸음을 멈추면서 천천히 계단을 올라갔다. 계단 끝에 도착한 에드먼이 허리를 숙여 발목에 고정해 둔 권총집에서 총을 꺼냈다. 그러고는 재빨리 나를 한번 쳐다보고는 천천히 문의 손잡이를 돌렸다. 복도로 이어진 문이 스르륵 열렸다.

25년 만에 찾아온 집에 첫걸음을 내딛는 순간 솟구친 아드레날린이 혈관을 타고 불안정한 박자로 심장을 요동치게 했다. 어떤 기분이 들지, 무엇이 기억날지 알 수 없었다.

복도 한쪽에 팬트리가 있었고, 팬트리를 중심으로 커다란 주방과 다이닝룸으로 연결된 회전문이 있었다. 주방에는 깊이가 깊은 개수대와 커다란 창문, 새것과 다름없는 스테인리스스틸 주방 집기, 그리고 가스레인지와 함께 커다란 아일랜드 식탁이 방 가운데에 놓여 있었다.

나는 창문 옆에 놓인 식탁으로 걸어가서 나뭇결을 따라 손가락을 쓸어 보았다. 아빠와 함께 새벽 낚시를 갔다가 이 식탁에서 아침을 먹었던 여름날의 소소한 기억이 복잡한 머릿속을 비집고 떠올랐다. 다시 한번 심장이 욱신거렸다.

에드먼이 다이닝룸과 연결된 오크 소재 회전문을 가리키며 다시 한번 고갯짓을 했다. 그를 따라 다이닝룸으로 들어갔다. 이 방에서의 추억이 머릿속에 생생했다. 엄마가 돌아가시기 전 커다란 식탁에서 함께 저녁을 먹던 우리 가족의 모습 말이다. 마사는 주방에서 잘 구운 소고기 접시를 나르고 아빠는 식탁 머리에 앉아 메러디스와 내가 웃지 않고 배길 수 없는 재미난 이야기를 했다. 걸음을 멈춰 주위를 둘러보았다. 짙은 나무색 빌트인 가구는 식탁, 의자와 함께 여전히 제자리를 지키고 있었다. 하지만 창문에 걸려 있는 커튼은 새로 바뀌어 있었고 방구석에 노트북이 놓인 작은 책상이 새로 생겼다.

거실, 베란다, 심지어 현관 복도까지 가는 방마다 오래된 것과 새것이 섞여 있었고 아주 짧은 시기였지만 한때 내 삶이 어떠했는지 잊고 지냈던 기억을 상기시켰다. 집 안에 사람이 아무도 없다는 확신이 들었을 즈음 에드먼이 총을 권총집에 넣고 물었다.

"이제 어디를 둘러볼까요?"

생각할 시간이 필요했다. 내가 찾고 있던 게 뭐였을까? 아빠의 삶에 대해 내가 알아야 할 게 무엇일까?

"저쪽에 사무실이 있어요."

나는 손가락으로 두 개의 큼지막한 미닫이문을 가리켰다.

"누가 아빠에게 돈을 보내주고 있었는지, 서류로 남은 흔적은 없는지 확인해 봐야겠어요."

"그런 증거를 여기저기 널어놓을 만큼 조셉이 멍청하다고 생각해요?"

"아니요, 그 정도로 멍청하진 않을 거예요. 하지만 당신 말하기를 거만한 사람이라면서요. 게다가 보란 듯이 이 집에서 계속 살고 있기도 했고요."

힘을 주어 밀자 묵직한 미닫이문이 끼익하고 열렸다. 마호가니 책상이 정면에 놓여있었고 서랍이 두 개뿐인 작은 목제 파일 캐비닛이 벽에 세워져 있었다.

이 방의 저 책상 뒤에 누군가 앉아있는 모습이 떠올랐지만, 그 사람이 아빠는 아니었다. 그 사람이 누구인지 떠올려 보려 안간힘을 썼지만 오래된 기억은 계속 나를 비껴갔다. 결국 나는 기억 저편으로 밀려났다.

내가 책상으로 다가가 서랍을 뒤지는 사이 메이너드 에드먼은 우편물을 살폈다.

서랍은 누군가 아무 생각 없이 쑤셔 넣어 둔 두서없는 종이 더미로 가득 차 있었다. 동네 상점에서 결제한 영수증과 쿠폰이 대부분이었기 때문에 자세히 살펴볼 필요는 없어 보였다. 가운데 서랍에는 펜, 봉투, 우표가 들어있었다. 가장 아래 서랍 안쪽에는 작은 검은색 현금 상자가 있었는데 100달러 지폐로 만 달러쯤 되는 돈이 앤드류 짐머의 신분증과 작년에 발급받은 사냥 허가증과 함께 들어있었다. 금속 상자를 다시 서랍에 잘 넣어두려는데 서랍 뒷면의 나무판자에 손이 닿았다. 캐비닛의 깊이를 생각하면 그 자리에 서랍 뒷면이 있을 리 없었다.

힘을 주어 밀자 나무판이 흔들렸다. 옆으로 밀어내니 서랍 뒤 숨은 공간이 나타났다. 그 안에는 서류와 권총이 들어있었다. 그 안에 들어있던 서류에서 엄마의 사망 증명서를 발견했다. 함께 결혼식에 가는 길에 찍은 듯한 엄마와 아빠의 사진, 그리고 조셉 맥칼리스터 이름으로 발급받은 여권과 서밋 애비뉴 주소지로 발급받은 오래된 운전면허증도 함께 들어있었다.

총을 꺼내 바닥을 향해 겨누고 탄창을 분리해 총알이 장전되어 있는지 확인했다.

"와우!"

에드먼이 감탄했다.

나는 탄창을 다시 끼워 원래대로 돌려놓고는 나무판 뒤쪽에 원래 놓여있던 자리에 총을 넣어두었다.

"뭐 좀 나왔나요?"

에드먼에게 물었다.

"아니요. 신용카드 영수증은 없어요. 그런데 은행 계좌와 연결된 현금카드가 있는 거로 봐서 현금을 주로 사용하는 거 같군요. 그리고 상당히 많은 돈을 펑펑 쓰고 있고요."

나는 작은 파일 캐비닛의 서랍 하나를 열었다. 캐비닛은 누군가 신경을 써서 관리한 듯 모든 서류가 깔끔한 폴더에 잘 정리되어 있었다. 얼핏 보기에는 청구서, 자동차와 건강 보험, 재산세 명세서가 대부분인 것 같았다. 나는 계속 파일을 뒤지다가 휴대전화 정보가 적힌 파일 하나를 발견했다. 눈에 보이는 청구서 하나를 꺼내 대충

접어 호주머니에 넣었다.

두 번째 캐비닛의 가장 아래 서랍에도 가짜 서랍 뒷면으로 만든 숨은 공간이 있었다. 임시로 막아 둔 나무판을 치우고 그 안에 뭐가 들어있는지 살펴보았다. 베이필드의 치페와밸리 은행 로고가 찍힌 거래내역서가 천 달러에서 만 달러까지 다양한 금액이 적힌 월별 입금전표와 함께 들어있었다. 모든 입금전표에는 세인트폴 시내 은행에서 발행한 자기앞수표의 간이영수증이 붙어 있었는데 도저히 알아볼 수 없는 서명이 적혀있었다.

에드먼에게 전표를 건넸다.

"누가 서명한 건지 알아볼 수가 없어요."

"일부러 이렇게 흘려 적은 것 같은데요."

휴대전화 정보가 적힌 영수증을 넣은 주머니에 최근 날짜의 전표를 같이 쑤셔 넣었다. 그리고 숨겨진 비밀 공간을 다시 살펴보았다. 이것 말고는 딱히 흥미로운 것은 없는 듯했다. 나는 나무판을 다시 제자리에 밀어 넣고 서랍을 닫았다.

"이 사람들이 언제 집에 돌아올지 몰라요."

에드먼이 말했다.

"그만 나가죠."

"아직 한 가지 더 확인해야 할 게 있어요."

나는 복도로 걸어갔다.

16

"농담 아닙니다."

에드먼이 등 뒤에서 소리쳤다.

"이 사람들 금방 돌아올지도 모른다고요!"

"금방 끝낼게요."

현관에 있는 넓은 홀에는 널찍한 메인 계단이 있었다. 위층의 긴 복도가 나올 때까지 나는 계단을 두 칸씩 성큼성큼 올라갔고 에드먼이 내 뒤를 바싹 따라왔다. 빠르게 훑어보고는 오른쪽으로 방향을 틀어 복도 끝에 있는 마지막 방으로 가서 문을 열었다.

나는 숨을 들이마셨다. 이곳은 내가 침실로 사용하던 방이었다. 집 정면으로 난 이 방의 창문 바로 앞에는 적어도 100년은 된 것으로 추정되는 오래된 떡갈나무가 있었다. 거의 모든 것이 예전 그대로였다. 내가 잠을 자던 방 모서리에 분홍색 이불이 깔린 싱글침대가 여전히 놓여있었다. 아빠는 이곳에서 나를 품에 안고 잠이 들 때까지 이야기를 들려주곤 했었다. 이곳에서 태풍 소리와 거친 바람으로 나뭇가지가 창문을 세차게 스칠 때마다 겁에 질린 나를 위해 메러디스가 침대 안으로 기어들어 와 나를 달래주었다. 내가 잃어버린 어린 시절을 고스란히 간직하고 있는 곳이 바로 이 방이었다.

"그쪽 방인가요?"

에드먼이 물었다.

나는 고개를 끄덕였다.

"아주 오래전이겠군요."

에드먼이 부드러운 목소리로 말했다.

"네, 맞아요."

자동차 문이 쾅-하고 닫히는 소리가 들리자 에드먼이 재빨리 창가로 가 밖을 살폈다.

"젠장!"

방을 가로질러 내 팔을 붙잡았다.

"여자가 돌아왔어요. 뒤쪽 계단으로 아래층으로 내려갑시다. 아무 소리도 내지 말아요. 조용히 나만 따라와요."

에드먼이 내 팔을 꽉 잡고 놓아주지 않아 나는 저항할 겨를도 없이 그를 따라갈 수밖에 없었다. 그는 나를 데리고 복도 반대편 끝으로 갔다. 우리가 서 있는 어두컴컴한 계단 끝은 주방과 이어져 있었다. 현관에서 발소리가 들렸다. 에드먼은 나를 힐끔 쳐다보고는 좁은 계단을 따라 아래로 내려갔다. 나도 몇 칸의 간격을 두고 그를 따라 내려갔다.

현관문이 열리고 누군가 현관에서 거실을 지나쳐 다이닝룸으로 걸어가는 발소리가 들렸다. 주방으로 가는 마지막 계단에서 내가 발을 삐끗했을 때 에드먼은 이미 지하실에 도착한 후였다. 에드먼이 내가 떨어지는 소리를 듣지 못했던 건지 아니면 제 살길은 각자 알아서 챙겨야 한다는 주의였는지 모르겠지만 그는 계속 자기 갈 길을 갔다.

엉덩이로 제대로 추락한 탓에 꼬리뼈에서 시작된 고통이 척추를 타고 목까지 올라왔다. 엉덩방아를 찧은 직후에는 정신이 아득해졌지만, 가까스로 몸을 추스른 뒤 간신히 일어섰다.

그 여자도 분명 쿵-하는 소리를 들었을 것이다. 주방 문이 벌컥 열리면서 벽에 세차게 부딪혔을 때는 고통을 참고 일어선 직후였다. 그 순간 우리는 마치 만화 속 캐릭터가 된 것처럼 화들짝 놀라 제자리에서 껑충 뛰었다.

"이게 무슨……"

여자의 말문이 막혔다. 그녀의 눈동자에는 광기가 서려 있었다.

"당신들은 대체 왜 우리를 가만 내버려 두지 않는 거죠?"

여자가 성큼성큼 다가와 내 멱살을 잡았다. 그 여자는 힘이 아주 센 사람이었다. 나를 벽으로 밀치더니 내 얼굴 앞에 자신의 얼굴을 바짝 갖다 댔다. 번개처럼 머릿속을 스쳐 지나간 생각은 그녀가 빼어난 미인이라는 것이었다. 그녀가 내 목을 꽉 움켜쥐었고 나는 여자의 얼굴을 할퀸 뒤 정강이를 걷어차고 숨을 쉬려고 노력했다. 그녀의 손에 힘이 풀렸다가 다시 바짝 힘을 조여 내 멱살을 잡았다.

"우리 가족에게서 떨어져."

내 얼굴에 대고 분노에 찬 목소리로 말했다.

"네 언니가 이곳에 왔을 때 했던 말을 그대로 해주겠어. 난 당신이 누구인지도 알고 어디에 사는지도 알아. 당신이 우리 인생을 망치는 일은 절대로 없을 거야. 내 말 무슨 뜻인지 알겠어?"

그녀도 나도 에드먼이 다시 돌아온 사실을 눈치채지 못했다. 에드먼이 팔로 여자의 목을 감싼 다음 힘을 주자 여자가 나를 잡고 있던 손을 놓고 에드먼의 팔뚝을 붙잡았다. 에드먼은 여자의 팔 하나를 등 뒤로 당기고는 여자를 데리고 다이닝룸으로 갔다. 에드먼의 등 뒤로 문이 불규칙하게 흔들렸다. 에드먼이 여자를 잡고 있던 손을 풀어 있는 힘껏 밀쳤다. 여자는 바닥으로 굴러떨어지면서 반대편 벽에 머리를 부딪쳤다.

내가 정신을 차렸을 때는 에드먼이 주방에서 지하실 문 쪽으로 나를 잡아당기면서 계단을 내려가는 중이었다. 우리는 지하실을 지나 햇빛이 비치는 방향을 향해 계단을 뛰어 올라갔다. 에드먼은 빛과 같은 속도로 달리면서 나를 질질 끌고 갔다. 숨이 턱까지 찰 때까지 달려 길가에 세워둔 내 차에 도착해서야 멈췄다.

"어서 타요!"

에드먼이 소리를 질렀다.

내가 조수석에 앉아 차 문을 닫기도 전에 에드먼이 시동을 걸고 왼쪽으로 차를 돌려 급격하게 유턴을 한 다음 어질어질할 만큼 아찔한 속도로 비포장도로를 달렸다.

고속도로에 거의 다다랐을 때였다. 에드먼이 갓길에 차를 세우고 안도의 한숨을 내쉬었다. 그가 고개를 돌려 나를 바라보았다.

"괜찮아요?"

내 몸이 바들바들 떨리고 있었다.

"그런 것 같아요."

"누구라도 당장 내 안위가 위태로워지면 물불 안 가린다는 거 잘 알잖아요."

"아주 잘 알죠."

손을 뻗어 목을 문질렀다.

에드먼이 목을 쓰다듬는 내 손을 치우고 블라우스 깃을 열어 조심스럽게 내 목을 살폈다.

"멍이 좀 들겠어요."

"저를 버리고 가신 줄 알았어요."

에드먼이 다시 시동을 걸고 고속도로 방향으로 차를 몰았다.

"그래요? 그러면 당신이 내게 줘야 할 하루 일당을 전부 다 날리게 되는데요."

호숫가 집은 내가 잊고 살았던 감정에 불을 지폈다. 그후 미니애폴리스로 돌아오는 길은 멀고도 험했다.

위스콘신과 미네소타 경계를 향해 서쪽으로 달리다가 둘루스 남쪽의 35번 주간고속도로에 이르렀을 때 내가 물었다.

"메러디스가 처음 연락했을 때 뭘 의뢰하던가요?"

에드먼이 백미러를 한번 확인하더니 나를 쳐다보았다.

"딸에 대해서 조사해 달라고요."

"뭘 조사해요?"

에드먼이 운전석 문에 어깨를 기대고는 크루즈 컨트롤을 작동시켰다.

"딸이라고 주장하는 여자아이가 메러디스를 찾아왔다고 했어요. 그 애가 거짓말을 한다고 생각하는 것 같진 않았지만 그래도 전부 다 믿지는 않았기 때문에 나를 고용해서 그 애에 대한 조사를 부탁했어요."

"그래서 뭘 알아냈나요?"

"별로 많진 않았어요. 몇 번 체포된 적이 있었고, 학교에서 문제를 일으킨 적도 있었지만 10대들이 흔히 일으키는 것들이었죠. 가족에 대한 신원 조사도 좀 해봤는데 좋은 사람들이었어요. 그 애의 아버지는 직장에서 막 해고당했고 돈 관련 문제가 좀 있었지만, 요즘에 안 그런 사람이 어딨겠어요?"

에드먼은 나와 한참 대화 중이었단 사실을 불현듯 깨달았다는 듯이 나를 한번 힐끗 쳐다보고는 어깨를 으쓱했다.

"다른 건요?"

"그 여자애가 일리노이주에서 태어났고 입양 기록이 비공개라는 사실이요. 그게 다예요."

"메러디스가 조셉에 대해 질문한 건 언제였나요?"

에드먼이 잠시 생각했다.

"여자애에 대한 조사를 시작한 지 한 달쯤 지나서 메러디스가 전화를 걸어와 조셉에 대한 정보를 알려줬어요. 그런데 어디서 그 정보를 알게 됐는지는 나도 몰라요."

에드먼이 다시 내 눈치를 살폈다.

"도움이 되나요?"

"모르겠어요."

"짜 맞춰야 할 조각들이 많군요."

그가 자세를 고쳐 앉았다.

"호숫가 집에 마지막으로 갔던 게 언제였죠?"

질문에 대한 답변이 금세 떠오르지는 않았다.

"아빠가 실종되기 전이었다는 건 확실해요. 루스는 야외활동을 즐기는 타입은 아니거든요. 제가 기억하기로는 루스가 그 집에 간 적은 없는 것 같아요."

기억을 되살리려 애를 썼지만 내 인생에서 그 시절에 대한 자세한 기억은 기껏해야 희미한 것들뿐이었다.

"엄마가 돌아가신 후에 아빠가 우리를 이 집에 데리고 왔었는지 모르겠어요. 아빠는 이 집에 추억이 많은 것 같았어요. 제가 여덟 살이었을 때 가족사진을 보다가 호숫가 집을 발견한 적이 있어요. 루스에게 왜 그 집에 가지 않았는지 물어봤는데 그녀가 말하길 '그 집은 더는 우리 집이 아니다'라고 했어요. 저는 그 말에 의문을 품어본 적도 없었고요."

하지만 나를 불안하게 했던 내 삶의 부분은 어디로 사라진 걸까? 그 기억들은 어디에 숨겨져 있는 걸까? 그리고 왜? 프레드와 내가 메러디스의 USB에 저장되어 있던 오두막 사진을 보았을 때 내가 보고 있던 것이 무엇인지 왜 아무것도 기억나지 않았을까?

에드먼의 사무실 앞에 차를 세웠을 때는 7시 10분이었다. 에드먼은 자동차 문의 손잡이에 손을 얹고 지난 4시간 동안 스무 번이나 했던 질문을 마지막으로 한 번 더 물었다.

"괜찮아요?"

나는 그를 보고 애써 태연한 표정을 지어 보였다.

"있잖아요……"

"말 안 해도 압니다. 제가 필요하면 전화하세요."

사무실로 걸어가 잠긴 문을 열고 안으로 들어가는 에드먼의 모습을 지켜보았다. 나는 주차장에 앉아있었다. 모든 길이 전부 데이나에게로 연결되어 있는 것 같았다. 어떻게 그런 일이 일어난 건지 이해할 수 없었지만, 메러디스를 죽음으로 몰고 간 연쇄반응을 일으킨 촉매제가 바로 데이나라는 확신이 들었다.

나는 고등학교와 대학 시절 내내 메러디스를 알고 지냈던 리 앳워터를 떠올렸다. 그녀도 마크 신부를 비롯해 데이나의 아버지일 가능성이 있는 다른 모든 남자를 알고 있었다. 물론 톰과도 친분이 있었다. 게다가 그녀는 메러디스가 도움이 필요할 때 의지했던 사람이기도 했다.

나는 휴대전화를 꺼내 리 앳워터 박사의 사무실 전화번호를 검색했다. 그녀가 아직도 사무실에 있을 확률은 희박했다. 사무실로 전화를 걸자 리가 직접 전화를 받았다.

"리? 나 리지야. 직접 전화를 받을 줄은 몰랐는데. 괜찮으면 한 번 더 만나고 싶어."

찰나의 망설임이 느껴졌다.

"물론이지. 언제?"

"지금은 어때?"

또 한 번의 망설임.

"좋아. 오늘 밤 마지막 예약 전에 잠깐 쉬고 있어. 30분 안에 여기 올 수 있어?"

"지금 출발할게."

"리지, 그런데 무슨 일이야?"

"별건 아니고, 메러디스의 딸에 관한 이야기?"

미니애폴리스 시내에 있는 리 앳워터의 사무실 건물로 향하면서 메러디스와 그녀의 관계를 생각해 보았다. 미니애폴리스와 세인트 폴 중심부에 있는 수많은 상담사 가운데 메러디스가 리 앳워터를 선택한 이유가 아직도 의문이었다. 그 둘이 친구였던 적이 단 한 번도 없었기 때문이다.

사실 리가 메러디스의 모든 것을 혐오하던 시기가 있었다. 톰은 빼앗은 메러디스보다 뺏긴 리가 가진 적대심이 훨씬 더 깊었을 거라고 확신했다. 메러디스는 리 앳워터와 정반대의 사람이었다. 메러디스는 금발 머리에 아름다운 외모를 가지고 있었고, 사람들은 모두 그녀의 아름다움에 매료되었다. 내 생각에는 리가 메러디스의 그런 점을 질투했던 것 같다. 리는 스스로 학비를 마련해야 했지만, 메러디스는 평생 돈 걱정을 할 필요가 없었다.

거의 텅 비어있다시피 한 건물 옆 주차장에 차를 세우려는 찰나 프레드가 정문을 통해 밖으로 나왔다. 그 자리에 서서 길을 두리번거리는 사이, 프레드 뒤로 데이나가 나타나 그의 팔을 톡톡 두드렸다.

둘이 대화를 나눈 지 5분쯤 되었을까? 자동차 한 대가 앞에 와서 서더니 데이나가 차에 탔다. 프레드는 어느샌가 사라졌다. 대체 이게 무슨 상황이지? 나는 건물 안으로 들어가 9층으로 올라갔다. 안내데스크에는 사람이 없었다. 나는 대기실을 통과해 들어가서 리의 사무실 문에 노크했다.

"들어오세요."

리가 큰 소리로 대답했다.

문을 열고 안으로 들어가니 구석에 놓인 회의용 원탁에 리가 앉아 있었다. 그녀 앞에는 파일과 서류들이 여기저기 흩어져 있었다.

나를 보자 리가 미소 지었다.

"환자 사례 분석이나 제3자 청구에 대해 아는 게 있다면 이 자리에서 바로 널 고용할게."

"미안하지만 내 전문 분야가 아닌걸."

나는 어떻게 해야 할지 몰라 문 앞에 어정쩡하니 서 있었다. 머릿속으로 모든 계획을 세웠다고 생각했는데 프레드와 데이나가 함께 있는 모습을 보고 나니 머릿속이 새하얘졌다.

"괜찮아?"

리가 물었다. 그녀가 자리에서 일어나 내게 다가왔다.

"이리 와, 리지. 여기 앉아."

나는 기계적으로 의자에 가서 앉았다.

"내 사촌 말이야, 프레드, 혹시 여기에 왔었어?"

리는 책상 뒤에 놓인 의자에 앉았다. 습관적인 행동이었는지 나와 거리를 두기 위한 의도적인 행동이었는지 알 수 없었다.

"리, 내 사촌이 방금 여기 다녀갔었냐고 묻잖아."

"리지, 고객에 대한 내용은 말해줄 수 없다는 거 잘 알잖아."

"그렇다면 프레드가 여기 왔다 갔다는 뜻으로 이해하겠어. 방금 프레드가 이 건물 앞에서 누군가를 기다리고 있었는데 메러디스의 딸이 나타났어. 정말 재미있는 우연이지 않아?"

리는 아무런 말이 없었다.

"지금 대체 뭐가 어떻게 된 건지 제발 말 좀 해줄래?"

리가 대체 어디까지 알고 있는 건지 궁금했다. 나는 그녀의 얼굴을 살폈다.

리는 잠깐 책상 위를 바라보더니 손으로 책상 위를 훑었다.

"혹시 누가 물으면 나는 아무 말도 안 했다고 딱 잡아뗄 거야."

그렇게 말하고는 내 눈을 응시했다.

"맞아. 프레드가 방금 날 만나러 왔었어."

"환자로?"

"그래. 6월부터 다니기 시작했어. 메러디스가 소개했고."

"뭐라고? 가족 할인 혜택이라도 있는 거야?"

"왜 나한테 화를 내는지 모르겠다……"

"메러디스가 며칠 전에 살해당했다고. 기억 안 나? 난 지금 모든 사람에게 화가 나. 내가 알고 사랑하는 모든 사람이 깊고 어두운 비밀을 가지고 있었어. 그것도 엄청나게 많은 비밀을. 이런 상황에서 화를 내면 안 되는 이유가 대체 뭔데?"

"리지, 진정해."

"나한테 이래라……"

리가 내 말을 끊었다.

"진정하고 내 말을 좀 들어봐. 나 때문에 그렇게 된 게 아니잖아. 난 널 도와주고 싶어."

나는 숨을 내쉬었다.

"그러면 도와줘. 무슨 일이 일어나고 있는 건지 말해줘. 내가 알아야 할 것들을 알려달라고."

리가 둥그런 책상을 따라 나에게 와서 의자 하나를 내 옆으로 가까이 끌어당겼다.

"내가 할 수 있는 일을 할게."

"스무고개 게임 같은 건 하고 싶지 않아."

리가 미소 지었다.

"내가 할 수 있는 거라면 뭐든 해줄게."

"메러디스의 파일, 경찰에 넘겼어?"

"아직. 영장이 필요하거든. 아마 법원 명령을 받아 다시 올 거야."

"데이나는 만나봤어?"

"응."

"방금 프레드와 데이나가 함께 있는 모습을 봤어. 둘이 어떻게 같이 있는 거야?"

"오늘 저녁에 프레드가 상담을 받으러 왔을 때 네가 데이나를 만났다는 이야기를 하더라고. 데이나에 대해 더 알고 싶다고 해서 내가 전화를 걸었더니 데이나도 만나고 싶다길래 상담이 끝나고 아래층에서 만나기로 했던 거야."

"데이나의 아빠가 누구인지 알고 있어?"

리가 진실을 알고 있는지 확인하기 위해 눈빛을 유심히 관찰했지만, 아무것도 읽어낼 수 없었다.

리는 고개를 저었다.

"아니, 아빠가 누구인지는 나도 몰라."

"마크 더튼은 어때?"

리의 얼굴에 희미한 미소가 번졌다.

"마크 신부님?"

그녀가 어깨를 으쓱했다.

"불가능한 일은 아니겠지만 그럴 가능성은 희박하다고 생각해."

"메러디스가 여길 어떻게 오게 된 거야? 그 일이 있고 난 뒤로 네가 메러디스를 싫어하는 줄 알았는데…… 톰 말이야."

"그건 오래전에 있었던 일이잖아. 그 일이 있었던 뒤로 내가 성숙해졌다고 생각하고 싶어. 메러디스도 마찬가지고. 메러디스가 왜 여기에 왔는지는 나도 잘 몰라. 하지만 메러디스는 내가 어떤 사람인지 알고 있었고 데이나가 나타난 이후로 메러디스가 느낀 감정들을 감당해 내는 동안 믿을 만한 사람이 필요했다고 생각해."

"메러디스가 상담을 받은 이유가 그게 전부야?"

"아니, 초반에는 그랬지. 데이나에게 죄책감을 많이 느끼고 있었어. 하지만 그것 말고도 메러디스의 인생에서 해결해야 할 일들이 많이 있었어. 그 일들을 함께 헤쳐 나가기 위해 상담을 시작했는데 그러고 나서 곧……"

리가 손가락으로 뺨을 훔친 후 자리에서 일어나 서류 캐비닛으로 가서 마닐라 파일 폴더를 꺼냈다. 그러고는 책상으로 걸어가 한가운데 파일을 올려놓았다. 내게 뭔가를 말하고 싶은 듯한 표정이었다.

"화장실에 다녀와야겠어. 금방 다녀올 테니 편히 쉬고 있어."

리가 문을 닫고 사라졌다. 나는 폴더에 손을 뻗어 이름표에 적힌 메러디스의 이름을 보았다. 그 작은 목소리가 나에게 묻는 것 같았다.

'정말 이걸 보고 싶어?'

목소리를 무시하고 파일을 펼쳤다. 메러디스의 상담 기록은 데이나가 그녀의 삶에 나타났던 지난 3월부터 시작되었다. 메러디스는 갑작스러운 딸의 등장으로 갈등하고 있었다. 그녀가 괴로워하던 이유 중 하나는 임신했다는 사실로 인해 느낀 수치심을 해결하지 못한 것이었다. 그 수치심이 루스 때문에 생겼을 것이라는 점에는 한 치의 의심도 없었다.

리는 메러디스가 감정을 추스르는 데 도움이 되기를 바라며 그녀의 딸과 어떠한 관계든 친해질 기회를 만들어보라고 권했지만, 메러디스는 내키지 않은 듯했다. 마침내 데이나에게 연락을 해 볼 결심을 하기까지 몇 주가 걸렸다. 무언가 메러디스의 발목을 잡고 있었다.

리는 메러디스가 임신했던 경험을 다시 생각해 보도록 했지만, 상담 기록에 의하면 불안한 기색이 역력했던 메러디스는 수치심에서 벗어나지 못했다.

이후 이어진 몇 번의 세션과 추가 상담 기간에 리는 메러디스에게 데이나의 친부와의 관계에 대해 물었지만, 더 강력한 저항에 부딪혔다. 아이의 아버지와 아직도 연락하느냐는 질문에는 배신감을 느꼈다는 말뿐이었다. 납득 할 수 있는 상황이었다. 아이의 아빠는 어린아이에 불과했던 10대 소년이었고, 절망에 빠진 여자친구에게 정서적 지원은 고사하고 아무런 도움도 줄 수 없었기 때문이다.

혹시나 아이 아빠의 이름이 있는지 파일을 뒤졌지만, 어디에서도 그의 이름은 찾을 수 없었다. 이 시점에는 그가 누구든 중요하지 않은 것 같았다.

메러디스는 루스에 대해서도 엄청난 분노를 표출했다. 당연한 일이었다. 루스는 열아홉의 나이에 미혼모가 된 딸이 수치심과 두려움을 극복할 수 있도록 도움을 줄 만한 사람이 아니었기 때문이다. 마사나 레이첼이라면 도와줄 수도 있었겠지만, 메러디스는 수치심에 그들에게 도움을 요청할 생각조차 하지 못했을 것이다. 루스의 솔루션은 겁에 질린 의붓딸을 기숙학교로 보내는 것이었다.

모두 겉으로 보이는 모습 때문이었다.

인생의 가장 큰 사건을 혼자서 처리하고 있는 메러디스의 모습을 상상하니 눈물을 참을 수 없었다.

페이지를 건너뛰었다. 메러디스는 상담에서 루스의 서재를 뒤졌다고 인정했다. 다시 뒤로 돌아가 내용을 확인해야 했다. 메러디스의 성격을 감안하면 대담한 행동이었다. 오히려 내가 했을 법한 내용이었다. 무엇이 메러디스를 움직이게 했는지는 알 수 없었다.

아, 이거 때문이었군. 메러디스는 데이나의 출생신고서와 입양확인서를 찾고 있던 것이다. 메러디스는 일리노이주에서 태어난 딸이 어떻게 미네소타에 있는 블루밍턴에서 살게 되었는지 이해할 수 없었다. 메러디스가 궁금해할 만한 질문이었다.

메러디스가 서류를 뒤지고 있는 모습을 루스가 발견했고 이후 볼썽사나운 장면이 연출되었다. 둘이 마지막으로 대립한 것은 지난 6월이었는데 메러디스가 서밋 애비뉴에 있는 집을 마지막으로 방문했던 때였다.

마사가 내게 이야기했던 게 바로 이거군.

죽기 전에 받았던 마지막 상담에서 메러디스는 위험에 처한 사실을 이야기했다. 리는 경찰에 도움을 요청할 것을 제안했지만 메러디스는 그 제안을 거절했다.

이게 전부였다. 나는 파일을 다시 책상 위에 올려두고는 휴지 한 장을 뽑았다. 시간을 되돌리고 싶었다. 과거로 돌아가서 메러디스가 그랬던 것처럼 그녀가 홀로 감당해야 했던 모든 추악한 일들로부터 메러디스를 보호하고 싶었다. 하지만 그건 불가능한 일이었다. 그리고 나는 그럴 만한 사람도 아니었다. 그 점이 나를 더 슬프게 했다.

리가 다시 사무실로 돌아와 책상 뒤에 놓인 의자에 앉았다.

나는 그녀를 바라보았다.

"어제 여기에 왔을 때처럼 새로 알게 된 정보가 아무것도 없네."

리가 미소 지었다.

"리지, 내가 네 편이라는 걸 알잖아. 너한테 아무것도 숨기지 않을 거야."

"고마워."

"고객이 올 시간이 됐어. 도움이 필요하면 언제든지 전화해. 어떻
게든 도울게. 우리는 이겨낼 수 있을 거야. 약속해."

17

자동차에 앉아 리 앳워터에 대해 생각했다. 이렇게 오랜 시간이 지났는데 그녀가 톰처럼 자연스럽게 우리 삶의 일부가 될 수 있었다는 것이 신기하게 느껴졌다.

세인트폴로 향하는 중이었지만 갑자기 집으로 돌아가고 싶지 않다는 생각이 들었다. 급하게 고속도로 방향으로 차를 돌려 호수 옆 메러디스의 집이 있는 동쪽으로 향했다. 파란색 미니밴이 내 뒤를 쫓고 있다는 사실을 언제부터 인지했는지 모르겠지만, 내가 미니애폴리스를 떠날 때부터는 확실히 내 뒤를 따라오고 있다는 것을 느꼈다. 두어 대의 자동차를 사이에 두고 20분 동안이나 내가 통과하는 출구를 그대로 똑같이 빠져나오고 있었다. 메러디스의 집으로 이어지는 길에 접어들었을 때 마침내 밴이 사라졌다. 핸들을 잡은 손에 긴장이 풀려 느슨해졌다.

호수 위로 어스름이 내려앉을 무렵 진입로에 주차된 메러디스의 자동차 뒤에 내 차를 세웠다. 선선하면서도 따뜻한 바람이 잔디 위를 스치고 있었다. 일주일이 지나면서 나무 프레임에 붙여 둔 범죄 현장 진입차단 테이프가 느슨해져 있었다. 테이프 밑으로 몸을 숙여 집 안으로 들어갔다.

문 앞에 그대로 서서 메러디스의 존재감을 느낄 수 있길 바랐다. 내가 가진 유일한 위안은 그녀가 사랑했던 호숫가 옆집에 아직 추억이 머물러있다는 것이었다.

"무슨 일이 일어나든 날 미워하진 말아줘."

내가 언니를 미워할 일은 없을 거야.

매트리스 아래 숨겨두었던 일기와 USB는 메러디스가 자신에게 어떤 일이 닥칠 거란 사실과, 메러디스가 그 일이 위험하다는 것을 알고 있었음을 말해주었다. 무엇보다도 메러디스는 자신에게 무슨 일이 닥친다면 내가 답을 찾을 때까지 계속해서 물고 늘어질 거란 사실도 알고 있었다.

메러디스는 지금 내가 찾아낸 것보다 더 많은 걸 남겨두었을 것이다. USB가 우리 아빠에 대한 정보를 제공하긴 했지만, 그보다 더 많은 비밀이 남아있다. 심지어 경찰도 알아내지 못한 진실이었다.

나는 침실을 뒤지기 시작했다. 15분 후 뭔가를 숨겨놓을 만한 장소의 수색을 전부 마쳤다. 거실로 이동했다. 경찰과 내가 놓친 것이 있는 것 같지 않았다. 그래도 포기하지 않고 소파 쿠션 아래를 살피고 커피 테이블과 협탁, 그리고 벽에 걸린 액자 뒤에 전부 손을 넣어 숨겨놓은 게 없는지 살폈다. 아무것도 없었다.

메러디스의 책상에 앉아 그녀가 같은 자리에 앉아 청구서를 정리하고 일기를 쓰는 모습을 상상해 보았다. 전에 이미 다 뒤져보았지만 반짝이는 나무 표면 위의 모든 것을 꼼꼼히 살폈다. 은행 거래내역서, 자동차 열쇠, 가족사진들. 어린 시절 아빠가 양쪽 팔에 우리를 한 명씩 안고 들어 올려서 카메라를 향해 미소 짓고 있는 모습을 찍은 사진도 있었다. 액자에 끼워진 사진을 들어 우리의 얼굴을 자세히 관찰했다. 크고 강한 아빠의 팔에 안겨 기뻐하는 아이들의 모습이었다. 아빠가 왜 우리를 떠났는지 그 이유가 다시 또 궁금해졌다. 뭐 때문에 마음이 바뀐 걸까?

다른 사진을 보려다가 문득 뭔가를 숨겨둘 만한 장소가 한 군데 더 기억이 났다. 우리가 살아온 삶에 대해 메러디스가 마지막 이야기를 남길 수 있는 장소. 액자 뒷면의 벨벳 덮개를 벗기자 반대편에 테이프로 고정된 작은 금색 열쇠가 모습을 드러냈다. 뒷면에서 열쇠를 떼어 손에 쥐었다. 이 열쇠에 맞는 자물쇠를 찾으려면 어디서부터 시작해야 할까?

세찬 바람에 창문이 덜컹거려 화들짝 놀랐다.

나는 주위를 한 번 더 둘러보고는 방을 서성거리면서 내가 놓친 것이 남아있지는 않은지 생각했다. 그러고는 열쇠를 호주머니에 넣은 다음 현관 밖으로 나갔다.

사위에 어둠이 내려앉았다. 자동차를 향해 걸음을 옮기는데 어두컴컴한 형체가 간이 차고에서 튀어나와 머리 위로 야구 방망이를 휘둘렀다. 뒤를 도는 순간 방망이가 날아와 내 오른쪽을 강타했다. 모든 뼈가 수천 개로 산산조각이 나는 느낌이었다. 나는 몸을 웅크리고 무릎으로 털썩 주저앉았다. 숨을 헐떡이면서 고문과도 같은 고통이 잦아들기를 기다렸다.

짙은 색 후드티를 입은 형체가 내게로 다가와 나에게 두 번째 타격을 가할 준비를 했다. 야구 방망이가 아니라 커다란 장작용 막대기가 내 머리를 겨냥하고 있었다. 본능적으로 팔을 들어 다음에 이어질 공격으로부터 내 몸을 보호하려고 했다. 나무 막대기가 내 팔뚝을 내리치면서 머리뼈 뒤쪽을 스쳤고 완전히 새로운 차원의 고통이 느껴졌다. 따뜻한 액체가 두피를 타고 미끄러지듯 흘렀다.

장작이 다시 한번 공격 태세를 갖추었지만, 이번에는 내가 등으로 굴러 후드를 쓴 사람의 슬개골을 향해 발차기를 날렸고 그가 균형을 잃고 쓰러졌다. 덕분에 시간을 조금 벌었다. 나는 다시 옆으로 굴러 내 차와 메러디스의 차 사이로 꿈틀거리며 기어갔다.

자동차 반대편으로 이동하는 데 성공했지만 모자를 쓴 사람이 바로 뒤에 있었다. 범퍼를 손으로 붙잡자마자 그가 내 머리카락을 움켜쥐었고 머리가 뒤로 꺾였다.

몸이 뒤틀렸다. 내 긴 머리가 그의 손에 잡혔다. 갈비뼈는 고통으로 아우성치고 있었다. 자동차 사이에 무릎을 꿇고 웅크렸다가 어두운 형체를 향해 고개를 돌려 명치를 머리로 들이받았다. 그리고 손의 날로 코의 부드러운 연골을 공격했다. 캄캄한 밤, 끙끙대는 소리가 크게 울려 퍼졌고 내 머리카락을 쥐고 있던 손에 힘이 풀렸다. 나는 꽃게처럼 잰걸음으로 뒷걸음질 치다가 몸을 굴려 두 발로 일어서고 숲을 향해 뛸 준비를 했다. 옆구리에 인두로 지지는 듯한 통증이 느껴졌다.

나는 빨리 달리지 못했다. 재빨리 움직이려던 발이 발목에 걸리면서 그대로 몸이 날아가 바닥에 고꾸라졌다. 입술에서 피가 터져나왔다. 더 이상의 고통은 느낄 수 없을 거라고 생각했는데, 운 좋게 그럴 필요가 없었다. 나는 그대로 기절해 버렸다.

잠시 후, 플라스틱 방수포에 실려 울퉁불퉁한 땅 위로 끌려가면서 다시 정신이 들기 시작했다. 머리와 갈비뼈, 팔에 욱신거리는 통증이 느껴졌다. 자동차의 밝은 헤드라이트가 눈을 비춰 머리가 그대로 터져버릴 것만 같았다.

여자 두 명의 목소리가 들렸다.

"대체 무슨 생각이야? 세상에, 하마터면 죽일 뻔했잖아."

화난 목소리. 어디선가 들어본 목소리였지만 누구의 목소리인지 확신이 들지 않았다.

"여자를 없애버리라고 한 줄 알았지."

다른 목소리는 조금 더 어린 듯했으나 똑같이 화가 나 있었다.

"겁만 줬어야지. 죽이는 게 아니라."

"글쎄, 이제 겁먹었겠지. 근데 이 여자가 누군데?"

젊은 사람이 말했다. 간결한 대답이었다.

"그냥 앤디를 귀찮게 하는 사람이야."

그들은 나를 파란색 미니밴 옆의 열린 문으로 끌어당겼다. 순간 고통보다 두려움이 커졌다.

그들은 나를 죽이려고 했다. 적어도 젊은 여자는 그랬다. 내가 이곳에 있다는 사실을 아는 사람이 아무도 없었다. 나를 밴에 태우도록 호락호락하게 내버려 둘 수 없었다.

불규칙한 숨소리가 폐에서 발작처럼 짧게 터져 나왔다. 마음을 가라앉히고 생각을 해야 했다. 드릴이 된 것처럼 머리가 쿵쾅거렸고 피가 흐르고 있었다. 적어도 그게 피이기를 바랐다. 거친 호흡을 가다듬으면서 최대한 몸을 움직이지 않고 주위를 둘러보았다. 저들이 아직 내 의식이 돌아오지 않았다고 생각하기를 바랐다. 내가 쓸 수 있는 카드는 그것뿐이었고, 내가 가진 카드를 최대한 유리하게 사용해야 했다.

마침내 나를 질질 끌고 가는 움직임이 멈췄고, 안도감이 들었다. 울퉁불퉁한 땅 위에서 덜컹거리는 동작은 몹시 고통스러웠다.

"이제…… 어쩌지?"

젊은 사람이 물었다.

"밴에 태워."

다른 한 명이 말했다.

그들은 내 발아래 방수포 끝에 서서 가쁜 숨을 몰아쉬고 있었다. 나는 저들이 어둠 속에서 나를 보지 못하길 바라면서 눈을 반쯤 뜨고 있었다. 왼쪽으로 세게 구르면 밴 뒤쪽으로 가서 두 발로 설 수 있을지도 모른다. 물론 실패할 수도 있었다. 갈비뼈에 불이 붙은 것 같은 느낌이었다.

고통스러운 숨을 들이마시고 움직일 준비를 하는데 어둠 속에서 총성이 들렸다. 가까이에서 나는 소리였다. 깜짝 놀라 번쩍 눈을 떴다. 둘 중 한 명이 내 옆에 서서 내 머리에 총을 겨누고 있을 거라고 생각했다.

두 사람 모두 소리를 질렀다. 그들의 눈은 우리를 에워싼 어둠을 샅샅이 뒤지고 있었다. 아빠의 오두막에서 보았던 여자와 그녀의 딸이었지만 무기는 들고 있지 않았다.

다른 소녀의 목소리가 들렸다.

"움직이지 마."

데이나? 확실하지 않았다. 총성으로 인해 머릿속의 모든 것이 혼란스러웠다.

데이나가 손에 총을 들고 불빛 속으로 걸어 들어왔다. 밴 안쪽에서 나오는 조명이 만든 그림자가 그녀의 얼굴에 드리워지자 그녀는 매서운 표정을 지었다.

"손들어."

데이나가 말했다.

그들이 손을 들었다. 어둠 속에서 스콧이 걸어 나왔다. 내 생각에는 스콧인 것 같았다.

데이나가 총으로 나를 가리켰다.

"확인해 봐."

스콧이 내 옆으로 다가와 얼굴을 가리고 있던 머리카락을 쓸어 넘겼다.

"괜찮아요?"

그가 속삭였다.

"갈비뼈."

내가 말했다.

"그리고 머리."

"피를 흘리고 있는데."

스콧이 어깨너머로 데이나에게 말했다.

"병원에 데려가야겠어."

"그리고 당신들."

데이나가 나를 죽이려고 한 모녀에게 말했다.

"감옥에 갈 준비해요."

여자가 데이나에게 한 발짝 다가섰고, 데이나가 그녀에게 총을 겨누었다.

"저 여자가 우리를 공격했어요. 내 딸을 뒤쫓았다고요. 딸을 보호해야만 했어요."

"그래서요?"

데이나가 그런 것쯤은 전혀 상관없다는 말투로 말했다. 여자애가 한 걸음 앞으로 다가서는 모습을 데이나는 보지 못했다.

"데이나."

바닥에 누워있던 내가 말했다.

데이나가 나를 쳐다보았다. 소녀가 재빨리 움직여 데이나의 손을 발로 차버렸다. 그러자 손에 들고 있던 총이 날아갔다. 엄마와 딸이 도망쳤다. 운전석과 조수석에 각자 빠르게 올라타더니 시동을 걸고 그 자리를 떴다. 모래와 자갈이 우리 머리 위로 쏟아졌다.

"스콧, 저 사람들이 도망가고 있어!"

데이나가 소리쳤다.

"내버려 둬. 우리는 리지를 병원에 데려가야 해."

"전화기 어딨어요?"

데이나가 물었다.

"내 차에."

제대로 말을 하고 있길 바라며 단어를 뱉어냈지만 내 귀에는 횡설수설하는 것처럼 들렸다. 스콧의 가슴에 머리를 기댔지만, 다시 미끄러지는 것을 느낄 수 있었다. 버텨보려고 애를 썼지만 이길 수 없는 싸움이었다.

"데이나, 서둘러! 빨리 구급차를 불러야 해."

스콧이 외치는 소리가 마지막으로 들은 말이었다.

* * *

정신을 차렸을 때는 이미 병원이었다. 지금까지 경험한 가장 심한 숙취보다 더 고통스러운 두통이었다. 톰은 침대 옆 의자에 앉아 나를 지켜보고 있었다. 프레드는 구석에 있는 의자에 앉아 깜빡 잠이 든 듯 고개를 끄덕이고 있었다.

"지금 몇 시야?"

쉰 목소리로 톰에게 물었다.

"새벽 두 시."

그가 가까이 다가왔다.

"데이나하고 스콧은? 어디 있어?"

"나도 몰라. 구급대원이 도착했을 때는 주위에 아무도 없었어."

톰이 손을 뻗어 내 손을 잡았다.

"그들이 널 이렇게 만든 거야?"

"아니, 데이나가 날 구해줬어."

"그럼 누가?"

말을 하는 데 엄청난 노력이 필요했다.

"베이필드에 사는 여자 두 명."

"누굴 말하는 거야? 그 사람들이 베이필드에 사는 사람들인지는 어떻게 알아?"

간호사가 들어와 침대 옆 모니터를 확인했다.

"휴식이 필요해요."

간호사가 톰에게 말했다.

"이것만 간단히 물어보고……"

"환자는 안정이 필요합니다."

범죄수사국 소속 형사도 이의를 제기할 수 없는 단호한 목소리로 말했다. 그녀가 내 침대로 몸을 기울였다.

"1에서 10까지 점수를 매긴다고 했을 때 지금 느끼는 고통이 몇 점 정도죠?"

"27점이요."

간호사가 웃으며 내 손에 정맥 주사와 연결된 플라스틱 물체를 쥐여주었다.

"진통제가 필요할 때 언제든지 주사를 맞을 수 있어요. 이 버튼을 누르세요."

버튼을 누르자 방이 빙글빙글 돌아가기 시작하더니 이내 불이 꺼졌다.

18

그날 아침 느지막이 눈을 떴을 때는 커튼 틈 사이를 비집고 햇빛 한 줄기가 힘겹게 들어오고 있었다. 프레드는 구석에서 자고 있고 톰은 침대 옆 의자에 앉은 채로 내 손에 머리를 베고 잠들어 있었다.

머리 아래 깔린 손을 빼려고 하자 톰이 고개를 들었고 구겨진 담요 자국이 얼굴에 새겨져 있었다.

"지금 몇 시야?"

내가 물었다.

톰이 시계를 보았다.

"7시 50분."

"집에 가고 싶어."

"의사가 뭐라고 하는지 들어봐야 해."

프레드가 눈을 뜨고 우리를 지켜보다가 자리에서 일어나 기지개를 켰다.

"나가서 커피를 마실 만한 데가 있는지 좀 찾아봐야겠어."

"나도 한 잔 사다 줘."

톰이 말했다.

"나도."

나도 덧붙였다.

프레드가 나를 쳐다봤다.

"의사가 먹어도 된다고 하는 거 말고는 아무것도 안 돼."

"카페인이 필요해."

"그럼 간호사한테 물어보던가."

프레드가 병실을 나갔다.

톰이 나를 유심히 관찰하고 있었다.

"기분이 어때?"

"덤프트럭에 치인 기분이야. 그래도 어젯밤보다는 나아졌어."

"무슨 일이 있던 건지 말해줄래?"

바로 그 순간 의사가 병실로 들어왔다. 마흔 언저리쯤으로 보이는 그는 검은 머리에 크고 특이한 눈을 가지고 있었다.

"운이 정말 좋았어요."

의사가 내게 말했다.

"지금 느낌으로는 그렇게 운이 좋은 것 같지 않은데요."

의사는 생경한 눈으로 나를 바라보았다.

"부상이 훨씬 더 심각할 수도 있었어요. 두개골 골절이 생기거나 혼수상태에 빠질 수도 있었다고요. 뇌진탕 소견이 있긴 하지만 지금보다 상황이 훨씬 심각할 수 있었죠."

진료용 펜 라이트를 꺼내 내 눈에 비추더니 위아래, 좌우를 보라고 지시했다. 진찰이 끝났을 때는 약간 어지러웠다.

"집에 가도 되나요?"

내가 의사에게 물었다.

의사의 얼굴에서 찾아볼 수 있는 표정은 진지함뿐이었다.

"퇴원시켜 드릴게요. 하지만 휴식을 취하셔야 합니다. 뇌진탕은 가볍게 볼 일이 아니에요. 옆에서 돌봐 줄 사람이 있나요? 48시간 동안은 보호자가 함께 있어야 합니다."

내가 무어라 말하기도 전에 톰이 말했다.

"24시간 내내 돌봐줄 사람이 있습니다, 선생님."

눈이 특이하게 생긴 의사가 내 오른쪽 팔을 들어 붕대 안쪽을 유심히 관찰했다.

"꿰맨 자리는 열흘 정도면 나을 겁니다. 부러지지 않은 게 천만다행이에요."

아무래도 모든 면에서 운이 끝장나게 좋았던 거 같다.

"잠시 후에 간호사가 퇴원서류와 주의사항이 적힌 종이를 가지고 올 겁니다. 다시 병원 신세를 지고 싶지 않으면 주의사항을 잘 따르세요."

눈이 특이하게 생긴 의사가 톰에게 고개를 한 번 끄덕이고는 병실을 나갔다.

"옷 입는 것 좀 도와줘."

톰에게 말했다.

"뭐가 그리 급해? 간호사가 올 때까지 좀 기다리지?"

"간호사가 오기 전에 퇴원 준비를 마치고 싶어."

"리지, 제발……"

"도와주기 싫으면 혼자 입을게."

톰이 옷장으로 가서 전날 밤에 입었던 옷을 꺼냈다. 얼마나 많은 피를 흘렸는지 눈으로 직접 보니 속이 뒤틀렸다.

내 블라우스를 본 톰이 말했다.

"퇴원할 때 입을 수술복을 하나 빌려야겠는걸."

"그냥 입고 가지 뭐."

나는 아주 천천히 자리에서 일어나 손을 머리에 대고 몇 초 동안 숨을 고른 다음 침대 옆으로 다리를 옮겼다.

톰이 침대로 걸어와 내 팔을 잡고 일어설 수 있게 도와주었다. 나는 톰의 가슴에 기대어 쓰러졌다.

"간호사가 올 때까지 기다리지 않아도 정말 괜찮겠어?"

"괜찮아."

톰이 한숨을 쉬었다.

"알겠어. 대신 천천히 해."

톰에게서 한 발짝 떨어져 가운을 벗기 시작했다.

"이런 젠장."

내 옆구리를 본 톰이 말했다.

붕대가 허리띠처럼 내 몸통을 감싸고 있었다. 붕대 가장자리에는 짙은 보라색 멍이 삐죽 빠져나와 있었다.

"아무 말 말고 그냥 도와줘."

내가 말했다.

톰이 나를 보며 웃었다.

"옷을 어떻게 입혀줘야 하는지 모르겠어. 여자들 옷을 벗겨보기만 해서 말이지. 이거 완전히 새로운 경험인걸."

좋아, 제법 웃겼어. 웃음이 터져 나왔지만, 통증이 느껴져 웃음을 참았다.

프레드가 커피 두 잔을 손에 들고 병실로 돌아왔을 때 이미 나는 옷을 다 갈아입고 의자에 앉아 간호사가 와서 퇴원 허가를 내려 주기를 기다리고 있었다.

* * *

종일 잠만 잤다.

4시가 되자 톰이 어깨를 흔들었다.

"깨워달라며."

나는 등을 대고 반듯이 누웠다.

"도와줘야 할 일이 또 있어."

"뭔지 말해봐."

"오늘 추모식이 있어. 샤워를 하고 옷을 입은 다음에 마지막으로 메러디스를 보러 가야 해. 그런데 혼자서는 힘들 것 같아."

"너 지금 내 의지를 시험하고 있는 거 알아? 눈앞에서 여자가 옷을 벗고 있는데 매너 있게 행동해야 한다고."

"글쎄, 기회가 있었는데 나를 거절했던 거 기억 안 나? 이게 바로 자업자득이라는 거야."

톰의 표정이 심각해졌다.

"리지, 추모식에 가기 힘들면 무리하지 않아도 돼. 너한테 뭐라고 할 사람 아무도 없어."

"가야만 해. 메러디스를 위해 내가 꼭 가야 해."

나를 말릴 수 없다는 걸 직감한 톰은 침대에서 나를 일으켜 화장실까지 나를 부축하고 샤워를 할 수 있게 도와주었다. 그는 욕실 세면대에 비스듬히 기대어 서서 나를 지켜보았다. 몇 번이나 어지러움을 느끼고 균형을 잃을 뻔했지만 그럴 때마다 내가 넘어지기 전에 톰이 재빨리 다가와 쓰러지지 않게 나를 부축했다.

물이 닿을 때마다 살점이 떨어져 나간 피부와 두피가 따끔거렸다. 간신히 샤워를 마쳤을 때는 완전히 녹초가 되었다.

다시 침실로 돌아온 나는 침대 가장자리에 앉아 메러디스를 조문할 때 입을 옷과 속옷을 찾으라고 지시했다.

"뭐? 스타킹을 안 신는다고?"

서랍에서 검은색 브래지어와 팬티를 꺼내며 톰이 물었다.

"스타킹까지 신기엔 날씨가 너무 덥잖아."

톰은 몸에 딱 맞는 검은색의 민소매 드레스를 입도록 도와주고 등에 달린 지퍼를 올려주었다. 목을 살짝 덮는 옷깃이 목에 생긴 멍을 가려주었다.

"10분 후면 프레드가 도착할 거야."

옷을 차려입고 거실에 앉아있는 내게 톰이 말했다.

"나도 집에 가서 옷 좀 갈아입어야겠어. 그래도 괜찮겠어? 아니면 여기에 계속 있을까?"

"괜찮아. 거기서 보자."

톰이 소파에 앉은 나를 빤히 바라보았다.

"우리 아직 할 얘기가 남았어. 어젯밤 일 말이야. 이미 이만큼 기다린 이상 메러디스 추모식이 끝날 때까지는 기다릴 수 있지만, 메러디스 집에서 무슨 일이 있었는지, 누가 너에게 이런 짓을 했는지 알아야겠어."

"알겠어."

"그리고 네가 아직 나한테 말하지 않은 것도 전부."

* * *

프레드의 팔에 의지하면서 스틸 워터 대로에 있는 추모식장으로 향했다. 지금까지 내가 한 일 중에 가장 힘든 일이었다. 친구로, 보호자로 언제나 내 곁을 지켜 주었던 유일한 사람이자 하나뿐인 자매에게 어떻게 작별을 고할 수 있을까? 어떻게 마지막 인사를 전하고 앞으로 나아갈 수 있을까?

지난 며칠 동안 내 혼을 쏙 빼놓았던 일련의 사건들은 내 관심을 다른 데로 돌리기 충분했다. 마침내 그 순간이 다가왔지만 나는 아직 마음의 준비가 되지 않았다. 이 모든 일을 전부 백업해 두고 유리한 상황에서 처음부터 다시 시작하고 싶었다. 마지막 작별 인사를 준비하고 싶었다.

메러디스가 없어도 인생은 계속되겠지만 결코 예전과 같을 수 없을 것이다. 내 인생에서 가장 중요한 사람이 떠났고 그 빈자리는 어떤 것으로도 채울 수 없을 것이다.

안으로 들어서자 루스, 데이비드, 레이첼, 마사 그리고 존이 한 줄로 서서 손님을 맞이하고 있었다. 내가 등장하는 순간 모두 깜짝 놀란 나머지 입이 쩍 벌어졌다. 비유적인 표현이 아니라 정말로 입을 다물지 못했다.

"말 안 했어?"

내가 프레드에게 속삭였다.

"시간이 없었잖아."

프레드가 다시 속삭였다.

환상적이군. 이제 끝도 없는 질문 세례를 받게 되겠어. 나에 대한 이야기는 하고 싶지 않았다. 오늘 밤의 주인공은 메러디스가 되기를 원했다.

루스가 앞으로 걸어 나왔다.

"얘야, 대체 무슨 일이니?"

그녀가 손을 뻗어 내 뺨을 부드럽게 어루만졌다.

"사고가 조금 있었어요."

레이첼이 루스 옆으로 다가왔다.

"괜찮은 거니?"

"좀 욱신거리긴 하지만 괜찮아요."

"이렇게 움직여도 괜찮은 거야, 엘리자베스?"

루스가 물었다.

어느새 그 자리에 있던 모든 어른이 내 주위로 모여들었다. 존은 나를 위로하듯 익숙한 손으로 내 등을 토닥였지만, 그를 바라보는 내 시선에는 그가 오래전에 아빠를 도와 사망사고를 위장했는지에 대한 의심뿐이었다. 메러디스와 나를 남겨두고 떠난 아빠의 배신에 존이 정말 일조한 것인지 궁금했다.

나와 눈이 마주친 존은 내가 그에게 어떤 의문을 가지고 있음을 느꼈을 것이다. 그는 내가 무슨 질문을 하는지 전혀 모르겠다는 표정을 지어 보였다. 그야 당연했다. 내가 이 사실을 알고 있다는 걸 모를 테니까.

레이첼이 포옹을 하기 위해 내게 다가왔지만, 멍투성이인 갈비뼈가 그걸 감당할 수 있을지 확신이 서지 않았다. 프레드가 서 있는 방향으로 뒷걸음질 치다가 그의 발가락을 세게 밟아버렸다.

"아야!"

"미안."

사람들이 메러디스에게 조의를 표하기 위해 하나둘씩 모이기 시작했고 질문들은 잠시 묻어둬야 했다.

나는 프레드의 팔을 꼭 붙잡았다.

"나 혼자 내버려 두지 마."

귀에 대고 속삭였다.

톰은 내 옆에 꼭 붙어 있으려 노력했지만 결국 조문객의 물결에 휩쓸려 사라졌다. 내 사무실 동료들도 와주었는데 그중에는 몇 번 스친 기억밖에 없는 사람들도 있었다. 나를 위로하기 위해 이렇게 와주었다는 사실에 감동했다.

상사인 제니는 나를 한쪽으로 데리고 갔다.

"리지, 회사에 복귀하기 전에 필요한 만큼 충분히 쉬면서 마음을 추슬러요."

제니와 포옹을 하고 난 후 나는 또 다른 인파에 휩쓸렸다.

톰이 다시 나를 확인하러 왔을 때 나는 메러디스의 동료들에게 둘러싸여 있었다. 그는 여자들을 비집고 내게 와서 뺨에 입을 맞추었다.

"고인의 명복을 빕니다."

팔을 잡고 나를 끌어당기는 그의 눈이 반짝였다.

"루스는 어디에 있나요? 아직 인사를 못 드려서 조의를 표하고 싶은데요."

나는 여자들에게 미소로 인사하고 그 자리를 빠져나왔다.

"고마워."

톰에게만 들릴 듯한 작은 목소리로 말했다.

우리는 테라스로 나와 따뜻하고 습한 밤공기를 느꼈다.

"좀 어때?"

그가 물었다.

"육체적으로? 아니면 정신적으로?"

"둘 다."

"육체적으로는 금방이라도 쓰러질 것 같은 느낌이고, 정신적으로는……"

내가 지금 느끼는 이 감정을 어떤 단어로 표현해야 할지조차 알 수 없었다.

"루스에게 할 말이 있어. 기다렸다가 집에 데려다줄게. 안으로 들어갈까?"

톰이 말했다.

"조금만 더 있다가. 잠시만 혼자 있고 싶어."

테라스에 날 남겨두고 톰이 먼저 안으로 들어갔다. 나는 분수 옆 딱딱한 콘크리트 벤치에 앉았다. 메러디스의 상사인 바브 포스먼이 유리문을 통해 밖으로 나와 내 옆에 앉았다. 그녀는 두 손으로 내 손을 감쌌다.

"무슨 일이 있었던 거예요?"

그녀가 물었다.

"사고가 조금 있었어요."

내 말을 믿지 못하는 표정이었지만 더는 아무것도 묻지 않았다.

"어떻게 지내고 있어요?"

"마지못해 버티는 중이에요."

"내가 메러디스를 얼마나 그리워하는지 모를 거예요."

그녀의 눈에 눈물이 가득 고였다. 바브는 주머니에서 휴지 한 장을 꺼내 눈물을 닦았다.

"지난번에 사무실에 왔을 때 내가 메러디스와 같이 있는 모습을 몇 번 본 적이 있다고 했던 남자 기억나요?"

"네."

"그 남자가 여기 있어요."

그녀가 속삭였다. 테라스에는 우리 둘뿐인데 누가 우리 말을 엿들을까 봐 그렇게 조심하는지 이해가 되지 않았다.

"누구예요?"

우리는 함께 유리문으로 걸어갔다. 바브가 의문의 남자를 찾으려고 사람들 틈을 열심히 살폈다.

"저기 있어요. 저쪽 벽에서 프레드와 이야기하고 있는 남자."

"나는 의문의 남자가 실제로 존재해서 우리가 답을 찾을 수 있게 올바른 길로 인도해주기를 진심으로 바랐다. 하지만 내 시야에 들어온 사람은 어색한 표정을 한 애드먼 뿐이었다.

"아는 사람이에요. 걱정할 만한 사람은 아니에요."

"그래요? 다행이에요."

그렇게 말하면서도 바브는 약간 실망한 듯 보였다.

바브가 안으로 들어가고 나 혼자 분수 앞에 앉아있는데 누군가 내 어깨에 손을 얹었다.

고개를 들었다. 레이첼이 내 뒤에 서 있었다.

"한시도 안심할 수가 없구나."

내 옆에 앉으며 레이첼이 말했다.

"무슨 일이 있었던 거니?"

나는 잠시 망설였다.

"레이첼, 제가 하는 이야기는 절대로 다른 사람에게 이야기하시면 안 돼요."

레이첼이 의아한 표정을 짓더니 이내 고개를 끄덕였다.

"좋아. 너랑 나만 아는 비밀로 할게. 혹시라도 너에게 위험한 일이 생겨 경찰이 개입해야 하는 상황이 아니라면."

"이미 경찰이 개입한 상황이에요. 약속해 주세요, 레이첼. 제가 부탁하기 전까지 다른 사람에게 절대로 말하지 않겠다고."

"약속할게."

레이첼에게 사실을 알려주는 일은 생각했던 것보다 훨씬 더 힘들었다.

"아빠가 살아있어요."

레이첼은 아무 말이 없었다. 아마도 내가 제정신이 아니라고 생각했을 것이다. 아주 오랫동안 내 눈을 빤히 바라보다가 고개를 저었다.

"아니야."

레이첼이 말했다.

"네 아빠는 죽었어."

"제 눈으로 직접 봤어요, 레이첼. 예전에 가지고 있던 베이필드의 가족 오두막에서 앤드류 짐머라는 이름으로 살고 있어요. 어떻게 했는지 모르지만, 메러디스가 그 사실을 알아냈고요."

레이첼이 분수를 바라보았다.

"어떻게? 왜? 이해가 안 돼."

"저도 마찬가지예요. 새 인생을 살기 시작했고, 새로운 가정도 꾸렸어요. 그 아내와 딸이 지난밤에 메러디스 집에 나타나 절 이렇게 두들겨 팼어요."

레이첼이 자리에서 일어나 분수 주변을 서성였다. 시선을 바닥에 고정한 채 천천히 같은 자리를 맴돌았다. 그녀가 다시 내 앞에 섰을 때 고개를 들고 물었다.

"루스도 알아?"

나는 고개를 저었다.

"아직이요. 루스에게는 아무 말도 하지 마세요. 누구한테든 절대로 이야기하시면 안 돼요."

"알았어."

* * *

8시가 되었을 즈음 드디어 한계에 부딪혔다. 전날 밤에 겪은 일 때문이기도 하지만 조문객들을 맞이하면서 감정적 피로가 쌓였다. 내 몸의 에너지가 모두 소진되어 한 방울도 남지 않은 것 같았다.

에드먼이 다가와 나를 위아래로 훑어보았다.

"대체 무슨 일을 꾸미고 다니는 거요?"

"어젯밤에 메러디스네 집에 갔다가 그 여자……한테 공격당했어요."

나는 아직도 그녀를 어떻게 불러야 할지 정하지 못했다.

"그리고 그 딸도요. 나무 장작을 몇 번 휘둘러서 정신을 잃게 하고는 밴에 날 싣고 가려는 찰나에 데이나와 스콧이 나타났어요."

에드먼이 조용히 휘파람을 불었다.

"사람이 지금 상태를 위협받으면 이런 일도 벌이게 되죠. 그래서 몸은 괜찮아요?"

"지금은 통증이 제법 심한 편이에요."

"내가 뭘 하면 되는지 말해줘요."

"그 사람들을 찾아주세요."

"진즉 그곳을 떠났을 텐데요."

"그럴까요?"

에드먼이 고개를 끄덕였다.

"당연하죠. 지금 당신 상태로 봤을 때 특수폭행죄로 처벌을 받을 거예요. 전과가 없다면 가벼운 형량만 받고 풀려날 수도 있겠지만 당신 아빠를 보호하려고 한다면 보안관 눈에 띄고 싶지 않겠죠. 그 사람들도 당신 아빠의 과거를 알고 있을까요?"

"여자는 알고 있는 거 같아요. 베이필드에서 날 공격했을 때 내가 누구인지 알고 있었거든요. 메러디스가 내 언니라는 사실도 알고 내가 어디에 사는지도 알고 있다고 했어요. 여자애는 아무것도 모르는 것 같아요. 엄마가 가는 길에 그냥 따라온 걸지도 모르죠."

에드먼이 코웃음을 쳤다.

"앤드류 짐머는 어떨까요? 그들하고 같이 도망갔을까요?"

내가 물었다.

"정체가 밝혀진다면 그 사람들보다 잃는 게 훨씬 많겠죠. 새로 시작한 인생을 통째로 잃어버리게 될 테니까요. 오랫동안 정체를 들키지 않고 잘 숨어지냈으니 이제 와서 정체를 밝힐 일은 없을 겁니다."

"그 나쁜 자식을 좀 찾아주세요. 직접 얘기해 봐야겠어요. 이렇게 도망가게 내버려 두지 않을 거예요."

톰이 내 뒤로 다가와 에드먼에게 알은체를 했다.

"거기서 둘이 무슨 일을 꾸미는 중인가요? 제가 알아야 할 일이 있을까요?"

"가족을 잃은 슬픔을 위로하고 있었을 뿐입니다."

에드먼이 말하고 자리를 떴다.

"아무것도 묻지 마."

내가 톰에게 말했다.

"여기서 지금 당장 묻지는 않을 거야. 하지만 나중에는 꼭 말해야 해. 그만 안으로 들어갈까?"

마지막 조문객들이 떠난 뒤에 나는 루스에게 다가가 작별 인사를 했다.

"아무래도 오늘 밤은 우리 집에 가서 자는 게 좋겠구나. 그러면 내일 가족이 다 같이 장례식에 갈 수 있을 거야."

"루스, 오늘 밤은 제 침대에서 자고 싶어요. 아침에 교회에서 뵐게요."

루스를 재빨리 껴안고는 그녀가 뭐라고 말을 더 보태기 전에 얼른 돌아섰다.

존이 내 앞을 가로막았다.

"오늘 밤에 한 번도 이야기할 기회가 없었네."

존과 눈을 마주쳤지만 아무런 말도 나오지 않았다. 존과 마사. 그들은 늘 메러디스와 나를 위해 같은 자리에 있어 주었고, 모든 것이 흐트러진 우리의 삶에 유일하게 변함없는 존재였다. 우리를 사랑으로 길러주었고, 눈물을 터뜨리면 안아주었다. 변한 것은 아무것도 없었다. 단지 아빠가 실종됐을 때 존이 그 자리에 있었다는 사실과 그게 내 삶에 어떤 의미를 줄지에 대해 진실을 밝히지 못했다는 사실을 제외하고는. 그의 행동이 내 어린 시절을 앗아가는데 어떻게 기여했을까?

존이 내가 늘 생각하던 모습의 사람이길 바라며 그에게 다가가 뺨에 입을 맞췄다.

"내일 아침에 뵐게요."

그렇게 말하고는 자리를 떴다.

19

톰이 내 침실 흔들의자에 앉아있는 동안 나는 화장실로 가서 잘 채비를 했다.

"오늘 밤엔 우리 집에 같이 있지 않아도 돼."

화장실에서 나오며 내가 말했다.

"48시간 동안은 혼자 있으면 안 된다고 했잖아."

"그래도 난……"

"의사에게 내가 같이 있겠다고 말했잖아. 한번 말한 건 지키는 사람이라고."

톰이 신발을 벗고 침대 발끝에 넥타이를 획 던지고 베개 위에 팔을 접어 머리를 기대고 내 옆에 누웠다.

그의 입술이 내 귀 바로 앞에 있었다.

"자, 이제 이야기를 해 보자."

"어디서부터 말해야 할지 모르겠어."

"어젯밤 일부터 이야기해 봐."

"아냐, 며칠 전 이야기부터 해야 할 거 같아. 에드먼에게 받은 파일 알지?"

"응."

"지난봄에 베이필드에서 찍은 사진이 몇 장 있었어."

갑작스럽게 눈물이 터지려는 걸 억지로 참으면서 잠시 멈칫했다.

"그리고?"

"오두막집, 그러니까 베이필드 외곽에 호숫가 집을 찍은 사진이 있었는데 우리 가족이 예전에 가지고 있던 집이었어."

"알겠어. 그리고?"

"한 남자의 사진이 여러 장 있었는데, 그 남자가 바로…… 우리 아빠야."

톰이 벌떡 일어나서 나를 쳐다보았다.

"너희 아빠 돌아가신 거 아니었어?"

"나도 그런 줄 알았지. 잘은 모르지만, 메러디스는 아빠가 죽지 않았다는 사실을 알아냈어. 그 후에 에드먼을 보내 아빠를 찾아달라고 부탁했어. 그 과정에서 실제로 아빠가 보트 사고로 목숨을 잃은 거로 위장해 20년이 넘게 앤드류 짐머라는 이름으로 살고 있었다는 게 밝혀졌고."

톰은 뒤통수를 한 대 얻어맞은 표정이었다.

"그래, 에드먼의 파일에서 그 이름을 본 기억이 나. 내가 확인해 볼게. 계속 이야기해 봐."

"이것만으로도 세상이 발칵 뒤집힐 만한 충격적인 이야기 아냐?"

톰이 내 눈을 빤히 쳐다보며 고개를 저었다.

"아니, 입을 겨우 연 거니까 전부 다 듣고 싶어."

그래서 털어놓았다. 에드먼과 함께 베이필드에 갔던 이야기, 목에 멍이 들게 된 경위, 아빠의 여자친구와 그녀의 딸에게 전날 밤에 공격당한 일, 스콧과 데이나가 나타나 구급대원을 부른 일을 전부 들려주었다.

하지만 마크 신부를 찾아갔던 일, 메러디스의 집에서 찾아낸 열쇠가 청바지 호주머니에 들어있다는 사실, 아빠의 실종에 존이 관련이 있는지 의심하고 있다는 내용은 이야기하지 않았다.

그리고 어떤 연유에서든 아빠가 우리를 버리고 떠났다는 사실을 확실히 알게 되었기 때문에 생긴 상처, 상실감, 배신감 등 표면으로 떠오른 모든 감정도 있는 그대로 톰에게 털어놓을 수 없었다.

톰이 침대에서 일어나 신발을 신었다.

"그 여자들 이름하고 오두막 주소 알아?"

"아니, 하지만 에드먼은 알고 있을 거야. 내 전화기 좀 줘. 에드먼 번호를 저장해 뒀어."

톰이 휴대전화를 건네주었다. 나는 메이너드 에드먼의 휴대전화 번호를 검색해 톰에게 다시 전화기를 건네주었다.

"이제 어쩔 생각이야?"

"베이필드 카운티 보안관에게 이 사실을 알려서 그 여자들과 네 아빠를 체포해야지."

톰이 방에서 나갔다. 그가 계단을 내려가면서 자신의 휴대전화로 누군가와 통화하는 소리가 들렸다.

나는 톰이 2층으로 올라오기도 전에 잠이 들어 버렸다. 다음 날 아침 눈을 떴을 때는 톰이 흔들의자에 앉아 매우 피곤한 표정으로 나를 쳐다보고 있었다.

"밤샌 거야?"

내가 물었다.

"조금 잤어. 밤새 통화 좀 하느라고. 그런데 그 여자들 있잖아. 이름이 칼리 턴키스트랑 브렌다라고 하던데 감쪽같이 사라졌대."

"그럼…… 앤드류 짐머는?"

"같이 사라졌어."

두려움이 엄습했다. 그 엄마와 딸을 찾지 못한다면 예상치 못한 시점에 언제든 불쑥 내 앞에 나타날 수 있기 때문이었다. 그리고 이번에는 브렌다라는 소녀가 이전에 미처 못 끝낸 일을 마무리할지도 몰랐다.

그리고 아빠도 함께 사라졌다면 아빠와 대화할 기회가 영영 없을 수도 있었다. 대화를 통해 깔끔하게 마무리 짓고 더는 이 일을 생각하지 않으려 한다고 스스로 합리화하고 있었지만, 사실은 아빠와 직접 이야기하고 싶었다. 왜 우리를 버리고 떠났는지에 대해 구구절절한 설명이나 변명 따위를 듣고 싶었던 것은 아니었다. 나는 단지, 자기 딸에게 무슨 짓을 저지른 건지 깨닫게 만들고 싶었다.

"옷 갈아입는 거 도와줄까?"

톰이 물었다.

"혼자 할 수 있을 거 같아."

나는 침대에서 일어나 혼자서 화장실로 갔다. 어제보다 상태가 호전되긴 했지만, 여전히 통증이 느껴졌고 거울에 미친 내 모습은 아직도 볼썽사나웠다.

오늘은 내가 두려워했던 바로 그날이었다. 장례식은 메러디스의 인생에 마지막 이벤트가 될 것이다. 장례식이 끝나면 메러디스는 영영 내 곁을 떠날 것이고 다시 돌이킬 수 없을 것이다.

샤워기에서 떨어지는 물줄기를 온몸으로 맞았다. 미지근한 물이 등을 타고 흘러내리는 동안 두 뺨에서는 뜨거운 눈물이 흘렀다. 메러디스가 세상을 떠났다는 사실 때문만은 아니었다. 하나뿐인 언니를 실망시켰다는 자책이 더 컸다. 메러디스에게 내가 필요했을 때 그녀 곁에 있어 주지 못했다. 그것이 어떤 것이었든지 간에 힘겨운 전투를 벌이고 있는 메러디스를 도와주지 못했고, 그래서 그녀는 홀로 모든 걸 감당해야 했다. 무슨 이유에서든 메러디스는 이 모든 전투에서 나를 보호했다. 살아가면서 일어날 수 있는 모든 나쁜 일들로부터 나를 지켜 주려고 그랬던 것처럼.

지난 일주일 동안은 억지로 슬픔을 밀어내려고 했지만, 이번만큼은 슬픔이 복받쳐 오르게 내버려 두었다. 슬픔 아래 어떤 새로운 감정이 수면 위로 올라오고 있었기 때문이다. 아직 내가 해야 할 일이 남아있다는, 결코 부인할 수 없는 의지였다. 오늘 나는 메러디스를 땅에 묻을 것이다. 그리고 필요한 답을 찾을 때까지, 내게서 소중한 것을 앗아간 사람이 대가를 치를 때까지 계속 전진할 것이다.

내가 샤워를 마치고 나왔을 때도 톰은 여전히 흔들의자에 앉아있었다.

"괜찮아?"

톰이 물었다.

애써 담담한 목소리로 말했다.

"이겨내야지."

의자에 앉아있던 톰이 일어나 내게 다가왔다.

"그럴 거야."

그가 말했다.

"메러디스를 위해 넌 할 수 있어."

* * *

10시 30분에 세인트 바르톨로뮤 성당에 도착했다. 이곳은 엄마와 아빠가 결혼식을 올렸던 장소이자 루스와 아빠가 혼인 서약을 나눴던 곳이기도 했다. 이곳에서 메러디스와 내가 세례와 견진성사를 받았고, 이제 메러디스와 마지막 작별 인사를 나누는 곳이 되었다.

가족들은 이미 모두 도착해있었다. 톰이 내 손을 꼭 잡고 귀에 속삭였다.

"괜찮을 거야."

이유는 모르지만, 그 사소한 말 한마디가 내게 위안이 되었다.

톰은 예배당 뒤쪽의 신도석에 앉았고 나는 중앙 통로를 따라 가족에게 걸어갔다.

뚜껑이 열린 관이 제단 앞에 놓여있었다. 나는 메러디스의 얼굴을 마지막으로 바라보았다. 섬세한 이목구비는 차분하고 평온해 보였다. 손을 올려 메러디스의 뺨을 쓰다듬었다. 이렇게 그녀를 보내고 싶지 않았다.

눈이 빨갛게 충혈되어 퉁퉁 부은 프레드가 내게 다가왔다. 그의 팔이 내 어깨를 감쌌고 나는 프레드에게 기댔다.

"오늘은 베이필드에 가면 안 될 것 같아."

프레드가 나지막한 목소리로 말했다.

"멀리 여행을 갈 수 있을 만큼 아직 몸이 회복되지도 않았고, 또⋯⋯ 나는⋯⋯"

"괜찮아."

부드러운 목소리로 그에게 말했다. 이미 조셉을 보았고 조셉이 새로 꾸린 가족이 사라져버렸다는 사실은 말하지 않았다.

"월요일쯤? 며칠 푹 쉬고 나서 가자."

"나중에 이야기해."

루스가 다가와 내 팔을 쓰다듬었다.

"어떻게 견디고 있니, 리지?"

그녀는 너무 늙고 피곤해 보였다. 루스 역시 메러디스를 잃은 슬픔에 괴로워하고 있다는 걸 알았지만 눈물 자국은 보이지 않았다. 충동적으로 두 팔을 벌려, 내가 알던 유일한 어머니 루스를 꽉 껴안았다. 그녀의 척추는 대쪽같이 꼿꼿했지만, 너무 야위어 있었다. 루스는 내 등을 토닥이고는 뒤로 물러섰다.

사람들이 성당을 메우기 시작했다. 우리는 맥칼리스터 가족석으로 마련된 옆자리로 자리를 옮겼다. 조상 대대로 내려오는 재산, 뿌리 깊은 귀족 가문, 그리고 더는 망가질 수 없을 만큼 망가진 가족.

데이비드는 신도석 끝자리에 앉아 조용히 흐느끼면서 손수건으로 연신 눈물을 닦고 있었다. 그 옆에 루스가 앉았고, 그 옆자리에는 내가, 내 왼쪽으로 레이첼이, 그리고 그 옆에 프레드가 앉았다. 존과 마사는 우리 뒷줄에 앉았다. 마사가 코를 훌쩍이는 소리가 들렸다. 고개를 돌려 보진 않았지만, 남편 존이 그녀의 어깨에 팔을 두르고 위로하고 있다는 걸 알 수 있었다. 레이첼이 내 손을 꽉 움켜쥐었다.

조문객이 차례로 성당 앞에 놓인 관으로 가서 마지막 인사를 전했다. 마크 더튼 신부는 자신의 자리로 돌아가면서 고개를 끄덕이며 내게 알은체를 했다. 바브 포스먼과 리 앳워터는 관 앞에 서서 우리를 쳐다보았다.

프레드의 남자친구인 찰리 박사는 엄숙한 표정으로 메러디스를 바라보았다. 나는 프레드를 흘긋 쳐다보며 눈짓으로 찰리가 가족과 함께 앉아야 한다고 이야기했지만, 프레드가 고개를 저었다. 새로운 애인에 대해 아직 레이첼에게 말하지 않은 것 같았다.

톰이 예배당 앞에 놓인 관으로 향했다. 누구보다 오랫동안 메러디스에게 작별 인사를 고했다. 톰이 무슨 생각을 하고 있는지, 옛 연인이었던 메러디스를 정말로 잊은 건지 궁금했다.

그때 검은색 치마와 리넨 블라우스를 입고 금발 머리를 뒤로 늘어뜨린 데이나가 들어왔다. 레이첼이 내 팔을 쿡 찌르며 눈을 크게 뜨고 나를 바라보았다. 나는 고개를 끄덕이고는 데이나에게서 눈을 떼지 못하는 루스를 쳐다봤다.

루스와 나는 아직 메러디스의 임신에 대해 이야기를 나눈 적이 없었다. 데이나를 바라보는 루스의 표정을 읽으려고 노력했다. 데이나는 누가 보아도 메러디스를 쏙 빼다 닮았고 메러디스를 복제한다 해도 이보다 더 닮을 수는 없었다. 이렇게 오랜 시간이 지난 후에 데이나가 다시 우리 삶에 나타났다는 사실을 루스도 알았을까? 데이나를 보고 놀랐을까?

마사가 어깨를 톡톡 두드려 뒤를 돌아보았다. 눈도 깜박이지 않고 고갯짓으로 데이나를 가리켰다.

"메러디스의 딸이에요."

내가 속삭였다.

무슨 뜻인지 단박에 이해하지 못하고 골똘히 생각하는 마사의 미간에 주름이 잡혔다. 나는 메러디스가 기숙학교에 가야만 했던 이유를 마사도 알고 있는지 궁금해졌다. 그녀의 표정으로 미루어 짐작하건대, 마사는 그 이유를 몰랐을 것이다.

스콧이 메러디스에게 마지막 인사를 나누고 데이나의 손을 잡았다. 그리고 잠시 후 스콧과 데이나가 자리에 앉았다.

나는 조용히 자리에서 일어나 그들에게 다가갔다.

"와서 가족들과 같이 앉을래?"

스콧이 의자에서 일어나려 움찔했지만 데이나가 고개를 저으며 시선을 피했다. 그대로 나도 돌아서려는데 스콧이 내 손을 잡았다.

"당신하고 같이 앉아있는 나이 많은 남자요,"

스콧이 속삭였다.

"메러디스가 죽기 전날 메러디스 집에 같이 있었어요. 둘이 심하게 다투더라고요."

"누구 말하는 거야?"

"당신 뒤에 앉은 사람이요."

내가 자리로 돌아가 앉자마자 파머 신부의 예배가 시작되었다.

성당의 대리석은 숨 막히는 더위를 식혀주는 데 거의 도움이 되지 않았다. 미사는 평소보다 길게 느껴졌다. 신도석에 앉은 사람들은 주보를 손에 들고 부채질을 했다.

예배가 끝나고 우리는 아래층에 있는 친교실로 이동하여 점심을 먹으며 전날 밤의 추모 행사를 재연했다. 데이나도 함께 와서 가족을 만나길 바랐지만, 그녀는 스콧과 함께 사라져버렸다.

오찬이 끝난 후 리무진을 타고 묘지로 이동하여 마지막 작별 인사를 나눴다. 그렇게 끝이 났다. 메러디스가 떠났다.

* * *

갖은 변명으로 그 상황을 빠져나오는 것보다 루스, 데이비드와 함께 집에 가는 편이 더 쉬운 일인 것 같았다. 어쩌면 속죄하는 마음이었을지도 모른다. '다른 가족들 못지않게, 우리도 진짜 가족과 다름없다'는 사실을 확인하고 싶은 루스의 마음을 알면서도 지난 일주일 내내 루스와 거리를 두었기 때문이다.

저녁 식사 후 나의 양부모님은 각자 할 일을 하러 갔다. 데이비드는 서재에 틀어박혀 이런저런 일을 했고, 루스는 베란다에 앉아 브람스의 음악을 들었다. 저녁 7시, 나는 소스라치게 놀랄 준비를 마친 상태였다.

베란다로 연결된 출입구에서 루스를 지켜보고 있었다. 눈을 감고 있었지만, 메러디스가 죽었다는 사실을 전하러 온 날 보았던 평온한 표정은 온데간데없이 사라졌다. 이제 루스는 늙고 지쳐 보였고, 피부는 잿빛이었다.

마침내 루스가 눈을 뜨고 나를 바라보았다.

"내 옆에 와서 앉을래, 엘리자베스?"

그렇게 묻긴 했지만 혼자 있고 싶음에도 형식적으로 권하는 것처럼 느껴졌다. 그래도 일주일 전에 그랬던 것처럼 베란다로 가서 루스 옆에 있는 의자에 앉았다.

"메러디스가 임신한 일에 대해 말해주세요."

루스는 눈을 감고 다시 음악에 빠져들기 시작했다.

"루스, 무슨 일이 있었는지 말해줘요."

루스가 대답하지 않자 나는 음악을 꺼버렸다. 루스가 당황한 표정으로 나를 바라보았다.

"우리 인생에서 그다지 유쾌한 시간은 아니었으니 그대로 묻어두는 게 좋겠구나."

"글쎄요, 메러디스가 낳은 딸이 지금 우리 삶의 한가운데에 있어요. 그 애를, 없는 사람처럼 생각할 수는 없을 거 같은데요."

"다시 예전처럼 모르는 사람으로 살게 될 거야."

생기 없는 목소리로 루스가 대답했다. 그녀는 손을 뻗어 이마에 있는 머리카락 한 가닥을 뒤로 쓸어 넘겼다.

"그게 대체 무슨 뜻이에요?"

격양된 목소리로 말하자 그녀가 놀란 듯했다. 평소에는 가족끼리 좀처럼 큰소리를 내는 법이 없었기 때문이다. 대부분은 상대방을 향해 못마땅한 표정을 짓고 침묵으로 일관할 뿐이었다.

"그러니까 내 말은 그 애가 나타난 이유가 다 원하는 게 있어서라는 거야. 원하는 걸 갖지 못한다면 자연스레 떠나겠지."

이제까지 한 번도 보지 못했던 모습이었다.

"그 애가 원하는 게 뭐라고 생각하세요, 루스?"

"순진하게 굴지 말아라, 리지. 그 애가 원하는 게 돈밖에 더 있겠니. 동네에서 우리 이름을 모르는 사람이 없잖니. 그 애는 기회주의자야. 우리와 아무런 관련이 없는 사람일 수도 있고."

루스의 입에서 나온 말은 경멸스럽게 느껴졌다.

"가족을 찾고 싶을 수도 있잖아요."

루스와 나눈 대화는 데이나의 존재를 알았을 때보다 더 충격적이었다. 설사 그 애가 정말 원하는 게 돈이라고 해도 어떻게 그렇게 냉정하게 등을 돌릴 수 있을까? 우리 중 누구도 지금 가진 재산을 갖기 위해 노력 같은 걸 하지 않았다. 그렇다면 데이나도 우리와 마찬가지로 자신의 권리를 기본적으로 누릴 수 있어야 하지 않을까?

루스의 팔을 어루만지며 루스가 예전에 비해 허약해졌다는 사실을 다시 한번 느꼈다. 나는 루스가 우리 중 가장 오래 살 거라고 생각했지만 내 생각이 틀렸을 수도 있었다. 지난 한주 내내 느꼈던 중압감이 내가 생각했던 것보다 훨씬 더 많은 에너지를 그녀에게서 앗아 가버린 걸지도 몰랐다.

"루스."

다시 입을 열었다.

"임신에 대해 말해줘요."

단호한 표정으로 루스가 나를 노려보았다.

"안돼, 엘리자베스. 우리는 그 이야기를 하지 않을 거야. 지금뿐만 아니라 앞으로 영원히. 그 죄는 아주 사적인 일이고 메러디스와 관련된 일이야. 그 애를 아낀다면 우리는 이 일에 대해 입을 다물어야 해."

"루스……"

그렇다. 나는 루스가 내가 보여준 표정의 의미를 알고 있었다. 그리고 어떤 말로도 그녀의 마음을 바꿀 수 없다는 것도 잘 알았다.

나는 루스에게 리모컨을 돌려주고는 베란다에서 나왔다.

20

　주방에서 마사를 발견했을 때 그녀는 식기세척기에 마지막 접시를 넣고 있었다. 그러다 날 보고는 소스라치게 놀라 비명을 질렀다.

　"언제부터 여기에 있었던 거니."

　"죄송해요."

　내가 식탁에 앉자 마사도 식탁으로 와 내 맞은편에 앉았다.

　"마사, 메러디스가 임신했던 거 알고 있었어요? 혼자서 아이를 낳았다는 거?"

　마사는 눈을 깜박이며 눈물을 삼키고는 고개를 저었다.

　"왜 우시는 거예요?"

　마사가 주머니에서 휴지를 꺼냈다.

　"나도 모르겠네. 너나 메러디스가 항상 내게 비밀을 털어놓을 수 있을 만큼 날 믿고 있다고 생각했나 봐. 그런데……"

　마사가 눈물을 훔쳤다.

"내가 메러디스를 실망시킨 것 같아."

"메러디스에게 무슨 일이 있었는지도 몰랐는데 어떻게 실망시킬 수 있었겠어요."

나는 마사의 팔을 다독이며 그녀를 위로했다.

"하지만 중요한 건 내가 알았어야 했다는 거야. 더 관심을 가졌어야 했는데."

"루스와 메러디스가 감쪽같이 비밀로 한 거니까 스스로 자책하지 마세요."

"그럼 기숙학교에 갔던 이유가 그것 때문이었어?"

"맞아요."

마사가 고개를 저었다.

"내가 관심을 가졌어야 했는데……"

그녀는 또 한 번 자신을 자책했다.

그리고 한동안 우리는 말이 없었다. 마사도, 나도 우리가 메러디스를 어떻게 실망시켰는지, 메러디스에게 우리가 필요할 때 왜 곁에 있어 주지 못했는지에 대해 생각하고 있었던 것 같다.

침묵을 깨고 내가 먼저 입을 열었다.

"차를 좀 빌려주세요."

마사가 깜짝 놀란 표정으로 나를 쳐다보았다.

"아직 운전대를 잡기는 좀 이른 것 같은데."

"부탁이에요, 마사. 잠시 나갔다 올 일이 있어요. 오래 걸리지 않을 거예요."

마사의 표정으로 짐작하건대 그녀는 분명 내 부탁을 거절했을 것이었다. 그런데 존이 불쑥 나타나 내게 열쇠 꾸러미를 건네주었다.

"루스, 차를 가져가거라."

존이 말했다.

"지난주에 오일을 교체한 후로 한 번도 끌고 나가지 않았어. 차를 세워두기만 하는 것도 안 좋으니까."

"존,"

마사가 말려 보았지만, 존은 어쩔 수 없다는 표정이었다.

나는 열쇠 꾸러미를 챙겼다. 우리는 오래도록 서로를 바라보았고 우리 사이에 무언가 스쳐 간 것 같았지만 그게 무엇인지 알 수 없었다. 최근에 그를 바라보는 나의 표정은 궁금증으로 가득 차 있었고 존은 그 이유를 알지 못했을 것이다. 하지만 한편으로는 존이 나름의 조용한 방식으로 내가 던지는 무언의 질문에 답하려고 하는 것 같았다. 문제는 존이 내 궁금증이 뭔지 이해하지 못하는 만큼 나 역시도 그가 하려는 대답을 읽어낼 수 없다는 데 있었다.

"친구가 필요하니?"

존이 물었다.

잠깐 망설였지만 나는 그의 제안을 받아들였다.

"좋아요."

루스의 회색 레바론 자동차는 강렬한 열기로 숨이 턱 막힐 것 같은 차고에 주차되어 있었다. 내가 운전석에 앉자 존은 길쭉길쭉한 몸을 구부려 조수석에 욱여넣었다. 동쪽을 향해 달리고 있었지만 우리는 아주 오랫동안 아무런 말도 하지 않았다.

그때, 자동차 오일을 교체하는 익스프레스 루브 정비소에서 붙여준 스티커가 눈에 들어왔다. 8일 전에 방문한 것으로 되어 있었다.

"지난주 내내 차를 끌고 나간 사람이 없다고 하시지 않았어요?"

"그랬지. 차고 밖을 나간 적이 없었단다."

"그런데 왜 정비소에 다녀온 이후로 주행 기록계에 찍힌 기록이 65마일이나 늘어나 있어요?"

존이 몸을 기울여 주행 기록계를 유심히 관찰하고는 전면 유리에 붙은 스티커를 쳐다보았다.

"나도 모르겠다. 이상하네. 누가 자동차를 가지고 나갔으면 내가 모를 리가 없는데."

"루스가 끌고 나갔겠죠. 데이비드랑 마사는 자기 차가 있잖아요."

우리는 시시콜콜한 대화를 나누었지만 어색함이 맴돌았다. 존과는 이런 어색함을 느낀 적이 없었다. 갑자기 우리 사이에 모든 것이 달라진 느낌이었다.

주택가에 들어선 후 길가에 차를 세우고 시동을 껐다. 그리고 존을 쳐다보았다.

"보트 사고가 있었을 때 조셉하고 같이 그 배에 타고 있었다는 사실은 몰랐어요."

존이 가죽 시트에 몸을 기댔다.

"그것 말고도 몰랐던 사실이 아주 많을 것 같구나."

"그럼 이야기해 주세요."

"아주 오래전 일이었단다, 엘리자베스."

나는 아무 말도 하지 않았다.

존이 자세를 고쳐 앉고 하얗게 센 머리를 손으로 쓸어 넘겼다.

"네 아빠는 그해 봄에 아포슬 아일랜즈 섬을 전부 돌아보는 긴 항해 여행을 계획하고 있었어. 그런데 나에게 같이 가자고 하더구나."

존이 곁눈질로 내 눈치를 살폈지만 나는 아무 말도 하지 않았다.

"나에게 같이 여행을 가자고 했을 때는 솔직히 기분이 좋았단다. 하지만 보트에 탑승한 순간 나는 그저 일꾼이나 다름없다는 사실을 알게 되었어. 해야 할 일이 많았고 계절이 아직 이른 탓에 호수도 너무 거칠었지. 항해하기엔 녹지 않은 얼음이 너무 많았단다."

존이 다시 이야기를 멈췄다.

"그럼 앤드류 짐머는요?"

"네가 그걸 어떻게…… 하지만 그건 별로 중요하지 않을 것 같구나. 그 사람이 어디에서 왔는지도 몰라. 어느 날 밤에 네 아빠가 술집에 갔었는데 다음 날 아침에 일어나보니 앤드류라는 남자가 이미 보트에 타고 있었어."

"그 사람이 누구인지 전혀 몰랐다고요?"

"그랬지. 그 남자는 일자리가 필요한 떠돌이 마약 중독자였어. 심성이 나쁜 것 같진 않았지만 별로 도움이 되는 사람은 아니었지."

"두 사람이 이전부터 서로 아는 사이처럼 보이지는 않던가요?"

존이 어깨를 으쓱했다.

"그건 잘 모르겠어."

"계속 얘기해 봐요."

존이 전면 유리 너머 유아차에 아기를 태우고 지나가는 엄마를 빤히 바라보았다.

"그 외에는 별로 할 이야기가 없어. 물은 거셌고 우리는 바람과 싸우고 있었지. 앤디와 나는 네 아빠에게 여행을 포기하고 그만 집으로 돌아가자고 설득했지만 조셉은 고집불통이었어. 그리고……"

존의 침묵이 길어졌지만 나는 그가 입을 열 때까지 잠자코 기다렸다.

존이 고개를 떨구고 눈을 감았다.

"그날 밤에 잠을 자려고 갑판 아래 침실로 내려갔어. 잠에서 깨니 조셉이 갑판으로 올라오라고 내게 소리치고 있었어. 계단을 올라가서 갑판 위로 머리를 내미는 순간 뒤통수에서 날아온 물체에 머리를 맞고 그대로 기절했어."

"그래서 아무것도 기억나지 않으세요?"

존이 마침내 나와 눈을 마주쳤다.

"그러다가 정신이 들었어. 눈에 빗물이 들어오고 있었고 주위는 칠흑같이 어두웠지. 거기서 그 두 사람을 봤어. 싸우는 거 같기도 하고 서로 일으켜 세우려고 애를 쓰는 거 같기도 했는데 곧바로 기절해버리는 바람에 그 두 사람이 진짜 뭘 하고 있었는지는 아직도 모르겠어."

다시 또 침묵이 찾아왔고 나는 기다렸다. 존이 심호흡을 했다.

"해안에서 정신을 차렸을 때 이미 해안경비대가 도착한 후였다. 보트는 바위에 부딪혀 산산조각이 나 있었고 앤디 짐머는 20피트쯤 떨어진 곳에 쓰러져 있었지. 이미 죽어 있었어."

"그럼 조셉은요?"

"그 이후로 다시 만나지 못했어."

"조셉이 아직 살아있는 거 알고 계시죠?"

존이 고개를 끄덕였다.

"메러디스가 조셉을 찾았다고 말해줬어. 그가 앤디 짐머의 이름으로 살고 있다는 사실도."

"조셉이 살아있다는 사실을 메러디스가 어떻게 알게 됐어요?"

갑자기 내가 알던 존의 모습으로 돌아왔다. 그는 자식을 나무라는 부모의 표정으로 나를 바라보았다.

"리지, 루스가 말한 대로 이건 경찰이 할 일이야. 메러디스가 누군가를 궁지로 몰아넣은 다음에 어떤 일이 일어났는지 봐. 너한테 무슨 일이 생기면 나는 절대로 나를 용서하지 못할 거야."

간절한 눈빛으로 존을 바라보았다.

"존, 저는 더 이상 어린애가 아니에요. 절 보호하실 필요 없어요. 그리고 절 보세요……"

나는 손으로 내 얼굴을 감쌌다.

"전 이미 이 일에 개입했어요. 그리고 메러디스에게 무슨 일이 있었는지 밝혀내기 전까지 절대로 그만두지 않을 거예요."

"그리고 그게 경찰이 해야 할……"

나는 존의 어깨에 손을 얹었다.

"경찰도 할 일을 하겠지만, 가끔은 경찰이 어쩌지 못하는 일도 있다는 사실을 저만큼이나 잘 아시잖아요. 존, 제발 도와주세요. 메러디스를 위한다면 절 도와주셔야 해요."

존이 잠시 생각에 잠겼다.

"잘은 모르지만, 메러디스가 집에서 뭔가를 발견한 다음에 이 모든 일이 시작된 것 같아. 어쩌면 뭔가를 이미 알고 있었을 수도 있고. 뭐가 됐든 메러디스가 사실을 알고 난 이후에 루스와 크게 다퉜어."

"그게 조셉과 관련이 있다고 생각하세요?"

"거의 확실하다고 생각해."

"메러디스가 살해당하기 전날에 메러디스 집에 가셨어요?"

존이 고개를 끄덕였다.

"메러디스와 다투셨어요?"

존의 눈에 눈물이 가득 고였다. 이번에도 그가 고개를 끄덕였다.

"왜 싸우신 거예요?"

"메러디스가 자기를 도와달라고 했어. 나에게 부탁하고 싶었던 일이 뭔지 자세히는 몰라도 네 아빠와 관련된 일이었어. 뭘 알아냈는지 모르겠지만 경찰에 신고하라고 충고했는데 메러디스는 말도 안 되는 소리를 하면서 내 말은 들으려고도 하지 않았어."

존이 깊은 한숨을 내쉬었다.

"내가 더 말렸어야 했는데. 그랬더라면 지금쯤……"

존에게 가까이 다가가 뺨에 입을 맞췄다.

"무슨 일이 일어날지 미리 알 수 있는 사람은 아무도 없잖아요."

존이 두 손으로 얼굴을 감싸고 흐느껴 울기 시작했다.

* * *

나는 루스가 에어컨에 대해 악감정을 가지는 이유를 단 한 번도 이해하지 못했다. 에어컨을 살 형편이 안 되는 것도 아닌데 에어컨이 설치된 방이 하나도 없었다. 깜깜한 어둠 속에서 잠을 청할 때면 옛 침실이 용광로처럼 느껴졌다.

장례식과 지금 일어나고 있는 일들 때문에 꿈에서 메러디스를 보는 건 피할 수 없는 일이었다. 지난번에 다락에서 홀로 울고 있던 메러디스를 발견했던 꿈과 같았다. 하지만 이번에는 대본이 변경되어 익숙한 배경에서 즉흥적으로 새로운 대화가 추가되었다.

"여기서 뭐 하는 거야?"

내가 메러디스 앞에 앉으며 묻자 그녀가 뭔가를 등 뒤로 황급히 감췄다.

"그냥 생각 중이었어. 엘리, 넌 여기 오면 안 돼."

창문을 통해 들어오는 햇살 덕에 따뜻하고 노곤한 기분이 들었다. 메러디스는 햇살이 드리워지지 않은 쪽에 앉아 베일을 쓴 그림자처럼 실루엣으로 나타났다.

"하지만 심심하단 말이야. 옷 입어보기 놀이하자. 여기에 루스가 안 입는 옛날 옷들이 아주 많아."

"안 돼, 엘리."

손을 뻗어 나를 만지는 메러디스의 손가락이 얼음장처럼 차가웠다.

"너는 이 집에 있으면 안 돼. 이 집은 이제 네가 사는 집이 아니야."

"아니야!"

메러디스가 뱉은 충격적인 말보다 그녀의 표정에 더 겁을 먹은 내가 빽소리를 질렀다.

"나도 여기 있을 거야. 쫓아내도 안 갈 거야."

"넌 가야 해, 엘리."

나를 매섭게 노려보는 메러디스의 눈에 사악함마저 느껴졌다.

"이곳은 이제 네 집이 아니야."

나는 울음을 터뜨렸고 잠에서 깨어났을 때도 땀에 흠뻑 젖은 채로 여전히 눈물을 흘리고 있었다. 숨을 헐떡일수록 공기가 더 무거워졌다. 내가 흘리는 눈물에 익사할 것 같은 기분이 들었다.

가까스로 침대에서 일어나 호흡을 가다듬으면서 천천히, 조심스럽게 숨을 들이마시려고 노력했다. 빠르게 뛰던 심장이 점차 제 속도를 찾았고 극심한 공포도 사라졌다. 하지만 그 꿈은 지난 한주, 아니 어쩌면 내 인생에서 일어난 모든 사건보다 더 강렬했다. 내가 통제할 수 없는 세상에 홀로 남겨졌다는 느낌을 주었다.

이상한 점은 메러디스는 다락에서 보았던 사악한 소녀와는 거리가 멀다는 것이었다. 아니, 그 꿈은 메러디스에 관한 꿈이 아니었다. 내가 뭔가를 놓치고 있는 게 분명했다. 꿈속의 메러디스는 내가 놓치고 있는 걸 찾는 방법을 알려주려고 했다. 나는 그저 메러디스가 조금 더 확실한 힌트를 주기를 바랄 뿐이었다. 나는 길을 잃었다.

시곗바늘이 새벽 2시를 가리키고 있었다. 침대에서 일어나 가운을 입고 어두컴컴한 복도를 지나 계단을 내려갔다. 중앙 복도 왼쪽에는 루스와 데이비드가 각자 사용하는 서재가 있었다. 데이비드의 서재로 들어가 구석에 놓인 스탠드를 켰다. 책상과 서류 캐비닛 위에 경제신문과 서류가 잔뜩 쌓여있었고 정리가 되어 있지 않아 지저분했다. 벽에는 데이비드가 수년 동안 봉사 활동을 하면서 함께 일했던 아이들과 찍은 사진이 어지럽게 붙어 있었다. 그리고 사진 사이사이에 표창장이 붙어 있었는데 대부분 올해의 자원봉사자로 선정되어 받은 것이었다. 이곳에 내가 찾는 게 있을 것 같지 않았다. 그게 무엇이든 메러디스가 아빠와 관련해 발견한 정보가 숨어있을 곳처럼 생각되지 않기 때문이다.

루스의 서재는 데이비스 서재 바로 옆이었다. 나는 소리가 나지 않도록 조용히 문을 닫은 후 형광등을 켰다. 데이비드의 서재와 비교하면 루스의 서재는 상당히 단조로웠다. 체리나무 책상과 등받이가 높은 가죽 의자가 출입구 정면에 놓여있었고, 마사가 주기적으로 보살피는 화분 몇 개가 놓인 서류 캐비닛이 하나 있었다. 책상 위에는 메러디스와 내가 각각 12살, 7살 즈음에 찍은 사진 한 장이 놓여있었다. 반대쪽 벽에는 앤드류 와이어스의 작품 두 개가 걸려 있었다. 그리고 그 앞에 등받이가 수직으로 된 의자 하나가 책상을 마주 보고 있었다.

내가 지금 찾고 있는 게 무엇인지에 대해서는 확신이 없었지만, 메러디스가 아빠에 대한 비밀을 발견했다면 틀림없이 이 방에서 찾았을 것이라고 생각했다. 가계부와 청구서, 출생증명서를 포함한 가족 증명서, 오래된 성적표, 최소 20년 전에 사용한 것으로 보이는 루스의 다이어리 등으로 가득 찬 서류 캐비닛은 자세히 들여다볼 필요도 없어 보였다.

책상 위에도 내가 찾는 건 없었다. 루스가 모든 비밀을 묻어두는 장소는 어디일지 궁금해졌다. 한쪽 벽에 짙은 마호가니 나무로 된 붙박이 책장이 있었다. 책장 앞으로 가서 손으로 선반을 어루만지면서 루스가 꽂아 둔 시집과 미술 서적을 흔들어보았다.

선반 뒤의 나무판은 단단히 고정된 듯 보였다. 허리 높이에 있는 가운데 선반을 뒤로 밀자 선반이 흔들리는 것이 느껴졌다. 하지만 그 이상은 움직이지 않았다. 분명 근처에 걸쇠가 있을 것이다. 선반 아래를 더듬다가 잠금장치 하나를 발견하고 옆으로 밀었다. 그러자 책꽂이 뒤판이 열렸다. 처음 제작될 때부터 이렇게 디자인된 것인지 아니면 루스가 특별히 설치한 것인지는 알 수 없었지만, 이 시점에 그런 것 따위는 중요하지 않았다.

앞을 가로막고 있던 책을 옆으로 밀고 허리를 숙여 안을 들여다보았다. 책장 속 공간에는 사람들이 주로 결제가 완료된 수표를 보관하는 데 사용하는 금속 상자가 있었고 그 아래 4개의 서류철이 있었다. 나는 조그만 비밀 공간에 들어있던 물건을 모두 꺼내 루스의 책상으로 가지고 와 의자에 앉았다.

그 안에서 발견된 것 가운데 깜짝 놀랄 만한 물건은 없었다. 루스가 아빠의 실종에 연관이 있다는 사실을 보여주는 서류조차도, 직감적으로 알고 있던 사실을 다시 한번 확인시켜주는 정도의 충격에 불과했다. 금속 상자 안에는 지난 20년 동안 발행된 자기앞수표에 지불 된 월별 영수증이 들어있었는데 수신인이 전부 앤드류 짐머로 되어있었다. 루스가 그를 협박할 생각이 아니라면 앤드류 짐머의 유죄를 입증할 증거로 사용될 수도 있는 서류를 보관하고 있는 이유가 궁금했다. 루스에게 무슨 일이 생긴다면 앤드류 짐머도 그녀와 함께 침몰할 게 분명했다.

첫 번째 서류철에는 루스가 수혜자로 설정된 아빠의 생명보험증서가 들어있었다. 여전히 놀랄 일도 아니었다. 오랫동안 두 사람이 주고받은 서신은 비즈니스를 가장하려고 했지만 어설픈 부분이 있었다. 앤드류 짐머로 살고 있는 아빠는 양쪽 당사자에게 모두 이익이 될 프로젝트에 추가 자금을 요청했다. 진짜 목적을 숨기기 위한 이들의 어설픈 시도는 여덟 살짜리 애송이나 속아 넘어갈까, 경찰이나 지방검사의 눈을 가리기엔 어림도 없어 보였다. 터무니없이 말도 안 되는 탓에 부끄러움으로 얼굴이 붉게 달아오를 정도였다.

마지막 서류철에서 이 추악한 일의 시초를 확인할 수 있었다. 두 사람은 자신의 밑바닥을 드러낼 만큼 추악했지만, 그에 비해 이런 일에 능숙하지는 못했다. 앤드류가 루스에게 그다지 친절하지 않은 어투로 보낸 이메일에는 더 많은 돈을 요구하는 내용이 적혀있었다. 자신이 살아있다는 사실을 알면서도 생명 보험금을 청구한 건으로 그녀를 보험 사기로 신고할 거라는 협박성 내용이었다. 지난

20년 동안 매달 앤드류 짐머에게 송금한 내역은 그의 말을 뒷받침할 증거가 되기에 충분했다.

메러디스 역시 이렇게 조셉이 살아있다는 사실을 알게 되었다. 루스와 조셉이 함께 이 일을 꾸몄다는 사실도 분명 알았을 것이다. 자신들의 행동으로 아이들에게 남은 유일한 부모마저 잃게 될 거라는 사실과 그로 인해 어떤 삶을 살게 될 것인지에 대해서는, 친아빠도 새엄마도 전혀 신경 쓰지 않았다는 것을 알게 된 것이다.

내 앞에 놓인 서류와 머릿속을 맴도는 생각의 꼬리들을 뒤쫓는 데만 신경을 쓰고 있었기 때문에 서재 문이 열리는 것도 눈치채지 못했다. 너무 깜짝 놀란 나머지 속이 울렁거릴 정도였다.

존이 이제껏 본 적 없는 표정으로 문 앞에 서 있었다. 티셔츠와 청바지 차림에 잠에서 막 깨어나 아무것도 신지 않은 맨발과 부스스한 머리를 하고 있었다.

존이 서재로 들어와 문을 닫았다.

"여기서 뭘 하는 거야?"

이제는 누구를 믿어야 할지조차 알 수 없었다. 내 어린 시절이 통째로 하나의 큰 거짓말이었다는 사실이 드러났고, 성인이 된 이후의 삶은 거대한 음모의 소용돌이에 얽힌 것 같았다. 하지만 혼자서는 해낼 수 없을 것 같았다. 믿을 수 있는 사람이 필요했고, 그 대상이 존이 아니라면 상황은 걷잡을 수 없이 악화될 것 같았다.

"메러디스가 조셉에 대해 뭘 알고 있었는지, 자료가 될 만한 게 있나 확인하던 중이었어요."

존이 어금니를 꽉 물고 내게 다가왔다.

"엘리자베스, 너도 목숨을 잃고 싶어?"

그의 말이 협박처럼 들리지는 않았지만, 목뒤의 털이 바짝 곤두섰다. 지금 내 앞에 서 있는 사람은 존이었다. 내가 기억하기도 전부터 나를 보살펴주고 나를 보호해 준 이 남자를 믿어야만 했다.

"메러디스에게 무슨 일이 있었던 건지 알고 싶은 것뿐이에요."

"왜 이렇게 멍청하니? 제발 경찰이 알아서 하게 내버려 둬. 농담 아니야. 이건 네가 감당할 수 있는 일이 아니야."

"아니요, 이게 바로 메러디스를 위해 내가 해야 할 일이에요. 도와줄 거예요, 말 거예요? 혹시라도 날 막을 수 있다는 생각은 하지 마세요. 그러니까 날 돕든지 아니면 그냥 나가 주세요."

존에게 이런 식으로 말한 건 처음이었다. 그의 얼굴에는 어떻게 해야 할지 모르겠다는 표정이 역력했다. 마침내 그가 말했다.

"그래서 뭘 찾았는데?"

"20년 동안의 기록을 모아둔 서류가 있어요. 루스가 매달 아빠에게 수표로 돈을 보낸 기록이요. 그런데 몇 달 전에 조셉이 판돈을 올려서 더 많은 돈을 요구했어요. 두 사람이 주고받은 이메일이 있어요. 루스는 처음부터 이 일에 가담했던 게 확실해요. 아빠가 실종됐을 때 생명 보험금을 신청해서 받았기 때문에, 루스가 돈을 더 줄 수 없다고 거절했을 때 보험 사기로 그녀를 신고하겠다고 협박할 수 있었던 거죠."

존이 책상 앞에 놓인 의자에 힘겹게 앉았다.

"두 사람이 함께 꾸민 짓이라고? 왜?"

"돈 때문이죠."

존이 정신을 차리고 두 사람이 왜 그런 일을 꾸며야만 했는지 이해하려는 듯이 고개를 가로저었다.

"모르고 계셨어요?"

나는 존의 표정을 유심히 관찰했다. 상처받은 듯한 얼굴이었다.

"당연히 몰랐지. 어떻게 내가 이런 일을 함께 꾸몄을 거라고 생각할 수 있니?"

"마사는요? 마사도 이 사실을 알고 있을까요?"

상처받은 얼굴이 금세 분노로 가득 찼다.

"도대체 우리를 어떻게 생각하길래 그런 질문을 할 수 있는 거냐? 당연히 마사도, 나도 몰랐던 일이다."

나는 입술을 깨물었다.

"죄송해요, 존. 진심이에요. 누구를 믿어야 할지 몰랐어요."

뺨을 타고 눈물이 흘러내렸다.

"그러지 말아라. 울지 마."

존의 목소리가 누그러졌다. 존은 우는 걸 싫어했다.

"생각지도 못하게 엄청난 일이네."

그보다 이 상황을 더 잘 표현할 수 있는 말은 없었다. 존의 말처럼 생각지도 못하게 엄청난 일이긴 했지만 그마저도 메러디스에게 일어난 일을 설명해주지는 못했다.

"이제 어떡하지?"

존이 물었다.

"조셉을 만나 봐야겠어요."

존이 회의적인 표정을 지었다.

"조셉이 어디에 사는지 알아?"

"한 번 본 적이 있어요. 베이필드에 있는 옛날 가족 오두막에서 살고 있었어요."

"말도 안 돼. 지금까지 거기에서 살고 있었다고? 조셉이 실종된 후에 그 오두막을 팔았던 거로 기억하는데, 확실해?"

"제 눈으로 똑똑히 봤어요."

내 팔을 가리켰다.

"이 상처하고 뇌진탕이, 조셉의 새로운 부인인지 여자친구인지와 그 딸이 저에게 준 선물이었거든요."

"이건 너무 위험해, 엘리자베스. 경찰에 신고하는 게 좋겠어."

존을 설득하고 내게 필요한 도움을 줄 수 있게 만들려면 어떻게 이야기를 해야 할까?

"음, 말하자면 경찰도 알고 있어요. 톰 마튼스에게 전부 말했거든요. 전부 도망가긴 했지만, 톰이 베이필드 보안관에게 이야기해서 그들을 찾고 있어요."

나를 오랫동안 보아온 존은 내가 하는 말 중에 진실이 절반뿐이라는 것을 금세 알아차렸다.

"그러니까 경찰이 개입하긴 한 거네. 그 말인즉, 네가 지금 멍청한 짓을 하려고 한다는 뜻이고."

21

다음 날 아침 프레드가 아파트까지 나를 바래다주었다. 이번에는 처음으로 루스가 집에서 며칠 더 지내라고 날 설득하지 않았다. 메러디스의 임신과 관련한 대화로 추악한 비밀이 여기저기서 드러나고 있다는 사실을 깨닫게 되었고, 루스는 그러한 주제 혹은 나를 피하는 것이 상책이라고 생각하는 것 같았다.

내가 조셉과 관련된 비밀을 알아냈다는 사실을 아직은 루스가 알게 하고 싶지 않았다. 이제 겨우 단서의 실마리를 발견한 상황이었기 때문에 이 단서가 어디로 이어질지 알 수 없었다.

프레드가 내 아파트 건물 앞에 차를 세웠다. 재규어 조수석 문을 닫으며 내가 말했다.

"고마워."

프레드가 조수석 쪽으로 몸을 기울이며 물었다.

"괜찮아, 리지?"

"그럼."

프레드가 내 말을 믿었는지, 나조차도 그 말을 믿고 있는지 자신이 없었다. 일주일 만에 처음으로 갈 곳이 없는 날이었다. 계획도 없었다. 메러디스에 대한 생각으로 가득 차 앞으로 몇 시간을 어떻게든 버텨보려고 애쓰는 나만 덩그러니 남았다.

"레이첼을 보러 갈 참인데 같이 가지 않을래?"

프레드가 물었다.

"고마워. 그런데 괜찮을 것 같아."

"이렇게 말해야겠다. 제발 같이 가줘. 그렇지 않으면…… 레이첼하고 나하고 둘이서 시간을 보내야 한다고."

"미안하지만 오늘은 혼자 가세요. 전 어젯밤에 이미 속죄의 시간을 보냈거든요."

미련이 남은 듯 프레드가 날 빤히 쳐다보았다.

"알겠어. 무슨 일 있으면 전화해."

"그럴게."

프레드의 재규어가 보이지 않을 때까지 그 자리에 서 있었다. 반 블록 떨어진 지점에서 앞 좌석에 여자가 앉아있는 파란색 혼다 파일럿을 스쳐 지나갔다. 나는 건물로 들어가려다 말고 다시 뒤를 돌아보았다. 리 앳워터였다.

나는 그녀가 앉아있는 SUV를 향해 걸어갔다. 내가 다가가는 모습을 본 리 앳워터가 창문을 열고 환하게 웃었다.

"안녕?"

그녀가 인사를 건넸다.

"여기서 뭐 해?"

"나 여기 살아."

나는 아파트 건물을 가리켰다.

그녀가 건물을 슬쩍 쳐다봤다.

"재밌는 우연이네. 내 대학 친구도 이 동네 살거든."

리가 길 건너편에 있는 작고 오래된 벽돌 건물을 향해 손을 뻗어 가리켰다.

"커피 마시러 들렀다가 집에 가던 길이었어."

"친구가 누군데? 내가 아는 사람일 수도 있겠다."

나는 이웃에 사는 사람 중에 아는 사람이 없었고, 아는 사람이라고 해도 이름도 모르고 얼굴만 몇 번 본 사이가 전부였다. 하지만 메러디스의 대학 친구라면 많이 알고 있었다.

"미안. '대학원' 동기라고 말했어야 했는데. 멜리사라는 친구야."

"모르는 사람이네."

"오늘 정말 덥다."

"잔인할 정도야."

그만 집으로 들어가려 하던 참이었다.

"리지?"

다시 고개를 돌렸다.

"장례식 정말 아름다웠어. 메러디스에게 보내는 추도사도 완벽했고. 그리고 그 노래, '더 로즈'도 참 좋더라."

표면 아래에서 늘 찰랑거리고 있던 눈물이 넘쳐흘렀다.

"고마워, 리. 와줘서 정말 기뻐. 우리에게 큰 힘이 되었어. 메러디스도 분명 좋아했을 거야."

나는 다시 아파트 건물로 걸어갔다. 리는 내게 손을 흔들면서 차를 몰고 떠났다. 현관문을 여는 데 누군가 내 이름을 불렀다.

톰이 막 길 건너편에 주차를 마치고 건물 쪽으로 걸어오고 있었다.

우리는 문을 열고 함께 집 안으로 들어갔다.

"여기는 어쩐 일이야?"

"오늘 쉬는 날이라 뭐 하고 있나 궁금해서 잠깐 들렀지."

"그래? 빈손으로?"

톰이 미소 지었다.

"오늘은 아무것도 안 사 왔어. 미안."

주방에서 마실 것을 가지고 와 거실에 나란히 앉았다.

"솔직히 말해봐. 여기는 무슨 일이야?"

"그냥 네가 뭐 하고 있나 확인하려고. 다른 속셈이 있는 건 아니고. 기분은 좀 어때?"

톰의 표정을 살폈다.

"어찌할 줄 모르고 허둥대고 있는 느낌이야."

"내가 도와줄 일은 없어?"

잠시 생각하다가 그에게 말했다.

"그냥…… 잠시만 여기 같이 있어 줘."

"그런 부탁이라면."

그렇게 별다른 일 없이 조용히 일요일이 지나갔다. 우리는 영화 몇 편을 함께 보고, 옛 추억을 이야기하고, 만나지 않은 세월 동안 있었던 일을 공유하고, 메러디스와 관련된 언급을 피할 수 있는 모든 일을 했다.

6시가 되자 톰이 소파에서 일어나 기지개를 켰다.

"그만 집에 가야겠다."

톰과 함께 있으면 마음이 편해졌다. 그가 돌아가지 않기를 바랐다. 하지만 무엇보다도 혼자 있고 싶지 않았다. 안타깝게도 내가 가진 남자를 붙잡는 기술은 하나뿐이었고 지난번에 톰에게 그 방법을 썼을 때는 결과가 그다지 좋지 않았다.

나는 문까지 따라가 톰을 배웅했다. 그가 문을 나서기 전 작별 인사를 할 때 나는 그에게 가까이 다가가 입을 맞추고 있는 힘껏 톰을 껴안았다.

톰도 내게 키스하고 나를 안아주었다가 조심스럽게 밀어냈다.

"이만 가야 해."

톰에게 다시 가까이 다가가 키스하려고 하자 톰이 뒷걸음질 쳤다. 등이 문에 닿아 더 갈 곳이 없자 톰이 말했다.

"지금은 안 돼, 리지."

톰의 눈을 바라보았다.

"'지금은 안 돼'라는 건 언젠가는 가능하다는 의미네."

"지금은 먼저 메러디스를 죽인 범인을 찾자…… 그 후에도 같은 마음인지 보자."

"내 마음은 내가 잘 알아."

"그럴 수 있지. 아닐 수도 있고."

그의 말이 무엇을 의미하는지는 몰랐지만, 마음에 들지는 않았다.

톰의 눈빛에는 분명 나에 대한 호감이 어려 있었다. 처음에는 나를 향한 특별한 친밀감이라고 생각했지만 그건 내 희망 사항에 불과했다는 사실을 깨달았다. 마침내 톰이 입을 열었다.

"지금은 내가 널 구하러 온 백마 탄 기사처럼 보이겠지. ……네 언니를 죽인 범인에게 복수하고 네 가족을 하나로 묶어줄 수 있는 그런 사람. 하지만 현실은 그냥 평범한 경찰일 뿐이야. 내가 더는 필요하지 않을 때도 나를 향한 네 감정이 여전히 같은지 보자."

"톰······"

톰이 내 뺨에 입을 맞추고는 현관문으로 나갔다.

메러디스를 죽인 범인이 잡힌다고 해도 톰과 술을 향한 내 마음은 여전히 그대로일 것이다.

위층으로 올라가 샤워를 하고 침실 바닥에 던져 놓은 청바지를 집어 들었다. 메러디스 집에 마지막으로 갔던 날, 그러니까 병원에서 돌아온 날 아침부터 계속 같은 자리에 놓여있었다. 깨끗한 셔츠를 찾아 입고는 다시 아래층으로 내려갔다.

주방에 멍하니 서서 술을 입에도 대지 않은 첫 번째 금주 기간이 마침내 이대로 막을 내리게 되는 건지 생각에 잠겼다. '한 잔, 딱 한 잔만 마시자.'

내게 그럴 자격이 있다고 믿고 싶었다. 지난주 내내 술은 입에도 대지 않았다. 그러는 와중에 메러디스의 장례식을 치르고, 아빠의 새로운 가족에게 흠씬 두들겨 맞았고, 내 어린 시절이 온갖 거짓으로 점철되어 있다는 사실을 알게 되었다. 술을 마시고 싶었다. 나는 그럴 자격이 있었다. 알코올이 필요했다.

하지만 마음 한구석에서 들려오는 희미한 목소리가 내게 말했다. '술을 마신다고 해도 이미 일어난 일이 바뀌지는 않아. 게다가 내가 꿈꾸던 미래에 대한 희망을 전부 망쳐버릴지도 몰라.' 톰이 내 인생의 일부가 되길 바랐던 희망도. 한 잔의 술이 모든 걸 허사로 만들 수도 있었다. 한 잔만 마시겠다는 생각은 한 잔으로 끝나지 않을 가능성이 크다는 걸 알고 있었기 때문이다. 두 잔, 네 잔,

내 안의 구멍을 가득 메우는 데 필요한 만큼 술을 마시게 될 것이었다.

"쉽지 않지?"

등 뒤에서 목소리가 들렸다. 프레드가 서 있었다.

"몰래 들어오는 것 좀 그만해! 깜짝 놀랐잖아."

"노크했는데 네가 대답을 안 했잖아."

"이런."

"그래서 이제 어떻게 할 생각인데?"

프레드가 싱크대 위 찬장을 가리키며 물었다.

프레드의 눈을 바라보았다. 이번만큼은 프레드도 날 막지 않을 것 같았다. 이번 한 번만이 시작이었다.

"커피나 한잔 마셔야겠다. 너도 마실래?"

프레드가 고개를 저었다.

"아니, 난 괜찮아. 언제든 내가 필요하거나 마음이 약해지면 내게 연락해."

"프레드, 너한테 전화 안 해도 이렇게 불쑥불쑥 나타나잖아."

프레드가 식탁에 앉았다. 나는 커피를 내려 프레드의 맞은편 의자에 앉았다.

"레이첼과 보낸 하루는 어땠어?"

"고문이었지."

"찰리 이야기했어?"

프레드가 고개를 저었다.

"아직."

"이야기해야 하는 거 알잖아."

"해야지."

둘 다 아무런 말이 없었다.

"메러디스가 떠나고 나니 가슴에 커다란 구멍이 뚫린 것 같아. 그 공간을 어떻게 메워야 할지 모르겠어."

프레드가 말했다.

"이제 어떡하지, 리지?"

"계속 가야지"

"어디로?"

"나도 몰라. 내일 웨인라이트를 만나서 데이나에 대해 알게 된 걸 말해줘야겠어. 그리고 조셉의 행방도 다시 찾아야 하고. 에드먼이 그러는데 아마 어디론가 숨어버렸을 거래."

"에드먼이 조셉을 찾을 수 있을까?"

"그러길 바라야지."

식탁에 팔꿈치를 얹고 두 손으로 머리를 감싼 해 몸을 숙였다. 그 때 어떤 물체가 엉덩이뼈를 찔렀다. 나는 몸을 기울여 호주머니 안에 손을 넣어 메러디스 집에서 찾은 열쇠를 꺼냈다. 책상 위에 놓여 있던 액자 속 사진 뒤에 테이프로 붙어 있던 거였다.

"그게 뭐야?"

"내가 두들겨 맞은 날 메러디스 집에서 찾은 열쇠. 이걸 숨겨야 겠다고 생각했는지 액자 뒤에 테이프로 붙여서 감춰놨더라고."

프레드가 열쇠를 들고 이리저리 돌리며 살펴보았다.

"이 열쇠를 본 적이 있어."

"정말? 이 열쇠가 뭔지 알아? 나 지금 소름 돋았어."

프레드가 황당하다는 표정을 지었다.

"정말 재밌네. 정확히 이 열쇠가 뭔지는 모르지만 비슷한 걸 본 적이 있어."

"그야 열쇠니까. 열쇠는 다 비슷하게 생겼잖아."

내가 하는 말에 아랑곳하지 않고 손바닥에 올려놓은 열쇠만 계속 유심히 관찰했다. 그러다가 마침내 정답을 찾은 듯한 표정으로 말했다.

"안전 금고 열쇠야."

"어떻게 알아?"

"레이첼이 은행에 보관해 둔 금고 열쇠와 똑같아."

"너무 간단한걸."

하지만 나는 금고 열쇠일 거라고 상상도 하지 못했다.

"메러디스가 또 어떤 열쇠를 숨겨놨을까?"

좋은 질문이었다. 자동차나 집 열쇠를 숨기는 사람은 없기 때문이다. 손을 뻗어 열쇠를 집었다.

"네 말대로 메러디스가 어딘가에 안전 금고를 가지고 있다고 치자. 법원에서 서류를 받아서 안전 금고를 열기까지 몇 달이 걸릴 거야. 그동안은 뭘 하지?"

프레드가 미소 지었다.

"메러디스가 어디에 안전 금고를 보관하는지 알아?"

"지난번에 톰의 사건 파일에서 메러디스의 은행 거래내역서를 본 적이 있어. 세 군데에 계좌를 가지고 있던데. 그게 왜? 어차피 우리가 금고를 열 수는 없잖아."

"우리는 안 되지. 하지만 메러디스, 그러니까 메러디스의 딸은 할 수 있지."

"데이나?"

"왜 안돼? 메러디스랑 생긴 것도 똑같고 목소리도 똑같은데."

"나이가 너무 어리잖아."

"화장을 진하게 하고 모자를 쓰면 되지."

"사인은 어쩌고? 금고를 열 때 서명 같은 거 해야 하지 않나?"

"메러디스가 어디에 계좌를 가지고 있었어?"

"세인트폴에 있는 US뱅크하고 웨스트 세인트폴에 있는 신용조합, 그리고 레이크 엘모 지역 은행. 왜?"

프레드가 곰곰이 생각했다.

"US뱅크는 보안 시스템이 좀 더 깐깐할 테니 문제가 될 수도 있겠다. 하지만 이게 나머지 두 은행에 있는 금고 열쇠라면 안 될 것도 없을 거 같은데. 데이나가 도와주기만 한다면 말이지."

프레드가 어깨를 으쓱했다.

"직접 물어볼 수밖에 없지 뭐."

"우리가 체포될 위험을 감수하고 가까스로 금고를 열었는데 그 안에 아무것도 없으면 어떻게 해?"

"그래도 충분히 시도해 볼 가치가 있지. 금고에 보관해 둔 게 여권이나 엄마의 결혼반지라면 왜 열쇠를 숨겨놓았겠어? 다른 사람이 찾지 않기를 바라는 물건이 들어있는 게 틀림없어."

* * *

다음 날 아침, 웨인라이트의 사무실로 향했다. 뾰로통한 표정의 노마 베를이 나를 맞아주었다. 그녀는 밋밋한 대기실에 잠깐 나를 세워 둔 다음 웨인라이트에게 내가 왔다는 사실을 알렸다.

웨인라이트의 사무실로 들어서자 그가 자리에서 일어나서 악수로 맞았다.

"엘리자베스, 장례식이 끝나고 인사도 제대로 못 드렸군요. 다른 약속이 있어서요. 하지만 정말 아름다운 장례식이었다고 말씀드리고 싶어요."

"감사합니다, 웨인라이트 씨. 그날 오신 줄도 몰랐어요."

"조금 늦게 도착해서 뒤에 앉아있었거든요. 그건 그렇고, 제가 뭘 도와드리면 될까요?"

"지난번에 메러디스에게 아이가 있다고 말씀드렸잖아요. 제가 알아낸 사실을 알려드리려고요."

"좋네요, 좋아요."

웨인라이트가 고개를 끄덕였다.

"이야기해 보세요."

"메러디스에게 데이나 백우드라는 이름의 딸이 있었어요. 지금 열다섯 살이고 그 애를 입양한 양부모와 함께 블루밍톤에 살아요."

"그렇군요."

웨인라이트가 그의 얼굴 앞으로 두 손을 모았다.

"데이나의 출생신고서와 입양증명서 사본이 필요해요. 그리고 이 일을 확실하게 처리하고 싶다면……"

"무슨 뜻이에요?"

"메러디스가 데이나의 생모가 맞는지에 대한 의문이 있었잖아요. 어느 순간이 되면 DNA가 필요할 거예요."

예감이 좋지 않았다.

"무슨 이야기를 하시는 거예요?"

"가족 중 누군가가 데이나가 신탁을 상속받을 권리가 있는지 이의를 제기했다고 해요. 우리는 그 돈에 대해 법적으로 권리를 주장할 수 있다는 증명서가 필요해요."

가슴 속에 깊은 구덩이 하나가 파인 기분이었다.

"가족 중에 대체 누가 데이나의 정체를 의심한다는 거예요?"

웨인라이트는 양 손가락을 모아 삼각형을 만든 다음 진지한 얼굴로 나를 쳐다보았다.

"그게 누구인지는 말씀드릴 수 없습니다."

나는 눈을 감고 이런 짓을 할 만한 사람이 누구인지 생각했다 프레드? 데이나가 메러디스의 친딸이 아니라면 더 많은 돈을 상속받을 수 있어서? 루스? 처음부터 데이나의 존재를 인정하지 않았던 사람? 그리고 또 누가 있지?

눈을 뜨자 웨인라이트가 나를 쳐다보고 있었다.

"데이나가 제 조카란 사실에 한 치의 의심도 없어요. 하지만 필요하다면 우리는 데이나의 존재를 입증할 수 있는 모든 걸 할 거예요. 일단 필요한 서류를 챙겨 드릴게요. 그리고 이건 다른 일인데요……"

웨인라이트가 잠자코 기다렸다.

"만약 저에게 배다른 자매가 있다면 어떻게 되는 건가요? 그 사람은 신탁에 대한 권리를 얼마나 주장할 수 있죠?"

"이복자매가 있어요?"

"아빠에게 다른 딸이 있는 것 같아요."

웨인라이트의 표정에 당황한 기색이 역력했다.

"좀 더 조사해 봐야겠지만 지난주에 신탁을 살펴본 바로는 법적으로 권리를 주장할 수 있는 사람은 당신과 프레드, 그리고 메러디스와 세 사람의 배우자 또는 자녀뿐이에요. 조부모님이 서류에 특정 단어로 확실하게 신탁 수혜자를 정해두셨어요. 당신 어머니가 돌아가시기 전에 정해두었기 때문에 다른 자녀가 있을 가능성에 대한 여지는 남겨두지 않았어요."

"그게 일반적인가요?"

웨인라이트의 표정이 오묘했다.

"흔한 케이스는 아닙니다. 하지만 아예 없다고 할 수도 없죠. 특히 가족 간에 문제가 있는 경우에는 더더욱이요."

"어떤 문제요?"

웨인라이트가 머뭇거렸다.

"가족 간의 불화요. 당신 아버지의 부모님이 당신 어머니를 탐탁지 않게 생각해서 아들까지 멀리한 느낌을 받았어요."

레이첼이 내게 해주었던 이야기와 정확히 일치했다.

"신탁이 무효라고 주장할 수는 없나요?"

"시도해 볼 수는 있겠지만 그 주장이 받아들여질 가능성은 희박하다고 생각해요. 빈틈이 없거든요."

"아빠나 루스는요? 양육비로 돈을 사용할 수 있다는 조항 같은 건 없었을까요?"

웨인스타인이 고개를 저었다.

"그건 옵션에 없었어요. 조셉이 한번 시도해 본 적이 있는 거로 보이는데 시도에 그치고 말았죠."

"지난번에 메러디스와 제가 가족 소유의 부동산 몇 개를 보유하고 있다고 말씀하셨죠. 어디에 있는 걸 말씀하시는 건가요? 서밋에 있는 집 말고 다른 게 있나요?"

"베이필드 외곽에 있는 호수 옆 가족 별장이요."

"루스는 그 집이 더는 우리 가족 소유가 아니라고 하던데요."

"아니예요. 아직도 맥칼리스터 소유입니다. 현재 두 곳 모두 엘리자베스가 단독으로 소유권을 가지고 있어요."

"알겠습니다."

나는 자리에서 일어섰다.

"메러디스 딸에 대한 서류를 빨리 가져다줄수록 신탁의 권리 설정을 위한 서류 작업을 빨리 시작할 수 있어요."

"곧 가져다드릴게요."

* * *

톰에게 이 정보를 공유하는 것이 영 내키지 않았다. 사건 조사와 관련이 있는지도 확실하지 않았고, 무엇보다 스스로 답을 찾아야 했기 때문이다. 그렇지만 우리 가족이 그동안 어떻게 살아왔는지, 어떤 사람들이 되었는지에 대한 진실을 외면한다면 내가 어떻게 삶을 제대로 꾸려나가거나 새로운 삶을 시작할 수 있을까?

스콧과 데이나를 만나 메러디스의 안전 금고를 열자는 발칙한 계획을 논의하기 위해 10시에 프레드를 태워 메러디스 집으로 향했다. 세인트폴 동부에 진입했을 때 휴대전화가 울렸다.

"북쪽으로 드라이브 한 번 더 안 갈래요?"

에드먼의 질문에 내가 대답했다.

"찾았어요?"

"네, 전부 다요. 브림슨이 어딘지 알아요? 둘루스 북쪽?"

"알 듯 말 듯 해요. 브림슨에서 뭘 하고 있는 거예요?"

"오래된 산장에서 숨어지내는 거 같아요. 여자애는 새로운 숙소가 영 맘에 들지 않는 눈치고요."

"혹시 브림슨에 있어요?"

"근처예요. 하지만 금방 거처를 옮길 거 같아 보이진 않아요."

"만날 장소를 알려줘요."

에드먼이 일러준 투 하버스에 있는 블랙 우즈 레스토랑으로 가는 길을 확인하고 전화를 끊었다.

"에드먼이 조셉을 찾았대."

프레드에게 말했다.

"지금 그쪽으로 갈 생각이야. 집에 데려다줄까 아니면 근처에서 내려줄까?"

프레드가 날 바라보았다.

"너랑 같이 갈래."

"확실해?"

"응, 진심이야."

우리는 도심 외곽을 따라 이어지는 고리 모양의 도로를 달려 북쪽으로 연결된 35번 주간고속도로로 빠졌다. 지난주, 어린 시절 이후 처음으로 베이필드에서 아빠를 만나고 돌아오던 길에 에드먼과 함께 달렸던 것과 같은 도로였지만 이번에는 방향이 달랐다.

나는 끝장을 볼 마음의 준비가 되어있었다. 지난주에 흠씬 두들겨 맞은 불상사도 나의 의지를 꺾는데 역부족이었다. 한편으로는 지난번에 방문했을 때보다 상황을 훨씬 더 잘 통제하고 있다는 느낌마저 들었다. 이제 더는 무엇을 본다 해도 놀라지 않을 것 같았다.

메러디스가 사망한 이후로 지금까지 알지 못했던 새로운 가족의 모습을 많이 알게 되었지만 잘 이겨내고 있다. 그들이 무슨 짓을 했든 간에, 내가 뭘 보거나 알게 되든지 간에 나는 끝까지 살아남을 것이다. 루스가 옳았다. 배를 여러 번 걷어차이고 나면 그 통증을 받아들이고 살아가는 법을 배우게 되고 이전보다 훨씬 더 강한 사람이 된다. 메러디스도 그 지점에 도달했을까?

우리는 한 시간 반 동안 거의 아무런 말이 없었는데 프레드와 나에게는 이례적인 일이었다. 우리 사이가 왜 변한 건지 궁금해졌다. 우리는 힝클리, 미네소타, 미니애폴리스와 세인트폴, 그리고 둘루스의 중간 지점을 지나쳐 달리다가 차에 기름을 넣고 잠깐 화장실에 가기 위해 주유소에 들렀다.

편의점에 있는 화장실에 들렀다가 차로 돌아오는 프레드에게 차 키를 건넸다.

"네가 운전해."

"그래."

몇 분 후 우리는 북쪽으로 향하는 고속도로 위를 다시 달리고 있었다.

"아침에 웨인라이트 사무실에 갔었어."

프레드에게 말했다.

"그런데?"

프레드가 도로에서 눈을 떼지 않고 대답했다.

"데이나 이야기를 해주려고."

"어젯밤에 이미 한 이야기잖아."

프레드가 나를 다시 바라보더니 눈썹을 찌푸렸다.

"그거 말고도 더 중요하게 다뤄야 하는 이야기가 있는 거야, 아니면 그게 전부야?"

"넌 정말 똑똑하다니까."

"맞아, 이미 무수히 많은 사례를 통해 그 사실이 입증되었지. 네가 지금 운만 띄웠는데도 내가 단박에 알아차렸잖아. 그래서 말 안 해줄 거야?"

조수석 옆 창문으로 밖을 쳐다보았다. 지난밤 존에게 그랬던 것처럼 프레드가 나를 배신하고 있다고 믿고 싶지 않았다. 프레드는 늘 내 편이었다는, 앞으로도 늘 내 편일 거라는 확신이 필요했지만, 혹시라도 내 생각이 틀렸을까 두려웠다.

남성미가 넘치는 잘생긴 프레드의 얼굴을 보니 메러디스가 죽기 전 우리 사이로 돌아가고 싶다는 생각이 들었다. 내가 사랑하는 사람들을 두고 머릿속에서 이런저런 질문들을 떠올려 보게 되는 상황은 원치 않았다.

"웨인라이트 씨가 그러는데 우리 가족 중 누군가가 데이나에 대해 이야기했대."

"뭐 때문에?"

"누군가 데이나가 진짜 메러디스의 딸이 맞는지 의문을 제기하고 있어."

"누가?"

"그건 알려주지 않았어."

프레드는 내 표정을 잠시 살핀 뒤 문제의 답을 알았다는 듯 눈을 반짝였다.

"아, 알겠다. 너 그 사람이 나라고 생각하는 거지?"

"너야?"

"정말 그렇게 생각했다면 진짜 실망이다."

"돈을 더 받게 되는 사람이 우리 둘이니까."

프레드는 졸음방지 쉼터 표지판이 보이자마자 차를 세우고 시동을 껐다.

"리지, 난 아니야."

프레드를 똑바로 볼 수 없었다. 프레드가 내 손을 잡았다.

"날 봐."

"싫어."

"리지, 내 눈을 봐."

나는 마지못해 프레드와 눈을 마주쳤다.

"정말이지? 거짓말 아니지?"

"100% 진실이라고 맹세해. 거짓말 아냐."

"그렇다면 누구……"

"잠깐만 내 말 좀 들어봐. 우리는 그 사람이 누구인지 찾아낼 거야. 하지만 지금 가장 중요한 건 너와 나의 관계야. 이제 우리 사이는 어떻게 되는 거야?"

"나는 우리가 예전처럼 늘 가깝게 지냈으면 좋겠어. 내 친구이자 괴짜인 친척으로 남아줬으면 좋겠어. 그리고 내가 힘들 때 너에게 의지해도 좋다는 믿음을 가지고 싶어."

"내가 너에게 바라는 점도 바로 그거야."

"나도 알아. 그런데 에드먼이 조셉의 다른 가족에 대해 말했던 날 리 앳워터 사무실 앞에서 데이나와 만나는 모습을 봤어. 너무 당황스러웠고 모든 사람이 나에게 거짓말을 하고 있다는 생각뿐이었어. 거대한 음모가 일어나고 있는데 내가 홀로 남겨졌다는 생각."

"네가 모르는 음모 같은 건 없어. 그들이 네게 거짓말을 했다면 분명 나에게도 똑같이 거짓말을 했을 거야…… 그런데 잠깐, 조셉의 다른 가족 이야기는 뭐야? 나한테 그런 이야기 안 했잖아. 대체 뭐야?"

"최근에 같이 시간을 보낸 적이 거의 없었잖아."

"내가 못 미더워서 말을 안 했던 건 아니고?"

나는 미안함에 시선을 떨구었다가 용기를 내 고개를 들었다.

"맞아, 그런 이유도 있었어. 미안해."

아무 말이 없었다.

"프레드?"

"뭐?"

"난 네가 필요해. 널 믿어야 해. 너도 날 믿어줘야 하고. 우리가 서로를 믿지 못하고 저들이 이기게 놔둔다면 우리는 모든 걸 잃게 될 거야. 나는 우리가 예전처럼 지냈으면 좋겠어."

"바라는 바야."

"좋아, 이제 다시 출발해. 나 해줄 이야기 엄청 많아."

* * *

투 하버스에 있는 블랙 우즈 레스토랑에 도착했을 즈음 프레드는 내가 아는 모든 정보를 알게 되었다. 아빠에게 새로운 가족이 생겼다는 것, 루스가 메러디스의 임신 사실에 대한 대화를 거부했다는 것, 지난밤 존과 함께 나눈 대화, 그리고 루스의 사무실에서 찾은 것들을 알려 주었다. 내가 말하지 않았던, 혹은 말할 수 없었던 사실 한 가지는 이 모든 일을 겪으며 내가 느낀 감정과 대부분의 시간 동안 내가 얼마나 혼자라고 느꼈었는지에 대한 것이었다.

우리가 도착했을 때 에드먼은 팔짱을 끼고 자동차에 기대어 서 있었다. 그가 프레드를 보고 알은체를 했다.

"여기서 어떻게 찾아낸 거예요?"

내가 물었다.

에드먼은 한쪽 입꼬리를 들어올리며 의기양양한 회심의 미소를 지었다.

"베이필드 은행에서 일하는 여직원 한 명을 알고 있거든요. 지난봄에 조셉을 조사하다가 처음 만났어요. 술을 몇 잔 마시면서 친해졌어요. 정보를 많이 가지고 있었거든요."

에드먼의 표정을 보아하니 그녀가 준 것은 정보만이 아닌 것 같았다.

"그 여자가 뭐라고 했길래 브림슨까지 오게 된 거예요?"

"기분 나쁘게 듣지 말아요. 당신 아빠는 어디가 모자란 사람이 틀림없어요. 지금 숨어 지내는 곳에서 멀지 않은 편의점에서 카드를 사용했더라고요."

"경찰은 그런 사실도 추적 안 하고 뭐 하는 거예요?"

"안 하는 건 아니죠. 경찰도 새로운 사실을 발견하면 내게 귀띔해 주기로 했어요."

에드먼이 또다시 한쪽 입꼬리만 올라간 표정을 지었다. 에드먼이 은행 여직원, 혹은 여자들과 농담을 주고받는 모습을 그려보았다. 그만하면 외모도 나쁘지 않았고 남자다운 매력도 있었다. 하지만 그게 전부였다.

우리는 레스토랑에서 함께 점심을 먹었다. 그 이후 다 같이 에드먼의 차를 타고 아빠와 가족들이 경찰의 눈을 피해 숨어있는 사냥용 판잣집으로 이동했다. 30분쯤 도로를 달려 숲속 깊은 곳에 이르자 에드먼이 길이 끊긴 곳에 차를 세우고 시동을 껐다.

"판잣집은 여기에서 얼마나 걸려요?"

내가 물었다.

"반 마일 정도 떨어져 있어요. 이제 어떻게 할까요?"

"여자들이 없는 데서 조용히 조셉을 만나고 싶어요. 여기에서 만났으면 좋겠어요."

"알겠어요."

에드먼이 도로변의 마일 표지와 현재 위치에서 가장 가까운 소방도로로 가는 방향을 알려주었다.

"다른 사람을 마주치면 우리 정체를 들킬 거예요."

갑자기 속이 메스꺼웠다. 차에서 뛰쳐나와 프레드와 에드먼이 내모습을 보지 못하게 길을 따라 20피트 정도 잰걸음으로 달려갔다. 휴대전화의 연락처 목록에는 베이필드 호수 집에서 발견한 청구서에서 찍은 전화번호가 저장돼 있었다. 내가 알아낸 번호는 3개였다. 러시안룰렛 게임처럼 그 중 어느 게 조셉의 번호인지 알아내기 위해서는 약간의 운이 필요했지만, 청구서에서 찾은 기본 연락처부터 시도하기로 했다. 제발 이 번호가 조셉의 번호이기를 바랐다. 칼리

턴키스트나 그녀의 딸 브렌다가 내가 그들을 코앞까지 추적했다는 사실을 알게 하고 싶지 않았다. 아빠와의 만남에 그들이 끼어들 자리를 만들고 싶지 않았다.

연락처에 저장된 번호를 찾아 '통화' 버튼을 누르자 신호음이 울렸다. 음성 메시지로 연결될 거라고 생각했는데 익숙한 목소리가 전화를 받았다.

"여보세요?"

손이 떨리기 시작했다. 아드레날린이 혈관을 타고 솟구쳐 잠자고 있던 내 몸 안의 모든 세포에 불을 붙이는 것 같았다.

"여보세요?"

그가 다시 말했다. 나는 마음을 가라앉혔다.

"조셉."

상대는 아무런 말이 없었다.

"전화 잘못 거셨습니다."

생각지도 못한 대답이었다. 여기서 아무 말 하지 않는다면 그가 전화를 끊을 것만 같았다.

"앤디."

다시 한번 침묵이 이어졌다. 나를 경계하는 것 같았다.

"누구시죠?"

"엘리자베스예요. 당신 딸."

조금 전보다 더 오랜 침묵이 이어졌다. 이번에는 그가 전화를 끊을 거라고 확신했다. 그의 입에서 나온 말은 뜻밖이었다.

"뭘 원하지?"

"20년 만에 만난 딸인데, 정말 따뜻하고 다정한 인사네요."

"리지, 나한테 원하는 게 뭐냐?"

"만나서 얘기 좀 해요."

"그건 안 된다. 원하는 걸 말해."

"아니요, 아빠, 지금 그게 아빠가 선택할 수 있는 유일한 옵션이에요. 어떻게 해야 할지 말씀드릴게요. 지금 아빠가 집이라고 부르는 그 판잣집에서 0.5마일쯤 떨어진 곳에 와 있어요. 혼자서 여기로 오세요. 15분 내로 도착하지 않으면 지역 보안관이나 주 경찰, 그리고 FBI에 차례로 신고할 거예요. 아마 보험 사기하고 앤드류 짐머에게 일어난 일, 그리고 당신의 큰 딸에게 일어난 일에 대해 관심이 아주 많겠죠? 칼리와 브렌다 턴키스트가 어디에 있는지도 말할 거고요, 둘 다 폭행죄로 고소할 거예요. 물론 목격자 증언도 함께 제출할 거고요. 도망간다 해도 멀리 가진 못할 거예요. 아시다시피 아빠가 치밀하게 만들어 온 거짓 인생이 무너지기 시작했으니까요. 이해하시겠어요?"

그가 다시 머뭇거렸다.

"네가 감히⋯⋯"

"네, 할 수 있어요."

그가 깊은 한숨을 내쉬었다.

"지금 어디냐?"

그에게 내 현재 장소를 알려주고는 전화를 끊고 휴대전화로 시간을 확인했다. 그가 순순히 빠져나가도록 만들 생각은 없었다. 그에게 말한 대로 15분 내로 나타나지 않으면 미네소타 북부와 위스콘신주에 있는 모든 사법 기관에 연락해 그에 관한 정보를 전부 불어버릴 마음의 준비가 돼 있었다.

22

초조한 마음으로 서성거리면서 아드레날린을 분출하는 것 말고
는 달리 할 일이 없었다. 그와 처음으로 마주하는 순간이 오면 무슨
말을 해야 할지 잘 알고 있다고 생각했었는데, 정작 곧 만난다고 생
각하니 실제로 어떤 말이 나올지 전혀 예상할 수 없었다.

에드먼과 프레드가 차에서 내렸다. 에드먼은 프레드에게 차에 있
으라고 손짓한 다음 이쪽으로 걸어와 내 앞에 섰다. 초조하게 움직
이던 발걸음이 가로막혔다.

"오겠대요?"

고개를 끄덕였다.

"내가 뭘 하면 될까요?"

"그냥 여기 있어 주세요. 만약을 대비해서요. 그에게 무슨 말을
해야 할지 모르겠어요."

"이미 알고 있을 거예요."

프레드가 다가왔다.

"여기로……"

"그렇다네요."

에드먼이 답했다.

"괜찮아, 리지?"

프레드가 물었다.

그 순간 픽업트럭을 타고 온 아빠가 시동을 끄고 차에서 내렸다. 심장이 입으로 튀어나올 것만 같았다. 프레드가 내 손을 잡았다. 에드먼은 반대편으로 움직였다.

조셉이 나를 쳐다보다가 옆에 있는 두 명의 남자에게 고개를 까딱하며 인사했다.

"만나서 반갑구나, 프레드. 아빠를 정말 많이 닮았네."

프레드는 대답하지 않았다. 조셉은 나를 쳐다보았다.

"단둘이 만나기로 한 줄 알았는데."

"아니요."

내가 말했다.

"아빠만 혼자 오시라고 말씀드렸죠."

"그래, 네 말대로 왔다. 뭘 원하니?"

어디서부터 시작해야 할지 몰랐다.

"메러디스가 죽었어요."

그가 이를 악물고는 잠시 고개를 숙여 등산화를 쳐다보다가 다시 나와 눈을 마주쳤다.

"그래, 들었다. 유감이구나, 리지."

"그게 다예요? 나한테 해줄 말이 그것뿐이에요?"

"나한테 무슨 말이 듣고 싶은 거냐?"

조셉이 한 걸음 다가서자 에드먼이 손을 내밀어 그를 저지했다.

"뭐 하는 짓이죠?"

그가 에드먼을 노려봤다.

"이 애는 제 딸입니다. 제가 딸한테 나쁜 짓이라도 할 사람처럼 보이나요?"

"글쎄요, 지금까지 그리 좋은 아버지는 아니셨으니까요."

에드먼이 말했다.

"그래서 불필요한 위험은 감수하지 않기로 했습니다."

"엘리자베스,"

조셉이 말했다.

"둘이서만 이야기할 수 있을까?"

에드먼을 바라보았다.

"마음 가는 대로 해요."

그가 말했다.

나는 두 사람에게서 물러났다.

"좋아요."

조셉에게 말하고는 프레드와 에드먼에게 곧바로 일러두었다.

"멀리 가지 마요."

프레드와 에드먼이 자동차로 가서 팔짱을 낀 채 엉덩이를 트렁크에 기대고 내 쪽을 바라보았다. 그 모습을 본 나는 웃음이 터질 뻔했다. 게이 사촌과 한물간 사설탐정이 내 보호자였기 때문이다. 하지만 아빠와 다시 눈이 마주친 순간 이 만남이 조금도 재미있지 않다는 생각이 들었다.

"그래."

아빠가 입을 열었다.

"나한테 원하는 게 뭐냐?"

"대답이요."

"네가 좋아하는 대답이 아닐 수도 있는데."

"왜 우리를 남기고 떠난 거예요? 어떻게 자식을 두고 도망칠 수 있어요? 대체 뭐가 그렇게 끔찍했길래 어린 딸들을 두고 떠난 거예요?"

그가 내 어깨너머로 시선을 돌렸다.

"너희 때문이 아니었단다."

"장난하세요? 우리 때문이었잖아요. 아빠가 우리를 떠났으니까요. 기억 안 나요? 부모 없는 애들로 남겨두고 떠나버렸잖아요."

"루스가 있었잖아. 루스는 책임감이 강한 사람이야."

"그게 해결책이에요? 애들을 책임질 사람만 있다면 엄마를 잃은 애들을 버리고 도망가도 괜찮다는 거예요?"

"너는 모른다……"

"맞아요. 아빠 말대로 나는 하나도 몰라요."

나는 깊은숨을 내쉬었다. 다람쥐 쳇바퀴 돌 듯 우리는 같은 말만 반복하고 있었다.

"말해주세요."

아빠는 가족을 떠난 이유를 기억해 내려는 듯 눈을 꼭 감았다.

"네 엄마와 나는, 내가 물려받은 유산을 거의 다 써버렸단다. 네 엄마가 죽고 난 후에는 남은 재산이 거의 없었어. 집만 간신히 유지할 정도였지."

"집을 팔고 직장 같은 걸 구할 수도 있었잖아요."

조셉이 역겨운 표정을 지었다.

"회사에 나가 일하는 건 내 적성에 맞지 않았어. 그때 루스가 내 주위에 나타나기 시작했다."

"루스가 아빠를 쫓아다녔다고요?"

"그게 놀랄 일이니?"

아빠는 즐거워 보였다.

"그건 루스답지 않은데요."

그가 억지로 웃었다.

"루스는 상황에 따라 원하는 것을 손에 넣기 위해 필요한 일들을 하지."

"그래서 지금, 아이들을 맡긴 책임감 있는 여자를 경멸하는 말을 하는 건가요? 정말 대단하시네요. 그런데 잊지 마세요, 아빠. 우리를 키워준 사람도, 부모가 필요할 때 곁에 있어 준 사람도 바로 루스라는 사실을요."

그의 얼굴이 돌처럼 차갑게 굳어 버렸다. 희미하게나마 우리를 이어주던 연결고리가 사라져 버렸다.

"그래서 루스가 무엇을 얻었을까? 루스는 본인에게 이익이 되지 않는 일은 절대로 하지 않아."

내 안에서 분노가 끓어올랐다. 나는 재빨리 한 걸음 앞으로 다가갔다. 곁눈질로 에드먼이 행동에 나설 태세를 갖춘 것이 보였다. 나는 에드먼을 보고 고개를 저었다. 그리고 다시 조셉을 쳐다보았다.

"적어도 루스는 우리를 버리지 않았으니 아빠보다는 좋은 사람이겠죠."

"내가 하고 싶은 말은 루스가 원하는 걸 손에 넣는 사람이라는 거다. 어떤 사람들은 그런 능력을 대단한 자질이라고 생각하겠지. 루스는 내가 돈이 필요할 때마다 냄새를 맡고 주위를 맴돌았다. 특히 그녀의 엄마가 '사망'한 이후에는 더 걷잡을 수 없었지."

조셉이 '사망'이라는 단어를 강조하는 순간 정신이 번뜩 들었다.

"무슨 말씀을 하시는 거예요?"

조셉이 어깨를 으쓱했다.

"우리가 '결혼'한 시점이 이상하다고 생각한 적 없었니?"

이번에는 '결혼'이라는 단어를 강조했다.

지금으로서는 어떻게 대처할 도리도 없었고 그가 빈정대는 말이 사실인지 아는 사람도 없었다.

"지금은 가족을 버리고 도망친 이유에 대해서나 이야기해요."

우리 사이에 벽이 쌓여가고 있었다. 벽돌이 한 장, 한 장 올라가는 것을 느낄 수 있었다.

"이 상황이 마음에 들지 않는구나."

그가 말했다.

"상관없어요. 모든 카드는 제가 쥐고 있다는 거 잊으셨어요? 그러니까 제가 물어본 질문에 대답해 주세요."

그가 다시 이를 악물었다. 오래전 내 기억 속에 남아있던 매력적인 남자는 수십 년이 지나면서 사라진 것 같았다.

"루스는 자신을 이용했다."

조셉은 이야기를 멈추고 나를 바라보았다. 내가 아무런 대꾸도 하지 않자 그가 말을 이었다.

"그녀에게는 돈이 있었고 나는 빈털터리였다. 하늘이 맺어준 결혼이었어. 편리하게도 그녀의 엄마가 주무시던 중에 돌아가셔서 루스와 나는 결혼했다."

"그게 아빠가 저희를 버린 이유를 말해주진 않아요."

"지금 설명하는 중이다. 루스와 나는 법적으로 결혼했고, 루스는 우리 사이에 재정적 지원을 해줬어. 하지만 그게 전부였다. 그녀는 결혼해서 가정을 꾸리길 원했고, 나는 먹고살 돈이 필요했다. 정말 그것뿐이었어."

레이첼이 내게 해주었던 이야기와 별반 다르지 않았지만 조셉의 입을 통해 듣는 이야기는 역겹게 느껴졌다.

"얼마 후 루스가 가진 돈이 바닥나기 시작했고 루스는 그 사실에 짜증을 내기 시작했다."

"그래서 보트 사고를 위장해서 루스가 보험금을 탈 수 있게 도왔던 거군요?"

조셉이 미소 지었다.

"내가 그렇게 하자고 제안했을 거라고 생각했다면 완전히 잘못됐어."

이 이야기는 듣고 싶지 않았다. 심지어 알고 싶지도 않았다.

"그럼 루스 생각이었나요?"

조셉이 다시 미소 지었고 나는 소름이 끼치기 시작했다.

"리지, 넌 항상 똑똑한 아이였지. 루스와 나는 행복하지 않았고 돈도 거의 떨어졌어. 루스가 겉으로 보이는 모습을 중요하게 생각한다는 건 누구보다도 네가 가장 잘 알 거다."

"무슨 뜻이죠?"

"우리가 이혼할 경우 두 사람 모두에게 손해였어. 돈이 나올 구멍도 없는 데다가 루스는 이혼녀까지 될 테니까 말이다. 하지만 내가 죽는 다면, 엄청난 보험금을 받을 수 있을 거고 루스는 비극적인 보트 사고 로 아버지를 잃은 두 의붓딸을 기르는 고귀한 미망인이 될 수 있었지."

"이 계획을 세우는 데 얼마나 걸렸죠?"

조셉이 곰곰이 생각했다.

"계획을 실행에 옮기는 데에 몇 달이 걸렸다. 루스와 내가 제대로 이야기한 것은 아마 그때가 유일했을 거다."

무슨 일이 있어도 우리를 사랑하고 보호해 주어야 할 사람들이 또다시 나와 메러디스의 어린 시절을 앗아가고, 비밀과 기만으로 우리 인생을 망쳐버렸다. 그 사실을 어떻게 받아들일 수 있을 것인 가? 내가 사람을 못 믿는 것도 당연한 일이었다.

여기에서 그만 도망가고 싶었다. 에드먼 차에 타서 도로를 따라 계속 달리라고 말하고 싶었지만 지금 그만둔다면 다시는 기회가 찾 아오지 않을지도 몰랐다. 이 질문을 하기 위해 내 안의 모든 결심을 끌어모아야 했다.

"앤드류 짐머를 죽였나요?"

그의 얼굴을 유심히 관찰했다.

"아니."

그 말이 사실인지 알 길이 없었다. 유일한 잠재적 목격자는 의식 을 잃었던 존뿐이었기 때문에 조셉이 뭐라고 말해도 그의 말에 이 의를 제기할 사람이 아무도 없었다. 내 질문을 통해 성립된 유일한 가설은 사람들과 내가 '앤드류 짐머가 살해당했을지도 모른다'는 사실을 알게 되었다는 것뿐이었다.

"그럼 메러디스는요?"

예상치 못한 질문이었다. 처음으로 그의 눈에서 통제 불가능하고 진심 어린 분노가 느껴졌다.

"세상에나! 지금 나한테 내 딸을 죽였는지 묻는 거냐?"

"네."

"그 질문엔 대답하지 않겠다."

그가 등을 돌렸다.

"아직 안 끝났어요."

"더 이상 할 말 없다."

"그렇게는 안 돼요, 조셉. 선택권은 나에게 있으니까요. 더럽고 추악한 모든 비밀을 제가 전부 알고 있거든요."

얼마간 내게 등을 돌리고 서 있던 그가 다시 몸을 돌렸다.

"경찰에 신고할 생각이냐?"

나는 잠시 생각해 보았다.

"아니요. 아직은요. 하지만 메러디스가 베이필드에 갔을 때 무슨 일이 있었는지 알아야겠어요. 메러디스가 뭘 해달라고 하던가요?"

지난 10분간의 대화에서 그가 이런 반응을 보일 거라고 전혀 예상하지 못했다. 조셉의 눈에 눈물이 고이더니 이내 바닥으로 고개를 떨구고는 눈을 깜박이며 눈물을 삼켰다. 고개를 들었을 때는 모든 허세가 사라진 상태였다. 더 이상 숨길 것이 없는 노쇠한 바람둥이만 있을 뿐이었다.

조셉이 어깨를 으쓱하며 고개를 저었다.

"메러디스도 너처럼 화를 냈다. 상처받고 배신감을 느꼈지."

그가 한숨을 쉬었다.

"화를 낸 건 괜찮았어. 하지만 내가 감당할 수 없었던 건 메러디스가 너무 슬퍼했다는 거다."

그의 목소리가 갈라졌다.

나는 울지 않을 것이다. 절대로 울지 않을 것이다. 이 일의 끝이 무엇이든 아빠 앞에서는 절대로 울지 않을 것이다.

"메러디스가 뭐 때문에 슬퍼했는데요?"

"우리가 진짜 가족이었던 적이 단 한 번도 없었다는 것, 내가 너희들을 버리고 도망쳤다는 것, 너희들이 친부모 없이 자라야 했다는 것 때문에 슬퍼했지. 나를 믿을 수 없었다는 것, 나 때문에 너와 메러디스가 어린 시절을 잃어버렸다는 사실 때문에 힘들어했다."

폐에 공기가 하나도 남지 않도록 깊게 숨을 내쉬었다.

"우리 생각을 한 적은 있어요? 우리가 보고 싶지 않았어요?"

내 목소리가 너무 작아서 그가 내 말을 들었는지 확실하지 않았다.

조셉은 한참 동안이나 나를 쳐다보다가 이윽고 고개를 끄덕였다. 22년 만에 내가 들은 답변은 침묵과 끄덕임이었다.

더는 할 말이 없었다. 조셉에게 묻고 싶은 질문도 남지 않았다. 에드먼의 차를 향해 걸어가려던 찰나 베이필드 집에서 도로를 따라 날아가다시피 하던 지프 체로키가 조셉 바로 뒤에 미끄러지듯 멈춰섰다. 칼리와 브렌다가 차에서 내렸고 프레드와 에드먼이 순식간에 내 옆으로 다가왔다.

남자들이 그녀를 저지하기 전에 칼리가 코앞까지 바짝 다가왔다.

"당신! 우리를 내버려 두라고 내가 경고했지! 그만하면 충분히 괴롭히지 않았어? 정말 감옥에라도 보낼 참이야? 그게 네 인생에 무슨 도움이 되는데?"

조셉이 그녀의 팔을 잡고 뒤로 끌어당기려 했지만, 그녀는 조셉의 손을 뿌리쳤다. 에드먼이 내 앞을 가로막으려 했는데 그가 내 앞을 막기 전에 내가 그녀 앞으로 다가갔다.

"내가 무슨 짓을 했는데요?"

그녀를 똑바로 보며 소리를 질렀다.

"당신하고 당신 딸이 날 죽일 뻔했잖아요. 그리고 당신이 메러디스도 죽이지 않았나요?"

칼리의 눈이 커졌다.

"난 아무도 죽이지 않았어."

"우리는 당신 때문에 숨어있다고요."

브렌다가 소리쳤다. 나는 그녀를 향해 외쳤다.

"나를 공격했기 때문에 숨어 지내는 거잖아요."

곁눈질 보로 에드먼이 무리에서 빠져나와 지프 쪽으로 걸어가는 것이 보였다. 프레드는 내 옆으로 다가와 에드먼이 있던 자리에서 나를 보호했다. 무슨 일이 벌어지고 있었다. 나는 계속 소리를 지르면서 그들에게 맞섰다.

"경찰이 찾는 건 조셉이 아니라 바로 당신들이라고요."

내가 큰 소리로 외쳤다.

브렌다가 멈칫했다.

"뭐라고요? 조셉이 누구예요?"

손으로 조셉을 가리켰다.

"우리 아빠요."

브렌다가 고개를 돌려 조셉을 쳐다봤다.

"조셉? 이게 지금 무슨 말이에요?"

조셉과 칼리가 눈빛을 교환했다.

"그 이야기는 나중에 하자꾸나."

마침내 조셉이 브렌다에게 말했다. 그러니까 브렌다에게 아직 조셉에 대한 이야기는 말하지 않은거군.

에드먼이 차로 돌아왔다.

"아빠와 새 가족이 서로 할 이야기가 많아 보이네요."

조셉에게 말했다.

"그리고 참고로 말씀드리자면 지금 베이필드 보안관국에서 호수 집 전체를 수색하고 있어요. 그러니 당분간 가만히 계시는 게 좋을 거예요."

"저 여자는 누구예요?"

브렌다가 물었다.

나는 칼리에게 다가갔다.

"지난밤에 저를 없애버릴 생각이셨다면 어린 브렌다는 신탁을 받을 자격이 없다는 걸 아셔야 해요."

그녀의 시선이 조셉에게 향했다.

"앤디, 이게 무슨 말이에요? 신탁은 또 뭐죠?"

그러니까 브렌다는 조셉의 이전 생활에 대해 모르고 있었고, 칼리도 신탁에 대해 알지 못하고 있었다. 비밀의 유산이 또 다른 가족에게로 번지기 시작했다. 나는 프레드의 팔을 움켜쥐었다. 우리는 에드먼이 있는 쪽으로 걸어가기 시작했다. 조셉이 다가와 내 손을 잡았다. 고개를 돌려 그를 바라보자 그의 눈에 또다시 눈물이 고여있었다.

"미안하다, 엘리자베스. 너에게 그런 짓을 하면 안 됐는데."

나는 에드먼을 향해 돌아서서 계속 걸어갔다. 내가 우는 모습을 아빠에게 들키고 싶지 않았다. 아직도 아빠를 신경 쓰고 있다는 사실을 들키고 싶지 않았다.

투 하버스로 반쯤 돌아올 때까지 우리는 아무 말이 없었다. 앞 좌석에 앉은 프레드가 고개를 돌려 나를 쳐다봤다.

"괜찮아, 리지?"

나는 창밖을 바라보았다.

"괜찮아질 거야. 적어도 지금은 그런 생각이 들어."

에드먼이 백미러로 나를 흘끗 쳐다보았다.

"현상 유지를 기억해요. 배짱이 있으면 망칠 것도 없어요."

거울에 비친 그와 눈이 마주쳤다.

"그래서 지금 배우고 있어요."

"경찰에 신고할 생각이에요?"

그가 물었다.

그래야만 한다는 걸 알았지만 아직은 그럴 준비가 되지 않았다. 메러디스에게 일어난 일에 아직 맞추지 못한 퍼즐 조각이 너무 많았다. 이 상황에서 모두가 감옥에 갇히게 된다면 나는 영영 답을 찾지 못할 것이었다.

"아직요."

에드먼이 셔츠 앞주머니를 뒤져 종이 한 장을 꺼내 어깨너머로 내게 건네주었다.

"이게 뭐예요?"

"약간의 보험이라고 해두죠."

에드먼이 도로로 눈을 돌린 채 말했다.

"지프 뒷자리에 일회용 휴대폰을 던져 놨어요. 그게 번호예요. 위치 추적이 가능하니까 그 여자들이 다시 찾아오면 경찰에 신고해요."

23

주간고속도로 35번을 따라 세인트폴로 돌아올 때는 점점 지루해지기 시작했다. 내 앞에 펼쳐진 시간과 그동안 감당해야 하는 감정들이 싫었다. 프레드가 운전하면서 분위기를 가볍게 바꿔보려 노력했지만 나는 그다지 매너 있는 관객이 아니었다. 결국 프레드도 노력을 멈췄다.

8시가 조금 지났을 무렵 우리는 프레드의 타운하우스 앞에 도착했다.

"이제 뭘 하지?"

프레드가 물었다.

나는 완전히 진이 빠져 기진맥진한 상태여서 당장 침대로 뛰어들고 싶었다. 아빠를 만난 것은 생각했던 것보다 훨씬 고된 일이었다.

"내일, 데이나를 만나서 금고를 여는 걸 도와줄 수 있는지 물어보자. 그 안에 뭐가 들었는지는 모르지만."

프레드가 손을 뻗어 내 얼굴에 붙은 머리카락을 뒤로 넘겨주었다.

"괜찮은 거야, 리지?"

나는 프레드의 손을 꼭 잡았다.

"괜찮을 거야. 지금은 아니지만 정말 괜찮아질 거야. 지금은 그냥 집에 가서 방문을 잠그고 울고 싶어."

"그래, 알았어. 대화 상대가 필요하면 전화해."

차를 몰고 떠나기 전에 휴대전화를 확인했다. 부재중 전화 3통, 톰이 남긴 음성 메시지, 레이첼이 보낸 문자메시지가 있었다.

톰에게 전화를 걸자, 그는 사무실에서 피곤에 절은 수사관의 목소리로 전화를 받았다.

"괜찮아?"

목소리를 들은 내가 톰에게 물었다.

"힘든 하루였어. 어젯밤에 아주 특이한 사건 때문에 출동해서 그 이후로 계속 쉬지도 못하고 일하고 있거든. 오늘은 어땠어?"

"프레드하고 노스쇼어에 드라이브 갔다가 투 하버스에서 점심 먹었어."

입 밖으로 내뱉는 말이 사실이라고 스스로 합리화했다.

"재밌었겠네. 집에 가는 길이야?"

"방금 프레드를 바래다주고 집으로 가고 있어."

"잘 자. 내일 또 통화하자."

집에 돌아와 옷을 벗고 티셔츠로 갈아입은 다음 침대에 누웠다. 침실용 탁자 위에는 메러디스가 살해된 다음 날 그녀의 집에서 가져온 사진첩이 놓여있었다. 메러디스의 집에서 몰래 빠져나오는 나를 톰이 붙잡았을 때 겨드랑이 사이에 끼워두었던 것이다. 침대 위에 사진첩을 펼쳐두고 페이지를 빠르게 넘기면서 메러디스의 얼굴을 볼 때마다 또다시 가슴이 찢어지는 것 같은 고통이 느껴졌다.

벨리페어에서 메러디스와 프레드 그리고 내가 찍은 사진을 오래 보았다. 그 사진들을 넣어 둔 페이지를 가슴에 껴안고 잠이 들었다.

* * *

다음 날 아침 8시에 프레드를 만나 메러디스 집으로 이동하면서 데이나가 스콧과 함께 집에 있기를 바랐다. 전화를 걸어 프레드와 거기로 가는 중이라고 말하는 것이 망설여졌는데 데이나는 언제나 변덕스러웠기 때문이다. 또다시 도망칠 기회를 주고 싶지 않았다.

프레드가 게스트하우스의 문을 두드리자 스콧이 즉시 문을 열었다.

"데이나 안에 있어?"

내가 스콧에게 물었다.

그가 한쪽으로 비켜섰다.

"네, 들어오세요."

스콧은 맨발에 색이 바랜 청바지와 흰 티셔츠를 입고 있었다. 데이나는 맨다리에 허벅지 중간까지 내려오는 긴 파란색 티셔츠를 입고 전날 밤 헝클어진 머리 그대로 작은 식탁에 앉아있었다.

그녀는 알 수 없는 표정으로 우리를 쳐다보았다.

스콧이 우리에게 커피를 가져다주었고 나는 데이나에게 다가갔다.

"네 도움이 필요해."

내가 말했다. 데이나는 의심스러운 표정이었다.

"무슨 도움이요?"

"잠깐만 메러디스인 척 행동해 줬으면 좋겠어."

의심이 호기심으로 바뀌었다. 프레드가 데이나 옆에 앉아서 우리에게 필요한 것과 우리의 계획이 무엇인지 설명했다.

"세상에. 저라도 분명 그렇게 할 거예요."

데이나가 다소 열정적으로 우리를 도와주려고 하는 것을 보고 나는 그 이유가 궁금했다.

"그런데, 만약 들키면 우리 모두 감옥에 가게 될 수도 있다는 거…… 알고 있지?"

그게 사실인지는 모르지만 어쨌든 데이나도 최악의 경우 상황이 어려워질 수 있음을 알 필요가 있었다.

그녀는 상관없다는 듯 미소를 지었다.

"괜찮아요."

오히려 스콧이 더 걱정스러운 눈치였다.

"괜찮겠어, 데이나?"

"도움이 되고 싶어."

데이나가 말했다.

"그동안 사람들의 인생을 망치기만 했잖아. 누군가를 도울 수 있는 일이 있다면 한번 해보고 싶어."

스콧이 내게 물었다.

"그런데 사인 같은 거 해야 하지 않나요?"

프레드가 스콧에게 대답했다.

"맞아, 메러디스의 사인이 있는 서류가 몇 개 있어. 데이나가 그걸 보고 연습하면 될 거야."

데이나가 웃음을 터트렸다.

"제 전문 분야예요. 역시, 제 범죄 경력이 언젠가는 도움이 될 줄 알았다니까요."

데이나가 손을 내밀자 프레드가 서류를 건네주었다.

"어렵지 않겠어요."

데이나가 주방 카운터에서 펜과 종이를 가져오더니 메러디스의 사인을 연습하기 시작했다. 30분쯤 지난 후 데이나가 만족스러운 표정으로 연습장을 건네주었다. 정말이지, 데이나의 솜씨를 인정하지 않을 수 없었다. 메러디스의 필체를 누구보다 잘 알고 있었기 때문에 내 눈앞에 있는 사인이 메러디스의 것이라고 확신할 수 있었다. 그 생각이 들자 순간 의구심이 생겼다. 데이나가 메러디스의 서명을 복제한 게 이번이 처음일까?

"이제 뭘 하면 되죠?"

데이나가 물었다.

"메러디스 집으로 가서 은행에 입고 갈 만한 옷을 함께 찾아보자. 메러디스처럼 화장하는 건 내가 도와줄게."

한 시간이 지난 후, 나는 내 뒤를 따라오는, 훨씬 어린 모습의 메러디스와 함께 스콧의 오두막으로 들어갔다.

"세상에,"

데이나를 본 프레드가 감탄했다.

사무실에서 메러디스의 운전면허증과 사진이 부착된 신분증을 찾았기 때문에 데이나가 신분을 증명하는 데 문제가 없었다. 우리는 데이나에게 선글라스와 야구모자를 씌우기로 정했다. 화장 덕분에 실제보다 나이가 좀 들어 보이긴 했지만, 얼굴에서 시선을 분산시킬 수 있는 것이 있다면 그게 무엇이든 도움이 될 터였다.

데이나는 식탁으로 돌아가 사인을 몇 번 더 연습했다.

"이 방법이 정말 먹힐까요?"

스콧이 물었다.

"이것 말고는 방법이 없어."

프레드가 답했다.

프레드가 말하지 않은 것이 있다면 우리가 중요하지도 않은 물건이 들어있는 안전 금고를 열기 위해 감옥에 갈 위험을 무릅쓰고 부질없는 시도를 하고 있을 수도 있다는 것이었다.

이제 어디서부터 시작할지 결정해야 했다. 메러디스는 세인트폴의 US뱅크, 에드먼의 사무실에서 멀지 않은 웨스트 세인트폴에 있는 신용조합, 그리고 레이크 엘모의 지역 은행에 계좌를 가지고 있었다. 프레드가 말한 것처럼 US뱅크는 보안 조치가 더 철저할 가능성이 높았다. 그곳에 갈 필요가 없게 되기를 바라며 가장 마지막에 시도하기로 했다. 레이크 엘모에 있는 은행은 규모가 작았고, 메러디스가 은행을 자주 방문했다면 그녀를 단박에 알아볼 수 있어서 위험했다.

우리는 신용조합부터 시도하기로 했다. 직원들이 메러디스를 모르기를, 혹시 아는 사람이 있더라도 뉴스에 나온 최근 사진과 연결 짓지 않기를 바랐다.

프레드가 운전하고 나는 조수석에, 데이나와 스콧은 뒷자리에 앉았다. 데이나와 프레드는 악명 높은 은행강도였던 존 딜린저 이후 가장 큰 은행강도를 저지르는 것처럼 잔뜩 신이 났다. 스콧은 체포될 경우 우리가 어디서 밤을 보내게 될지 불안해했다.

프레드가 사우스로버스 스트리트의 작은 주차장에 차를 세우고 시동을 껐다. 갑자기 차 안에 적막이 감돌았고 이제 때가 되었다는 사실을 깨달았다.

"계획이 뭐예요?"

데이나가 물었다.

나는 뒷좌석으로 고개를 돌려 데이나를 바라보았다.

"우리가 같이 안으로 들어갈 거야. 네가 사인을 하면 금고를 열 수 있는 방으로 내가 같이 들어갈게."

데이나는 너무나 평범한 것 같은 계획에 실망한 듯 보였다.

"만약 여기에 금고가 없다면요?"

스콧이 물었다.

"안전 금고가 어디에 있는지도 모른다는 사실이 의심스러워 보이지 않을까요?"

나는 스콧을 바라보았다.

"어디부터 시작하든 이건 도박이야."

신용조합에는 우리를 제외하고 대여섯 명의 손님이 있었다. 데이나는 명찰에 조쉬 칼슨이라는 이름이 적힌 젊은 청년이 앉아있는 책상으로 걸어갔다. 나는 데이나의 뒤를 따랐다.

데이나가 살짝 미소를 지었다. 좋은 시도였다. 그녀는 아름다운 미소로 조쉬의 관심을 끌었다. 그의 표정으로 보아 데이나가 요청한다면 금고를 여는 데 도움을 줄 것 같았다.

"안전 금고를 확인하고 싶은데요."

여전히 미소를 띤 얼굴로 데이나가 말했다.

"아,"

실망한 듯한 목소리였다.

"저기 마지막 책상에 있는 로라에게 이야기하셔야 해요."

"고맙습니다."

데이나의 미소는 사라지지 않았고, 조쉬의 희망도 마찬가지였다.

우리는 공간이 분리되지 않은 커다란 사무실 가장 안쪽 구석에 놓인 로라의 책상으로 갔다. 그녀는 50대로 추정되는 나이가 지긋한 여성이었다. 데이나는 다시 한번 매력을 발산했다.

"안녕하세요. 안전 금고를 확인해야 하는데 정말 황당하게도 제 금고 번호가 기억이 나질 않네요."

데이나가 로라에게 말했다.

"남자친구가 중요한 서류를 모두 한곳에 보관해 뒀다는데 어디에 뒀는지 도저히 모르겠어요. 지금 다른 도시에 가 있어서 연락도 안 돼요."

로라의 얼굴에 미소가 번졌다. 엄마의 본능이 발동하는 것 같았다.

"도와드리죠. 신분증을 보여주시고요, 서류에 사인을 해야 해요."

데이나가 메러디스의 운전면허증을 꺼냈다. 이대로 도망치거나 모르는 사람인 척하고 싶었다. 무표정한 얼굴을 유지하려고 노력했지만, 배가 뒤틀리고 있었다. 술과 섹스가 내 강점이라면 범죄 활동은 영 젬병이었다.

로라가 안경을 쓰고 이름을 확인한 다음 데이나의 얼굴을 쳐다보았다. 그녀는 여전히 백만 불짜리 미소를 짓고 있었다.

"이건 당신이 아니잖아요."

로라가 이렇게 말할 것만 같았다.

"운전면허증 사진 진짜 별로지 않아요?"

데이나가 장난 섞인 웃음을 보이며 물었다.

"최악이죠."

로라가 동의했다.

이런 젠장! 나는 이 상황을 당장 벗어나고 싶었다. 하지만 데이나는 완전히 즐기고 있었다.

로라가 운전면허증을 받아 컴퓨터에 이름을 입력했다. '이제 끝이다.' 나는 생각했다. '다 틀렸어.' 로라가 얼굴을 찌푸렸다. 나는 이곳에 메러디스의 안전 금고가 없을 거라고 확신했다. 이제 로라가 수화기를 들고 보안팀을 호출할 것이다.

그때 로라가 미소 지었다.

"아, 여기 있네요. 13442번 상자예요. 열쇠는 가지고 계시나요?"

뒤에 놓인 작은 인덱스카드 파일 상자를 뒤지며 물었다.

내가 안도하며 내뱉은 한숨 소리를 로라가 들었는지 모르겠다.

데이나는 그녀에게 열쇠를 건넸고, 로라는 데이나에게 개인정보를 적고 사인해야 할 서류를 건네주었다. 데이나는 자신의 엄마 행세를 하며 로라에게 서류를 건네주고 그녀가 파일에 적힌 사인을 비교하는 동안 눈 하나 깜빡하지 않았다.

그런 다음 우리는 은행 한가운데를 지나 지하실로 이어지는 넓은 중앙 계단을 따라 내려가서 잠겨 있는 방으로 이동했다. 로라를 따라 들어간 방에는 세 개의 벽이 전부 안전 금고 상자로 덮여 있었다. 로라는 데이나가 가져온 열쇠와 은행에서 보관하고 있던 열쇠로 상자를 열었다. 안에 들어있던 상자를 꺼내 문으로 연결된 옆방으로 옮긴 다음 키가 큰 탁자 위에 올려두고 방을 나갔다.

"이거 재밌네요."

우리 둘만 남았을 때 데이나가 속삭였다.

"그러네. 그래도 엉뚱한 생각은 하지 마. 이 방을 나가는대로 다시 정직한 사람으로 사는 거야."

메러디스가 소중하게 보관한 물건들을 살펴보면서 내가 지금 뭘 하고 있는지 알아차릴 겨를도 없었다. 상자 뚜껑을 열어 안을 살펴보았다. 가장 위쪽에는 복사용지 크기의 마닐라 봉투가 있었다. 봉투를 꺼내 메러디스의 여권과 출생증명서와 함께 가방에 넣었다. 첫 번째 봉투 아래에 똑같은 마닐라 봉투가 하나 더 있었는데 겉면에 내 이름이 쓰여있었다. 메러디스가 내 이름을 적어둔 이유를 궁금해하며 그 봉투도 가방에 넣었다.

금속 상자 바닥에는 엄마의 약혼반지와 결혼반지, 그리고 작은 목걸이가 담긴 상자가 들어있었다. 데이나는 반지들을 살펴보고는 상자를 열었다. 에메랄드와 진주 목걸이와 세트로 구성된 귀걸이가 들어있었다. 오래전 엄마가 착용하던 것이었다. 아름답고 값비싼 보석이었지만 내 취향은 아니었다. 내게는 너무 화려했지만, 엄마가 화장대에 앉아 외출 준비를 하면서 목걸이와 귀걸이를 착용하는 모습이 근사해 보였던 기억이 났다.

데이나가 귀걸이 한 개를 들어 손에 올려놓았다.

"정말 예뻐요."

그녀는 자기 눈앞에서 보석이 살살 녹기라도 하는 것처럼 조심스럽게 귀걸이를 만졌다.

"갖고 싶어?"

내가 물었다.

데이나가 믿을 수 없다는 듯 깜짝 놀란 눈으로 나를 쳐다봤다.

"진심이에요?"

"그래. 네가 가져야 해. 네 할머니가 쓰시던 거거든. 메러디스도 너에게 주고 싶었을 거야."

손바닥을 내려다보는 데이나의 눈에 눈물이 고였다.

"이런 걸 가져본 적이 한 번도 없어요."

데이나는 반짝거리는 귀걸이를 다시 상자에 넣었다.

"아니요, 전 가질 수 없어요."

나는 상자를 닫아 다시 데이나에게 건넸다.

"데이나, 네가 이걸 받아줬으면 좋겠어. 메러디스는 큰딸이었고 엄마가 돌아가셨을 때 이걸 물려받았어. 이제 네가 나이가 가장 많은 손녀니까 이것들은 모두 네 거야."

어찌나 빠르게 움직였는지 나는 데이나가 다가오는 모습을 보지 못했다. 두 팔로 내 목을 감싸고는 숨이 막힐 정도로 나를 꽉 껴안았다.

"고마워요."

데이나는 내 어깨에 기대 이야기하고는 한 걸음 물러서 손등으로 눈물을 닦았다.

상자 바닥에는 클립으로 고정된 서류 더미가 있었다. 나는 그 서류들을 가방에 넣었다. 상자는 비어있었고 우리는 상자를 다시 닫았다. 데이나는 상자를 로라에게 가져다주었고, 로라는 사람들의 비밀을 품고 있는 다른 상자들이 보관된 벽에 메러디스의 상자를 넣고 안전하게 잠갔다.

차로 돌아간 후에야 목과 어깨의 긴장을 풀 수 있었다. 프레드가 궁금한 표정으로 나를 쳐다보았다.

"잭팟."

내가 말하자 그의 얼굴에 화색이 돌았다.

우리는 스콧과 데이나를 다시 호수의 집까지 바래다주었다. 데이나가 조수석 창문으로 몸을 기울여 내 뺨에 키스했다.

"고마워요."

그녀가 말했다.

"목걸이와 귀걸이 때문이 아니라…… 내가 도울 수 있게 기회를 줘서요."

* * *

프레드와 나는 식탁에 앉았다. 내 이름이 적힌 봉투를 제외하고 메러디스의 안전 금고에서 가져온 물건들을 가방에서 전부 꺼냈다.

"도움이 될 만한 게 있을 것 같아?"

프레드가 물었다.

"곧 알게 되겠지."

메러디스의 여권과 출생증명서를 한쪽에 밀어두고 서류 더미에 끼워져 있던 클립을 뺀 후 절반을 프레드에게 건넸다. 그리고 내가 가지고 있던 나머지 반절의 서류를 훑어보기 시작했다. 이름, 주소, 전화번호 그리고 이 사람들의 생년월일로 추정되는 날짜가 적힌 종이 다섯 장은 안전 금고에 보관할 만한 가치가 없는 것으로 보였다.

"뭐 좀 나왔어?"

프레드에게 물었다. 각자 가지고 있던 서류를 바꿔보았지만 이름, 날짜, 숫자만 다를 뿐 내 것과 별반 다르지 않았다.

"이게 다 뭐야?"

프레드가 물었다.

"나도 모르겠어. 이상한데."

"이 중에 아는 사람 있어?"

"몇 사람은 어디서 본 것 같기도 한데 잘 모르겠어. 넌 어때?"

프레드가 고개를 저었다. 그는 다시 한번 종이를 한 장씩 살펴본다음 다시 나에게 돌려주었다.

"이 사람들의 공통점이 뭔지 알겠어?"

나는 서류를 빤히 쳐다보았다.

"모르겠어. 뭐가 보여?"

"전부 여자야."

"그래서?"

프레드가 어깨를 으쓱했다.

"그냥 공통점이 뭔지 찾고 있었어. 그것 말고는 잘 모르겠어."

"메러디스가 왜 이 서류들을 은행 금고에 보관하고 있었는지 모르겠어. 혹시 메러디스가 관리하던 고객이었을까?"

"그렇다면 왜 그렇게 불편한 장소에 보관했을까? 사무실에 이미모든 정보가 있을 텐데."

사실이었다. 그렇다면 메러디스에게 이 이름들이 중요한 이유가무엇이었을까?

나는 서류들을 다시 살펴보았다.

"교회에 코크란이란 성을 가진 사람을 몇 명 알아. 제인 코크란은메러디스 학교 친구였어. 그때는 제인 굿휴였지만. 아만다는 누구인지 모르겠어."

프레드가 종이를 다시 가져갔다.

"딸일까? 이 여자들 모두 나이가 그리 많지 않은데."

프레드가 아무런 표시가 없는 마닐라 봉투를 가져가 종이 단추에 묶인 실을 풀기 시작하는 순간 출입구에서 톰의 목소리가 들렸다.

"경찰 증거에 손을 대면 어떤 처벌을 받는지 알아?"

프레드가 톰을 쳐다본 후 내 표정을 살피더니 봉투를 다시 식탁 위에 내려놓았다.

"안녕, 톰. 들어오는 소리를 못 들었네."

톰이 나를 쳐다보았다.

"안전 금고에 보관된 모든 내용물을 확인할 수 있는 영장을 가지고 메러디스 계좌가 있는 신용조합에 다녀오는 길이야. 그런데 놀라운 게 뭔지 알아? 금고가 텅 비어있더라."

톰의 표정이 어두웠다.

"엘리자베스, 대체 무슨 일이 벌어지고 있는지 말해줄래?"

"뭐 때문에 내가 이 일에 관련이 있다고 생각하는데?"

"글쎄, 일단 CCTV 영상이 아주 선명했거든."

톰이 식탁을 쳐다보았다.

"그게 금고에 들어있던 전부야?"

"엄마가 사용하던 보석도 있었는데 그건 데이나에게 줬어."

톰이 식탁으로 다가와 여기저기 흩어져 있는 서류 뭉치와 프레드가 조금 전 내려놓은 마닐라 봉투를 메러디스의 출생증명서, 여권과 함께 집어 들었다.

"이거 말고 다른 건 없는 거지?"

내 눈을 응시하며 톰이 물었다.

나는 고개를 끄덕였다.

톰은 한참 나를 쳐다보더니 돌아서서 거실을 지나 현관문을 통해 밖으로 나갔다.

프레드가 마침내 안도의 한숨을 내쉬었다.

"금고에 들어있던 게 정말 저게 전부지, 리지?"

"거의 대부분이지."

"네가 거짓말했다는 사실을 알면 톰이 노발대발할 텐데."

"이게 처음도 아닌데 뭐."

* * *

30분 후 검은색의 대형 GMC 엔보이를 타고 온 찰리가 집 앞 갓 길에 차를 세웠다. 프레드는 거실 창문으로 찰리가 도착한 사실을 확인한 뒤 밖으로 나갔다.

나는 프레드가 SUV 조수석에 타서 찰리의 목뒤에 손을 얹는 모습을 지켜보았다. 둘 사이에 어떤 일이 있든지 간에 나는 그 둘의 관계가 영원히 지속되기를 바랐다. 프레드가 행복하기를 바랐다. 나는 다른 **누군가**가 행복하길 바랐고, 프레드는 그 누구 못지않게 행복할 자격이 있었다.

그들이 블록을 절반쯤 지나가기도 전에 어떤 생각이 번뜩 떠올랐다. 시간을 확인한 다음 열쇠와 지갑을 챙겨 햇볕이 뜨거운 바깥으로 나왔다.

메러디스와 나는 모두 세인트 바르톨로뮤 고등학교에 다녔다. 수녀, 교복, 체벌, 죄책감을 비롯해 힘들고 단조로운 모든 것이 모인 곳이었다. 교구 학교의 고역스러운 일 중 하나는 공립학교에 다니는 친구들보다 학기가 3주 먼저 시작된다는 점이었다. 세인트 바르톨로뮤는 이제 막 개학했을 참이었다. 문득 어떤 예감이 들었다. 그럴듯한 결과로 이어지지 못한 지난날의 예감들보다는 더 좋은 결과가 있기를 바랐다.

전업주부들이 한 블록 반쯤 이어지는 길을 따라 하이브리드 자동차를 타고 길게 줄 서 있었다. 나는 뒤로 돌아가 학교 뒤편에 차를 세운 뒤 마지막 종소리가 울릴 때 축구장을 성큼성큼 가로질러 갔다. 건물 입구에 도착했을 때는 아이들이 시끌벅적하게 떠들며 출입문으로 쏟아져 나오고 있었다. 청소년들의 행렬이 끝이 없는 것 같았다.

그러다 다른 아이들보다 뒤처진 여자아이 한 명을 발견했다. 그 아이는 배낭을 가슴에 꽉 움켜쥐고 고개를 숙인 채 갈색 생머리로 얼굴을 가리고 있었다. 소녀는 계단을 내려와 천천히 길 쪽으로 걸어갔다.

"아만다."

나와 15피트쯤 거리가 벌어졌을 때 이름을 불렀다. 소녀가 고개를 번쩍 들고 주위를 둘러보았다. 나는 웃는 얼굴로 소녀에게 다가갔다. 하지만 성격이 소심해 보였기 때문에 겁먹게 하고 싶지 않았다.

역시나, 가까이 다가가자 소녀가 바짝 긴장했다.

"누구세요?"

나는 몇 발짝 떨어진 곳에 멀찍이 멈춰서 그 애가 안심할 수 있을 만큼 충분한 공간을 주었다.

"난 리지 맥칼리스터라고 해. 혹시…… 메러디스라고 우리 언니를 알 것 같은데."

그 애는 아무런 말이 없었다. 열다섯 살쯤 되었을 것 같은 그녀는 말쑥한 이목구비에 크고 파란 눈동자를 가진 예쁘장한 소녀였다. 하지만 입을 꾹 다물고 있었다. 또 다른 변덕스러운 십 대인가? 아니면 심각한 심리적 문제가 있는 청소년? 아이들에 대해 잘 알지 못하는 나는 추측조차 할 수 없었다.

나는 소녀에게 한 걸음 다가갔다.

"메러디스를 알지?"

소녀가 고개를 끄덕였다.

"그런 일이 생겨서 유감이에요."

소녀는 다시 고개를 숙였다.

나는 한 걸음 더 다가갔다.

"고마워."

소녀가 곁눈질로 나를 힐끔거렸다. 그 애의 눈은 거리를 살피고 있었다.

"여기서 뭐 하시는 거예요? 곧 엄마가 절 데리러 올 거예요."

"네 엄마와 아는 사이야. 메러디스와 같은 학교를 다녔거든."

"저도 알아요."

나는 도로를 내다보며 제인 코크란이 차를 몰고 오는지 살폈다. 아만다의 엄마가 나타나기 전에 몇 분이라도 단둘이 이야기하고 싶었기 때문에 빨리 이야기를 해야 했다.

"내가 여기 온 이유는,"

우리를 둘러싼 소란스러움에 목소리가 묻히지 않도록 아만다에게 조금 더 가까이 다가갔다.

"메러디스의 소지품에서 네 이름을 발견했기 때문이야."

급히 숨을 들이마시는 소리가 들렸다.

"저에 대해 뭐라고 말했어요?"

"아니, 아무 말도 하지 않았어. 그냥 네 이름만 적혀있었는데 교회에서 네 이름을 본 적이 있거든. 그래서 왜 비밀스러운 장소에 네 이름을 보관하고 있었을까 궁금했어."

소녀는 다시 도로를 살피기 시작했다. 십 대 청소년이 부모가 빨리 나타나기를 바라는 모습은 전 세계 역사상 처음 있는 일일 것이다. 익숙한 차가 보였다. 데이비드였다. 그는 운전석에 앉아 이마를 찡그리고 고등학교에서 내가 대체 뭘 하고 있는지 의아해하는 표정을 지었다. 손을 흔들어 인사하고는 돌아섰다. 만약 그가 물어본다면, 누구든 내게 이곳에서 뭘 하고 있냐고 묻는다면 뭐라고 대답해야 할까?

"아만다?"

나는 다시 대화를 시도했다.

"네?"

"메러디스랑 이야기한 적 있니?"

"곧 엄마가 오실 거예요."

"엄마가 오시면 보내줄게. 난 그냥…… 혹시, 메러디스랑 이야기한 적 있어?"

"가끔이요."

"둘이서 무슨 이야기 했어?"

"모르겠어요. 그냥 이런저런 이야기요. 그런데 이제 엄마가 왔어요. 그만 가야 해요."

그녀는 내가 생각했던 것보다 훨씬 더 빨리 사라졌다.

나는 아만다가 민트색 미니밴의 조수석에 타는 모습을 보았다. 제인이 나를 보고 손을 흔들었다. 나도 손을 흔들어 인사했다. 제인은 나보다 여섯 살이나 많았기 때문에 제인에 대해 잘 알지는 못했다. 유일하게 아는 것이라고는 그녀가 신경에 거슬리는 사람이라는 것이었다. 제인은 수녀들이 가장 좋아하는 사람이었다. 예의 바르고, 성실하며, 진중하고, 사람들에게 알랑거렸다.

그들은 차를 몰고 떠났고, 아만다는 자동차 계기판만 빤히 쳐다보고 있었다.

모든 게 실패로 돌아갔다. 집에 도착해 거실로 들어서니 찰리가 프레드를 기다리며 차를 세워뒀던 바로 그 자리에 레이첼의 차가 멈춰 서는 게 보였다.

손님을 맞이할 기분은 아니었지만 내 차가 바로 앞에 주차되어 있었기 때문에 레이첼은 내가 집에 있다는 사실을 짐작할 수 있었다. 나는 지금은 때가 아니라며 친절하게 거절할 방법도 떠오르지 않았다. 레이첼이 문을 노크했다.

"네가 집에 있기를 바랐는데."

내 뺨에 키스하고 현관으로 들어오면서 레이첼이 말했다.

"밖에 날씨가 너무 덥구나. 시원하게 마실 것 있니?"

레이첼은 소파에 앉았고 나는 아이스티 두 잔을 만들어 내왔다.

레이첼에게 차를 건네자 그녀는 한 모금 길게 들이켰다.

"맛이 조금 더 강하면 좋을 것 같아."

레이첼이 말했다.

"레몬 같은 거요?"

레이첼이 미소 지었다.

"내가 생각한 건 그게 아니었는데."

프레드가 내게 부탁한 날 이후로 나는 보드카 병에 손도 대지 않았다. 병을 어디에 놓아두었는지 알고 있었지만, 보드카에 내 의지보다 더 강한 힘이 있는 것처럼 두려운 마음이 들어 가까이 다가갈 수 없었다. 나는 레이첼의 의도를 모르는 척했다.

"여긴 어쩐 일이세요?"

"얼굴을 보러 오는 것만으로 충분하지 않아?"

"여기 마지막으로 오신 게 언제였는지 기억도 안 나요. 이 주소를 아직도 기억하고 계셨다니 놀랍네요."

레이첼이 다시 미소를 지어 보였다.

"그랬지. 네가 조셉이 살아있다고 이야기한 이후로 그 생각이 머릿속에서 떠나질 않아. 내가 느끼는 감정이 무엇인지도 모르겠어. 충격이 가시고 난 후에는 네가 스트레스 때문에 제정신이 아닐 거라고 생각하면서 모든 걸 부인했어. 그런데 이제 그 시기를 어느정도 지나왔지."

레이첼은 이야기를 멈추고 컵을 내려다보았다. 그녀의 표정이 무엇을 의미하는지 아리송했다.

"지금은요?"

레이첼이 어깨를 으쓱했다.

"시간이 좀 걸렸어. 이제는 그냥, 공허해. 어떻게 설명해야 할지 모르겠지만 아무런 감정이 떠오르지 않는 것 같은 느낌이야."

레이첼이 다시 이야기를 멈췄고 나는 잠자코 기다렸다.

레이첼이 한숨을 쉬었다.

"안도했다가, 행복했다가, 슬펐다가, 이제는 그냥 화만 나는 것 같아. 우리한테 어떻게 이런 짓을 할 수 있었는지 모르겠어. 어떻게 두 딸에게 이런 짓을 할 수 있었느냔 말이야. 배를 한 대 치고 싶어. 있는 힘껏 말이야. 그런데 나도 조셉을 만나고 싶어. 내 눈으로 직접 보고 싶어. 건강하게 잘 지내고 있는지 두 눈으로 확인하고 싶어. 무슨 말인지 이해되니? 내가 듣기에도 횡설수설하는 것 같구나."

나는 소파에 앉아있는 레이첼 옆으로 다가갔다.

"다 이해할 수 있어요. 레이첼이 지금 느끼는 감정들이요. 조셉이 우리한테 한 일들 말고요."

레이첼이 내 손을 잡았다.

"어떻게 된 건지 말해주렴. 메러디스는 조셉이 살아있다는 사실을 어떻게 알게 되었니? 또 너는 그 사실을 어떻게 알았고?"

그래서 나는 레이첼에게 에드먼에 대해 이야기해주었다. 메러디스가 에드먼을 베이필드에 보내 조셉을 찾아낸 사실, 그리고 내가 에드먼과 함께 호숫가에 있는 가족 오두막에 가서 아빠를 만난 날의 이야기. 그날 내가 느꼈던 상처와 분노에 대해서, 그리고 프레드와 내가 브림슨 북부에 갔던 이야기도.

"그와 이야기도 해봤어?"

내가 고개를 끄덕였다.

"조셉이 뭐라고 이야기했어?"

"말씀하신 대로 돈 때문에 루스와 결혼했는데 돈이 바닥나기 시작하자 다른 계획이 필요했다고요."

레이첼이 이해하기까지 얼마간의 시간이 걸렸다.

"루스도 알고 있었구나. 루스도 이 일에 가담했어."

"맞아요."

"확실해?"

"루스 서재에서 둘이 지난 20년 동안 주고받았던 편지와 보험증권을 발견했어요. 조셉이 직접 확인해주기도 했고요. 둘이서 같이 계획한 거라고 했어요."

"믿을 수가 없구나. 조셉이 우리에게 한 짓을 생각하면 벌을 받고 고통스러워하는 모습을 보고 싶은데 한편으로는 그게 다 무슨 소용일까 싶기도 하구나."

"무슨 뜻이에요?"

레이첼이 어깨를 으쓱했다.

"내가 무슨 자격으로 남을 판단하겠니? 네 아빠는 상상도 할 수 없는 일을 저지르고 두 딸을 남긴 채 떠났지. 하지만 내가 아들을 버리지 않았다고 해서 더 나은 부모라고 할 수 있을까? 프레드도 엄마가 필요했는데…… 그 아이에게 내가 어떤 엄마였는지 봐."

레이첼의 두 뺨에 눈물이 흘렀다.

나는 레이첼의 얼굴을 두 손으로 잡고 내 쪽으로 돌린 뒤 나와 눈을 마주칠 수 있도록 했다.

"하지만 프레드 곁에 남으셨잖아요. 프레드를 버리지도 않았고요. 프레드의 어린 시절 내내 그와 함께했고, 어떤 실수를 저질렀든 간에 프레드를 사랑하셨잖아요."

레이첼은 고개를 끄덕였지만 내 말을 납득하는 표정은 아니었다.

"그리고 프레드를 봐요, 레이첼. 프레드는 좋은 사람이잖아요."

"맞아, 그렇지. 하지만 자라는 동안 그 애는 힘든 시간을 보냈어. 내가 그랬던 것처럼."

"프레드와 이야기해 보셨어요?"

"어떤 이야기?"

"왜 그럴 수밖에 없었는지요, 그리고 다르게 살았더라면 좋았을 것들에 대해서요."

"프레드가 나와 그런 대화는 하고 싶어 하지 않을 것 같아."

"프레드 생각은 다를지도 모르죠. 사실은 그런 이야기를 듣고 싶을 수도 있고요. 메러디스의 죽음에서 우리가 배워야 할 점이 있다면…… 인생은 짧고, 무덤 너머의 침묵은 귀를 멀도록 만든다는 거예요."

내 목소리가 갈라지기 시작했다.

"우리 가족은 모두 비밀에 묻혀 있어요, 레이첼. 이제 저주를 풀어야 할 때예요. 서로에게 해야 할 말을 지금 당장 하지 않으면 영원히 기회를 놓칠지도 몰라요."

레이첼이 나를 끌어당겨 꼭 안아주었다.

"알고 있단다."

그녀가 내 머리를 쓰다듬었다.

"나도 알고 있어……."

누군가 문을 두드려 마지못해 자리에서 일어났다. 땀에 흠뻑 젖은 에드먼이 피곤한 표정으로 현관 계단 앞에 서 있었다.

한쪽으로 비켜서며 그에게 말했다.

"들어오세요."

에드먼은 손등으로 이마의 땀을 훔치며 거실로 들어오다가 레이첼을 발견했다.

"미안합니다. 손님이 계신 줄은 몰랐어요."

"이분은 레이첼이에요."

내가 말했다.

"프레드의 엄마예요. 레이첼, 이쪽은 메이너드 에드먼이라고 해요. 제가 말씀드렸던 사설탐정이요."

레이첼은 칵테일파티에서나 볼 수 있는 미소를 지었고, 자리에서 일어나 에드먼을 향해 몇 발짝 걸어가 악수를 청했다. 에드먼이 그녀의 손에 입을 맞춰야 할지, 악수하는 게 맞는지 알 수 없어 당황했다. 에드먼은 악수를 선택했다.

주방에서 에드먼이 마실 차가운 음료를 가지고 돌아왔을 때는 출퇴근 시간대의 지하철 이동전화 기지국처럼 중년의 호르몬이 벽을 맞고 튕기며 끈적한 추파가 이어지고 있었다. 사실 그 자리에서 불편함을 느끼는 사람은 나뿐이었고 그 둘은 매우 편안해 보였다.

나는 목이 터질 듯 웃는 레이첼의 말을 가로막았다.

"저를 찾아오신 이유가 뭐예요?"

나는 에드먼에게 물었다. 에드먼이 당황한 표정을 지었다.

"그게, 오늘 아침에 조셉이 베이필드로 돌아갔다는 이야기를 들었어요."

"왜요?"

"이유는 몰라요. 새벽에 호숫가 집에 나타났다고 하더군요."

"경찰이 예의주시하고 있는데 위험하지 않나요?"

에드먼은 자신만만한 미소를 지었다.

"전에도 말씀드렸잖아요. 조셉은 아주 멍청하고 거만한 사람이라고요. 게다가 그가 당신을 폭행한 것도 아니니 엄밀히 따지자면 지금 경찰이 찾고 있는 사람도 아니죠. 메러디스의 살해 용의자일지는 몰라도요."

"그럼 브렌다와 칼리는 조셉과 따로 있는 건가요?"

"그 둘은 아직 브림슨에 있어요. 하지만 오래 떨어져 있지는 않을 거예요. 제 추측으로는 필요한 물건들을 챙겨서 그곳을 떠나려는 것 같아요."

에드먼이 뒷말을 잊지 못하고 나를 빤히 쳐다보았다.

"왜요?"

내가 물었다.

"당신이 괜찮은지 확인하고 몸조심하라고 말하고 싶었어요. 바보 같은 짓은 절대 하지 말라고요. 한 시간 전에는 그 여자들이 아직 브림슨에 있었지만 지금도 계속 거기 있으리란 보장은 없잖아요."

"그 둘이 저를 또 노릴 수도 있다고 생각하세요?"

"그럴 가능성이 있다는 거죠. 그리고 이것도 주려고 가져왔어요."

에드먼이 청바지 허리춤 뒤쪽에 손을 넣어 글록 19 권총을 꺼내 건네주었다.

"총 쏠 줄 알아요?"

나는 고개를 끄덕였다.

"사격 실력이 대단해요."

레이첼이 말했다.

"총을 갖고 있어야 할지 모르겠어요."

나는 에드먼에게 말했다. 사격 실력은 좋았지만 보이지 않는 곳에 총을 가지고 있어야 한다고 생각하니 꺼림칙했던 것이다.

"곤경에 빠지게 되면 이 총이 필요하게 될 거예요."

나는 어쩔 수 없이 총을 받아 가방에 넣었다.

"총을 사용할 일이 없을 수도 있어요."

에드먼이 말했다.

"그래도 빠져나올 구멍 없이 궁지에 몰리는 것보다 미리 대비하는 편이 훨씬 나아요. 그리고 때로는 총이 상대와 동등하게 겨루는 데 도움이 되기도 하죠."

에드먼의 삶의 신조였다. 그것은 그 순간 내 삶의 신조가 되었다.

24

레이첼과 에드먼은 동시에 집으로 돌아갔다. 나는 레이첼이 좁은 주택가 골목을 유턴하여 우리 집을 지나치는 에드먼을 따라가는 것을 창문을 통해 보았다. 우리 집 거실에서 시작된 꽁냥거림이 다른 곳에서 계속 이어진다 해도 놀라울 만한 것은 없었다. 메러디스의 죽음과 관련된 미스터리에는 너무나 많은 단서가 존재하는 것 같았고 그것들을 전부 확인하기란 불가능에 가까웠다. 프레드나 에드먼보다 이 상황을 더 객관적으로 볼 수 있는 사람과 이야기해야 했고, 가장 먼저 떠오른 사람이 리였다.

그녀의 사무실로 전화를 걸자 세 번째 신호음에 리가 전화를 받았다.

"사무실에 늦게까지 있네."

내가 말했다.

"가끔은 사무실이 집인 거 같아. 무슨 일이야?"

"잠깐 만날 수 있을까? 사무실로 갈게."

짧은 침묵이 이어졌다. 내가 질문을 할 때마다 으레 뒤따르는 어색한 침묵에 익숙해지고 있었지만 그래도 상대방을 방해하는 것 같은 느낌이 드는 건 어쩔 수 없었다.

"물론이지."

리가 말했다.

"오늘 밤은 예약된 상담도 없고 나 혼자야. 서류 작업 중이거든."

"고마워."

전화를 끊고 곧장 문으로 향했다.

러시아워 시간대의 고속도로 정체를 피하려고 최대한 골목길을 이용했다. 40분도 채 되지 않아 그녀의 사무실에 도착할 수 있었다.

안내데스크는 비어있었다. 리의 사무실 문을 열고 들어가니 리가 구석에 놓인 원탁에 앉아 앞에 펼쳐놓은 서류와 노트북을 들여다보고 있었다.

"로비에 있는 중식당에서 저녁을 주문하려던 참이었어. 너도 아직이면 같이 먹을래?"

"좋지. 돼지고기 푸융단하고 에그롤 두 개."

"알겠어."

리가 휴대전화로 전화를 걸어 주문했다. 통화를 마친 리가 내게 물었다.

"그래서 내가 뭘 도와주면 될까, 리지?"

나는 리가 앉아있는 동그란 탁자의 맞은편에 앉았다.

"지난 반년 동안 메러디스에게 일어난 모든 일이 데이나가 나타나면서 생긴 일이란 느낌이 들어."

리가 고개를 끄덕였다.

"그렇게 생각한 적은 없었는데 이제와서 생각해 보니 네 말이 맞는 것 같아. 그때부터 메러디스가 상담을 받기 시작했거든."

"좋아, 데이나 때문에 이 사건이 시작되었다고 치자. 그런데 왜? 데이나는 도대체 왜 갑자기 나타나서 메러디스의 삶을 혼란에 빠뜨렸을까? 루스 때문이었든, 기독교 학교를 다녔기 때문이었든 그 이유는 중요하지 않아. 메러디스가 죄책감과 수치심을 느꼈다는 사실은 알겠어. 그래도 메러디스는 독립적으로 인생을 살아온 성인 여성이고 교육을 받은 전문 사회복지사였는데 왜 데이나로 인해 공황상태에 빠졌을까? 나는 그 점이 이해가 되지 않아."

리가 입술을 깨물었다. 나는 그녀가 생각에 잠긴 것인지 무언가를 감추려는 것인지 알 수 없었다. 몇 분간 우리는 그렇게 아무 말 없이 앉아있었다. 마침내 침묵을 견디지 못하고 리에게 물었다.

"뭔데 그래?"

"아무것도 아니야. 그냥 머릿속으로 사건이 일어난 순서를 맞춰 보고 있었어."

"네 생각을 말해 봐."

리는 탁자 위로 손을 뻗었다.

"좋아. 데이나가 나타났어. 이유는 모르지만, 메러디스는 데이나가 나타났다는 사실 때문에 혼란스러워하기 시작했고, 그때부터 내게 상담을 받았어. 상담 효과가 나타나기 시작했다고 생각하는 순간 메러디스가 데이나에 대해 더 알고 싶어 했어. 그 시점에 메러디스가 루스의 서재를 뒤져 입양서류와 출생증명서를 발견하게 된 거지. 그리고 그 과정에서 우연히 네 아빠에 대한 진실도 알게 됐고.

아빠가 아직 살아있다는 사실을 알게 된 그 시점부터 통제 불능 상태가 되기 시작했어."

나는 리를 쳐다보았다.

"조셉이 살아 있다는 사실을 알게 된 건 당연히 충격적인 일이고, 레이첼처럼 나도 온갖 종류의 감정 변화를 겪었어. 그런데 왜 그 일이 메러디스에게는 그렇게까지 큰 영향을 미쳤을까? 아빠는 애초에 우리가 기댈 만한 사람이 아니었어. 그런 아빠가 우리를 속였다는 게 왜 그렇게 큰 충격이었을까?"

나는 리에게 물었다.

"나도 너한테 무슨 말을 해줘야 할지 알고 있다면 좋겠어, 리지. 너는 내가 답해주기를 바라지만 나도 답을 몰라."

나는 고개를 끄덕였다.

"좋아, 그러니까 메러디스가 조셉이 살아있다는 사실과 루스가 그동안 조셉을 경제적으로 도와주고 있었다는 걸 알았단 말이지."

리가 손을 들어서 내 말을 저지했다.

"그건 내가 몰랐던 사실이야. 메러디스가 내게 조셉이 살아있다고 말했을 때 조셉이 그동안 어떻게 먹고살았는지까지는 생각할 겨를도 없었어."

"루스와 조셉이 보험금을 노리고 함께 계획한 일이야."

"메러디스도 이 사실을 알았어?"

"그랬을 거라고 생각하고 있어."

"어쩌면 그게 또 다른 충격이었을지도 모르지. 아빠가 너희를 버리고 도망쳤다는 사실뿐만 아니라 유일한 부모로 알고 있던 사람마저도 그 일에 개입했으니까. 그런데 그건 너도 마찬가지잖아. 리지,

너는 이 일을 어떻게 감당하고 있어?"

리는 내 표정을 관찰하려는 듯 정면으로 나를 응시했다.

"메러디스가 죽지 않았다면 나도 이런 진실들을 감당하기가 훨씬 힘들었을 거야. 하지만 지금은 메러디스의 죽음이 모든 걸 가려버렸어."

음식이 도착했다. 리가 음식값을 지불한 뒤 탁자 위로 서류를 옮겨 식사할 수 있는 공간을 만들었다.

리는 내가 어려워하는 젓가락을 능숙하게 사용했다. 그녀는 한쪽 발을 의자 밑에 집어넣은 채 젓가락으로 차우멘을 찔렀다.

"그러니까 어느 시점에 메러디스가 루스에 대해 알게 되었다는 말이지. 계속해 봐."

"그다음은 네가 알고 있는 정도밖에 몰라. 메러디스가 조셉과 루스의 비밀을 알게 되고 사설탐정을 고용해 베이필드에서 새로운 가정을 꾸리고 사는 아빠를 찾았다는 거."

"그리고 얼마 지나지 않아 메러디스가 베이필드로 가서 아빠를 직접 만났어. 둘의 만남이 어땠을까?"

내가 조셉과 나눈 대화 내용까지 이야기하고 싶지는 않았다. 내가 생각하는 것처럼 모든 게 다 괜찮은 게 아닐지도 몰랐다.

"메러디스가 루스의 서재를 뒤지던 날 둘이 크게 다퉜어. 메러디스는 그 이후로 집에 가지 않았고."

"그럴 수 있지."

"살해되기 전날 메러디스는 존을 집으로 불러서 아빠와 관련된 일을 하는 걸 도와달라고 말했어. 존은 거절했고, 그렇게 둘이 말다툼을 하게 됐지."

나는 리의 얼굴을 보았다.

"이것들을 가지고 뭘 알아냈는데?"

"아무것도."

식사를 마치고 리가 탁자를 정리한 다음 남은 음식을 한쪽 모퉁이에 있는 작은 냉장고에 넣었다.

"메러디스가 데이나의 아빠에 대해서 말 안 했어?"

리의 얼굴을 조심스럽게 관찰했지만 아주 잠깐 움찔했을 뿐 별다른 변화가 없었다.

"아니, 말 한 적 없어."

"누구를 의심했어?"

리가 고개를 저었다.

"난 그런 게임은 안 해. 내가 누굴 의심한다고 해도 그건 추측일 뿐이고 내 추측이 틀린다면 그 영향이 엄청날 거야."

"일리노이주에서 태어난 데이나가 어떻게 미네소타에 살게 되었는지 궁금해."

"그건 내가 알아."

리가 답했다.

"루스와 데이비드가 어떤 경로로 데이나의 양부모를 알게 되었고, 데이나가 그 집에서 살도록 도와줬다는 걸, 메러디스가 알아냈어."

의아한 일이었다. 지난밤에 대화를 나눴던 루스가 그랬을 것 같지 않았다. 데이비드가 메러디스의 경솔한 행동에 더 너그러웠을 수도 있었다.

"그래서, 이제 어떻게 할 거야, 리지?"

리가 물었다.

"계속 알아봐야지."

"몸조심해."

자리에서 일어나 문으로 걸어가다가 리에게 말했다.

"처음 여기에 왔을 때 '조심하지 않으면 가장 큰 강점이 약점이
될 수도 있다'고 했었잖아."

리가 고개를 끄덕였다.

"메러디스의 가장 큰 강점은 뭐였어?"

리가 미소 지었다.

"너. 메러디스의 가장 큰 강점은 바로 너였어. 메러디스가 계속
살 수 있었던 건 너 때문이었어. 널 정말 사랑했으니까."

리가 잠시 멈췄다.

"내가 보기에 너희 둘은, 아주 일찍부터 주위에 있는 어른들을 믿
을 수 없다는 걸 본능적으로 알았던 거 같아. 그래서 서로에게 의지
하게 된 거지. 너는 메러디스에게 의지하고, 메러디스는 너의 대리
부모, 보호자가 되어주고."

리와 눈이 마주쳤다.

"그게 메러디스의 가장 큰 약점이 되었던 거야?"

"그랬던 것 같아."

리는 친절한 표정을 지으려고 애썼지만 내가 메러디스의 가장 큰
골칫거리였다는 그녀의 말에 대한 충격을 완화하는 데는 아무런 도
움이 되지 않았다.

나는 아주 오랫동안 주차장에 세워 둔 자동차에 앉아있었다. 오
늘 밤 리가 해준 말 중에 아리송한 말은 하나도 없었다. 마음 한구

석에서는 메러디스를 향해 방아쇠를 당긴 사람이 나라는 생각이 들었고, 어떤 방식으로든 그녀의 죽음에 내가 일조한 건 아닌지 의구심이 들기 시작했다. 터무니없는 생각이었지만 감정은 논리적으로 흘러가는 것이 아니라 제 나름의 라이프사이클을 가지고 있었다.

자동차에 시동을 걸고 목적지도 정하지 않은 채 무작정 출발했다. 나를 쫓아오는 악마들을 따돌리기 위해 원시적인 본능에 맡긴 채 계속 차를 몰았다.

집에 도착한 지 20분쯤 지나자 톰이 전화를 걸어왔다. 이미 잔뜩 지친 목소리였다.

"괜찮아?"

내가 물었다.

"피곤해서."

"아직도 나한테 화났어?"

"내일쯤 화를 내볼까 해. 오늘은 그럴 기운이 없거든."

"메러디스의 안전 금고에 있던 물건에서 뭐 좀 알아낸 거 없어?"

"네가 가지고 있던 종이에 적힌 이름들을 추적하고 있어."

"그래서?"

"너한테 이런 말 하면 안 되지만 지금은 너무 피곤해서 아무것도 신경 쓸 여력이 없으니 말해줄게. 아무런 단서도 못 찾았어. 전부 세인트 바르톨로뮤 학교에 다니는 여자아이들의 이름이야."

메러디스가 학교를 위해 협력단체 프로그램을 시작했고 아만다가 그 모임의 일원이었던 걸까?

"그게 전부야?"

"그게 전부야. 내일부터 한 명씩 만나 볼 예정인데 특별한 걸 찾을 거 같진 않아."

"마닐라 봉투는 뭐가 들어있었어?"

"녹초가 된 사람을 너무 이용하는 거 아니야?"

"미안. 그래서 봉투에는 뭐가 있었는데?"

"유언장하고 생명보험 증권."

톰이 웃었다.

"사악한 시도가 모두 헛수고로 돌아갔네. 이제 어느 정도 정리가 좀 된 것 같으니 나도 이만 퇴근해야겠다. 내일 전화할게."

* * *

나는 소파에 앉아 생각에 잠겼다. 지난 10일 동안 아주 중요한 일의 존재가 드러났지만, 그 내용이 무엇인지 단서가 전혀 없었다. 꿈속에서 본 메러디스는 내게 말을 걸고 있었다. 아니, 꿈속의 나는 내게 말을 걸고 있었다. 그런데 내가 무슨 말을 하고 있었을까? 내가 알고 있다는 사실조차 인지하지 못한 그 무언가를 알고 있었던 걸까? 아니면 내 무의식이 메러디스의 살인을 해결하려고 했던 걸까?

자동차 열쇠를 챙겼다. 가방을 들고 서밋 애비뉴에 있는 집으로 향했다.

화요일 밤은 집에 사람이 아무도 없었다. 데이비드는 루스를 카드게임 모임에 데려다준 후 교회 협의회 회의를 하러 갔고, 존과 마사는 볼링 게임 일정이 있었다.

나는 원형으로 연결된 진입로에 차를 세워 두고 집을 하염없이 바라봤다. 어떤 연유에서인지 어린 시절을 보낸 이곳을 '서밋 애비뉴에 있는 집'이나 '루스의 집'이라고 불렀을 뿐 한 번도 내 집이라고 한 적이 없었다. 내가 아빠를 조셉이라고 부르는 것과 마찬가지로 말이다. 리는 이에 대해 심도 있는 심리학적 이론을 가지고 있겠지만 나에게는 이곳이 집처럼 느껴지지 않을 뿐이었다. 단 한 번이라도 집처럼 느낀 적이 있었을까?

메러디스가 살해당했다는 소식을 루스에게 전하러 왔던 그날처럼, 현관문을 열고 로비로 들어섰다. 계단 아래 할아버지의 시계가 똑딱거리는 소리가 정적을 채웠다.

이곳에서 내가 찾으려던 것은 무엇이었을까? 단서, 위안, 아니면 평생을 갈망했지만 찾지 못한 피난처? 루스가 좋아하는 베란다를 서성이며 가구를 어루만지면서 엄마의 사랑을 느껴보려 했지만 그럴 수 없었다. 엄마의 사랑 같은 건 거기에 없었다. 애초에 존재하지 않았던 것 같은 느낌이었다.

주방으로 연결된 출입문에 서서 존과 마사가 없다면 얼마나 허전할지 생각했다. 식탁에 앉아 크리스마스 쿠키를 장식하며 깔깔거리던 기억이 남아있었다. 안전하다는 느낌. 사랑받는다는 느낌. 그런 느낌이 진짜이긴 했을까? 더는 확신할 수 없었다.

꿈속의 메러디스, 아니 내 잠재의식 속 내가 계단으로 나를 이끌었다. 메러디스의 침실 앞에서 손잡이에 손을 올렸지만 차마 그 손잡이를 돌릴 수 없었다. 텅 빈 방을 마주할 자신이 없었기 때문이다.

나는 다락방으로 가서 나무 계단을 올라 천장의 조명과 연결된 줄을 잡아당겨 불을 밝혔다. 메러디스에게 안식처가 되어주었던 곳으로, 그러니까 최근 내 꿈속에 나오는 메러디스가 사는 구석 방으로 걸음을 옮겼다. 방으로 들어가 메러디스가 몇 시간이고 고독하게 홀로 앉아있던 바로 그 자리에 몸을 웅크리고 앉았다.

"여기서 뭐 해?"

내가 물었다.

"여기에서 뭘 찾았던 거야?"

뜨겁고 먼지로 매캐한 다락방에 누워 메러디스가 내게 말을 걸어주길 기다렸다. 메러디스가 바라는 것이 무엇인지, 내가 깨달아야 하는 것이 무엇인지 이해하려고 기다렸다.

20분 후 자리에서 일어나 얼룩진 매트리스를 손으로 훑어보았다. 아무것도 떠오르지 않았다. 무언가 떠오를 거라고 기대했던 나 자신이 바보처럼 느껴졌다.

계단을 내려와 20년 동안 아무것도 바뀐 것이 없는 예전 침실로 갔다. 이 집에 행복이란 감정이 존재한 적이 있긴 했을까? 내 방에서 메러디스의 방으로 이어진 문이 빼꼼히 열려 있었다. 문 앞으로 가서 심호흡을 한 번 한 다음 용기 내어 문을 열었다.

루스가 분명 물건들을 정리했을 것이다. 그게 죽음에 작별을 고하는 그녀의 방식이었다. 침대 커버가 벗겨져 있었고 메러디스가 어린 시절에 사용하던 소지품들이 바닥과 창문 아래 긴 의자 위에 놓인 상자에 담겨 있었다. 두 뺨을 타고 눈물이 흘렀다. 메러디스의 방이 사라졌다. 메러디스가 떠나버렸다. 나는 침대로 가서 커버가 씌워지지 않은 매트리스 위에 몸을 웅크리고 누워 하염없이 눈물을 흘렸다.

심장의 통증이 나를 압도했고 나는 눈물이 흐르도록 그냥 내버려두었다. 눈물이 말라버려 더는 흘릴 눈물이 남지 않게 되었을 때가 되어서야 몸을 일으켰다. 침대 옆 탁자 위에 놓인 스탠드를 켜고 마지막이 될지도 모르는 메러디스 방의 모습을 눈에 담기 위해 주위를 둘러보았다.

내가 겁에 질려 떨었던 수많은 밤에 어둠 속에서 튀어나온 괴물들로부터 나를 구해주고, 곁에 내 몸을 누이도록 허락해주었던 메러디스의 방을 손으로 어루만졌다. 매트리스는 낡고 때가 묻어 있었다. 메러디스가 잠을 자던 구석에는 움푹 팬 흔적이 있었다.

나는 다시 이곳에 오고 싶었다. 이 집, 그리고 이 방에. 하지만 이제는 놓아주어야 할 때라는 걸 알고 있다. 어쩌면 영원히 이곳에 오지 못할지도 모른다. 내 인생에서 이 부분을 영영 떠나보내야 한다는 생각에 서글퍼졌다.

어두컴컴한 현관에 서서 마지막으로 주위를 둘러보는데, 갑자기 꿈이 무엇을 의미하는지 이해하게 되었다. 꿈에서 메시지를 전하던 사람은 메러디스가 아니었다. 이미 알고 있었지만 표현할 수 없었던 것을 나 자신에게 말하고 있던 것이었다. 모든 게 명확해지면서도 두려웠다.

집 밖으로 나와 현관문을 잠그는 찰나 데이비드의 차가 진입로 안쪽으로 들어와 내 차 뒤에 멈춰섰다. 숨이 턱 막히는 느낌이었다. 루스가 먼저 차에서 내리고 뒤이어 데이비드가 내렸다. 나는 그들을 바라보며 내 차가 있는 쪽으로 걸어갔다. 존의 차가 서밋 애비뉴를 빠져나와 데이비드의 자동차 뒤에 멈췄다. 곧이어 존과 마사가 차에서 내렸다.

나는 그 자리에 얼어붙고 말았다. 이들과 마주하고 있지만 어떻게 해야 할지 몰랐다.

그때 루스가 알 수 없는 표정으로 내게 다가왔다.

"엘리자베스,"

루스가 내 이름을 불렀다.

"뭐 필요한 거라도 있니?"

내 시선이 루스에서 데이비드에게로, 다시 존에게서 마사에게로 옮겨갔다. 나는 고개를 젓고는 차 문을 당겼다. 땀으로 흥건히 젖은 손이 미끄러웠다. 숨이 가빠지기 시작하고 엉엉 울고 싶었다. 빨리 이 자리에서 도망치고 싶었다.

존이 내게 다가와 한 손으로 내 등을 감싸고 나머지 한 손을 내 앞으로 뻗어 자동차 문을 열었다. 존과 눈이 마주쳤다. 그가 허리를 숙여 내 귀에 대고 속삭였다.

"괜찮니?"

"가야 해요."

백미러를 통해 그들이 길에 서 있는 모습을 보면서 좌회전했다. 속력을 내서 눈을 감고도 떠올릴 수 있는 익숙한 집들을 지나쳤다. 두 블록 떨어진 루터교회에 도착해서 주차장 한가운데로 차를 몰고 갔다. 그런 다음 문을 열고 몸을 밖으로 내밀었다. 속에 있는 것들을 다 게워냈다.

25

교회 주차장은 한산했다. 나는 운전대에 머리를 기대고 숨을 고르며 생각했다. 그렇게 15분쯤 지났다. 가방을 뒤적거려 휴대전화를 꺼내 에드먼에게 전화를 걸었다.

"변호사가 필요해요."

전화를 받자마자 말했다.

그는 내 부탁이 이해되지 않는다는 듯 아무 말이 없다가 간신히 입을 뗐다.

"가족 변호사 있잖아요."

"제게 다른 변호사를 소개해주세요. 일을 해결할 때 고용하는 그런 변호사요."

"뭐가 필요한지 말해 봐요."

에드먼에게 설명했다.

그가 긴 한숨을 내쉬었다.

"이런, 세상에. 확실해요?"

"네."

"언제요?"

"가능한 한 빨리요."

"시간이 좀 걸릴 수 있어요. 준비가 끝나면 전화할게요."

다시 한번 침묵이 흘렀다.

"여보세요?"

내가 물었다.

"아, 네. 그냥 생각 중이었어요."

"무슨 생각이요?"

"당신이요. 괜찮은 거예요?"

"저도 모르겠어요."

전화를 끊고 가방에 휴대전화를 다시 넣는데, 메러디스의 안전 금고에서 가져온 것 중 내 이름이 적혀있던 봉투가 눈에 띄었다. 톰에게 주지 않은 유일한 물건이었다.

나는 금속으로 된 잠금 고리를 푼 뒤 봉투에서 미니애폴리스의 독립 의료 연구소에서 보낸 종이 몇 장을 꺼냈다. 그러니까 이게 메러디스가 내게 물려준 것이었고 이제 나는 그녀가 하지 못한 일을 해야 하는 사람이 되었다.

가까스로 집에 도착하긴 했지만 어떻게 집까지 왔는지 기억도 나지 않았다. 내가 기억하는 거라고는 새벽 2시까지 식탁에 앉아 싱크대 위 찬장을 멍하니 노려보고 있었다는 사실이다. 그러다가 벌떡 일어나서 싱크대로 걸어가 찬장을 열었다. 병이 나를 내려다보고 있었다. 이런 일을 견딜 수 있을 만큼 내가 강한 사람 같지 않았다. 술에 절어있지 않은, 새롭고 맑은 정신이 과연 진짜인지조차 확신할 수 없었다. 어쩌면 내 인생의 다른 모든 것들처럼 이러한 기분도 환상일지 모른다.

프레드가 필요할 때 그는 어디에 있었지? 나는 위층으로 올라가 침대로 기어들어 갔다. 앞으로 다가올 일에 대비하려면 잠을 자둬야 했다.

* * *

다음 날 아침 일찍 일어나 노트북을 켜고 에드먼이 칼리의 지프 체로키 뒷좌석에 던져 놓은 휴대전화를 추적해 칼리가 오늘은 어디에 있는지 확인했다. 놀랍게도 칼리는 베이필드에 돌아온 상태였다.

아침 8시 30분, 나는 자동차를 타고 북쪽으로 이어진 길을 따라 달리고 있었다. 마지막으로 한 번 더 조셉을 만나야 했다. 칼리도 베이필드로 돌아왔으니 조셉도 아직 호숫가 집에 있을 거라고 확신했지만 굳이 전화를 걸어 그 사실을 확인하지는 않았다. 그에게 도망칠 기회를 주고 싶지 않아서 갑자기 방문했다.

4시간이 걸리는 거리를 3시간 만에 도착했다. 지난번에 이곳을 방문했을 때 에드먼이 차를 세워 두었던, 집 뒤편 비포장 도로에 주차했다. 집을 내려다보고 있는 언덕으로 터덜터덜 걸어갔다. 더운 날씨에 숲과 잡초를 헤치면서 전진하는 것은 생각보다 힘들었다.

조셉의 트럭이 진입로에 주차되어 있었고, 칼리의 지프는 조셉의 차와 조금 떨어진 곳에 세워져 있었다. 얼마쯤 뒤에 모습을 드러낸 조셉이 커다란 여행 가방 두 개를 들고 와서는 트럭 뒤에 싣고 다시 집 안으로 사라졌다. 잠시 후 큰 상자를 들고나와 트럭에 싣고 다시 집으로 들어갔다.

언덕 비탈길로 내려와 포드 레인저에 기대어 조셉을 기다리고 있었다. 그는 양손에 커다란 쓰레기봉투를 하나씩 들고 집 밖으로 나왔다. 트럭을 향해 절반쯤 걸어오다가 나를 보고 그 자리에 그대로 멈춰 섰다.

"여기서 뭘 하는 거냐?"

조셉이 주위를 둘러보았다. 프레드나 에드먼을 찾는 것 같았다.

"메러디스가 이야기했죠?"

조셉은 집안을 살폈다. 나는 조셉에게 한 발짝 다가갔다.

"메러디스가 말했잖아요."

목소리가 높아졌다.

조셉은 쓰레기봉투를 바닥에 내려놓았다.

"넌 여기 오면 안 돼."

나는 앞으로 한 발짝 더 다가가 조셉 앞에 얼굴을 바짝 대고 섰다.

"딸한테 도움이 필요했는데 당신은 그런 딸 곁에 있어 줄 만큼 어른스럽지 못했어."

조셉이 이를 꽉 물었다.

"그래, 메러디스가 말했어. 하지만 이제 와 내가 뭘 할 수 있었겠어? 모두 지나간 일이잖아. 돌아간다 해도 아무것도 바꿀 수 없었어. 내가 뭘 할 수 있었는데?"

나는 손가락으로 조셉의 가슴을 찔렀다.

"아빠가 될 수도 있었고, 남자가 될 수도 있었지. 인생에 단 한 번은, 자신이 한 일을 만회할 기회가 있었다고."

조섭이 몸을 숙여 내 얼굴에 자신의 얼굴을 바짝 갖다 댔다.

"나는. 아무것도. 안. 했어."

그의 눈에 서린 분노가 나를 두렵게 만들었다. 내가 이곳에 왔다는 사실을 아무도 모르고 있다. 지금 내가 어디에 있는지 아무도 모른다. 에드먼에게 전화해서 알려야 했지만 그랬다면 내가 혼자 여기 오지 못하게 날 막았을 것이다. 그래서 연락하고 싶지 않았다. 난 혼자서 이 일을 해야만 했다.

"당신은 자식을 버리고 도망쳤어."

그의 얼굴에 대고 소리를 질렀다.

"당신이 우리를 떠났다고. 우리에게 아빠가 필요했을 때 대체 어디에 있었던 거야?"

"리지, 같은 일로 너와 또다시 실랑이 하고 싶지 않다. 당장 여기서 떠나."

칼리가 집에서 나와 우리 쪽으로 성큼성큼 걸어왔다.

"앤디, 이 여자가 여기서 뭐 하는 거예요? 다시는 우리를 귀찮게 하지 않을 거라고 했잖아요."

"이제 갈 거야."

조섭이 말했다.

나는 칼리를 쳐다보았다.

"지금 같이 사는 이 남자가 어떤 사람인지 알아요? 이 사람이 자기가 죽은 것처럼 꾸며서 애들을 버리고 달아났다는 걸 알고 있느냐고요. 이 사람 때문에 자기 딸에게 무슨 일이 일어났는지 알기나 해요?"

칼리는 그게 뭐 대수냐는 듯 태연한 표정으로 조섭을 가리켰다.

"앤디가 전부 말해줬어. 사랑 없는 결혼 생활에서 벗어나고 싶었다고. 하지만 당신과 당신 언니가 보험금을 받을 수 있게 사고로 위장해야 했다더군."

나는 깔깔거리며 조셉을 쳐다봤다.

"정말이에요, 아빠? 이 여자한테 그렇게 말한 거예요?"

나는 다시 칼리에게 말했다.

"보험금은 우리 자매하고 아무 상관이 없었어요. 본인이 쓸 돈이었으니까요. 전부 다요. 가족을 책임지는 대신 혼자 도망가서 쓸 돈이었다고요."

칼리가 무슨 말을 하려고 했지만 나는 그녀의 입을 막아버렸다.

"이 남자가 브렌다를 버리고 혼자 도망가면 기분이 어떨 것 같아요, 칼리? 하나 남은 딸마저 버리고 도망치면요?"

"브렌다는 이 사람 딸이 아니야."

칼리가 답했다.

"그리고 앤디는 브렌, 아니 우리를 두고서는 절대로 혼자 도망치지 않을 거고."

"리지, 하고 싶은 말은 이제 다한 것 같은데 그만 돌아가 줬으면 좋겠다."

조셉이 말했다.

나는 한 걸음 가까이 다가갔다.

"아직 상황 파악을 못 하셨나 본데요, 지금 여기서 떠날 사람은 제가 아니라 당신이에요. 지금 당장 내 땅에서 꺼져요. 그렇지 않으면 5분 안에 보안관을 불러올 테니까."

칼리가 놀란 토끼 눈을 떴다.

"지금 이게 무슨 말이에요, 앤디?"

그가 나를 매섭게 노려보더니 고개를 저었다.

"아무것도 아니야."

"앤디?"

"집으로 들어가."

조셉이 칼리에게 말했다.

나는 주머니에서 휴대전화를 꺼내 칼리에게 다가갔다.

"아니,"

내가 말했다.

"지금 여길 떠나. 당장. 안 그러면 보안관을 부를 테니까."

"앤디?"

조셉이 내 팔을 잡아당기며 나를 저지했다.

"지금 뭘 하는 거냐?"

"호숫가 집은 제 거예요. 할아버지, 할머니가 저와 메러디스에게 물려주셨고 지금 거의 20년 동안이나 월세도 내지 않고 사셨잖아요. 지금 당장 나가주세요. 그렇지 않으면 지금 당장 경찰에 신고할 생각이니까요."

조셉은 내가 허풍을 떨고 있다고 생각하는 것 같았지만, 아니었다. 더 이상 이 남자에게 아무런 감정도 남지 않았고 그저 내 인생에서 영원히 사라졌으면 좋겠다고 생각했다.

칼리가 내 눈치를 살폈다. 그녀는 내가 허풍을 떠는 게 아니라는 걸 눈치챈 것 같았다.

"집 안에 아직 우리 물건이 있어."

"상관없어요."

내가 말했다.

"지금 당장 떠나요."

칼리가 조셉의 눈치를 살피다가 나를 한 번 쳐다보고는 그의 팔을 잡아끌었다.

"앤디, 그냥 가."

칼리가 트럭 운전석 쪽으로 조셉을 끌고 가기 시작했다. 조셉은 요지부동이었다.

"집 안에 내 돈이 있어."

그가 말했다.

"내가 상관할 일 아니에요. 2분 남았어요. 빨리 내 눈앞에서 사라져요."

조셉은 나를 보며 어떻게 할지 고민하는 것 같았다. 칼리가 계단으로 가서 집 안을 향해 소리쳤다.

"브렌다, 어서 나와. 우리 지금 떠나야 해."

"잠깐만요."

브렌다가 소리쳤다. 칼리는 내 눈치를 살폈다. 내가 휴대전화를 꺼내자 다급한 목소리로 외쳤다.

"브렌다, 당장 나와! 지금 출발해야 해."

30초쯤 지난 후 브렌다가 입을 삐죽거리며 뾰로통한 표정으로 밖으로 나왔다.

"이 여자는 여기서 뭐 하는 거예요?"

나를 보고 물었다.

"가세요."

내가 말했다.

칼리가 딸의 팔을 붙잡고 트럭 운전석으로 끌고 갔다.

"차에 타."

그녀가 말했다.

브렌다가 투덜대면서 앞 좌석에 탔다. 칼리도 아빠에게서 눈을 떼지 않은 채 지프 체로키에 탔다. 조셉은 여전히 나를 노려보는 중이었다.

"이게 네 복수냐?"

그가 물었다.

"이런다고 뭐가 달라질 것 같아?"

"가세요. 당장 내 눈앞에서 꺼지라고요."

조셉은 얼마간 나를 더 노려보다가 트럭을 타고 출발했다. 칼리의 차도 곧이어 조셉의 차를 따라 출발했다.

나도 모르게 숨을 참고 있었던 건지 머리가 어지러웠다. 나는 입으로 숨을 뱉어내고는 휴대전화를 쳐다보다가 톰에게 전화를 걸었다.

"웬일이야?"

전화를 받자마자 그가 말했다.

"아빠와 여자친구, 그리고 그 딸이 어디 있는지 알아. 그 사람들을 찾아서 여자와 딸을 체포했으면 좋겠어."

톰이 경찰 모드로 변했다.

"리지, 아빠가 어디에 있는지 어떻게 아는 거야?"

"지금 베이필드에 있어. 방금 막 호숫가 집을 떠나서 동쪽으로 갔어. 두 사람을 신고하고 싶어. 그리고 관심이 있다면 20년 전에 아빠가 저지른 보험 사기 증거도 줄게."

"베이필드에서 대체 뭘 하는 거야?"

"톰, 그 사람들이 지금 어디에 있는지 알려줬잖아. 폭행죄로 그 사람들을 고소하고 싶어. 그런 거로 실랑이할 생각 없어. 이 지역 관할 보안관에게 전화할 거야, 말 거야?"

"리지……"

"그만 끊을게."

종료 버튼을 눌러 전화를 끊었다. 지난 10분 동안 갈 곳을 잃었던 아드레날린이 내 혈관을 타고 폭발하듯 터져 나오는 것을 느꼈다. 나는 계단을 올라 집 안으로 들어갔다. 방을 하나씩 둘러보며 아빠와의 몇 안 되는 좋은 추억에 작별 인사를 했다. 밖에는 지하실 문에서 20피트 떨어진 곳에 나무 헛간이 있었다. 헛간 안에는 거의 사용하지 않은 5갤런짜리 빨간색 가스통이 있었다. 가스통을 집 안으로 가져간 다음 주방 서랍에서 성냥 한 갑을 찾아냈다.

위층에 있는 부부침실에서 바닥으로 가스를 흘려보내자 복도와 계단을 따라 호박색 액체가 흘러내렸다. 거실에 멈춰 가스통을 완전히 비운 다음 휴대전화를 꺼내 옛 맥칼리스터 집에 불이 났다고 신고했다. 전화를 끊고 성냥에 불을 붙여 가스 속으로 던졌다. 순식간에 불이 활활 타올랐다. 그대로 뒤도 돌아보지 않고 뒷문으로 나가 차가 주차되어 있는 언덕을 올라갔다.

* * *

2번 고속도로에서 동쪽으로 계속 달리다가 53번 도로에서 위스콘신을 지나 남쪽으로 향했다. 멈추지 않고 달릴 수만 있다면 계속 길을 따라 달리고 싶었다. 존의 표현대로 '지옥에서 탈출한 박쥐'

마냥 쏜살같이 달렸다.

휴대전화 전원을 끄고 생각에 잠긴 채 무작정 도로를 따라 달리면서 이런저런 생각에 잠겼다. 하지만 이 상황에서 많은 생각을 하는 것은 그다지 좋은 선택이 아니었다.

4시가 막 지났을 무렵 나는 미니애폴리스에 있는 리의 사무실 건물에 도착했다. 이제는 친근한 주차장에 차를 세우고 9층에 도착한 뒤 리의 사무실이 있는 데스크 문을 열고 들어갔다. 접수담당자가 나를 보고 환한 미소를 지었다.

"무엇을 도와드릴까요?"

"리를 만나러 왔는데요. 지금 당장이요."

닫혀있는 사무실 문을 향해 걸어가며 내가 말했다.

여자는 자리에서 일어났지만, 이 상황을 어떻게 처리해야 할지 몰라 그 자리에 그대로 서 있었다.

"안에 들어가시면 안 돼요."

그녀가 말했다.

"상담 중인가요?"

"그건 아니지만……"

여자가 보안요원을 호출하기 위해 수화기에 손을 갖다 댔다. 나는 그녀가 서 있는 책상으로 가서 그녀가 수화기를 들지 못하게 막은 다음 낮은 목소리로 말했다.

"하지 마세요."

깜짝 놀란 여자가 얼굴이 새빨개져서 눈만 깜빡거렸다.

"뭐라고요?"

"누구한테 도움을 요청하려고 생각했든, 하지 말라고요."

그대로 돌아서서 리의 사무실 문을 벌컥 열었다. 접수담당자는 두 발짝 뒤에서 나를 따라왔다. 리는 창문을 내다보며 통화 중이었다. 쾅-하고 문이 열리는 소리가 나자 그녀가 의자를 빙그르 돌려 문을 쳐다봤다. 문 앞에 서 있는 나를 발견하고는 통화 중이던 상대방에게 말했다.

"나중에 다시 통화해요."

리가 자리에서 일어나 책상으로 다가가는 모습을 보고 있었다.

"죄송합니다, 앳워터 박사님."

출입문에서 접수담당자가 말했다.

"막무가내로 들어오셔서요."

리는 나를 쳐다보더니 여자에게 나가도 좋다고 손짓했다.

"괜찮아요, 캐시."

리가 말했다.

"잠깐 이야기하게 자리 좀 비켜줄래요? 나갈 때 문을 닫아줘요."

캐시가 나에게서 시선을 고정한 채로 뒷걸음쳐서 방을 나갔다.

"원하는 게 뭐야, 리지?"

여전히 책상 뒤에 선 채로 내게 물었다. 겁에 질린 표정이었다. 좋은 일이었다. 나는 그녀에게 겁을 주고 싶었기 때문이다. 나는 곧장 책상 앞으로 걸어가 리와 마주 보고 섰다.

"무슨 짓을 한 거야?"

내가 물었다.

"메러디스에게 대체 무슨 짓을 한 거냐고?"

리는 통제 불가능한 상황에 익숙하지 않았다. 빳빳이 굳어버린 그녀의 모습에서 내가 얼마나 알고 있는지 판단하려는 모습이 보였다.

"리지, 일단 좀 앉자. 지금 너무 흥분한……"

내 목소리는 낮고 그 어느 때보다 진지했다.

"무슨 짓을 했는지 말해. 이 모든 걸 어떻게 꾸몄는지 말하라고. 말하지 않으면 비윤리적인 행동을 했다고 주 자격관리위원회에 널 신고할 거야. 아니면 메러디스의 사적인 의료 기록을 내게 보여준 거로 의료정보 보호법 위반으로 신고할 수도 있고."

이제야, 돈과 그 돈으로 산 권력이 내 유산이라는 사실을 깨달았다. 법정에서 내가 한 협박이 증거로 채택될지는 모르겠지만, 나에게는 상대가 누구든 무릎을 꿇게 할 수 있는 돈과 권력이 있었다. 내가 틀렸다고 해도 싸울 수 있었다. 지금부터 세상이 끝날 때까지 변호사를 고용해서 상대방을 재정적으로 완전히 무너뜨릴 수 있었다. 그들이 감당할 수 없는 변호사 비용으로 몇 년 만에 산산조각 낼 수도 있었다.

그것은 추악한 현실이었지만 더는 개의치 않았다. 메러디스가 세상을 떠났고, 그녀에게 도움이 가장 필요할 때 너무나 많은 사람이 그녀를 홀로 버려두었다.

당황한 리가 아랫입술을 질끈 깨물었다.

"리지, 부탁이야. 그러지 마. 정말 힘들게 노력해서 이 자리까지 올라온 거야. 부탁할게."

"그럼 네가 알고 있는 걸 말해 봐. 시시콜콜한 게임이나 수수께끼 같은 의미 없는 충고는 필요 없으니까 알고 있는 걸 전부 말해."

리가 마지못해 고개를 끄덕였다. 눈을 깜박이며 눈물을 삼키는 것 같았지만 그러한 모습이 전부 꾸며낸 거짓일 수도 있었다. 진실이 뭔지 모르지만, 알고 싶지도 않았다.

"알겠어."

리가 말했다.

"앉아서 이야기할까?"

리에게 책상 앞에 놓인 의자에 앉으라고 손으로 가리켰다. 그녀는 천천히 책상을 돌아 나와 깊게 숨을 들이마셨다. 리가 자리에 앉은 다음 나도 맞은편에 앉았다.

"데이나 때문에 시작됐어."

리가 입을 열었다.

손을 들어 리의 말을 끊었다.

"그건 진실이 아니잖아. 고등학교 때부터 시작된 거 아냐? 거기서부터 시작하지 그래?"

리는 애처로운 표정으로 어깨를 잔뜩 움츠렸다.

"맞아, 고등학교 때부터 시작됐어."

"넌 15년 동안 넌 메러디스를 미워했어."

리가 고개를 저으며 부정했다.

"아니, 그건 사실이 아니야. 그때는 메러디스를 미워했었어. 그애의 모든 것을, 그러니까 그 애가 가진 모든 것을 질투했거든. 난불우한 환경에서 자랐고 성적 장학금을 받고 겨우 세인트 바르톨로뮤 학교에 입학할 수 있었어. 우리 부모님은 학비를 대줄 형편이 안됐기 때문에 학교에 남아있기 위해 열심히 노력해야만 했어."

"그러니까 우리가 부자라서 메러디스를 미워한 거구나."

"미워한다는 말 좀 그만할 수 없어?"

"그럼 그런 감정을 뭐라고 불러야 하는데?"

"나는 불평, 불만으로 가득 찬 평범하고 어리숙한 아이였어. 그

땐 메러디스를 미워한다고 생각했는데 다시 보니 질투심과 불안감이었어. 메러디스는 부자인 데다…… 똑똑하고 아름다웠잖아. 그런 메러디스를 질투하지 않을 사람이 어딨겠어?"

리가 잠시 말을 멈추고 나를 바라보았다. 나는 아무 말 하지 않았다. 그녀는 손을 만지작거리더니 한숨을 쉬었다.

"고등학교 1학년 때 톰과 사귀면서, 나는 내가 세인트 바르톨로 뮤에서 가장 운이 좋은 사람이라고 생각했어. 톰이 내게 데이트 신청을 했다는 게 믿기지 않았지. 드디어 내가 특별한 사람임을 모두에게 보여 줄 기회가 왔다고 생각했어."

눈물이 뺨을 타고 흘렀지만, 리는 닦을 생각이 없어 보였다. 그렇게 애처로운 눈으로 나를 처다보았다.

"그러다가 메러디스가 톰을 빼앗아 간 거지. 그전에도 내가 메러디스를 미워했다고 생각했다면 오산이야. 내 분노는 톰을 뺏기고 난 후에야 시작됐어."

"그러고 나서 둘이 헤어졌잖아. 그런데도 넌 메러디스를 이유없이 계속 미워했어."

"이유를 모르겠어?"

리가 내 손을 잡으려고 뻗었지만 나는 뒤로 손을 뺐다. 예상치 못한 행동에 깜짝 놀라더니 짜증 섞인 표정으로 이내 얼굴이 바뀌었다.

"메러디스는 내가 갖지 못한 모든 것을 갖고 있었어. 내가 원하는 모든 걸 말이야. 내가 A학점을 얼마나 많이 받든, 장학금을 얼마나 많이 받든 내 출신 성분을 바꿀 수는 없어."

"리, 그런 걸 신경 쓰는 사람은 없어. 그런 환경에서도 이렇게 크게 성공했잖아. 사람들은 청소년기를 어떻게 이겨낼 수 있을까에 대해 생각하지 불쌍한 리 앳워터에 대해서는 관심 없어. 그런 걸 생각할 시간 같은 건 없다고."

리의 표정이 딱딱하게 굳었다. 화가 난 것처럼 보였다.

"상관없어. 그때는 모두가 나를 평가한다고 생각하기 마련이니까. 그러다가 대학에 가서 톰을 다시 만났어. 이번에도 메러디스가 톰을 빼앗았고, 옛날에 느꼈던 모든 감정이 되살아났어. 나는 메러디스를……"

"죽이고 싶었다고?"

리가 한숨을 쉬었다.

"맞아, 그땐 그랬어. 하지만 이젠 아니야. 나는 열심히 살았고 스스로 성공도 거두었어. 몇 년 동안 메러디스에 대해 생각해 본 적도 없었어. 데이나가 나타나기 전까지는……."

흥미로운 이야기였다.

"계속 말해 봐."

"데이나에게 문제가 있어서 부모님이 상담을 보냈어. 데이나는 똑똑한 아이였고 상담도 순조로웠어. 우린 모든 것에 대해 이야기했어. 심지어 입양에 대한 그녀의 생각까지도. 그런데……"

리가 다시 말을 멈추고 내 눈치를 살폈다. 나는 리를 도와줄 생각이 없었다. 무슨 일이 일어날지 알고 있었기 때문에 거기에 뛰어들고 싶은 생각은 없었다. 나는 리의 얼굴을 빤히 쳐다보았다. 마침내 리가 내 시선을 피했다.

"몇 달 동안 데이나를 상담했어. 그러던 어느 날 데이나가 나에게 자신의 출생증명서를 찾았다면서 친엄마가 누구인지 알게 됐다고 말했어. 우리는 데이나가 느끼는 기분에 대해 이야기하고 그렇게 알게 된 정보로 뭘 하고 싶은지 이야기했어. 그리고 그 애가 엄마의 이름을 말해주었는데 그게 바로 메러디스 맥칼리스터였던 거야."

리가 자리에서 일어나 창문으로 걸어갔다. 내게 등을 돌린 채로 그렇게 서 있었다.

"그래서 계산을 좀 해봤지. 메러디스가 기숙학교에 갔던 때를 기억하고 있었고, 톰과 재회한 지 얼마 지나지 않아서 마을을 떠났다는 사실을 알고 있었어. 마치 해결되지 않은 모든 감정이 다시 돌아와서 내 얼굴을 때리는 것만 같았어. 내가 열심히 노력했던 모든 것, 내가 성취한 모든 것들이 아무것도 아닌 것처럼 느껴졌어. 내가 무슨 짓을 하든 나는 메러디스 맥칼리스터가 될 수 없어. 톰 마튼스 역시 메러디스를 사랑한 것만큼 나를 사랑하지는 않을 거고."

리가 손에 얼굴을 묻고 어깨를 들썩이며 흐느끼기 시작했다. 하지만 그녀가 무슨 짓을 저질렀는지 아는 이상 측은한 마음이 조금도 들지 않았다.

리가 등을 돌려 나와 마주했을 때는 얼굴에 마스카라 자국이 번져 있었다. 책상에 올려 둔 휴지 상자에서 휴지를 하나 꺼내더니 눈가에 눈물을 닦고 코를 풀었다.

"미안해, 리지. 정말 미안해."

"나머지도 말해 봐."

리가 책상 주위로 돌아와 의자에 앉았다. 내 눈에 비친 리의 모습은 오래전 메러디스와 함께 세인트 바르톨로뮤에 다녔던 소심한 열일곱 살 소녀의 얼굴이었다.

리가 깊은 한숨을 내쉬었다.

"톰과 메러디스를 떠올리자 옛 감정이 되살아났어. 나는 톰이 데이나의 아빠일 거라고 거의 확신했지. 하지만 좀 더 확실한 증거가 필요했어."

"왜? 그게 대체 왜 중요했는데?"

"두 사람이 날 배신했다고 생각했으니까. 톰은 메러디스에게 접근하기 위해 날 이용했고, 메러디스는 두 번이나 내게서 톰을 뺏어 갔어. 미친 소리인 거 알아. 그런데 그냥 넘길 수 없었어."

"그래서 어떻게 했는데?"

"구글에서 메러디스를 검색해서 어디에서 일하는지 찾아낸 다음 이메일을 보냈어. 옛날 친구들을 다시 찾고 있는데 언제 만나서 커피 한 잔 할 수 있겠느냐고."

"그래서?"

"몇 번 같이 만나서 커피를 마셨어. 정말 힘든 일이었지. 메러디스는 어렸을 때보다 더 아름다웠어. 톰에 대해 물었는데 대학을 졸업한 이후로는 만난 적이 없다고 말했어. 메러디스 말을 믿지 않았는데 나중에 거짓으로 말했다는 걸 알게 됐어."

"무슨 거짓말?"

"톰 말이야. 지난봄에 둘이 같이 있는 모습을 봤어. 둘이 커피를 마시고 있는 걸 우연히 마주쳤거든. 모든 게 예전과 똑같았어. 그리고 그게 날 계속 괴롭혔지. 잘못되었다는 건 알았지만 확실히 알기 전까지는 영원히 고등학교 시절에 머무를 것만 같았어."

"너는 메러디스를 함정에 빠뜨린 거야."

뺨을 타고 눈물이 다시 흐르기 시작했다. 리가 고개를 끄덕였다.

"어쩔 수 없었어. 데이나의 존재를 알게 된 이후로는 미쳐버릴 것 같았으니까. 멈출 수가 없었어."

"그래서 어떻게 한 거야?"

"데이나에게…… 생모한테 연락하라고 부추겼어. 네가 겪고 있는 문제는 자신이 입양되었다는 사실을 받아들이지 못해서 생긴 거라고 이야기하면서 말이야."

나는 눈을 감았다. 메러디스는 어떤 일이 닥칠지 전혀 알지 못했다.

"메러디스와 계속 연락하면서 데이나에게 생모를 만나라고 부추겼어. 상황을 알고 싶었으니까."

나는 리와 그녀의 이야기에 점점 지쳐가고 있었다. 할 수만 있다면 리를 흠씬 두들겨 패고 싶었다. 이 모든 일을 꾸민 장본인이 바로 리였기 때문이다. 메러디스는 물속에서 점점 가라앉고 있었는데 각자 자신의 일그러진 감정에만 집중하느라, 누구도 메러디스에게 구명 장치를 던져주지 못했던 거다.

"그러니까 네가 데이나에게 메러디스를 만나라고 부추겼고, 그 때문에 메러디스가 혼란에 빠졌던 거네."

내가 말했다.

"아주 오랜 시간이 지난 후에 메러디스가 인생에서 감당할 수 없었던 단 한 가지, 자기 수치심을 대면하게 된 거네. …… 아주 훌륭한 걸, 리. 정말 프로답다."

나는 자리에서 일어났다.

"정말 미안해, 리지. 진심이야. 내가 한 짓은 절대 용서받을 수 없을 거야. 네 말이 맞아. 이건 정말 전문가답지 못한 행동이었고, 잘못된 일이었어. 용서해 줘."

"톰은? 네가 우연한 만남을 가장해서 이 일에 톰을 끌어들인 사실을 알고 있어?"

리가 고개를 떨궜다.

"아니, 톰은 몰라."

내가 문을 향해 돌아서자 리가 물었다.

"이제 어쩔 생각이야?"

"살인자를 잡아야지."

26

리의 사무실에서 나왔다. 한 시간 동안 정처 없이 차를 몰고 다녔다. 아무래도 이것이 마음을 다스리는 나만의 방법인 것 같았다. 휴대전화의 전원을 끄고, 세상의 모든 추한 것들을 차단하는 안전한 작은 고치 안에 있는 것처럼 차를 몰았다. 한 가지 아쉬운 점은 얼마나 오래, 얼마나 멀리 운전하든지 머릿속에 떠오르는 생각을 지울 수 없다는 점이었다. 생각은 꼬리에 꼬리를 물고 계속 떠올랐다. 쿵―쿵―쾅!

집 맞은편 주차장에 차를 세웠을 때는 저녁 6시를 훌쩍 넘긴 시간이었다. 톰이 맥주 한 캔을 옆에 두고 현관문에 등을 기댄 채 계단에 앉아 나를 기다리고 있었다.

나는 톰 옆에 앉았다.

"얼마나 오래 기다린 거야?"

"한 시간쯤. 어디 갔었어?"

"드라이브."

"이야기하고 싶어?"

"응."

나는 톰을 바라보았다.

"리 앳워터를 사랑했어?"

톰이 의아하다는 표정으로 나를 바라보았다.

"뭐? 갑자기 그건 왜 물어보는 거야?"

"그냥 말 해줘. 제발."

"좋아. 내 대답은 '아니'야. 리를 사랑했던 적은 없었어."

"그럼 대학을 졸업한 이후로는 리를 보지 못한 거야? 지금까지?"

"그런 셈이지. 지난봄에 몇 번 우연히 마주친 적은 있어. 가장 처음에 만났을 때가 드라이클리닝 맡긴 옷을 찾으러 갔을 때였는데 리가 거기에 있더라고."

"그게 다야?"

톰이 어깨를 으쓱했다.

"다른 곳에서도 몇 번 마주쳤지. 메러디스하고 커피를 마실 때도 두어 번 마주쳤고. 왜?"

"넌 리를 좋아한 게 틀림없어. 고등학교에서도 사귀고 대학에 간 이후에도 또 만났잖아."

"뭐 때문에 이러는 건데, 리지?"

"그냥 알고 싶어서."

톰이 고개를 끄덕였다.

"좋아. 리와 난 고등학교 1학년 때 만났어. 친구 중 몇 명이 세인트 바르톨로뮤 학교에 진학해서 댄스파티에 한 번 따라간 적이 있었거든. 그때 난 열일곱 살이었어. 열일곱 살 소년이 어떤지 너도 잘 알지?"

옛 추억에 빠진 톰이 나를 보며 웃었다. 나는 너무 피곤해서 미소 지을 힘도 없었다.

"어쨌든 네가 어떻게 생각하든지 간에,"

톰이 말을 이었다.

"그 나이대 남자애들은 여드름투성이의 껍데기를 쓰고 걸어 다 니는 호르몬 덩어리나 마찬가지야. 강한 척 허세를 부렸지만, 그 당 시 또래 애들은 대부분 불안정했어. 그래서 댄스파티에 가서 여자 애가 말을 걸면 진짜 살아있는 소녀가 말을 걸었다는 이유만으로 지상낙원에 있는 기분을 느끼게 되지."

톰이 내 얼굴을 빤히 쳐다보고 있어서 결국 나는 '여자가 말을 걸 었다는 이유만으로 지상낙원에 간 열일곱 살의 톰 마튼스'를 떠올 리면서 웃어야만 했다.

"그래서 둘이 한동안 사귀었던 거야?"

내가 묻자 톰이 호탕하게 웃었다.

"그런 것도 데이트라고 부를 수 있을지 모르겠네. 엄마가 두어 번 극장까지 태워다주신 적이 있어. 일주일에 한두 번 정도 학교 끝나 고 만나기도 했고. 키스도 하고 가슴도 만졌던 걸 보면 내가 꽤 저 돌적이었어."

"그런데 메러디스 때문에 리를 차버린 거야?"

"리지, 도대체 이게 왜 궁금한 건데?"

나는 아무것도 모르는 척했다.

"나도 몰라. 그냥 알고 싶어서."

"뭘 알고 싶은데?"

"나도 잘 모르겠어."

한동안 말이 없던 톰이 입을 열었다.

"좋아. 리와 난 몇 달간 어울렸어. 리는 나를 자기 남자친구로 생각했던 거 같지만 당시에는 그게 어떤 의미인지도 몰랐어. 메러디스를 만나고 그녀가 아름답다고 생각했어. 착하고 똑똑한 사람이었지. 내가 메러디스 때문에 자기를 차버렸다고 생각한다는 거 알아. 하지만 진실을 말하자면 리와 나는 통하는 점이 단 하나도 없었어. 열일곱 살 짜리 애들이 그런 감정이 뭔지 알고는 있을지 모르겠지만. 어쨌거나 리와는 결국 오래 가지 못했을 거야. 그런데 메러디스가 나타났을 뿐이고 나는 여자애를 설득하는 방법을 알지 못했어. 다시 말하지만…… 그냥 어울려서 놀러 다니는 정도였어."

"메러디스를 사랑했어?"

눈을 감고 추억에 잠긴 톰이 고개를 저었다.

"아니, 아마도 메러디스라는 사람에게 빠져있었던 거 같아."

나는 등을 문에 기대고 톰을 바라보았다.

"대학 때 이야기해 줘. 리와 다시 만났잖아."

"글쎄, 네가 방금 말했잖아. 리와 나는 수업 몇 개를 같이 들었어. 이미 아는 사이였으니까 대화를 시작했고, 데이트했지."

"리와 결혼을 약속했어?"

톰이 황급히 손을 내저었다.

"아니, 우리는 약혼 같은 거 한 적 없어."

"리가 사람들한테 그렇게 이야기했다고 들었는데."

"리가 몇 사람한테 그렇게 말했다고 들었는데 내가 그 사실을 알고는 그러지 말라고 말렸어."

"리하고 잤어?"

"리지, 대체 알고 싶은 게 뭐야?"

"나도 모르겠어."

"네가 정말 이런 걸 알아야 하는지 모르겠어."

"말 해줘. 알아야 해."

톰은 대답하지 않았다.

나는 기다렸다.

"그래, 몇 번 같이 잤어. 내 스타일은 아니었지만 내게 먼저 다가오는 리를 거절할 수 없었어."

"우리가 다시 만난 날에 내가 그랬던 것처럼?"

톰은 그날 있었던 일을 떠올리고 있었다.

"그래, 그런 것 같네."

좋아, 지금 나는 너무 멀리 왔다. 리처럼 나도 톰의 인생에서 잠깐 스쳐 가는 사람일 뿐이라는 걸 알고 싶지 않았다.

내 손 위에 톰이 자기 손을 포갰다.

"무슨 생각해?"

나는 아무런 말도 할 수 없었다. 입을 열면 눈물이 터질 것 같았고 지금은 울고 싶지 않았다. 자리에서 일어나 그 상황을 피하려는데 톰이 나를 붙잡았다.

"톰……"

"들어봐. 네가 나에게 질문을 했으니 설명할 기회를 줘. 리와는 몇 번 잠자리를 한 것 말고는 아무런 일이 없었고 길게 만나지도 않았어. 나는 메러디스에게 아주 많이 끌렸고 그녀를 정말 아꼈어. 메러디스는 좋은 사람이었어. 하지만 메러디스에겐 내가 이해할 수도 없는 악마가 있었어. 우리가 가까워졌다고 생각하면 늘 우리를 갈라놓는 무언가가 있었다고. 어쩌면 메러디스가 찾던 사람이 내가 아니었는지도 모르지. 어쨌거나 우리 사이는 우정에 가까웠어."

톰이 내 눈을 바라보았다.

"리지, 지금은 우리 모두에게 적절한 시기가 아니야. 네가 이렇게 약해졌을 때의 상황을 이용하고 싶지 않아. 하지만 지난 열흘 동안 너와 함께 보낸 시간은 내게 정말 특별했어. 너와 함께 있는 게 좋아. 우리 사이가 어떻게 될지 모르지만, 사건이 마무리되면 그때 생각해 보는 거로 하자. 알겠지?"

"응."

대답과 함께 눈물이 주르륵 흘렀다.

* * *

내가 샤워를 하는 동안 톰이 저녁을 차렸다. 주방으로 들어갔을 때 식탁에 이미 음식이 차려져 있고 톰이 촛불을 켜고 있었다. 각자 자리에 샐러드가 놓여있었고 나는 톰과 마주 보는 자리에 앉았다.

"근사한데,"

내가 말했다.

"메인요리는 뭐야?"

"오믈렛."

톰의 휴대전화가 울렸다.

"마튼스입니다."

잠시 후 전화를 끊은 톰이 나를 쳐다보았다.

"네 아빠하고 칼리, 브렌다 턴키스트가 지금 베이필드에 구금 중이래. 내일 아침 이곳으로 이송될 거야. 아빠가 저지른 보험 사기 증거 가지고 있어? 그게 없으면 금방 풀려날 거야. 지금은 범행 방조죄로 잡혀 온 거거든."

"내가 증거를 갖고 있어."

톰이 난감한 표정으로 나를 쳐다보았다.

"그건 그렇고, 오늘 베이필드 북쪽에 있는 맥칼리스터 호숫가 집에서 불이 났어."

* * *

그날 밤 우리는 화재 사건도, 아빠에 관한 이야기도 하지 않았다. 내가 옆에 있어 달라고 부탁했을 때 톰이 거절하지 않았기 때문에 그 순간 내가 그를 얼마나 필요로 하는지 느꼈을 것이다. 저녁 9시가 되자 우리는 침대로 갔다. 지난밤에 그랬던 것처럼 톰의 숨소리를 들으며 그가 여기에 있다는 사실에 안도하고 잠에 빠져들었다.

다음 날 아침 7시 반이 되자 톰이 허리를 숙여 얼굴에 흘러내린 머리카락을 뒤로 넘겨주었다.

"사무실에 가봐야 해. 나중에 전화할게."

톰이 나가자마자 나는 침대에서 벌떡 일어났다. 옷을 갈아입고 화장을 하는 데 시간이 오래 걸리지 않았다. 정각 8시가 되었을 때 나는 메러디스의 상사였던 바브 포스먼에게 가장 먼저 전화를 걸었다.

"알고 싶은 정보가 있어요."

내가 말했다.

그러고 나서 에드먼에게 전화를 걸었다.

"준비됐나요?"

"정말 괜찮겠어요?"

"네."

"알았어요. 밖에서 기다리고 있을게요."

웨인라이트 사무실 앞에 주차된 에드먼의 차 뒤에 내 차를 세우고 그의 차 조수석에 올라탔다. 뒷좌석에는 제 사이즈보다 두 치수는 큰 정장을 입은 소심한 표정의 작은 남자가 앉아있었다. 안경이 콧등으로 흘러내리자 남자는 검지로 안경을 밀어 올렸다. 단추를 채우지 않은 코트 사이로 연약한 몸을 감싸고 있는 권총집이 보였다.

"이쪽은 해리 벨몬트 변호사입니다."

에드먼이 남자를 소개했다.

"해리, 여기는 리지 맥칼리스터예요."

뒷좌석으로 손을 뻗어 해리의 부드러운 손과 악수했다.

"진짜 변호사 맞아요?"

내 질문에 그는 불쾌한 표정이었다.

"미네소타와 위스콘신에서 면허를 취득했습니다."

앙상한 가슴을 쫙 펴고 강해 보이려고 노력하면서 그가 답했다.

"제가 뭘 하고 싶은지 에드먼에게 들으셨죠?"

"네, 어젯밤에 서류를 작성해 왔습니다. 서명만 하시면 됩니다."

에드먼에게 도움을 청할 차례였다.

"이제 어떻게 되나요?"

"기다려야죠. 당신의 근사한 변호사가 비서와 함께 곧 사무실을 나갈 겁니다."

"어떻게 준비하신 거예요?"

에드먼이 나를 보더니 매력 넘치는 의기양양한 미소를 지었다.

"모르는 편이 나을 거예요."

15분쯤 지나자 웨인라이트와 자신의 상사에게 아무런 사심이 없는 노마 베를이 밖으로 나왔다. 웨인라이트가 등을 돌려 문을 잠갔다. 그들은 길을 건너 회색 BMW 세단에 탔다. 웨인라이트는 차를 몰고 동쪽으로 사라졌다.

"사무실을 얼마나 비울까요?"

내가 물었고, 에드먼이 자동차 문을 열었다.

"헛수고하고 있다는 사실을 깨닫기까지 아마 두세 시간쯤 걸릴 겁니다. 어서 준비합시다."

지구상에서 가장 어울리지 않는 조합처럼 보이는 우리 세 사람은 길을 건넜다. 에드먼이 호주머니에서 작은 도구 몇 개를 꺼내 자물쇠를 만지작거리기 시작했다. 은행에서 메러디스의 안전 금고에 들어가는 것보다 더 심각한 일이었다. 안전 금고에 손을 댄 것은 절도라고 보기 애매한 부분이 있었지만, 웨인라이트 사무실에 몰래 들어가는 것은 어떻게 보아도 완전한 불법 행위였다.

몇 초 뒤 자물쇠를 연 에드먼이 우리를 안으로 안내하고 방을 돌아다니며 불을 켰다.

"이렇게까지 해야 할까요?"

내가 속삭였다.

"영업 중인 것처럼 보여야 하니까요."

"진짜 고객이 찾아오면 어쩌죠?"

예리한 질문이라는 듯 에드먼이 잠시 고민했다.

"그러면 우리의 새로운 접수담당자 엘리자베스 맥칼리스터 양이 오늘 웨인라이트 씨가 다른 일 때문에 바빠서 다른 날로 약속을 잡아야 한다고 설명하면 되죠."

우리는 해리 벨몬트를 웨인라이트의 사무실에 앉히고 그가 책상 위로 법률 서류를 펼치는 사이 문을 닫았다. 나는 노마가 일하는 책상으로 가서 서류 캐비닛을 열고 해리에게 필요한 서류를 찾기 시작했다. 서류를 찾으면 에드먼이 옆 방에 있는 소심하고 작은 남자에게 가져다주었다.

또 다른 서랍을 열어 조부모님이 메러디스와 프레드, 그리고 나에게 남겨둔 신탁 재산에 관한 서류를 발견하고 페이지를 빠르게 넘겼다. 뒷장에는 웨인라이트가 지난 몇 주 동안 직접 작성한 메모와 데이나와 가족의 관계에 대해 질문한 루스와의 통화 기록이 있었다. 이제는 뭘 보아도 놀랍지 않았다.

파일을 다시 제자리에 두고 에드먼에게 말했다.

"몇 시라고 하셨죠?"

"9시 반이요."

지금 시각은 9시 12분. 남은 시간이 18분밖에 없었다.

에드먼이 나를 지켜보고 있었다.

"전에도 말했다시피 모든 결정은 당신이 하는 거예요. 계속하고 싶지 않다면 지금이라도 나가면 돼요. 우리가 여기에 온 건 아무도 몰라요."

크고 우락부락한 에드먼의 얼굴을 보며 교회 주차장에 앉아있던 그날 밤 느꼈던 공포, 분노, 슬픔이 전부 이해가 되었다.

"아니요, 계획대로 해요."

나는 단호했다.

"끝까지요?"

나는 고개를 끄덕였다.

"네, 끝까지요."

그러자 에드먼이 그답지 않은 행동을 했다. 뽀빠이처럼 커다란 팔로 나를 끌어당겨 꽉 안아준 것이다. 마침내 그가 품에서 나를 놓아주었을 때 그를 보며 말했다.

"한 가지 더 필요해요."

"뭔데요?"

"세인트폴 시내에 있는 싸구려 아파트요."

"얼마나 싼 곳?"

"당신도 살기 싫은 그런 허름한 곳이요."

그를 만나고 처음으로 에드먼이 웃는 소리를 들었다. 목 뒷부분에서 나오는 저음의 웃음소리였다.

"해리가 도와줄 수 있을 거예요. 사실 악덕 집주인이거든요."

"물건을 옮기는 걸 도와줄 덩치가 큰 남자도 몇 명 필요해요."

"언제요?"

"오늘 밤이요."

"전화할게요."

에드먼이 사무실을 나가고 나는 대기실에 앉아 그냥 기다렸다. 그러면서 무슨 일이 일어나고 있는지 생각하지 않으려 애를 썼다. 그리고 톰이 이 사실을 알게 되었을 때 어떤 반응을 보일지에 대해서는 더더욱 생각하지 않으려 애썼다. 무슨 일이 있어도 이 일을 해야만 한다. 뒷일은 나중에 감당하면 될 것이었다.

노마의 책상 뒤, 벽에 걸린 골동품 나무 시계가 9시 27분을 가리켰다. 나는 분침이 천천히, 아주 천천히 9시 28분, 그리고 9시 29분으로 바뀌는 것을 지켜보고 있었다. 그때 출입문이 열리고 현관에서 노마의 사무실 입구로 누군가 걸어오는 소리가 들렸다.

우리는 한참 동안 깜짝 놀란 표정으로 서로를 응시했다.

"엘리자베스, 여기서 뭐 하는 거니?"

데이비드가 느릿느릿 방으로 걸어들어오며 물었다.

에드먼이 복사실에서 돌아왔다. 데이비드는 에드먼을 한 번 힐끔거리고는 다시 내게로 시선을 돌렸다.

"엘리자베스, 여기서 뭐 하고 있니? 노마는 어디 있고? 웨인라이트 씨는?"

내가 앉은 책상에서 몇 걸음 떨어진 위치에 데이비드가 멈춰섰다. 에드먼은 데이비드 뒤쪽으로 조용히 움직여 도망갈 수 있는 경로를 차단했다.

"처리해야 할 일이 있어요, 데이비드."

내 목소리는 더할 나위 없이 차분했다. 마치 내가 이 일의 책임자인 것처럼 느껴질 정도였다. 나는 내가 무얼 해야 하는지도 알고 있었다. 하지만 속으로는 온몸의 근육에 경련이 일어난 것처럼 떨려서 해파리처럼 말랑해진 몸으로 금방이라도 바닥에 쓰러질 것 같은 기분이었다. 지금 내가 하고 싶은 일은 딱 한 가지였다. 가방에서 에드먼이 준 글록 권총을 꺼내 데이비드의 심장을 겨냥해 총을 쏘기 시작하는 것. 탄창에 총알이 한 발도 남지 않을 때까지 총을 쏘는 것이었다. 나는 가까스로 마음을 다스렸다. 내게는 따라야 하는 계획이 있었다. 계획을 따르지 않으면 아무도 돕지 못할 것이었다.

이 상황이 도무지 이해가 가지 않는다는 듯 황당하다는 표정을 짓는 데이비드의 이마에 땀이 송골송골 맺혔다. 데이비드도 알고 있는 것 같았다. 지난밤 모든 진실을 알게 된 것 같았다.

에드먼이 출입문을 잠갔다.

"사무실로 가시죠."

내가 말했다.

데이비드는 그 자리에 서서 미동도 없었다.

"무슨 일인지 말하기 전까지는 여기서 한 발짝도 움직이지 않을 거다."

데이비드보다 키가 훨씬 큰 에드먼이 가까이 다가왔다. 그는 허리를 숙여 데이비드의 귀에 대고 속삭였다.

"저분이 사무실로 가자고 부탁하셨는데, 시키는 대로 하시겠습니까? 아니면 도움이 필요하신가요?"

깜짝 놀란 데이비드가 웨인라이트의 사무실로 걸어 들어갔다. 그러자 책상에 앉아있던 해리 벨몬트가 자리에서 일어났다.

"이분이, 음, 우리 고객이신가요?"

에드먼이 고개를 끄덕였다.

"앉으시죠, 알더 씨."

데이비드는 움직이지 않았다.

"자리에 앉아요."

에드먼은 데이비드의 어깨를 눌러 검은 가죽 의자에 그를 억지로 앉혔다.

우리는 모두 자리에 앉았다. 다행스러운 일이었다. 다리가 해파리처럼 흐물거리는 탓에 더는 서 있기가 힘들었기 때문이었다.

"엘리자베스, 이게 대체 다 무슨 일이니?"

강단 있던 데이비드의 목소리가 한껏 주눅 들어있었다.

"말씀드렸잖아요, 데이비드. 같이 처리할 일이 있다고요. 잠깐만 그 입 좀 다물어봐요. 벨몬트 씨가 차근차근 설명해 줄 테니까."

"이게 대체 무슨 일인지 모르겠구나."

데이비드가 말했다.

"불쾌하니 그만 가야겠다."

데이비드가 자리에서 일어나려는데 에드먼이 커다란 손을 어깨에 올리며 그를 저지했다.

해리 벨몬트는 강박증 환자처럼 서류 모서리가 책상 가장자리와 평행하게 놓이도록 정리하고 있었다. 그러더니 온갖 법률 용어로 가득한 몇 페이지 두께의 서류를 집어 들었다.

"알더 씨, 당신을 위해 제가 새로운 유언장을 작성해 왔습니다."

"새로운 유언장을 부탁한 적이 없는데요."

데이비드가 미소 띤 얼굴로 그를 지켜보고 있는 에드먼의 눈치를 살폈다.

"그러시군요."

해리가 말을 이었다.

"어쨌든 이게 당신의 새 유언장입니다. 수혜자를 명시한 페이지를 한번 봐주시기 바랍니다."

"저는 새로운 유언장을 부탁한 적이 없다고요."

데이비드가 다시 한번 말했지만, 그의 말에 귀 기울이는 사람은 아무도 없었다.

"귀하가 보유한 모든 부동산 또는 금융 자산은 렉싱턴 애비뉴에 위치한 이스트사이드 성폭력 피해자 기관에 위탁될 것입니다. 주소가……"

해리가 페이지를 훑었다.

"흠, 주소는 이미 알고 계실 것 같군요."

"저는……"

데이비드가 뭔가를 말하려 했지만, 그다음 말을 잇지 못했다.

"여기, 여기, 그리고 여기에 서명하면 되고, 이쪽에 이름의 첫 글자를 적으시면 됩니다."

해리가 여러 페이지를 손가락으로 가리키며 데이비드에게 설명하면서 펜을 건네주었다. 데이비드는 어리둥절한 표정이었다.

"난 아무 데도 서명하지 않겠습니다."

내가 에드먼에게 신호를 보내자 그가 고개를 끄덕였다. 나는 심호흡을 했다.

"데이비드, 유언장에 서명하세요. 벨몬트 씨가 서명하라고 한 부분 전부 다요. 당신은 선택의 여지가 없어요."

그의 허세가 다시 살아나고 있었다. 그의 눈빛에서 알 수 있었다.

"거부하면요?"

"오, 데이비드."

내가 말했다.

"그건 그다지 현명한 선택일 것 같지 않네요. 보시다시피 이렇게 오랜 시간이 흘렀는데 결국 모든 게 다 들통이 나버렸잖아요."

데이비드의 얼굴이 순식간에 창백해졌다.

"지금 무슨 말을 하고 있는지 모르겠구나."

"다 알고 계시는 거 같은데요."

해파리가 전기뱀장어로 바뀌는 순간이었다. 나는 그를 해치고 싶었다. 그의 목숨을 뺏고 싶었다.

"데이비드, 당신이 무슨 짓을 했는지 다 알아요. 메러디스를 몇 년 동안 추행했다는 사실도요. 당신 때문에 메러디스가 열일곱 살에 임신을 했던 거예요."

"네 말을 어떻게 증명……"

"아니요, 증명할 수 있어요. 메러디스가 당신의 DNA와 딸의 DNA를 검사했어요. 결과가 어떻게 나왔을까요? 친자 관계가 성립한다고 나왔어요. 그게 바로 당신이 열일곱 살짜리 애를 임신하도록 만들었다는 증거예요."

당황한 데이비드의 말문이 막혔다. 초조해진 그는 헛바닥으로 아랫입술을 적셨다. 그러고는 고개를 저으며 부인했다.

"아니, 넌 아무런 증거도 없어. 그냥 허풍을 떠는 거라고."

나는 몸을 앞으로 구부려 그의 셔츠 깃을 잡고 세게 당겼다.

"이봐요."

금방이라도 폭발할 것 같은 목소리였다.

"내가 지금 장난치는 거로 보여요? 시간이 얼마 없어요. 몇 년 동안 메러디스를 강간했으니 이제 그 빚을 갚아야죠. 그리고 그동안 멘토링했던 그 어린 소녀들, 그 애들한테 무슨 짓을 한 거죠?"

내 목소리가 점점 커지고 있었다. 셔츠를 잡은 손에 힘을 주자, 천 위로 통통한 살이 불쑥 튀어나왔다.

"그러니까 벨몬트 씨가 시키는 대로 해요. 그러면 경찰을 집으로 보내 컴퓨터에서 아동 포르노를 찾게 만드는 일은 하지 않을 수도 있으니까."

그럴듯한 허풍이었다. 데이비드의 관심을 끌었기 때문이다. 그가 침을 꼴깍 삼켰다.

"알았다."

에드먼에게 그 다음에 무얼 하냐는 눈빛을 보냈다.

"이제 보내줘도 돼요."

에드먼이 말했다.

데이비드의 시선이 방 이곳저곳을 훑었다.

"난 아무것도 인정하지 않았어."

마침내 그가 입을 열었다.

"그렇지만 이 서류에 서명하고 나서 네가 경찰을 부르지 않을 거라는 걸 어떻게 믿을 수 있지?"

내가 상관할 일이 아니었다.

"알 수 없죠. 어느 쪽이든 도박이나 마찬가지예요. 하지만 이거 하나는 확실해요. 이 서류에 서명하지 않으면 10분 안에 경찰이 여기 올 거예요. 그건 장담하죠."

데이비드의 숨소리가 거칠어졌다.

"그렇다고 해서……"

"맞아요. 강간의 증거는 아니죠. 그렇지만 어느 쪽이든 옳은 일을 하는 게 모양새가 더 나아 보이지 않겠어요?"

"난 아무것도 인정하지 않았어."

데이비드가 그렇게 말하고는 펜을 들어 새로운 유언장에 시키는 대로 서명을 하고 이름의 첫 글자를 적었다. 해리 벨몬트는 만족스러운 표정이었다.

"좋습니다."

그가 서류를 책상 한쪽 구석으로 밀었다.

"이제 자금 관련 논의를 해봅시다."

"어떤 자금이요?"

예상치 못한 이야기에 당황한 데이비드의 목소리가 갈라졌다.

"여기 현재 보유하신 금융 자산과 관련된 포트폴리오가 있습니다. 웨인라이트 씨가 꼼꼼하게 잘 정리해 두셨더군요. 정말 대단해요. 아무튼 이 자금을 송금하려고 하는데요."

"싫은데요."

데이비드의 표정을 본 나는 곧바로 휴대전화를 들었다.

"알겠어요, 얼마나요?"

마지못해 데이비드가 물었다. 해리 벨몬트가 실소를 터뜨렸다.

"글쎄요, 당연히 전부 다겠죠. 돈을 입금할 계좌번호는 가지고 계신가요?"

해리가 내게 물었다. 나는 바브가 기관에서 사용하는 은행 계좌번호와 은행 코드가 적힌 종이쪽지를 그에게 건네주었다.

데이비드는 절망스러운 표정으로 손으로 머리를 감싸며 괴로워했다.

"전화 한 통이면 돼요, 데이비드."

내가 말했다.

"경찰에 전화 한 통만 걸면, 아, 그리고 세인트폴 파이오니어 프레스 신문에도 한 통 걸어야겠네요."

데이비드는 손가락 사이로 내 눈치를 살폈다. 숨이 가빠지고 있었다. 웨인라이트 책상에 있는 크고 무거운 북앤드를 들어 역겨운 얼굴에 내리치지 않으려고 내 안에서 온갖 노력을 기울여야 했다. '계획', 계속해서 되뇌었다. '나는 따라야 하는 계획이 있어. 메러디스를 위해 이 일을 해내야만 해.'

다시 해리가 이야기하고 있었다.

"유언에 따라 오늘 바로 렉싱턴 애비뉴에 있는 이스트사이드 성폭력 피해자 기관에 모든 금융 자산이 송금될 예정입니다."

해리는 엄지손가락으로 페이지를 넘겼다.

"주소는 이미 알고 계시죠. 이곳에 굉장히 큰돈을 기부하시게 될 것 같네요."

데이비드를 보며 싱긋 웃는 해리 벨몬트가 약간은 제정신이 아닌 것 같았다.

"계좌 비밀번호를 알려주시면 바로 작업을 시작하겠습니다."

벨몬트가 웨인라이트의 컴퓨터 전원을 누르고 데이비드의 거래 은행 웹페이지에 접속했다. 에드먼이 모든 상황을 통제하고 있었기 때문에 나는 자리에서 일어나 밖으로 나갔다. 입구 복도에 있는 화장실에 가서 바닥으로 미끄러지듯 누웠다. 차가운 타일에 얼굴을 대고 내가 얼마나 오래 이곳에 있을 수 있을지, 사무실에 있는 나를 발견하면 노마와 웨인라이트가 어떤 표정을 지을지 궁금했다.

몇 분쯤 지나자 누군가 화장실 문을 노크했다. 에드먼이었다.

"괜찮아요?"

"네."

"그럼 문 좀 열어봐요."

나는 손잡이를 한 번 돌려 잠금 상태인 문을 열었다. 에드먼이 내게 다가왔다. 나는 움직이지 않았다. 에드먼이 문을 닫고 변기로 몇 발짝 걸어가 뚜껑을 닫은 후 그 위에 앉았다. 그 순간 에드먼의 모습을 절대로 잊지 못할 것이다.

"이렇게까지 할 필요는 없어요, 알죠?"

내 뺨은 여전히 타일에 눌린 상태였다. 기분이 좋았다.

"알아요."

에드먼은 얼마간 말이 없었다.

"어떻게 하고 싶은지 말해 봐요."

그의 질문에 대답하기 위해 입을 열었지만 에드먼이 가로막았다.

"일어나서 앉아요. 그리고 뭘 하고 싶은지 말해요."

변기 위에 앉아있는 에드먼을 마주 보며 바로 앉았다.

"이걸 끝내고 싶어요. 그런데 내가 할 수 있을지 모르겠어요."

에드먼은 한참이나 나를 빤히 지켜보았다.

"내 생각을 알고 싶어요?"

"네."

"이건 복수예요. 추악하고 지저분한 복수."

"그래서요?"

"그러니까 내 말은 당신이나 나나 지금 당장 경찰에 전화할 수 있다는 사실을 알고 있고, 데이비드는 자신이 가진 모든 돈과 자원을 동원해 죽을 때까지 법정에서 싸우면서 그가 저지른 일에 대해 처벌받지 않을 수 있어요."

"계속하세요."

"당신, 그러니까 우리가 데이비드가 가진 모든 것, 그에게 중요한 것들을 전부 빼앗아 버리면 경찰에 신고한다고 해도 화려한 변호인단을 꾸릴 돈이 거의 남지 않을 거예요."

"제가 바랐던 부분이네요."

"다른 바람으로는 뭐가 있죠?"

"메러디스처럼 학대당한 모든 소녀들이 도움이 필요할 때 갈 수 있는 곳을 만드는 거요."

예상치 못한 답변에 에드먼이 놀란 눈치였다.

"그건 꽤 중요한 일 같네요. 그러면 계속할까요?"

"그러고 싶어요. 다만…… 제가 얼마나 더 많이 감당할 수 있을지 모르겠어요."

"당신은 스스로 생각하는 것보다 더 강한 사람이에요. 자신이 의심될 때마다, 그만두고 싶을 때마다 메러디스를 생각해요. 데이비드가 그녀에게 한 짓을요."

나는 머리 위로 손을 뻗었다.

"나 좀 일으켜 주세요."

27

데이비드는 대기실 의자에 앉아있었고 벨몬트는 맞은편에 앉아 발밑에 서류 가방을 두고 무릎에 총을 올려놓은 채 길고 날카로운 종이칼로 손톱에 낀 때를 빼고 있었다.

해리가 에드먼에게 말했다.

"메이너드 씨, 이제 그만 가는 게 좋겠어요. 가능한 한 빨리 일을 시작하고 싶어요. 송금이 완료되려면 적어도 24시간은 걸리겠지만 이 허가증을 은행에 갖다 줘야 해요. 그리고 올드 저먼 베이커리 위에 있는 아파트도 하나 보여드릴게요. 아마 마음에 드실 겁니다. 여기 계신 고객님의 송금이 완료될 때까지 머무르시기에 딱 좋을 거예요. 오늘 저녁 이후에 사용하실 수 있다는 게 흠이지만요. 지금 누군가가 거기서 쫓겨나는 중이거든요."

그러니까 악덕 집주인인 해리가 세입자를 내쫓고 있다는 말이군. 굉장한 걸.

에드먼이 데이비드를 쳐다보았다.

"그때까지 이 사람은 어떻게 하지?"

"시간이 얼마나 필요할까요?"

내가 물었다.

"오래 걸리지 않을 겁니다."

해리가 답했다.

"한 시간 안에 돌아올 수 있어요."

나는 시계를 확인했다. 에드먼이 돌아오기 전에 웨인라이트가 먼저 돌아오면 어쩌지? 이 부분까지는 차마 예상하지 못했다. 데이비드를 웨인라이트의 사무실로 꾀어내 법적 문제를 처리했지만, 송금이 완료될 때까지 그를 어딘가에 붙잡아 두어야 한다는 사실은 몰랐다.

에드먼이 곰곰이 생각했다.

"이 사람을 여기에 둘 수는 없어요. 자동차 열쇠를 줘 봐요."

에드먼이 내게 말했다.

나는 주머니에서 열쇠를 꺼내 에드먼에게 건네주었다.

"뭘 하시려고요?"

"건물 뒤에 골목이 있어요. 그쪽에 차를 주차해 둘 테니 이 자를 차에 데려다 놓읍시다. 내가 올 때까지 잠깐만 다른 곳에서 이 사람을 보고 있어요. 괜찮겠어요?"

내가 고개를 끄덕였다.

"메러디스 집에 가 있을게요."

"내가 갈 때까지 거기에서 괜찮겠어요?"

에드먼이 재차 확인했다.

데이비드는 배가 나오고 운동과는 담을 쌓은 듯한 푸짐한 몸매의 70대 남성이었다. 나는 그가 두렵지 않았다. 그는 스스로를 돌볼 줄 아는 성인이 아니라 연약한 어린 소녀들을 먹잇감으로 삼는 사람이었기 때문이다.

"전 괜찮을 거예요. 서두르세요. 일이 틀어지면 안 돼요. 우리는 이 일을 끝내야 해요."

갈팡질팡하는 에드먼의 모습을 본 것은 그때가 처음이었다. 나는 가방을 톡톡 두드렸다.

"지난번에 저에게 준 선물도 있거든요."

"데이비드를 우리가 데려갈 수도 있어요."

에드먼이 말했다.

나는 고개를 저었다.

"그건 너무 위험해요. 사람들이 있는 데서 그가 소란이라도 일으키면 필요한 곳에 돈을 보내지도 못하고 일이 다 틀어질 거예요."

해리가 보채기 시작했다.

"이제 정말 서둘러야 해요. 웨인라이트가 돌아오기 전에 어서 여기에서 나가야 합니다."

그렇다. 돈이 송금되지 않는다면, 법적 서류를 제출하지 않는다면, 데이비드가 웨인라이트와 만나 이야기한다면 모든 일이 수포로 돌아갈 것이었다.

에드먼이 고개를 끄덕였다.

"좋아요, 갑시다."

에드먼이 건물 뒤에 내 차를 세운 다음 데이비드를 밖으로 데리고 나가 운전석 문을 열었다. 데이비드는 차에 탄 다음 안전벨트를 매기 시작했다.

"벨트 제대로 채워요."

에드먼이 말했다.

데이비드가 의아한 표정으로 에드먼을 쳐다봤다.

"뭐라고요?"

"벨트 제대로 채우라고요."

짜증 섞인 말투였다.

"왜요?"

"그래야 도로를 벗어나는 일이나…… 사고가 났을 때 당신이 운좋게 목숨을 잃게 되는 일이 없을 테니까요."

데이비드가 자리에서 몸을 돌려 안전벨트의 버클을 채우려 했지만, 툭 튀어나온 배가 계속 방해가 되었다. 애드먼은 데이비드의 상체를 차 밖으로 끌어당긴 후 자신이 직접 차 안으로 몸을 숙여 안전벨트의 버클을 채우고 다시 그를 운전석으로 밀어 넣었다. 나는 조수석에 앉았다.

에드먼이 내게 신신당부했다.

"1초도 한눈팔지 말고 잘 지켜요."

"알겠어요."

"가능한 한 빨리 메러디스 집으로 갈게요."

그러고는 돌아섰다가 다시 자동차로 몸을 휙 돌렸다.

"한 가지만 더요."

그는 운전석 문을 열고 데이비드를 일으켜 세운 다음 배를 있는힘껏 세게 쳤다. 데이비드의 몸이 반으로 접히면서 입에서 신음이새어 나왔다.

에드먼이 그를 다시 차에 밀어 넣고는 몸을 숙여 귀에 대고 큰 소리로 속삭였다.

"메러디스 몫이요."

그러고는 문을 쾅 닫고 그 자리를 떠났다.

에드먼과 해리가 떠난 이후에도 데이비드는 여전히 숨을 고르고 있었다. 나는 가방에서 글록 권총을 꺼내 데이비드의 배에 겨눴다. 머리에 총을 한 방 갈기고 발로 차서 골목에 버려둔 다음 혼자서 차를 몰고 떠날까도 생각해 봤다. 무슨 일이 있었는지 알게 뭐람? 새로운 유언장과 송금 내역을 추적하다 보면 누군가 알아낼 수도 있겠지만 범인이 나라는 사실을 연관 지을 수 있을까?

하지만 데이비드가 죽어가는 모습을 보다 그가 고통으로 몸부림치는 모습을 더 보고 싶었다. 머리에 총알이 박히는 건 너무 순식간에 끝난다. 메러디스는 몇 년 동안이나 학대를 당했다. 데이비드도 그에 상응하는 고통을 겪어야 했다.

골목에서 빠져나와 도로에 진입했을 때는 데이비드가 얼굴에 식은땀을 흘리고 있었다. 두 블록쯤 지나서 우리는 정지신호를 받고 멈췄다. 나는 데이비드가 교차로에서 자신을 도울 만한 물건이나 사람이 없는지 살피는 모습을 보았다. 나는 그의 살 깊숙이 총구를 밀어 넣었다.

신호가 바뀌고 우리는 교차로를 통과하면서 반대 방향으로 주행하는 존을 지나쳤다. 그는 내 차를 보고 손을 흔들기 시작하더니 운전석에 탄 데이비드를 보았다. 우리가 서로를 스치는 지점에서 나는 활짝 웃는 얼굴로 존을 바라보며 지금 이 상황이 가족 간의 나들이처럼 보이도록 노력했다. 동시에 존이 무슨 일이 일어나고 있는지 의심하거나 내가 데이비드의 옆구리에 총을 겨누고 있다는 사실을 눈치채지 못하기를 바랐다.

메러디스 집으로 가는 길은 평소보다 시간이 더 오래 걸렸다. 진입로에 도착했을 때 스콧의 차는 어디에도 보이지 않았다. 다행이었다. 나는 스콧과 데이나가 이 일에 연루되지 않기를 바랐다. 데이나에게 메러디스가 어떻게 그녀를 임신하게 되었는지 설명할 필요도 없었다. 우리 가족이 가진 모든 추악한 비밀과 더불어 이것 또한 내가 무덤까지 가져가리라 결심한 비밀이었다. 데이나는 이미 인생에서 많은 것을 감당해야 했다. 거기에 데이비드까지 추가할 필요는 없었다.

데이비드가 간이차고 끝에 세워진 메러디스 차 뒤에 주차하고 시동을 껐다.

"열쇠 줘요."

내가 말하자 데이비드가 열쇠를 건네주었다.

"이제 차에서 내려요."

데이비드는 신체적으로 내게 전혀 위협이 되지 않았다. 그는 나보다 빨리 달릴 수도 없었다. 우리는 동시에 차에서 내렸고 나는 데이비드의 뒤로 걸어가 그의 등에 총을 겨눴다.

"안으로 들어가요."

현관문을 열고 손에 권총을 든 채로 그에게 안으로 들어가라고 손짓했다. 우리는 함께 거실로 갔다. 베란다로 향하는 커튼이 열려 있었다. 메러디스는 호수 인근에 약 200피트가 넘는 땅을 소유하고 있었지만, 이웃 주민들이 산책하다가 호수 주변을 지나가는 일이 종종 있었다. 나는 커튼을 닫고 안락의자를 가리키며 데이비드에게 앉으라고 시켰다. 그리고 맞은편에 있는 로열 블루 의자에 그와 마주 보고 앉았다.

다른 일도 마찬가지였지만 나는 다른 사람에게 총을 겨누고 그를 붙잡아 두는 방법을 몰랐다. 에드먼이 빨리 일을 마치고 오기만을 바랐다.

"날 어쩔 셈이냐, 엘리자베스?"

"아직 결정하지 않았어요. 하지만 내일 이 시간에는 이스트사이드 성폭력 피해자 기관에 엄청나게 많은 돈이 입금될 거라는 건 알겠네요."

"네가 원하는 대로 되진 않을 거다."

"왜요, 데이비드?"

"강압적으로 한 일이니까. 불법이라고."

나는 메러디스의 책상 위에 놓인 전화기를 가리켰다.

"그럼 경찰에 신고하세요. 당신이 변태, 아동 성폭행범, 강간범이라는 사실도 잊지 말고 꼭 이야기하시고요. 제 생각에는 은행으로 배달된 서류보다 그 사실이 경찰의 관심을 더 끌 거 같은데."

데이비드가 내 말에 반박하기 위해 입을 열었다가 멈췄다. 한동안 우리는 서로 아무런 말이 없었다. 마침내 데이비드가 말했다.

"마실 것 좀 주렴."

"나중에요."

둘 다 아무런 말을 하지 않은 채 20분이 흘렀다. 나는 데이비드를 바라보았다.

"메러디스에게 어떻게 그런 짓을 하실 수 있어요?"

데이비드가 눈썹을 치켜올렸다.

"넌 절대로 이해할 수 없을 거다."

"그 변태적인 성욕이요? 당연하죠. 전 죽어도, 절대로, 이해할 수 없을 거예요."

나는 그를 해치고 싶었다. 내가 후회할 짓을 하기 전에 에드먼이 돌아오기를 간절히 바라고 있었다. 정오가 지났지만 에드먼에게서는 여전히 아무런 소식이 없었다. 나는 TV를 켜고 주방으로 들어갔다. 개방형 조리대 너머로 데이비드를 계속 관찰했다. 점심을 먹어야 했기에 샌드위치를 만들어 냉장고에 있던 다이어트 콜라와 함께 거실로 가지고 나갔다.

한 시간이 지난 후에도 에드먼에게서는 여전히 아무런 소식이 없었다. 나는 걱정스러운 마음과 함께 조금씩 지루해지기 시작했다.

"화장실에 다녀와야겠다."

데이비드가 말했다.

이것 역시 내가 예상하지 못했던 일이었다. 나는 데이비드의 뒤에 바짝 붙어 복도를 따라 화장실로 갔다. 외벽에 작은 창문이 하나 있었지만, 데이비드가 탈출하기에는 너무 높고 크기가 작았다.

"문 열어놔요."

그렇게 말하고는 보고 싶지 않은 것을 보지 않기 위해 문 옆으로 비켜섰다.

거실에 놓아둔 휴대전화 벨 소리가 들렸다. 에드먼이 이곳으로 오고 있다고 알려주는 전화이길 바랐다.

변기 물이 내려가고 세면대에서 물이 흐르는 소리가 들리더니 데이비드가 복도로 나왔다. 우리는 다시 거실로 갔다. 내 휴대전화가 다시 울렸다. 나는 손짓으로 데이비드에게 의자에 앉으라고 시킨 다음 휴대전화를 들었다. 프레드였다.

"지금 어디야."

그가 물었다.

"처리할 일이 있어서. 지금 좀 바빠."

"우리 집에 들러서 나 태워 가. 나도 같이 갈게."

"음, 안돼. 그건 좀 곤란할 것 같아."

"재밌는 일이 있는 모양인데. 어디야?"

"그만 끊어야겠다, 프레드. 나중에 다시 전화할게."

프레드가 뭔가를 말하려고 하는 소리가 들렸지만 나는 바로 전화를 끊었다.

전화를 끊자마자 곧장 벨 소리가 울렸다. 이번에는 리였다.

"리지, 네가 어제 돌아간 이후로 우리가 한 대화에 대해 계속 생각해 봤는데, 이야기를 좀 해야겠어. 내 사무실로 와줄 수 있어?"

"더 이상 할 말 없어."

"다른 장소에서 만나도 돼."

리는 포기하지 않았다.

"리, 나는 이제 할 말 없어."

리의 목소리가 차분해졌다.

"난 네가 걱정돼. 네가 모든 걸 알게 된다면 네가 정말로 위험해질 수도 있어. 메러디스에게 무슨 일이 일어났는지 봐."

"내가 알아서 잘 처신하고 있어. 그만 끊어야겠다."

나는 전화를 끊었다.

오후가 지나가도록 에드먼에게서는 연락이 없었다. 4시, 도대체 에드먼은 어디에 있는 걸까? 나는 휴대전화에서 에드먼의 번호를 검색하고 '통화' 버튼을 눌렀다.

"어디예요?"

전화가 연결되자마자 내가 물었다. 전화기 너머로 자동차 경적 소리와 사람들의 고함이 들렸다.

"은행과 중개인 사무실 중간에서 오도가도 못하고 있어요. 지금 35번 주간고속도로에 갇혀있어요. 연쇄 추돌사고가 일어나서 1마일 정도 길이 꽉 막혔어요."

"안 다치셨어요?"

"네, 다행히 우리는 가장 뒷부분에 있어서 무사해요. 그런데 언제 여기를 빠져나갈 수 있을지 모르겠어요. 거긴 어때요?"

"그럭저럭 괜찮아요. 데이비드를 어떻게 해야 할지 모르겠어요."

"필요하면 손을 묶어요. 최대한 빨리 갈게요. 무슨 일이 생기면 연락하고요."

나는 그게 무슨 의미인지 몰랐다.

"알았어요."

젠장! 혼자서 이 일을 처리하고 싶지 않다. 에드먼이 여기 있기를 바랐다. 나는 휴대전화를 내려놓았다. 데이비드가 나를 보고 있었다. 그가 자리에서 슬슬 일어나기 시작했다. 그 모습을 본 나도 자리에서 벌떡 일어났다.

"어딜 가는 거예요?"

"집에. 루스에게 전화를 걸어서 이 우스꽝스러운 놀이를 끝낼 거야. 여기서 그만두면 아무에게도 말하지 않겠어. 그냥 잠깐 잘못 생각했던 거로 이해하고 넘어갈게."

나는 데이비드에게 총을 겨눴다.

"앉아요."

데이비드가 총을 바라보았다.

"날 쏠 거니?"

"그래야 한다면요. 앉아요."

"네가 그럴 수 있을 것 같지 않구나."

데이비드의 얼굴이 붉어지고 뺨으로 땀이 흐르기 시작했다.

"앉으세요."

다시 자리에 앉으려던 것처럼 보이던 그가 등을 구부리고 가슴을 움켜쥐더니 호흡이 거칠어지며 앓는 소리를 내기 시작했다. 그렇게 그가 고통스러워하는 모습을 보며 몇 초가 흘렀고 어쩌면 심장마비가 그의 목숨을 앗아가서 이 악몽이 끝날 수도 있겠다는 안도감이 들었다.

눈이 튀어나오고 그가 비틀거리면서 앞으로 걸어갔다. 한 걸음, 두 걸음. 나는 그런 그의 모습을 지켜봤다. 그리고 그가 몸을 돌려 내 쪽으로 온몸을 날렸다. 두툼한 상체의 충격으로 나는 뒤로 넘어지고 말았고 손에 쥐고 있던 총을 놓치고 말았다. 나는 의자에 부딪히고 곧이어 바닥에 등을 세게 부딪쳤다. 데이비드는 내 위에 올라타서 꼼짝 못 하게 힘으로 나를 제압했다.

총은 커피 테이블 아래 떨어져 있었다. 손끝에서 고작 몇 인치 떨어진 곳이었다. 데이비드가 총이 떨어진 위치를 발견하고는 내 배 위로 몸을 일으켜 깜짝 놀랄 만큼 강한 힘으로 턱을 주먹으로 세게 치고는 총을 잡았다.

몸을 돌려 빠져나오려 했지만, 데이비드가 더 유리한 위치에 있었고 나보다 더 빨랐다. 데이비드가 내 얼굴에 총을 들이밀었다.

"전세가 역전된 것 같군."

거친 숨을 몰아쉬며 말했다.

사이코패스의 손에 들린 총구를 눈앞에서 몇 센티미터에서 바라보는 것은 이제껏 느낀 그 어떤 공포보다 더 끔찍했다. 총을 든 데이비드의 손이 떨리고 눈빛이 매섭게 변했다.

"이제 어쩔 생각이죠?"

내가 물었다.

데이비드는 의기양양한 표정이었다.

"널 쏴버려야지."

"한 번 해봐요."

"아무도 날 의심하지 않을 거야. 이건 에드먼 총이니까. 그가 전부 해명해야겠지."

"에드먼이 경찰에게 당신이 아동 성추행범이자 강간범이라고 말할 거예요."

"닥쳐!"

그가 턱밑으로 총을 밀어 넣었다. 총 한 발이면 뇌까지 관통할 터였다. 상황을 끝내기에 총 한 발이면 충분했다. 데이비드와 눈이 마주쳤다. 나는 너무나도 간절히 그 시선을 피하고 싶었다. 변태 성욕자의 영혼을 들여다보고 싶지 않았다. 그의 얼굴은 쳐다보기도 싫었다. 하지만 난 피하지 않았다. 두려움을 느낀다는 걸 보여주고 싶지 않았기 때문이다.

"메러디스는 특별한 아이였어. 너도 알잖아."

그가 말했다.

사나운 짐승의 소리가 내 목구멍에서 새어 나왔다. 내가 턱에서 총을 밀어내고 데이비드의 눈을 할퀴자 총의 개머리가 내 광대뼈를 강타했다. 그의 행동은 나를 기절시키기에 충분했고, 나는 살이 찢어짐과 동시에 순식간에 눈이 부어오르는 것을 느꼈다.

데이비드를 힘껏 밀쳤다.

"저리 꺼져."

데이비드는 위에서 나를 내려다보다가 옆으로 몸을 돌려 소파에 몸을 기댔다. 몸을 일으켜 내 위에 선 그는 총으로 내 머리를 겨누고 있었다.

"일어나."

데이비드가 말했다.

데이비드가 조금만 더 가까이 있었더라면 무릎이나 가랑이를 걷어차 버릴 수도 있었지만, 그는 일정한 거리를 두고 떨어져 있었다. 몸을 일으키자 뺨으로 피가 흘렀다.

"이제 뭘 어쩌려고요?"

근육에 손가락이 파고들 만큼 세게 내 팔을 움켜쥐었다. 나는 그의 손아귀에서 벗어나려 했지만 내가 생각했던 것보다 훨씬 힘이 셌다. 그는 소파로 나를 밀치고는 머리에 총을 겨누었다.

"움직이지 마."

오늘 하루 중 대부분의 시간을 보냈던 의자로 뒷걸음질 쳤다. 그는 주머니에서 휴대전화를 꺼내 번호를 검색하는 틈틈이 나를 감시했다. 만일 데이비드가 루스에게 전화를 걸어 모든 사실을 이야기한다면 우리의 계획이 수포로 돌아갈 참이었다.

나는 총에서 눈을 떼지 않았다.

데이비드는 한참 동안 말이 없었다. 숨을 너무 가쁘게 쉬고 있어서 그대로 심장이 멎어버렸으면 좋겠다고 생각했다.

"은행에 전화를 걸어서 송금을 중단시키고 웨인라이트에게 유언 장을 새로 작성하라고 해야겠어."

"별로 좋은 생각이 아닌 것 같은데요, 데이비드."

"뭐가 문제지? 타인의 의사에 반해 재산이나 돈을 억지로 내놓으 라고 강요할 수는 없어."

내 손에 권총이 있었더라면 그는 벌써 이 세상 사람이 아니었을 것이다.

"타인의 의사에 반해 어린 소녀들을 성적으로 유린할 수도 없죠. 그런데 당신은 수십 년이나 그 짓을 해왔고요. 그러니까 정말 그렇 게 할 생각이라면 이것만 기억하세요, 데이비드. 당신도 무사하지 못할 거라는 사실을요."

더는 데이비드 때문에 놀랄 일이 없을 거라고 생각했는데 그가 또 한 번 내 추측을 뒤집었다. 의자에서 벌떡 일어나 내 앞으로 성 큼성큼 다가오더니 피할 틈도 없이 총의 개머리로 얼굴을 또 한 번 내리쳤다. 기력이 다한 탓인지 첫 번째만큼 충격이 세진 않았지만 이미 얼굴에 생채기가 난 상태였기 때문에 얼굴을 맞는 순간 신음 이 절로 나왔다. 옆으로 쓰러지려는 걸 간신히 중심을 잡았다.

데이비드가 이기는 일은 없을 것이다.

"데이비드, 여기서 무슨 일이 일어나든, 당신이 나를 죽이든 살리 든, 당신은 당신이 한 짓에 대한 대가를 치르게 될 거예요. 아시겠어 요? 당신은 어린아이들을 성적으로 유린했어요. 그건 아이들이 경 험할 수 있는 가장 끔찍한 일이라고요. 당신은 아이들의 순수함을 빼앗았어요."

데이비드의 호흡이 더 거칠어졌다. 그는 휴대전화를 쳐다보더니 엄지손가락으로 '통화' 버튼을 누른 다음 스피커에 대고 말했다.

"데이비드 알더입니다."

은행의 자동응답을 통해 직원과 전화가 연결되자 그는 자신을 소개했다.

"팻 다울링 씨와 통화하고 싶은데요."

"죄송합니다. 알더 씨."

여자의 목소리가 대답했다.

"다울링 씨는 이미 퇴근하셨습니다. 음성메시지를 남기시겠습니까?"

"아니요."

데이비드가 전화기에 대고 소리를 질렀다.

"지금 당장 회계담당자와 통화를 해야 한다고요. 급한 일이에요! 사기를 당했다고요."

"시카고에 있는 사기전담부서로 연결해 드리겠습니다."

"아니요! 젠장! 내 말이 이해가 안 돼요? 응급상황이라고요. 콜센터나 서류 작업으로 낭비할 시간이 없다니까요. 다울링 씨 비서가 그레이스였나요? 그 사람 연결해 줘요."

"그레이스 레딩입니다."

"아무튼! 빨리 연결해달라고요."

데이비드의 얼굴이 벌겋게 달아오르더니 다시 식은땀을 흘리기 시작했다. 통화 연결음이 들리는가 싶더니 음성사서함으로 연결되었다.

"젠장!"

데이비드가 소리 질렀다. 그는 그레이스 레딩에게 가능한 한 빨리 그에게 전화해달라고 메시지를 남기고는 종료 버튼을 눌렀다.

"일어나."

총을 든 손으로 내게 소파에서 일어나라고 손짓했다.

"왜요?"

"잔말 말고 일어나. 지금 당장 은행에 가야 해."

"제시간에 못 갈 거예요."

소파에서 꼼짝하지 않고 앉은 채로 그에게 말했다.

"벌써 네 시가 넘었는데 시내까지는 차로 30분이나 걸리는 데다가 시내에 도착할 쯤이면 교통 체증에 갇히게 될 거예요."

데이비드가 초조한 듯 방안을 서성거렸다.

"일단 출발해 보자고."

마침내 그가 입을 열었다.

"당신하고는 아무 데도 가지 않을 거예요."

"아니, 넌 나와 함께 갈 거야."

데이비드가 나를 노려보았다.

"다른 사람들도 있으니까. 너도 이미 알고 있지, 엘리자베스. 메러디스는 특별했지만 유일하지는 않았어. 네가 지금 나와 함께 가지 않으면 난 널 죽일 수밖에 없고 그러면 넌 그들을 돕지 못하게 될 거야."

노래를 부르는 것처럼 끔찍한 말을 쏟아내는 그의 목소리에 정말 소름이 끼쳤다.

나는 아만다 코크란을 떠올렸다. 그리고 이제 그녀가 무수히 많은 피해자 중 한 명이라는 사실을 확실히 알게 되었다. 그 아이에게는 도움이 필요했다. 여기서 내가 죽는다면 그 아이를 도울 수 없었다. 그리고 아직은 죽고 싶지 않았다. 조금만 더 힘을 내서 버티면 에드먼이 나타나거나 데이비드가 방심하고 틈을 보일 수도 있었다. 아니면 내가 정말 운이 좋은 사람이라면 데이비드가 심장마비를 일으킬지도 모를 일이었다.

데이비드는 나를 억지로 일으켜 세운 다음 문으로 끌고 갔다. 손가락으로 내 팔을 세게 움켜쥐고 갈비뼈에 총을 겨눈 상태였다. 그러고 나서 방을 한 번 둘러보았다. 자신에게 불리한 증거가 남아있지는 않은지 확인하려는 것 같았다.

"이제 우리는 이렇게 할 거야."

데이비드가 내 귀에 입술을 바짝 갖다 댔다. 그의 뜨거운 입김이 얼굴에 닿는 게 느껴졌다.

"차에 도착하면 네가 운전석에 앉는 거야. 그리고 나는 운전석 뒷자리에 앉을 거야. 도움을 요청하면 그대로 총을 갈겨버릴 거야. 설마 내가 총을 쏘지 못할 거라는 기대는 하지 않는 게 좋아. 왜냐면 지금 이 상황에서 나는 더 잃을 게 없거든. 누군가 나를 막기 전에 감쪽같이 사라질 수도 있고 네가 사랑하는 사람들을 단 한 명도 빼놓지 않고 한 시간 안에 전부 죽여버릴 수도 있어. 프레드, 레이첼, 루스, 그리고 데이나까지. 내가 시키는 대로 하지 않으면 모두 다 목숨을 잃는 거라고."

두려움에 가득 찬 눈으로 데이비드를 바라보았다. 그의 눈에는 매서운 분노가 어려 있었다. 그가 하는 말이 거짓이 아니라는 걸 느낄 수 있었다. 하지만 정말 그가 말한 대로 해낼 수 있을지는 의문이었다. 그가 우리 모두를 죽이는 데 성공한다면 오히려 나았다.

하지만 우리 중 한 명만 죽이게 된다면 그건 상상도 할 수 없이 끔찍했다.

나는 마지못해 고개를 끄덕였다.

우리는 차고로 걸어갔다. 헝클어진 머리에 꼴이 말이 아닌 늙은 남자와 한쪽 눈이 제대로 떠지지도 않을 만큼 퉁퉁 부어 얼굴에 피를 흘리고 있는 젊은 여자의 모습이었다. 누군가는 우리가 이상하다고 생각하지 않을까?

차에 도착하자 데이비드가 운전석 문을 열고 나를 차 안으로 밀어 넣은 다음 재빨리 뒷좌석에 올라탔다.

"데이비드, 지금 무슨 짓을 하는 건지 생각해 봐요. 과거에 당신이 무슨 짓을 했든, 그로 인해 어떤 대가를 치러야 하든, 이건 상황을 더 악화시킬 뿐이에요."

"입 닥쳐."

"납치, 살인, 이런 것들 때문에 감옥에 가게 되겠죠. 하지만 다른 것들은……"

데이비드가 소녀들에게 가한 엄청난 공포심을 대수롭지 않은 일로 치부하는 것이 너무나도 힘들었지만 나는 시간을 끌어야 했다. 에드먼이 올 때까지 시간을 벌어야 했다.

"좋은 변호사를 구하면 치료를 받게 해줄 거예요. 어쩌면 감옥에 가지 않아도 될지도 모르고요. 그렇게 되려면 지금 여기서 그만둬야 해요."

"닥쳐."

나는 입을 다물었다. 시간이 조금씩 지날수록 에드먼이 도착할 시간도 가까워졌다.

결국 데이비드가 말했다.

"출발해."

"어디로요?"

"일단 출발하라고. 어디로 갈지는 곧 알려줄 테니까."

"싫어요."

그가 내 뒤통수에 총을 더 세게 밀어 넣었다.

"싫다는 게 무슨 뜻이지?"

"당신은 어차피 날 죽일 생각이잖아요. 어떻게 하든 난 죽게 될 거라고요. 그러니까 지금 죽여요. 더는 당신의 협박에 놀아나고 싶지 않으니까."

제법 용감한 말이었지만 속으로는 떨고 있었다. 계획했던 대로 일이 잘 풀리지 않을 거라고 체념한 상태였다. 내가 왜 데이비드를 도와줘야 하지? 게다가 아동 성추행범들은 약한 사람들을 먹잇감으로 삼는 겁쟁이에 불과하다. 난 데이비드가 나를 쏠 배짱이 없다는 사실에 기대를 걸고 있었다.

데이비드가 어떤 생각을 하는 것 같았다. 나는 다음에 일어날 일에 대비했다.

"얼마 전에 학교에서 아만다와 이야기하고 있는 걸 봤어."

나는 백미러로 데이비드의 표정을 관찰했다.

"그럴 리 없어요."

"너를 쏜 다음에…… 가장 먼저 아만다를 쏠 거야."

차에 시동을 걸고 메러디스의 집으로 이어진 진입로에서 도로로 빠져나왔다. 데이비드는 총을 좌석 사이에 넣고 내 갈비뼈를 조준하고 있었다.

"세인트 바르톨로뮤 학교로 가."

뒷좌석에서 그가 말했다.

"왜요? 학교 수업은 이미 끝났어요. 학교엔 아무도 없고요."

총이 갈비뼈 안쪽으로 더 깊숙이 들어왔다.

"시키는 대로 해. 이제 곧 아만다가 합창단 연습을 마치고 나올 시간이거든."

"부탁이에요, 데이비드. 당신이 하라는 건 뭐든지 할게요. 그러니 제발 학교에 가자고 하지 말아요."

"학교 근처로 가."

학교 정문 앞에 차를 세웠을 때는 다섯 시가 훌쩍 지나 있었다. 운동장에는 익숙한 교복을 입은 아이들이 삼삼오오 모여 앉아 여느 10대 청소년과 마찬가지로 수다를 떨면서 웃고 있었다.

다른 여학생과 함께 학교 운동장을 에워싸고 있는 철조망 울타리 옆에 서 있는 아만다 코크란이 보였다. 무슨 대화를 나누고 있었는지 모르겠지만 다른 여자애들과 달리 훨씬 진지해 보였다. 고개를 들고 데이비드의 얼굴을 확인하는 순간 아만다의 표정이 얼어붙었다. 그리고 나와 눈이 마주쳤다. 아만다가 도망치기를 바랐다. 안전하게 숨을 수 있는 장소를 찾길 바랐지만 어떻게 말해야 할지 몰랐다. 우리는 그저 서로를 응시할 뿐이었다. 내가 길 건너편을 향해 소리를 지르면 데이비드가 마구잡이로 총을 쏘아댈까? 데이비드의 총기 난사로 얼마나 많은 아이들이 목숨을 잃게 될까?

데이비드가 마침내 아만다를 발견했다.

"저기 있군."

"부탁이에요, 데이비드. 그냥 보내줘요. 아만다는 아무 상관 없잖아요. 제발요. 대체 왜 이러는 거예요? 제가 있으니까 아만다까지 있을 필요 없잖아요."

"아만다는 보험이야. 내일까지 송금을 중단시킬 수 없게 되었으니까. 오늘 밤은 메러디스 집에서 잘 거야. 혹시 모를까 봐 이야기하는데 아만다는 내 비장의 카드란 것만 알아둬. 이제 차에서 내려."

"싫어요."

"차에서 내리라고."

데이비드가 뒷좌석에서 꾸물거리는 사이 내가 운전석 차 문을 열고 밖으로 나왔다. 아만다가 도움을 청하러 가기를 바랐지만, 그녀가 서 있던 울타리로 시선을 돌렸을 때 아만다는 여전히 그 자리에서 얼어붙은 채로 우리를 쳐다보고 있었다. 함께 있던 친구는 어느샌가 사라지고 아만다 혼자 서 있었다.

우리는 울타리로 걸어갔다. 퉁퉁 부은 내 눈을 본 아만다의 얼굴이 하얗게 질렸다. 데이비드는 아만다가 총을 볼 수 있게 손을 살짝 움직였다.

"안녕, 아만다."

데이비드가 인사를 건넸다.

"합창단 연습 마치고 나오는 길이니?"

아만다는 아무런 말도 하지 않았다. 데이비드를 쳐다보더니 나를 바라보았다. 나는 아만다가 도망칠 수 있는 시간을 얼마나 벌어줄 수 있는지 계산하고 있었다. 내가 있는 힘껏 데이비드를 가격해서 균형을 잃고 쓰러지게 만든다면 아만다가 도망갈 시간이 있을지도 몰랐다. 내 생각을 읽기라도 한 것처럼 데이비드가 한 걸음 뒤로 물러섰다.

"드라이브하러 가자, 아만다."

소름끼치는 흥얼거리는 목소리로 데이비드가 말했다.

"곧 엄마가 오실 거예요."

어떻게 해야 할지 내가 알려주기를 바라는 간절한 눈빛으로 나를 쳐다보며 아만다가 말했다.

"아만다, 차에 타라."

데이비드의 목소리는 단호했다.

"안 돼."

내가 소리쳤다.

"도망가."

아만다가 너무 오래 머뭇거렸다. 데이비드는 아만다를 향해 총을 겨누었다.

"당장. 차에. 타."

아만다가 울타리에 난 구멍을 지나쳐 내 차를 향해 걸어갔다. 나는 울고 싶은 마음이었다. 아만다를 구할 수 없었다. 데이비드가 운전석 문을 열었고 아만다가 운전석으로 들어가 콘솔 위로 다리를 움직여 앞좌석으로 이동했다. 그다음 내가 차에 탔고 데이비드도 재빨리 뒷좌석에 자리를 잡았다.

"출발해."

데이비드가 명령했다.

차에 시동을 걸고 도로로 들어갔다. 데이비드를 인질로 잡고 메러디스 집으로 가는 길이 멀게만 느껴졌다면, 아만다까지 합류해 이동하는 길은 끝없이 계속되는 것 같았다. 아무도 말을 하지 않았다. 나는 아만다가 용기를 내길 바라며 계속 곁눈질로 힐끔거렸지만, 그녀는 무릎 위에 포개놓은 손만 응시할 뿐이었다.

그 시간대는 시내의 교통 체증이 심했다. 정지신호를 받고 차가 멈춘 동안 나는 교차로를 살피며 지금 이 상황을 바꿀 방법이 없을지 고민했다. 데이비드가 그런 나를 눈치채고는 갈비뼈에 총을 더 세게 들이밀었다. 신호가 바뀌고 다시 움직이기 시작했다.

그때 존의 트럭이 우리를 지나쳐 반대 방향으로 향했다. 이번에는 존이 우리를 보고 뭔가 이상하다는 것을 눈치챘기를 간절히 바랐다. 하지만 거대한 금속 덩어리로 된 차들이 일제히 움직이는 도로에서 하루에 두 번이나 내 차를 알아볼 확률이 얼마나 될까?

마침내 우리는 호숫가 집에 도착했다. 스콧의 차는 여전히 보이지 않았고, 에드먼도 마찬가지였다. 가슴이 철렁하고 내려앉았다. 데이비드는 보트 창고가 있는 집 뒤편으로 유리를 데리고 갔다.

"휴대전화는 어딨지?"

데이비드가 내게 물었다.

"주머니에요."

"꺼내서 호수에 던져."

나는 데이비드가 시키는 대로 했다. 그러자 총으로 보트 창고로 이동하라고 손짓했다.

"들어가."

아만다가 먼저 창고 안으로 들어가고 내가 뒤따라 들어갔다. 나무가 썩어 갈라진 측면 틈 사이로 새어 들어오는 빛을 빼고는 보트 창고 안에 들어오는 빛이 거의 없었다.

데이비드가 내 갈비뼈에 다시 총을 겨누었다.

"저기로 가."

호수 방향으로 돌출된 구조물 일부가 설치된 안쪽 벽에 나무 벤치가 있었다. 아만다와 나는 나무판자 위를 조심조심 통과해 벤치에 앉았다. 바닥에는 잘 말린 밧줄이 있었다. 데이비드가 나를 향해 밧줄을 걸어찼다.

"이걸로 아만다를 묶어. 손이 등 뒤로 가게."

아만다가 내게 등을 돌렸고 나는 그녀를 묶기 시작했다.

"꽉 조여."

데이비드가 명령했다.

내가 밧줄을 잡아당기자 아만다가 움찔했다.

"미안."

아만다에게 사과하고는 팔을 토닥였다.

데이비드가 아만다의 손목에 묶인 줄을 확인했다.

"이제 네 차례야."

데이비드가 내게 뒤로 돌라고 손짓하고는 밧줄이 살을 파고들 만큼 세게 손목을 묶었다.

"이제 앉아."

나는 아만다 옆에 앉았다. 데이비드는 내 왼쪽 발과 아만다의 오른쪽 발을 묶고 벤치 다리 하나에 밧줄을 감았다. 아만다는 두려움에 떨고 있었다. 그녀를 안심시키고 싶었지만 어떤 말로 상황을 낫게 만들 수 있었을까?

데이비드가 발목에 감긴 밧줄을 잡아당겨 단단히 묶여 있는지 확인한 다음 벌겋게 달아오른 얼굴로 헐떡이면서 일어났다.

"나는 바로 문 앞에 있을 거야."

데이비드가 경고했다.

"말하지 말고, 소리도 지르지 마. 안 그러면 당장 여기로 돌아와서 둘 중 한 명을 총으로 쏴버릴 테니까."

아만다가 훌쩍거리며 내게 기댔다. 나는 데이비드가 밖으로 나갈 때까지 기다렸다.

"괜찮을 거야."

조용히 아만다를 안심시켰다.

"친구가 지금 이리로 오고 있어."

아만다는 나를 쳐다보다가 고개를 젓고는 고갯짓으로 문을 가리켰다.

데이비드의 거친 숨소리가 점점 멀어지는 것이 들렸다. 그리고 뒤이어 집 현관문이 쾅 닫히는 소리가 났다. 애초에 그가 보트 창고 밖에서 밤을 새울 거라고 생각하지 않았다.

"집으로 들어갔어."

내가 속삭였다.

아만다가 내게 몸을 기울여 귀에 대고 속삭였다.

"확실해요?"

나는 고개를 끄덕였다.

"이런 일을 겪게 해서 미안해, 아만다. 내가 전부 다 사과할게. 그리고 데이비드가 너에게 한 짓도 미안해."

아만다의 눈이 눈물로 그렁그렁했다.

"데이비드는…… 아시잖아요. 그러니까 제 말은, 데이비드가, 저를, 만졌어요. 하지만……"

보트 창고로 들어오던 불빛이 빠르게 사라지고 있었다. 그렇지만 나를 쳐다보는 아만다의 눈빛은 여전히 선명하게 보였다.

"확실해? 솔직하게 말해도 돼. 창피할 필요 없어. 너 말고도 정말 많은 아이들한테 그런 짓을 했어. 메러디스도 그중 한 명이고."

뺨을 타고 눈물이 흘러내렸다.

"정말이에요?"

"그래."

아만다가 고개를 숙였다.

"저한테는…… 그렇게는 안 했어요. 그런데 있잖아요, 그거. 제 친구가 당했어요."

세상에, 저 망할 자식을 당장 죽여버리고 싶었다. 그러기 위해선 먼저 여기서 탈출할 방법을 찾아야 했다.

"메러디스가 알고 있었던 거 같아요."

어둠 속에서 아만다가 속삭였다.

"메러디스가 모임을 조직해서, 그런 일에 대해 이야기하고 우리가 어떻게 도움을 청해야 하는지 알려주려고 했어요."

"다른 사람에게 이야기했어?"

아만다가 흐느끼기 시작했다.

"아니요. 우리 가족을 해칠 거라고 했어요. 다 죽이거나 아빠가 직장을 잃게 만들 수도 있다고요. 어떻게 해야 할지 몰랐어요."

아만다가 통곡하기 시작했다.

나는 아만다가 충분히 울 수 있게 그대로 내버려 두었다. 가까스로 울음을 그치고 난 후 그녀에게 말했다.

"내 말 잘 들어, 아만다. 그리고 용기를 내야 해."

아만다가 마음을 다잡은 듯한 얼굴로 나를 쳐다봤다.

"알겠어요."

"내 친구가 여기로 오는 중인데, 도착할 때까지 마냥 기다릴 수는 없어. 빨리 여기서 빠져나가야 해. 같이 갈 수 있겠어?"

"네."

용기를 냈지만 아만다의 목소리는 여전히 떨리고 있었다. 빨리 움직이지 않으면 아만다가 다시 주저할지도 모른다는 생각이 들었다. 보트 창고를 둘러보며 도움이 될 만한 게 뭐라도 있는지 찾아봤다.

"좋은 생각 있어?"

내가 물었다.

"서로 묶인 손을 풀어줄 수 있지 않을까요?"

"좋은 생각이야."

두 사람의 발이 하나로 묶여 있고 그렇게 묶인 양 발목이 벤치 다리에 고정된 상태에서 상대방의 손에 묶인 밧줄을 풀기는 어려웠다. 몇 분 후 우리는 자유로운 다리 하나를 벤치 뒤쪽으로 움직여서 서로 등을 맞대고 앉을 방법을 찾아냈다.

하지만 시야가 확보되지 않은 상황에서는 여전히 어려운 일이었다. 밧줄과 밧줄을 더듬거리는 서로의 손이 뒤엉켜 이도 저도 되지 않는 상황이었다.

"이렇게 하자."

아만다에게 제안했다.

"내가 먼저 네 손을 풀어줄게. 그다음에 네가 내 밧줄을 풀어줘."

네 개의 손이 갈 곳을 잃고 헤매던 것보다 두 개의 손이 움직이는 편이 훨씬 쉬웠다. 아만다의 손목에 밧줄을 감고 조이던 순서를 떠올리면서 그 반대로 해보려고 노력했다. 5분이 지나자 매듭이 느슨해진 것이 느껴졌다. 조금 더 노력해서 밧줄을 푸는 데 성공했다.

아만다가 밧줄이 묶이지 않은 발을 벤치 앞쪽으로 가져왔다.

"이제 발을 풀자."

내가 말했다.

아만다는 허리를 숙여 데이비드가 단단히 조여 놓은 매듭을 풀기 위해 낑낑댔다.

"세상에, 정말 단단히도 묶었네."

아만다는 치마에 손가락을 문지르면서 다시 처음부터 매듭을 풀기 시작했다.

아만다가 밧줄을 풀기 위해 바닥에 몸을 숙이고 낑낑대는 동안 나는 데이비드가 돌아올까 봐 밖의 소리에 귀를 기울이고 있었다. 진심으로 아만다를 이곳에서 탈출시키고 싶었다.

"됐어요."

그렇게 말하는 순간 발목을 감싸던 밧줄이 느슨해진 것이 느껴졌다.

"뒤돌아봐요. 손을 풀어줄게요."

등을 돌리고 앉아있었지만 아만다가 매듭을 풀기 위해 애쓰고 있다는 사실을 보지 않아도 알 수 있었다. 매듭을 느슨하게 풀어 손가락에 피가 통하는 느낌이 들었을 때 집 현관문이 쾅-하고 닫히는 소리가 들렸다.

"아만다, 지금 당장 도망가야 해. 데이비드가 이리로 오고 있어. 넌 여기 있으면 안 돼."

"아니요, 저 혼자 갈 수 없어요."

"내 말 잘 들어."

어둠 속에서 내가 속삭였다.

"넌 여기서 나가야 해. 시간이 별로 없어. 휴대전화 있어?"

아만다가 고개를 저었다.

"엄마가 전화를 못 쓰게 해서요."

"좋아, 들어봐. 우리 뒤에 있는 문으로 나가. 보트 창고 주위에 호수 위로 난 길이 있어. 문에서 나가면 왼쪽으로 돌아서 집에서 멀리 도망쳐. 건물 옆쪽으로 도착하면 해변으로 뛰어내려서 집 뒤편으로 돌아 도로로 나가. 다른 집을 발견하고 경찰에 신고할 때까지 절대로 멈추면 안 돼."

"무서워요."

"용기를 내야 해. 데이비드는 늙었어. 네가 데이비드보다 더 빨리 달릴 수 있어. 그 사람이 여기 오기 전에 지금 당장 가야 해."

깜깜한 어둠 속에서도 아만다의 눈 속에 비친 두려움을 읽을 수 있었다. 아만다는 심호흡을 한 다음 자리에서 일어나 배를 띄우는 통로로 사용되는 문으로 빠져나갔다. 몇 분이 지나자 데이비드가 보트 창고로 돌아왔다. 한 손에는 배터리로 작동하는 손전등이, 다른 한 손에는 총이 있었다.

"아만다는 어디 있지?"

내게 소리 질렀다.

"오래전에 사라졌지."

내가 대답했다.

데이비드는 나무판자를 성큼성큼 걸어오더니 총을 든 손으로 내 얼굴을 세게 강타했다. 입안이 피로 가득 찼다. 데이비드가 열려 있는 문을 발견하고 손전등을 들고 다가가 문밖으로 몇 발자국 나가서 밖을 확인했다. 나는 손을 꼼지락거리면서 밧줄을 풀어보려 했지만, 여전히 두 손이 등 뒤에 묶인 상태였다.

데이비드가 다시 보트 창고로 돌아와 내 머리에 총을 겨눴다. 이제 내가 기댈 수 있는 건 아만다가 악착같이 도망치는 데 성공하고, 에드먼이 이곳으로 오는 것뿐이었다.

28

데이비드가 내 앞으로 다가와 얼굴에 대고 총을 흔들었다.

"아만다는 어딨지? 언제 도망갔냐고."

"그건 중요하지 않아요, 데이비드. 아만다가 도움을 요청하러 갔으니까 이제 다 끝났어요."

더는 잃을 것이 없는 거친 남자를 달래기 위해 차분한 목소리로 말했다.

데이비드는 앞뒤로 서성거렸다. 나는 무거운 밧줄이 쿵 소리를 내며 바닥에 떨어지지 않도록 조심하면서 한 손에 묶인 밧줄을 풀었다. 데이비드가 몸을 숙이더니 아만다의 발목에 묶여 있던 밧줄을 벤치와 내 다리에 감고 단단히 당겼다. 머리를 발로 걷어차고 그를 제압해 버릴까도 생각했지만, 데이비드가 창고에서 나간 후 기회를 노리는 편이 더 나을 것 같다는 생각이 들었다. 벤치에 나를 묶는 거로 보아 아직은 날 쏴버릴 계획은 없는 거 같았다.

그가 일어나서 문으로 걸어갔다.

"어쩔 셈이죠?"

내가 물었다.

"여길 떠날 거야. 필요한 물건 좀 챙기고."

"어디로 가는데요?"

"아직 몰라."

문밖에서 기척이 느껴졌다. 자갈 위를 걷는 발소리가 들렸다. 데이비드가 나를 보고 조용히 하라고 손짓하더니 내게 총을 겨누고 도와달라고 소리치는 경우 어떤 일이 벌어질지 확실히 보여주었다.

데이비드가 문을 열고 조용히 밖으로 나가자 어둠 속에 나 홀로 남게 되었다. 그러자 여러 가지 생각들로 머리가 하얘졌다. 아만다가 나를 구하려고 다시 돌아왔으면 어쩌지? 스콧이나 데이나일까? 그들 중 누구라도 다치게 된다거나 혹은 그보다 더 끔찍한 일을 겪는 모습을 보고 싶지 않았다. 데이비드는 제정신이 아니니까.

창고 밖에서 데이비드가 집으로 걸어가는 소리가 들렸다. 손을 꼼지락거려 묶여 있던 밧줄을 풀고 발목에 묶인 밧줄을 풀기 위해 허리를 숙였을 때 보트를 띄우는 통로와 연결된 문이 벌컥 열렸다. 톰이었다. 손가락을 입술에 대고 내게 아무런 소리도 내지 말라고 신호를 보냈다.

"괜찮아?"

내 앞에 무릎을 꿇고 걱정스러운 듯 속삭였다.

"응. 여기서 뭐 하는 거야?"

"에드먼이 전화했어. 아까 여기 왔었는데 네가 보이지 않는다고. 데이비드랑 같이 있는데 문제가 생긴 것 같다고 말이야."

"에드먼은 지금 어디에 있어?"

"나도 몰라. 프레드도 이 근처 어딘가에 있을 거야. 아마 집에 있는 거 같아."

톰이 바닥에 총을 내려놓고 주머니에서 칼을 꺼내 밧줄을 자르기 시작했다. 너무 열중한 나머지 데이비드가 창고로 돌아오는 소리를 듣지 못했다. 고개를 들었을 때는 그가 이미 야구 배트처럼 생긴 나무 노를 어깨에 걸치고 출입문에 서 있었다. 두 걸음 만에 성큼성큼 다가와 톰의 등을 가격하자 어깨뼈를 강타당한 톰이 신음하며 털썩 쓰러졌다. 데이비드가 두 번째 공격을 위해 한 걸음 물러섰다.

톰이 총을 향해 손을 뻗었다. 데이비드는 다시 한번 톰을 가격했다. 이번에는 뒤통수였다. 톰이 마룻바닥에 풀썩 쓰러졌다.

데이비드가 다시 노를 높이 들었다. 발밑에서 의식을 잃고 쓰러져 있는 톰을 보았다. 그의 머리에서 새어 나온 피가 바닥을 흥건히 적시고 있었다.

"그만해."

다급하게 소리치자 데이비드가 멈춰서 나를 쳐다보았다.

"대체 무슨 생각이에요, 데이비드? 메러디스를 죽인 것처럼 우리 모두를 죽일 생각이에요?"

두려움보다 더 큰 분노로 목소리가 떨렸다.

"무슨 말을 하는 거지?"

데이비드의 목소리가 갈라졌다.

"나는 메러디스를 죽이지 않았어. 메러디스를 해친 적이 없다고. 나는 메러디스를 사랑했어. 그 아이는 정말 아름다운 아이였다고……"

이후 내 목구멍에서 포효하듯 터져 나온 소리는 인간의 것이 아니었다. 내 손을 묶고 있던 밧줄이 바닥으로 떨어졌다. 발목에 묶여 있던 밧줄까지 풀고 자리에서 일어나 허리를 숙이고 오른쪽 어깨로 배를 가격하면서 데이비드에게 달려들었다. 데이비드가 등을 대고 쓰러졌다. 그의 머리가 쿵 소리를 내며 바닥으로 떨어졌다. 나는 그의 몸 위에 올라타고 나조차도 알지 못했던 강한 힘으로 그의 가슴을 내리쳤다. 얼굴과 눈이 땀 범벅이 되었다. 나는 쉬지 않고 계속 그를 때렸다.

팔 하나가 내 허리를 감싸고 나를 잡아당겼다. 나를 잡은 팔에서 벗어나려 했지만 그럴수록 그 팔은 나를 더 세게 붙잡았다.

"그만해, 리지."

프레드였다. 나를 말리는 프레드의 품에서 나는 몸부림을 쳤다. 나를 말리는 팔의 힘이 점점 강해져서 숨이 턱 막힐 지경이었다.

"그만해. 끝났어. 이제 괜찮아."

내 안에 있던 분노와 증오가 스르르 빠져나갔다. 프레드의 품 안에서 나는 아무런 힘이 없는 봉제 인형이 된 것 같았다. 프레드가 날 잡은 팔에 힘을 뺀다면 이대로 톰 옆으로 쓰러질 것 같았다.

"이제 괜찮아."

프레드가 다시 한번 나를 안심시켰다.

프레드의 어깨에 머리를 기대고 숨을 고르려고 애썼다. 그러다가 가까스로 몸을 일으켜 톰 옆에 무릎을 꿇고 맥박을 확인하면서 숨소리가 들리는지 확인했다. 프레드도 내 옆에 무릎을 꿇었다. 주머니에서 휴지를 꺼내 아직도 피가 새어 나오고 있는 톰의 뒤통수에 대고 꽉 눌렀다.

"여길 눌러."

내 손을 휴지 위로 갖다 대며 프레드가 말했다.

"계속 누르고 있어. 내가 구급차를 부를게."

프레드가 주머니에서 휴대전화를 꺼냈다.

데이비드가 일어서서 프레드에게 총을 겨눌 때까지 우리 중 누구도 데이비드가 깨어났다는 사실을 눈치채지 못했다.

"휴대전화 내려놔."

데이비드가 프레드에게 말했다.

프레드가 휴대전화를 바닥에 조심스럽게 내려놓았다. 톰의 총이 내 손에서 6인치쯤 떨어진 곳에 있었기 때문에 나는 눈에 띄지 않게 천천히 총을 향해 손을 뻗었다. 총성이 울리고 내 손가락과 톰의 총 사이에 놓인 나무판자가 두 조각이 났다.

"일어나."

데이비드가 말했다.

프레드와 나는 자리에서 일어났다. 데이비드는 여전히 프레드의 머리에 총을 겨누고 있었다.

"총하고 휴대전화를 발로 차서 호수에 빠뜨려."

프레드가 보트 선착장 쪽으로 난 문을 향해 발로 총과 휴대전화의 위치를 이동시키며 호수가 있는 물 쪽으로 걷어차려고 하는 순간 반대편에 있던 문이 벌컥 열리며 벽에 쾅-하고 부딪혔다. 열린 문으로 에드먼이 들어와 데이비드의 등에 대고 총을 겨누었다.

데이비드가 등을 돌려 에드먼의 가슴에 글록 권총을 겨눴다. 그가 미소 지었다.

"서로 동점인 상황이구먼."

언제부터 이게 게임이 된 거지?

"총 버려."

에드먼이 경고했다.

"당신을 쏘고 싶지 않지만 계속 이런 식이면 곤란해."

"당신이 방아쇠를 당기기도 전에 내가 먼저 심장에 총알을 박아 버릴 수도 있을걸. 나는 명사수거든."

데이비드가 대답했다.

에드먼이 8인치쯤 아래로 총을 내리고 방아쇠를 당겼다. 총알이 데이비드의 왼쪽 발가락 바로 앞 바닥에 날아와 박혔다.

"나도 마찬가지거든."

에드먼이 말했다.

"총 버려."

프레드가 허리를 숙여 톰의 경찰 보급품 총을 집어 들고는 데이비드를 향해 겨누었다.

"나도 마찬가지야."

또 다른 총알이 허공으로 날아가 데이비드의 왼발 뒤꿈치 바로 뒤로 떨어졌다. 창고 안의 모든 사람이 꼼짝하지 않고 대치 중이었다. 마침내 데이비드가 옆으로 총을 내려놓았다.

"좋아."

데이비드가 항복했다. 그는 엉거주춤한 자세로 쪼그려 앉아 바닥에 총을 내려놓고는 머리 뒤로 손을 올리고 천천히 자리에서 일어났다.

에드먼이 데이비드를 향해 한 발짝 다가갔다. 그때 보트 창고의 출입구에서 총알이 날아와 에드먼의 이두박근을 스치고 데이비드의 가슴에 날아와 꽂혔다. 데이비드의 눈이 번쩍 뜨이더니 가슴을 움켜쥐고 그대로 바닥으로 풀썩 쓰러졌다. 에드먼이 재빨리 몸을 돌려 문으로 총을 겨누었다.

존이 손에 쥔 리볼버 권총을 여전히 데이비드에게 겨눈 채 출입구에 서 있었다. 얼굴을 타고 흘러내리던 눈물이 흐느낌으로 바뀌더니 온몸이 들썩거릴 만큼 오열하기 시작했다. 그가 무릎으로 풀썩 쓰러졌다. 아무도 움직이지 않았다.

이대로 시간이 멈춘 것 같았다. 공기마저 고요해졌다. 보트 창고에 부딪히던 물소리도 잦아들었다. 방금 일어난 일을 이해하는 데 시간이 필요했다.

존이 흐느끼고 있었다.

"들었어……"

존이 가까스로 말했다.

"데이비드가 메러디스에게 한 짓을 들었다고. 이런, 세상에!"

여전히 아무도 움직이지 않았다. 오늘 하루 만에, 에드먼이 어떻게 해야 할지 몰라 쩔쩔매는 모습을 두 번이나 봤다. 마침내 그가 존을 향해 몸을 숙여 손에 들려있던 권총을 빼앗고 어깨를 토닥여주었다. 그리고 데이비드에게 다가가 맥박이 남아있는지 확인했다.

존의 울음소리가 잦아들었다. 그가 일어나 애처로운 눈빛으로 나를 바라보았다.

"정말 미안하다, 리지. 정말 미안해. 남은 인생을 감옥에서 보내도 상관없어. 그런 벌을 받아도 마땅해. 데이비드가 무슨 짓을 하는지 알았어야 해. 내가 메러디스를 보호했어야 했는데."

에드먼이 자리에서 일어났다.

"아니요, 그런 일은 없을 겁니다."

프레드가 놀란 눈으로 에드먼을 쳐다보았다.

"그게 무슨 말이에요?"

"지금 농담하는 거예요? 존은 우리가 하고 싶었던 일을 한 것뿐이에요. 그걸로 감옥에 가진 않을 겁니다. 나 좀 도와줘요."

에드먼과 프레드가 시신 옆에 쪼그리고 앉았다.

"일단 일으켜 앉히는 것 좀 도와줘요."

살찐 데이비드를 일으켜 앉히는 일은 쉽지 않았다. 에드먼은 주머니에서 손수건을 꺼내 글록 권총을 집어 들었다. 손으로 총을 만지지 않고 데이비드의 손에 쥐게 한 다음 손잡이에 손가락을 감싸고 방아쇠에 검지를 끼웠다.

"팔을 꽉 잡아요."

존이 서 있던 벽을 가리키며 프레드에게 말했다. 에드먼은 데이비드의 검지 위에 자신의 손가락을 포개고 손을 꽉 쥐었다. 작은 보트 창고에 또 한 발의 총성이 울리고 어깨높이의 벽에 날아가 꽂혔다.

"완벽하진 않지만, 이 정도면 될 것 같군요."

에드먼이 말했다.

"데이비드의 손에 화약흔이 생겼고 존이 정당방위로 총을 쏠 수밖에 없었다는 걸 우리가 알고 있으니까요."

에드먼이 존을 쳐다보았다.

"당신에게는 세 명의 목격자가 있어요."

존이 가까스로 일어섰다. 다리가 떨렸지만, 벽에 기대고 몸을 지탱했다.

나는 에드먼을 바라보았다.

"그만 가야 해요. 톰도 병원에 데려가야 하고요."

에드먼이 고개를 끄덕였다.

"좋아요. 프레드, 경찰하고 구급대를 불러줘요."

나는 프레드에게 경찰에게 아만다를 찾아보라고 이야기해 달라고 말한 다음 허리를 숙여 톰의 머리를 쓰다듬었다.

톰이 눈을 떴고 나는 톰에게 키스했다.

"구급대원들이 곧 도착할 거야. 난 가봐야 해. 프레드가 같이 있어 줄 거야."

톰이 손을 뻗어 내 손을 잡았지만, 힘이 거의 느껴지지 않았다.

"가지마."

그에게 다시 키스했다.

"가야 해."

* * *

우리는 에드먼의 차에 탔다. 일종의 무감각과 같은 것이 나를 잠식했다. 크루즈 컨트롤 자동주행모드를 실행시켰는데 내가 조작할 것이 많지 않아 오히려 다행이었다. 에드먼은 휴대전화로 통화를 하고 있었다. 통화를 마친 그가 콘솔에 휴대전화를 내려놓았다.

"오고 있대요?"

내가 물었다.

"우리가 도착할 때쯤 올 겁니다."

나는 창밖을 바라보았다.

"굉장한 하루네요."

그가 말했다.

"그러네요."

"그만두고 싶어요?"

"아니요."

오 분 정도 우리는 서로 아무런 말이 없었다.

"하루 종일 어디에 있었어요?"

침묵을 깨고 내가 물었다.

"말했잖아요. 은행에서 발목이 잡혔다고. 일을 처리하기 위해 이런저런 것들이 좀 필요했는데 해리가 잘 처리했어요. 그리고 나서 고속도로에서 연쇄 추돌사고가 일어나는 바람에 갇혔고요. 메러디스 집에 도착했을 땐 이미 아무도 없더라고요. 어찌나 무섭던지. 주변에서 한참을 찾아다니다가 톰과 프레드에게 전화했어요. 당신을 찾으려고 차를 몰고 다니다가 다시 호수로 돌아오게 됐고요."

나는 에드먼을 바라보았다.

"데이비드가 자기는 메러디스를 죽이지 않았대요."

"그자 말을 믿어요?"

"모르겠어요."

우리가 원형 진입로에 차를 세웠을 때 루스의 집 앞 도로에는 소형 밴과 픽업트럭 세 대가 주차되어 있었다. 다섯 명의 남자가 자동차에 기대어 서 있었는데 모두 덩치가 엄청나게 컸다. 가슴을 사이에 두고 양팔의 위아래까지 이어진 문신은 거대한 근육 위에 빈 곳이 없이 빼곡하게 새겨져 있었다.

그중 한 명이 무리에서 떨어져 나와 차에서 내리는 우리를 맞이했다. 등 절반까지 내려오는 땋은 머리에 어둑어둑해지는 희미한 불빛에도 선글라스를 쓰고 있었다. 그가 에드먼에게 다가가 악수를 청했다.

"이 주소가 맞는지 몰라서요."

그가 말했다.

"맞아요."

에드먼이 답했다. 에드먼은 레스터라는 이름의 남자에게 나를 소개했다. 이름을 알고 난 후 나는 웃지 않을 수 없었다. 미친개나 분쇄기처럼 위협적인 이름을 기대했는데 그에 비해 너무 평범했기 때문이다. 레스터는 선글라스를 코 아래로 내리고는 안경 너머로 나를 쳐다봤다. 나는 웃음을 멈췄다.

"이제 뭘 하면 되죠?"

에드먼이 내게 물었다.

"저 혼자서 해야 해요. 여기서 기다려요."

에드먼이 나를 저지하려는 것 같았지만 결국 내가 시키는 대로 했다. 에드먼과 레스터가 에드먼의 차에 몸을 바짝 붙였다.

"내가 필요할 경우를 대비해서 여기에 있을게요."

그가 내게 말했다.

현관문을 열고 가만히 서서 귀를 기울였다. 혹시라도 집을 떠올리게 하는 어떤 소리가 들릴까 싶어서였다. 하지만 내가 생각했던 집은 없었다. 계속 기다린다 해도 이곳은 영원히 집이 될 거 같지 않았다.

루스는 베란다 의자에 앉아있었다. 하지만 오늘 밤은 음악을 듣고 있지 않았다. 무릎에 그녀의 두 손이 가지런히 포개져 있었다. 희미해져 가는 석양 속에서 나는 그녀의 얼굴과 이목구비만 실루엣으로 희미하게 확인할 수 있었다.

"원하는 게 뭐니, 엘리자베스?"

루스가 물었다.

나는 그녀 옆에 놓인 의자에 앉았다.

"제가 시작한 일을 끝내야 해요."

"그게 뭔데?"

"메러디스에게 도움이 필요할 때 그녀 옆에 있어 주지 않은 사람들에게, 언니를 대신해 정의를 실현하는 일이요."

"정말 고귀한 일 같구나. 하지만 너와 메러디스를 위해 얼마나 많은 사람이 희생했는지 넌 모를 거다."

울지 않으려고 루스 어깨너머로 창밖을 내다보았다. 데이비드나 조셉, 혹은 그 누구라도 내게 그런 말을 했더라면 나는 분노에 휩싸여 당장 몸을 날려 달려들었을 것이다. 하지만 루스에게는 그저 슬플 따름이었다. 거짓말이라는 사실에 슬펐고, 그 거짓말을 루스가 믿을지도 모른다는 사실이 슬펐고, 무엇보다 거짓말이 영원히 끝나지 않을 거란 사실에 더욱 슬펐다. 거짓말은 우리 가족을 좀먹는 암과 같은 존재였다.

"저나 메러디스 때문에 희생된 사람은 없었어요, 루스. 원한다면 그렇게 말할 수도 있겠지만 사실이 아니라는 거 잘 아시잖아요. 희생된 사람은 메러디스와 저였죠. 우리의 어린 시절을 루스, 조셉 그리고 데이비드가 훔쳐 갔잖아요. 역겨운 망상을 실현하기 위해서 두 명의 무고한 아이들의 어린 시절을 희생시켰잖아요."

"말이 너무 심하구나, 얘야."

무릎 위에 놓아둔 손이 움찔했다.

우리는 어둠 속에서 아무 말 없이 앉아있었다. 마침내 내가 고개를 돌려 루스를 바라보았다.

"알고 있었죠, 루스?"

"뭘 말이니?"

"데이비드가 무슨 짓을 하는지 알고 계셨죠? 처음부터 알고 있으면서도 막지 않으셨어요."

루스가 긴장한 듯 어깨를 바로 세웠다.

"무슨 말을 하는지 모르겠구나."

"그렇게 계속된 거죠."

내가 말했다.

"데이비드는 제가 집을 떠날 때까지 메러디스를 추행했어요. 당신에게 말해서 절 보스턴에 있는 기숙학교에 보낸 것도 메러디스였고, 대학에 입학했을 때 기숙사에 들어가라고 부추긴 것도 메러디스였어요. 메러디스는 그 괴물하고 제가 이 집에 단둘이 있는 걸 원치 않았어요. 그래서 내가 떠날 때까지 이 집을 떠날 수 없었던 거고요."

루스의 목소리는 차가웠다.

"넌 거짓말쟁이야."

"알고 계셨잖아요. 어떻게 아이한테, 그것도 당신을 엄마로 생각하는 아이한테 그런 일이 일어나도록 내버려 둘 수 있어요?"

"메러디스가 선택할 수도 있었다."

"그게 대체 무슨 말도 안 되는 소리예요? 지금 이 상황을 메러디스 탓으로 돌리는 거예요?"

내 목소리가 점점 커지고 있었다.

"메러디스는 피해자예요. 어린아이였다고요!"

"언제든 멈출 수 있었어."

나는 의자를 박차고 일어나 루스의 뺨을 있는 힘껏 세게 내리쳤다. 한 대로는 성에 차지 않았다. 온몸에 힘이 빠질 때까지 계속해서 몇 번이고 루스의 뺨을 때리고 싶었다. 뺨을 한 대 더 때리려고 손을 들어 올리는 순간 차가운 총신이 배를 찌르는 느낌이 들었다. 나는 한 걸음 뒤로 물러섰다.

"다시는 나를 때리지 말아라, 엘리자베스."

그 목소리에는 내가 알던 루스의 모습이 전혀 남아 있지 않았다.

"루스! 사람이 얼마나 사악하면 그럴 수 있어요? 당신은 데이비드보다 나을 게 하나도 없어요. 아니? 더 최악이에요. 당신은 의붓딸에게 매춘을 시켰어요. 대체 뭐 때문에요? 맥칼리스터 집에서 살려고요? 아동 성추행범과 결혼하기 위해서요? 친구들에게 근사한 삶을 사는 것처럼 보이고 싶어서요? 그런데 당신이 알면 놀랄 만한 소식이 있어요, 루스. 이제 다 끝났어요. 전부 다 끝났다고요."

루스가 앉아있는 의자 옆 탁자 위에 티파니 램프가 놓여있었다. 루스가 램프를 켜자 손에 쥔 권총이 눈에 띄었다. 나를 기다리고 있던 것이다.

"당신이 메러디스를 죽인 거예요?"

분노에 차서 고함을 질렀다.

"바보 같은 소리 말아라. 난 죽이지 않았어. 메러디스를 막으려는 시도는 했지만, 확실히 내가 죽이진 않았어. 그 아이가 나타난 이후로 메러디스는 통제 불능이었다."

"메러디스의 딸을 말씀하시는 거예요? 당신 남편이 강간해서 임신한 그 딸이요?"

루스의 눈빛은 얼음처럼 차가웠다.

"난 그 아이를 막으려고 했다."

"메러디스가 살해당했던 날 밤 그 집에 찾아가셨죠. 존하고 제가 주행계를 봤어요."

"메러디스와 이성적으로 대화하려고 찾아갔지만, 그 애는 제정신이 아니었다. 네 아빠에 관해서 뭔가를 알아낸 후로는 꼭 귀신에 씐 사람 같았어."

루스와 데이비드, 그리고 조셉이 자신들이 꾸민 짓을 정당화하기 위해 내놓는 모든 복잡한 논리로 인해 머리가 지끈거렸다. 그런 말도 안 되는 변명들 때문에 내가 미친 사람이 되는 것 같은 기분이었다.

몸을 숙여 루스의 얼굴에 내 얼굴을 바짝 갖다 댔다.

"메러디스가 뭘 하려고 했어요, 루스? 변태를 만천하에 공개하려고 했어요? 아동 성추행범? 그 사람이 한 짓을 경찰에 신고하려고 했어요? 그래서 그걸 막으려고 메러디스를 설득하러 간 거예요?"

"그가 어떤 잘못을 저질렀든 간에 데이비드는 오랫동안 우리 가족을 먹여 살렸어."

나는 루스의 따귀를 또다시 세게 때렸고 다시 총구가 내 배에 닿는 것이 느껴졌다. 나는 뒤로 물러섰다.

"하고 싶은 대로 하세요, 루스. 하지만 이제 당신에게 남은 게 없어요. 모두 다 사라졌으니까요. 데이비드는 죽었어요. 유언장도 바뀌었고요. 돈은 전부 다른 계좌로 송금됐어요. 모두 다 사라졌다고요. 당신은 이제 가진 게 아무것도 없고 돌봐줄 사람도 한 명도 없는 불쌍한 늙은 여자일 뿐이에요."

내가 이 방에 들어온 이후 처음으로 루스의 표정에 인간다운 감정이 느껴졌다. 두려움이었다.

"지금 무슨 소리 하는 거야? 데이비드는 어딨지? 무슨 일이 있었던 거야?"

"죽었어요. 총에 맞았거든요. 그리고 돈도 전부 사라졌어요."

"아니, 거짓말이야."

탁자 위에 놓여 있던 전화기를 집어 들었다. 데이비드의 번호를 검색하는 그녀의 손이 파르르 떨렸다.

"전화를 걸어봤자 어차피 못 받을 거예요. 받을 수가 없죠. 죽었으니까요."

루스가 전화기를 떨어뜨리고 내게 총을 겨눴다.

"그 입 닥쳐!"

등 뒤에서 인기척이 느껴졌다. 돌아보니 에드먼이 루스에게 총을 겨누고 출입구에 서 있었다. 루스도 에드먼을 보았다. 나는 다시 루스를 보았다.

"이제 전부 끝났어요."

나는 손을 뻗어 루스의 손에 들려있던 총을 뺏었다.

"서재에 있던 서류들, 그동안 조셉하고 주고받았던 메일들, 전부 경찰에 넘길 거예요. 아빠도 당신도 아마 보험 사기로 몇 년쯤 감옥에서 썩게 되겠죠."

루스가 미친 여자처럼 웃었다.

"멍청한 소리 하지 마, 엘리자베스. 서류는 모두 파기했어. 난 바보가 아니란다. 게다가 네 아빠가 어제 전화해서 네가 한 짓을 모두 말해줬어."

루스가 한숨을 내쉬었다.

"데이비드 일은 유감이지만 이 일도 이겨낼 수 있을 거야. 장례식
이 끝나면 우리는 다시 평범한 가족의 일상으로 돌아갈 수 있을 거
야. 두고 보면 알게 될 거다. 상황이 더 좋아질 거라는 걸."

거짓말과 환상 속에 오래도록 잠식된 사람은 거짓을 진실로 믿
게 된다. 그런데 대체 어느 시점에서 거짓을 자기의 일부로 받아들
이는 걸까? 거짓으로 점철된 삶을 살아도 괜찮다고 여기지는 시기
가 언제인걸까? 어떤 순간에 거짓이 내가 되고 내가 거짓이 되는
걸까? 또다시 이 모든 광기로 인해 머리가 지끈거리기 시작했다. 내
모든 것을 걸고 나는 절대로 이 사람들이 살아온 인생을 살고 싶지
않았다. 내 환상을 유지하기 위해 사랑하는 사람들을 희생시키고
싶지 않았다.

루스에게서 뺏은 총을 에드먼에게 건넸다. 한쪽 입꼬리만 올라간
의기양양한 에드먼의 표정이 내게 모든 것이 괜찮을 거라고, 어떤
식으로든 이 일을 바로잡을 힘이 내게 있다고 말해주고 있었다. 그
렇게 에드먼은 나와 의붓엄마를 남겨두고 뒤돌아 나갔다.

아무것도 남지 않은 손을 보았다. 그리고 루스의 얼굴을 보았다.
엄마가 있다는 것이 어떤 기분인지 아주 짧은 순간만이라도 느껴보
고 싶었지만, 지난 몇 년 동안 그녀가 내게 어떤 존재였든 이제 전
부 사라져 버렸다. 메러디스가 어떤 일을 겪고 있는지 알면서도 그
오랜 시간을 침묵으로 일관했던 그 순간부터 그녀가 내 인생에 존
재하는 의미가 완전히 사라졌다.

"루스, 오늘 밤 이사를 도와줄 사람들이 밖에 와 있어요."

다른 사람들처럼 내가 정신 나간 소리를 한다는 양 루스가 나를 빤히 쳐다보았다.

"아니."

루스가 반발했다.

"난 아무 데도 안 간다. 여기가 내 집이야."

"있잖아요, 루스. 여긴 내 집이에요. 나랑 메러디스 집이라고요. 이젠 완전히 내 거지만요. 밖에 있는 남자들이 세인트폴에 있는 아파트까지 침실에 있는 옷이랑 소지품을 옮겨줄 거예요. 그다음에는 혼자 알아서 잘 사시면 되고요."

루스의 표정엔 불만이 가득했다.

"아니, 엘리자베스, 내가 이 집에서 나가는 일은 없을 거다. 내가 거부한다면 강제로 여기서 날 내보낼 수는 없어."

"그렇게까지 하고 싶진 않지만 어쩔 수 없다면 경찰을 불러서 제 주거지에서 강제로 내보내는 수밖에 없겠네요."

루스가 매서운 눈으로 나를 노려보았다.

"아직 데이비드의 돈이 있어……"

"제 말을 안 들으셨나 보네요. 전부 사라졌다니까요? 이스트사이드 성폭력 피해자 기관으로 전부 이체됐어요. 덕분에 데이비드 같은 사람들에게 학대당한 무고한 피해자들이 도움을 받고 안전하게 머물 곳을 가질 수 있게 됐고요."

그녀는 이 상황이 믿기지 않는 눈치였다.

"정말이야?"

"당연하죠."

"뭐 때문에 이렇게까지 하는 거야, 엘리자베스? 복수니?"

"속죄요, 루스. 당신의 편안함과 자존심을 위해 메러디스의 어린 시절을 희생시킨 것에 대한 속죄."

"이해가 되지 않는 거니? 우린 가족이잖아. 가족이라면 무슨 일이 있더라도 서로를 지켜줘야 해."

"당신에게는 한 번도 가족이었던 적 없었잖아요. 당신이 원한 가족의 이미지였죠. 당신이 그린 그 환상을 채우기 위해 메러디스와 절 이용했고요."

자리에서 일어나 루스의 얼굴을 바라보았다.

"잘 가요, 루스."

* * *

에드먼은 거실에 놓인 꽃무늬가 그려진 2인용 안락의자에 앉아 있었다. 내가 거실로 들어서자 그가 자리에서 일어났다. 내가 준비됐다는 신호를 보냈고, 에드먼이 현관으로 가서 레스터와 그의 동료들에게 집 안으로 들어오라는 손짓을 했다.

건장한 남자들이 현관에 서서 나를 쳐다보았다. 나는 계단을 손으로 가리켰다.

"계단 꼭대기에서 오른쪽 두 번째 방이에요. 전부 다 빼주세요. 오늘밤에 전부 다 옮겨주셨으면 좋겠어요."

에드먼이 그들에게 어디까지 이야기했는지 모르겠지만 레스터가 내게 다가와 어깨에 큼지막한 손을 얹었다.

"우리가 알아서 처리할게요."

남자들이 가구를 나르고 루스의 옷 한 무더기를 트럭에 싣는 동안 에드먼과 나는 거실에 앉아있었다. 열 번 정도 왔다갔다하는 모습을 보고 나니 이 많은 짐이 그 아파트에 다 들어가긴 할까 궁금해졌다. 이 모든 일이 진행되는 동안 루스는 베란다에 앉아있었다. 일을 마친 레스터가 거실로 돌아왔다.

"이제 다 끝났어요."

그게 내게 말했다.

"고맙습니다. 아파트 주소 알고 계시나요?"

그가 끄덕였다.

"네, 알고 있어요. 애드먼 씨에게 열쇠도 받았습니다. 저 여자분도 데려갈까요?"

"네, 부탁해요."

루스는 평소의 우아한 자태를 그대로 뽐내면서 화물차 앞자리로 걸어갔다. 모르는 사람이 본다면 오페라나 자선기금 모금 만찬에 가는 길로 착각할 정도였다. 조수석에 탄 루스가 나를 쳐다보았다.

"이걸로 끝이라고 생각하지 말아라, 엘리자베스."

"아니요, 이게 끝이에요."

나는 그대로 등을 돌려 에드먼과 함께 집으로 들어왔다.

* * *

레스터와 남자들이 차를 몰고 떠난 후 우리는 거실에 앉아있었다. 꽃무늬 안락의자에 함께 앉은 에드먼은 내 어깨를 팔로 감싸 안아주면서 울게 내버려두었다. 몇 분 후 내가 충분히 울었다고 생각했는지 그가 내 어깨를 토닥이며 어깨를 감싼 손을 풀었다. 나는 눈물을 닦고 에드먼에게 감사의 미소를 지어 보였다. 정말 에드먼다운 행동이었다. 울어도 괜찮지만 정해진 시간만큼만 울고 훌훌 털어내야 했다.

"당신이 정말 자랑스러워요."

에드먼이 말했다.

"왜요?"

"해야 할 일을 했으니까요. 그 사람들이 대가를 치르게 했고……메러디스를 위해 이 모든 걸 해냈잖아요."

"메러디스를 위해 한 일이었으면 좋겠어요. 나 때문에 이 일을 한 것 같기도 하거든요."

에드먼이 손으로 내 턱을 잡고 그를 향해 내 얼굴을 돌렸다.

"그게 중요한가요?"

"중요하지 않은 것 같아요. 다른 사람의 운명을 결정하는 신이 된 기분이에요. 그게 좋은 건지는 모르겠지만요."

"정도의 차이는 있겠지만 우리는 살면서 매일 그런 행동을 해요. 메러디스가 견딘 일들을 생각하면 그 사람들이 지금 겪는 일들은 아무것도 아니죠."

"무슨 일이 일어나든 날 미워하진 말아줘."

메러디스가 죽던 날 밤 남긴 메시지에서 한 말이다. 메러디스가 했던 말의 의미가 이것이었다. 메러디스가 성냥에 불을 붙였고 그로 인해 우리 가족은 불길에 휩싸였다.

에드먼이 통통 부은 내 눈을 걱정스러운 눈으로 쳐다봤다.

"병원에 가야겠어요."

에드먼은 프레드에게 전화를 걸어 구급대가 톰을 데려간 병원을 물었다. 우리는 차를 몰고 리전스 병원으로 향했다. 2주도 채 지나지 않은 상황에 또다시 병원을 방문한 것이다. 톰의 파트너인 쉐리가 응급실에 커튼이 처진 구역 밖에서 경비를 서고 있었다.

"세상에! 무슨 일이에요?"

내 얼굴을 본 그녀가 깜짝 놀라 물었다.

나는 멋쩍게 웃어 보였다.

"싸움에서 졌어요. 톰을 볼 수 있을까요?"

그녀 뒤로 처진 커튼을 턱으로 가리키며 물었다.

잠시 머뭇거리더니 흔쾌히 대답했다.

"물론이죠."

톰은 녹색 무늬가 새겨진 환자복을 입고 폭이 좁은 들것에 누워 눈을 감고 있었다. 내가 뺨을 쓰다듬자 톰이 미소 지었다. 허리를 숙여 그의 뺨에 키스했다.

"간호사 선생님, 죄송합니다."

눈을 감은 채 톰이 장난스레 이야기했다.

"제가 지금 만나는 여자가 있는데요, 그 여자가 알면 아마 굉장히 곤란해지실 거예요. 정말이에요."

"정말 재밌네."

그가 눈을 떴다.

"괜찮아?"

"모르겠어. 그런 거 같아. 그럴 거야."

지난번 병원에 왔을 때 만났던 눈이 특이하게 생긴 의사가 커튼을 젖히고 들어왔다. 그는 내 얼굴을 보자마자 고개를 절레절레 흔들었다.

"지난번에 제가 이야기했던 거 잊으셨어요? 뇌진탕은 가볍게 생각하면 안 된다고요."

그가 내 눈을 보더니 뺨을 쿡 찔렀다. 처음에는 부러진 뼈가 있는지 확인하는 거라고 생각했지만, 곧이어 지난번에 자신이 했던 말을 듣지 않은 것에 대한 벌일 수도 있다고 생각했다. 그의 손길은 이루 말할 수 없이 아팠다.

"와이즈먼 박사에게 진찰해 달라고 할게요."

의사가 말했다.

"그리고 여기 있는 당신 친구는 위층에 가서 찢어진 부분을 꿰매고 MRI를 찍어 봅시다."

"그 긴 튜브에 들어가기 싫어요."

톰이 말했다.

"폐소공포증이 있어요."

눈이 특이한 의사가 익숙하다는 듯 말했다.

"긴장을 푸는 데 도움이 되는 약을 드릴게요. 두뇌 상태가 지금 어떤지 확인을 해봐야 해요."

"홀딱 벗고 춤추는 여자들이 있어요."

톰이 장난스레 말했다.

"그 튜브에는 들어가기 싫어요."

눈이 특이하게 생긴 의사가 고개를 끄덕였다.

"어디 한번 봅시다."

그렇게 말하고 자리를 떴다.

"의사가 MRI를 찍어 보자고 하면 MRI를 찍어야 하는 거야."

내가 톰을 타일렀다.

"게다가 의사도 네 머리에 있는 발가벗고 춤추는 여자들을 보고 싶을걸."

톰이 내 손을 잡았다.

"의사가 눈을 확인한 다음에 쉐리에게 집에 데려다 달라고 해."

"에드먼에게 부탁하면 돼."

"딱 한 번만 내 말 대로 하면 안 돼? 쉐리가 집까지 데려다주면 안심이 될 것 같아."

병원 직원들이 와서 톰을 위층으로 데려갔다. 그리고 곧바로 와이즈먼 박사가 나타나 나를 진찰했다. 그의 말에 따르면 다행스럽게도 눈의 상처는 심각하지 않았다. 나는 그에게 아직 미치지 않은 게 더 다행이라고 말해주고 싶었다.

의사가 진찰을 마치고 프레드가 들어와 내 옆에 놓인 테이블에 걸터앉았다. 그렇게 우리는 아무 말 없이 나란히 앉아있었다. 그가 내 어깨에 머리를 기댔다.

"이제 끝났어, 프레드."

"나도 알아."

"그리고 우린 아직 여기 있잖아. 너랑 나."

"그래."

"그리고 우린 괜찮을 거야."

"메러디스도 네가 한 일을 봤으면 좋았을 텐데. 널 정말 자랑스러워했을 거야."

"메러디스도 알고 있을 거야."

프레드가 목을 가다듬었다.

"에드먼과 존이 무슨 일이 있었는지 말해줬어."

"그래서?"

프레드가 당연한 일이라는 듯 어깨를 으쓱해 보였다.

"데이비드가 죽어서 다행이야. 내가 그 방아쇠를 당긴 사람이라면 좋았을 텐데 말이지."

"나도 그 기분 알아."

나는 프레드에게 데이비드의 새로운 유언장과 기관에 돈을 송금한 일, 그리고 루스가 새로 이사한 집에 대해 알려 주었다.

"잘됐네."

내 말을 다 듣고 난 후 그가 한 유일한 말이었다. 프레드는 눈가에 눈물을 닦고는 나를 쳐다봤다.

"마사가 와 있어. 존이 전화했거든. 메러디스에게 무슨 일이 있었는지 알고 나서 제정신이 아니야. 네가 이야기를 해봐."

나는 이게 내가 맡은 일이라고 말하고 싶었다. 다른 사람들을 돌보는 거. 새로운 역할을 맡은 지 몇 주밖에 되지 않은 탓에 여전히 이 역할이 어색했다. 어쩌면 영원히 익숙해지지 않을 것 같다.

대기실에 앉아있는 존과 마사는 늙고 피곤해 보였다. 그들은 나를 보자마자 대기실을 가로질러 와서 영원히 품에서 놓아주지 않을 것처럼 나를 꼭 안아주었다. 내가 원한 건 아니었지만 우리가 한때 알고 있던 삶에서 남아있는 부분, 예전에 우리가 가족이었던 사실의 일부에 아슬아슬하게 매달려 있는 것 같았다.

마사가 나를 품에 꼭 끌어당겨 안았다.

"정말 미안하다, 아가야."

그녀는 내 머리를 연신 쓰다듬으며 말했다.

"미안해."

우리는 그렇게 서 있었다. 존은 내 등을 어루만지고 마사는 어렸을 때처럼 나를 안아주었다. 너무 지치고 피곤한 나머지 그 순간에는 더 이상 눈물이 나오지 않았다.

"나는 몰랐어."

마사가 계속 되뇌었다.

"내가 알아챘어야 했는데. 내가 도와줬어야 했는데."

"그 자식이 무슨 짓을 하는지 알았더라면 몇 년 전에 이미 죽은 목숨이었을 거야."

분노에 찬 존이 말했다.

"우리가 알았어야 해."

마사가 말했다.

"우리가 의심했어야 했는데."

나는 한 걸음 뒤로 물러서 그 둘을 바라보았다.

"데이비드 같은 사람은 자신이 하는 음흉한 짓을 잘 숨기잖아요. 그리고 루스도 평생을 환상 속에 살면서 인생을 허비했고요. 그러니 두 분이 눈치챌 수 없었을 거예요."

"내가 널 실망시킨 것 같구나."

존이 미안한 목소리로 말했다.

"내가 너희 둘 다를 실망시켰어. 너희를 보호했어야 했는데."

내가 존의 뺨을 어루만졌다.

"마사와 존이 없었더라면 메러디스도 저도 살아남지 못했을 거예요. 우리에게 부모 역할을 해 준 사람이 마사와 존이었으니까요. 메러디스가 이 자리에 있었더라도 저랑 똑같이 말했을 거예요."

마사의 얼굴에 지친 기색이 역력했다. 나는 존에게 마사를 집에 데려다주라고 부탁한 다음 대기실에 홀로 앉아 톰의 검사 결과가 나오기를 기다렸다.

그때 쉐리가 대기실로 들어왔다.

"톰이 집까지 데려다주라고 부탁했어요. 준비를 마치면 알려줘요. 그리고 조만간 진술서를 받아야 하니 좀 쉬고 나서 오후에 사무실로 와주세요."

20분쯤 지난 후 눈이 특이하게 생긴 의사가 돌아와 톰의 MRI 판독 결과가 나오기를 기다리는 중이라고 알려주었다.

"와이즈먼 박사가 집으로 돌아가도 좋다고 했어요. 제발 부탁인데 적어도 앞으로 6개월 동안은 병원에서 만날 일이 없었으면 좋겠네요."

* * *

쉐리를 찾으러 밖으로 나갔다. 대신 카페 구석 테이블에 앉아 커피를 마시고 있는 에드먼과 프레드를 발견했다.

"쉐리 못 봤어요?"

내가 물었다.

"아니, 못 봤는데."

프레드가 답했다.

"집에 돌아가려고. 쉐리가 데려다주기로 했거든."

"내가 데려다줄게, 리지."

프레드가 말했다.

에드먼이 일어섰다.

"내가 데려다줄게요. 아직 근무 중이니까. 돈도 더 벌고 좋죠."

"여기 있을 거야?"

프레드에게 물었다.

"톰이 퇴원할 때까지 여기 있으려고."

"쉐리에게 나 먼저 갔다고 전해줘. 혹시라도 나를 기다리지 않게 말이야."

에드먼이 집 앞에 차를 세웠다. 전날 아침에 집을 나선 후 엉겁의 시간이 지난 것처럼 느껴졌다. 어쩌면 그랬을지도 모른다. 이제 모든 것이 바뀌었으니까. 루스와 데이비드가 사라졌다. 각자의 방식으로 떠났지만 이제 내게 죽은 사람들이다. 그리고 내 인생을 잠시나마 스쳐 갔던 아빠란 사람도 이제 영원히 사라졌다.

"현재 상태 말이에요."

에드먼이 말했다.

"당신은 그걸 어떻게 흔들어야 하는지 확실히 알고 있네요."

"네, 에드먼이 저한테 그 방법을 알려준 거 같아요."

에드먼에게 몸을 기울여 그의 뺨에 키스했다.

"고마워요."

"청구서를 받기 전까지는 고맙다는 인사는 넣어둬요."

* * *

살면서 이렇게 피곤했던 적이 없었다. 원초적인 감정만 남아있었고, 얼굴도 엉망이었다. 그저 침대에 누워 아무 생각도 하지 않고 오래도록 멍하니 누워있고 싶은 마음뿐이었다. 거실로 들어와 불을 켜니 리 앳워터가 소파에 앉아있었다.

"긴 하루였지?"

그녀가 물었다.

가슴이 철렁 내려앉았다. 에드먼이 아직 떠나지 않았길 바라면서 창밖을 내다보았지만, 그의 차는 이미 사라진 후였다.

"여긴 어떻게 들어온 거야, 리?"

그녀가 미소 지었다.

"오래된 빅토리아 시대 건물들이 어떤지 너도 알고 있잖아. 모두 제 기능도 못 하는 쓸모없는 자물쇠가 달려있다는 거. 그래서 쉽게 열었어. 대학 시절에 톰도 이런 비슷한 건물에서 살았던 적이 있었거든. 너도 본 적 있어? 그때 톰하고 메러디스가 사귈 때였는데. 메러디스가 거의 톰 집에서 살다시피 했지."

"여기서 뭐 하는 거야?"

"얘기했잖아. 이야기 좀 하자고."

목뒤의 털이 쭈뼛하고 곤두섰다.

"네 말이 맞아. 하루가 정말 길고 힘들었어. 나중에 다시 만나서 이야기하면 어떨까? 같이 점심 먹을까?"

"아니, 내가 지금 여기까지 왔으니까 지금 이야기하자. 너도 좀 앉지 그래?"

리가 소파 뒤에서 총을 꺼냈다. 지난 24시간 동안 총이 나를 몇 번이나 겨눴으니 지금쯤이면 총을 본다 해도 겁날 게 하나도 없으리라 생각하겠지만 전혀 그렇지 않았다. 나는 여전히 총이 무서웠고 리의 표정은 나의 두려움을 가중시켰다.

리가 총으로 맞은편 의자를 가리켰고 나는 의자 모서리에 엉덩이만 간신히 걸친 채로 엉거주춤 앉았다.

"우리가 해야 할 이야기가 뭐야?"

내가 물었다. 데이비드와 함께 있을 때와는 전혀 다른 기분이었다. 그때는 에드먼이 오고 있다는 사실을 알고 있었다. 에드먼이 내가 어디에 있는지 알고 있었고, 언제라도 나타날 수 있었다. 하지만 지금은 내 아파트에 미치광이와 홀로 남아있었고 다른 사람들은 모두 잠자리에 든 시각이었다.

"먼저 메러디스 이야기부터 해 볼까? 메러디스는 거짓말쟁이였어. 그렇게 생각하지 않아?"

내 대답을 기다리는 듯 리가 이야기를 멈추고 나를 빤히 바라보았다.

"아니, 메러디스는 거짓말한 적 없어."

내 대답이 마음에 들지 않는다는 듯 리가 눈살을 찌푸렸다.

"편들지 마. 메러디스는 거짓말쟁이에다가 음흉한 사기꾼 같은 년이었어. 다른 사람들보다 자기가 잘났다고 생각했지. 나보다도 자기가 잘났다고 생각했어. 그래서 보란 듯이 나한테서 톰을 뺏어 갔잖아? 그것도 두 번씩이나. 어떻게 나한테 그런 짓을 할 수 있어? 톰하고 난 곧 결혼할 사이였다고."

분노에 찬 리가 고함을 질렀다.

미치광이는 어떻게 다뤄야 할까? 전혀 아는 바가 없었다.

"약혼 같은 거 한 적 없잖아, 리. 그건 네가 지어낸 이야기라고 톰이 말해줬어. ……그럼 누가 거짓말쟁이지?"

리가 악을 썼다.

"톰이 그렇게 말했을 리가 없어. 네 언니가 화냥년이라는 사실을 인정하고 싶지 않은 거겠지."

리가 자리에서 일어나 방안을 서성이기 시작했다.

"리, 그날 밤에 메러디스 집에 갔었어?"

리가 걸음을 멈추고 나를 쳐다보았다.

"가야만 했어. 모르겠어? 메러디스가 톰을 다시 또 뺏어가려고 하잖아. 그래서 메러디스를 만나야 했어. 톰과 어렵게 만나게 됐는데 또다시 그를 뺏길 수는 없었어. 그리고 이제 너까지! 톰이 여기를 들락거리는 걸 봤어. 아침 일찍 이 집에서 나오는 것도 봤어. 너도 메러디스와 다를 바가 하나도 없어. 메러디스처럼 너도 남의 남자나 뺏는 년이라고."

리가 내게 총을 겨눴다. 리가 방아쇠를 당기면 어느 쪽으로 몸을 피하는 게 유리할지 고민하고 있었다. 왼쪽으로 몸을 굴리면 다이닝룸으로 가서 주방을 지나 뒷문으로 빠져나갈 수도 있었다. 계획대로만 된다면.

최대한 태연하게 주방을 힐끔거리며 내가 움직여야 할 거리를 가늠해 보고 있던 찰나 그림자 하나가 시야에 들어왔다. 톰이 손가락에 입술을 대고 조용히 하라는 신호를 보냈다.

톰이 어디서 불쑥 나타났는지 모르지만, 희망이 솟구쳤다가 이내 절망감이 밀려왔다. 만약 이게 끝이라면? 톰과 내가 슬픈 로맨스 이야기에서처럼 서로의 품에 안겨 죽음을 맞이하게 된다면? 그건 내가 원하던 결말이 아니었다.

나는 리에게 시선을 돌렸다. '계속 이야기하게 만들어야 해.' 차분한 목소리로 말을 이었다.

"리, 미안하지만 네가 톰을 그렇게 생각하는지 몰랐어. 난 네가 좋아. 우리가 친구라고 생각해. 네가 톰을 좋아한다면 내가 양보할게. 이만 둘 사이에서 물러나서 두 사람이 행복하기를 응원하는 게 좋겠어."

리가 총을 내려놓았다.

"무슨 뜻이야?"

"네가 사랑하는 사람과 함께 해야 한다는 말이야. 네가 아직도 톰을 사랑하는지 몰랐어. 만약 그 사실을 알았더라면 두 사람 사이에 끼어드는 일이 없었을 텐데. 두 사람, 참 잘 어울려."

리가 총을 든 손을 조금 더 아래로 내려놓고는 회의적인 표정으로 나를 바라보았다. 내가 몸을 날려 리의 배를 가격해서 균형을 잃고 쓰러지게 하면 톰이 움직일 기회가 있을지 계산하고 있었다.

하지만 생각이 너무 길었다. 무언가 이상함을 눈치챈 리가 다시 내 심장을 향해 총을 겨누었다.

"거짓말!"

리가 소리를 질렀다.

"거짓말하지 마. 진심이 아니잖아. 결국은 톰을 혼자 차지하고 싶은 거지!"

당장이라도 리가 방아쇠를 당길 것 같았다. 왼쪽으로 몸을 날리던 그때 누군가 현관문을 박차고 들어왔다. 쉐리가 소리 질렀다.

"경찰이다. 총 버려! 총, 버려!"

그녀는 리를 향해 총을 겨누고 있었다. 톰이 주방에서 달려와 리의 손에 들려있던 권총을 빼앗았다. 쉐리가 리의 팔에 수갑을 채웠다. 그런 뒤 자신이 서류 작업을 처리할 테니 오늘 밤은 쉬라고 톰에게 말했다. 그녀는 미소 지으며 리를 밖으로 데리고 나가 어딘가에 있는 감방으로 향했다.

"어떻게 알았어?"

궁금해진 내가 물었다.

"확실하진 않았지만, 한동안 리를 예의주시하고 있었거든."

피곤에 절은 톰의 피부가 창백했다. 그는 소파로 풀썩 쓰러졌다.

"처음에 리를 만나 이야기하는데 뭔가 이상했어. 대답이 너무 절제되고 연습 된 느낌이랄까? 그리고 지난봄에 나와 계속 마주쳤을 때도 그랬어. 몇 년 동안 한 번도 만난 적이 없었는데 갑자기 내가 가는 곳마다 리가 있더라고."

"우연이었을까?"

"그러기엔 너무 과했지."

톰이 자기 옆에 와서 앉으라며 손으로 소파 옆자리를 토닥거렸다.

"어느 날은 메러디스와 커피를 마시고 있는데 갑자기 리가 나타났어. 그때 리의 표정은 내가 대학생 때 봤던 거랑 똑같았어. 무서운 표정이었지. 네가 나에게 리와의 과거를 묻기 시작했을 때, 리가 궁금해졌어. 며칠 동안 리를 감시하고 있었거든. 그런데 그녀의 차가 지난 며칠 동안 매일 아침 한 블록 아래 주차되어 있었어. 그리고 메러디스가 살해당한 날 통화 기록을 다시 한번 살펴봤지. 리가 그날 왜 계속 전화를 했는지 이유를 모르겠더라고. 내 생각에는 메러디스가 위태로운 상황이라는 걸 알고 일부러 부추긴 것 같아. 메러디스를 벼랑 끝으로 밀어버리려고. 그래서 내가 쉐리에게 집까지 데려다주라고 이야기한 거야. 너, 내가 말한 대로 한 적이 단 한 번이라도 있어?"

"쉐리가 어딨는지 찾을 수 없었어."

"그럼 기다렸어야지. 프레드를 우연히 마주쳐서 네가 이미 떠났다는 이야기를 듣지 않았더라면 지금쯤 끔찍한 일이 생겼을 수도 있었다고."

"난 괜찮아. 우리 다 괜찮잖아."

톰이 목을 가다듬고 나를 쳐다봤다.

"그런데 리가 나를 독차지할 수 있게 양보하겠다는 말은 뭐야? 일 초의 망설임도 없이 바로 그런 말을 하던데?"

"무슨 소리, 내 목숨을 구할 수 있다면 늑대 소굴에 널 던져버릴 수도 있는데?"

톰이 내 뺨에 키스했다.

"너한테 아무런 일도 일어나지 않게 내가 책임질게."

29

11월

침실 입구에 서서 톰이 자는 모습을 지켜보았다. 그러다가 방 사이를 성큼성큼 걸어갔다. 수염이 자라 까슬까슬한 얼굴에 입을 맞추기 위해 허리를 숙였다.

"묘지에 가기 전에 샤워하고 싶다면 지금 일어나야 할 거야."

톰이 베시시 웃더니 나를 침대로 끌어당겼다.

"아니면 침대에 종일 누워있는 방법도 있지. 너하고 나하고 둘이……"

"둘이 뭐?"

"옷을 벗으면 우리가 종일 뭘 하고 놀 수 있는지 보여줄게."

나는 장난스레 톰을 밀쳤다.

"안돼. 오늘은 날 방해하지 마. 곧 프레드가 올 거야."

"정말 내가 같이 안 가도 괜찮겠어? 90일 동안 금주한 기념으로 배지를 받는 건 정말 굉장한 일이라고."

"알아. 하지만 이건 내가 스스로를 위해 해야 하는 일 중 한 가지 일 뿐이야."

톰이 몸을 일으켜 내게 키스했다.

"네가 정말 자랑스러워. 너도 알지?"

나는 톰의 들뜬 기분을 저지했다.

"날 자랑스러워하지 마."

"왜?"

"나도 모르겠어. 오래전에 해냈어야 할 일인데 네가 날 자랑스러워하면 징크스가 생길 것 같아."

"네가 생각하기에도 말도 안 되는 거 알지?"

"알아, 하지만 말하자면 그렇다는 거지. 그렇게 생각하지 않아?"

"그래. 네가 그렇다고 한다면야. 묘지에는 몇 시까지 가야 해?"

"12시."

침대에 누운 톰이 다시 나를 침대로 끌어당겼다.

"새로운 집에서 매력적인 남자와 사는 기분은 어때?"

"글쎄, 그 매력적인 남자가 이삿짐 정리도 안 하고 능청을 부리고 있는 거 같은데?"

"매력적인 내 룸메이트가 자기 짐을 정리하기 전까지는 내 물건을 둘 공간이 없는걸."

"정리 중이야. 시간을 조금만 줘."

톰의 얼굴이 심각해지더니 아무런 말이 없었다.

"왜?"

영문을 알 수 없는 내가 물었다.

"우리가 처음으로 같이 잤던 날 기억나?"

"응."

톰이 내 목뒤로 손을 감싸더니 엄지손가락으로 빰을 어루만졌다.

"우리 밤새도록 이야기했잖아."

"기억나."

"그리고 서로에게 약속했었지. 거짓말도 하지 않고, 비밀도 만들지 않고 모든 걸 솔직하게 털어놓기로."

톰의 눈빛이 너무나도 강렬했지만 나는 시선을 피하지 않고 계속 그와 눈을 마주쳤다.

"보트 창고에서 데이비드가 총에 맞았을 때 의식이 돌아왔던 때가 있었어."

"알아. 내가 루스 집에 가기 직전에 깨어났잖아."

"그보다 훨씬 전에 정신이 돌아왔어."

심장이 쿵 하고 내려앉았다. 모든 것이 끝났다고 생각했다. 나는 우리가 치유되고 있다고 생각했지만, 과거로 되돌아갈 수는 없었다.

"그래서 뭘 봤는데?"

"전부다. 리지, 존이 보트 창고로 들어와서 데이비드를 쐈고 그다음에 에드먼이 어떻게 했는지 다 봤어."

한참이나 나는 아무 말도 할 수 없었다.

"왜 진작 말하지 않았어?"

"어떻게 해야 할지 마음의 결정을 못 했거든."

"그래서 어떻게 하기로 했는데?"

처음으로 그가 내 시선을 피했다. 톰이 내 손을 잡았다.

"존은 재판을 받지 않았고 에드먼도 여전히 사설탐정으로 활동하고 있어. 어떻게 생각해?"

"네가 어떻게 해야 할지 고민했던 적은 없어?"

"당연히 있었지. 나는 법을 준수하겠다고 맹세했어. 그 맹세를 가볍게 생각하지도 않았고. 존이 한 일은 명백한 살인이야. 그리고 에드먼은 살인 방조자나 마찬가지고. 어떤 결정을 내려야 할지 오랫동안 고민했어."

"왜 나한테 말하지 않았어?"

"그때는 네가 감당해야 할 일이 너무 많았으니까. 그리고 이건 나스스로 결정해야 할 문제이기도 했고."

"그래서 왜 침묵을 지키기로 한 건데?"

톰이 어깨를 으쓱했다.

"세상이 돌아가는 이치라는 게…… 모든 게 우리가 정해놓은 그 작은 규칙에 딱 들어맞진 않으니까. 나는 그런 식의 정의 구현에 동의하진 않지만, 그날 밤 보트 창고 있던 사람들은 모두 메러디스를 사랑했어. 데이비드는 저지른 짓에 대해 대가를 치러야 마땅했고, 존 역시 메러디스를 보호해 줬다는 느낌을 받아야 했으니까."

우리는 한동안 말이 없었다. 침묵을 깨고 내가 물었다.

"그렇게 해도 정말 괜찮겠어?"

"그게 메러디스를 위해 내가 해야 할 일이었으니까. 그리고 너를 위해서도."

"고마워."

경적이 울렸다.

"프레드가 왔나 봐. 나 먼저 나갈게. 몇 시간 후에 봐."

프레드의 재규어가 간이차고에 세워진 내 차 뒤에 주차되어 있었다.

"중요한 날을 맞이할 준비가 됐어?"

차 문을 열기가 무섭게 프레드가 말했다.

"그런 것 같아."

프레드가 존이 막 페인트칠을 마친 오두막과 별채를 쳐다봤다.

"여기서 사는 게 무섭지 않아? 내 말은, 메러디스 때문이 아니라 데이비드가 여기서 죽었잖아."

프레드의 말을 곰곰이 생각해 보았다.

"아니, 그 일을 자주 떠올리지는 않아. 하지만 그 사건이 생각나면 우리가 메러디스를 이곳에서 자유롭게 해준 것 같은 기분이 들어. 어떻게 설명해야 할지 모르겠지만 이곳은 메러디스가 제일 사랑하는 곳이었으니까 데이비드는 여기에서 죽었어야만 했어. 이곳이 우리가 메러디스의 복수를 해줄 수 있는 장소였으니까. 우리의 발목을 붙잡고 있던 족쇄를 풀고 앞으로 나아갈 수 있는 장소이기도 했고. 정말 이상하지?"

"아니, 하나도 이상하지 않아. 존하고 마사는 은퇴 후에 어떻게 지내고 계셔?"

"은퇴라는 단어의 뜻이 뭔지 모르시나 봐. 계속 청소하고, 수리하고, 페인트칠하고 그러셔. 마사는 톰을 살찌우려고 요리를 엄청나게 해주고 있어."

스콧과 데이나는 대학 근처에 아파트를 얻어 함께 살면서 학교에 다니고 있었다. 데이나는 메러디스처럼 사회복지사가 되고 싶다고 말했다. 손님용 별채에는 존과 마사가 살고 있고 이제 모든 것이 집처럼 느껴졌다.

"내일 찰리하고 같이 추수감사절 저녁 먹으러 오는 거지? 처음으로 손님을 초대하는 건데 정신적 지지가 필요해."

"전에도 사람들을 초대해서 요리한 적이 있잖아."

"맨정신에 요리하는 건 처음이라고."

* * *

맥칼리스터 가문의 묘소와 가족묘가 자리한 공동묘지 진입로 갓길에 프레드가 차를 세웠다. 그곳에는 서른 명쯤 되는 사람들이 우리를 기다리고 있었다. 나는 프레드를 바라보았다.

"모두 메러디스를 사랑했던 사람들이야."

프레드가 말했다.

"가족끼리 조촐히 모일 줄 알았어."

"가족 자리는 어디야?"

좋은 질문이었다.

프레드와 나는 우리를 기다리고 있는 한 무리의 사람들에게로 걸어갔다. 톰, 존과 마사, 데이나와 스콧, 데이나의 부모님인 백우즈 부부, 프레드의 약혼자 찰리, 첫 만남에서의 호감 가득한 추파로 새로운 관계가 된 레이첼과 에드먼, 그리고 메러디스의 상사이자 친구인 바브 포스먼, 기관에서 함께 일하던 동료와 심지어 고객들까지 와 있었다.

미네소타의 11월 말 날씨는 계절에 맞지 않게 따뜻했고, 아름다웠다. 메러디스를 위해 완벽한 화강암 묘비를 고르고 가장자리를 따라 장미를 새겨 넣는 데 몇 달이 걸렸다. 나는 방수포로 덮인 묘비를 보고 깜짝 놀랐다.

바브 포스먼이 내게 다가와 내 팔을 잡았다.

"리지, 당신이 기관에 서밋 애비뉴 집을 양도했다는 사실이 아직도 믿기지 않아요. 당신의 선의에 어떤 감사의 말을 드려야 할지 모르겠어요. 그렇게 안전하고 아름다운 장소가 있다면 많은 사람이 아픔을 치유하고 새로운 삶을 시작하는 데 큰 도움이 될 거예요."

"메러디스도 이렇게 하길 바랐을 거예요."

우리는 무리에서 살짝 빠져나왔다.

"이 근래 너랑 메러디스에게 일어났던 일에 대해 이런저런 생각을 해 봤는데, 아무래도 너에게 이걸 물어봐야 할 것 같아······"

"뭔데?"

"데이비드가 너한테 손댄 적 없지?"

"응, 한 번도 없어."

"왜 그런지 궁금했던 적 없어?"

"생각해 보긴 했지."

"내 생각엔 데이비드가 너에게 손대지 않은 이유가 메러디스가 너를 위해 희생했기 때문인 것 같아. 메러디스가 그렇게 거래를 한 것 같아. 데이비드가 한 짓을 아무에게도 폭로하지 않고 그가 원하는 대로 다 들어주신 대신 너에게도 손을 대지 않는 거로."

눈물이 터져 나오려는 걸 간신히 참았다.

"내 생각도 그래."

메러디스가 어느 여름 마크 듀튼 신부와 데이트를 했던 것처럼 이제야 이해가 되는 일들이 많이 있었다. 메러디스가 느꼈던 수치심은 열일곱 소녀가 홀로 감당하기에는 버거웠을 것이다. 메러디스는 사람들이 데이나의 아빠를 학교에서 만난 또래 남자친구로 생각하게끔 자신만의 방식으로 행동했다. 문제는 비밀스러운 임신 사실이 완벽하게 감춰져 있었기 때문에 다른 사람들의 눈에 괜찮게 보이려고 했던 어리숙한 시도들까지 아무런 의심을 받지 않았다는 점이었다.

어느 날 모든 것이 완벽하게 치유되었을 때, 혹은 내가 원하는 만큼 치유가 되었다고 생각될 때, 그 때에야 나는 그 모든 것에 대해 생각하게 될 것이다. 현재로서는 너무 큰 상처가 되지 않는 생각만 하기 위해 마음을 다잡는 중이었다.

바브가 묘비를 가리키며 말했다.

"우리가 묘비를 조금 바꿔봤는데 마음에 들었으면 좋겠어요."

프레드가 방수포를 걷었다. 묘비에는 메러디스의 이름과 생년월일, 그리고 사망일과 함께 그녀의 친구들이 전하는 메시지가 새겨져 있었다.

"당신이 얼마나 많은 사람의 삶에 영향을 주었는지 알 수 없을 거예요…… 그리고 우리는 당신을 영원히 기억할 것입니다."

메시지를 손으로 어루만지면서 이번에는 터져 나오는 눈물을 터트렸다. 영영 떠나버린 언니이자, 내 삶에서 영원히 사라져 버린 가장 친한 친구에게 꼭 맞은 묘비명이었다.

나는 묘지를 찾은 사람들의 얼굴을 차례차례 바라보았다. 내가 가진 모든 것은 수년 동안 나를 보호하기 위해 메러디스가 치른 희생 덕분이었다. 그것은 메러디스가 내게 준 선물이었고 나는 결코 메러디스를 실망시키지 않을 것이다.

"무슨 일이 일어나든 날 미워하진 말아줘."

무슨 일이 있어도 언니를 미워할 수 없어, 메러디스. 언니는 내게 새로운 인생을 주었으니까.

작가노트

리지 맥칼리스터의 이야기를 읽어준 출판사와 편집부, 그리고 독자 여러분께 깊은 감사를 전합니다. 귀중한 연구와 창의적인 아이디어를 제공해 준 필리스 린드버그, 변함없는 사랑과 격려를 보내주는 가족과 친구들, 세심하고 꼼꼼하게 원고를 검토해 준 톰 휴즈, 그리고 글쓰기를 계속할 수 있게 늘 도움을 주시는 분들께도 감사의 인사를 전합니다. 독자 여러분은 이 책의 퍼즐에 없어서는 안 될 조각입니다. 부디 여러분께도 『비밀의 집』이 즐거움을 드리기를 바랍니다.

WHERE SECRETS LIVE

비밀의 집

초판인쇄 2024년 2월 29일
초판발행 2024년 2월 29일

글쓴이 S.C. 리차드
옮긴이 최유솔
발행인 채종준

출판총괄 박능원
국제업무 채보라
책임편집 구현희
디자인 홍은표
마케팅 안영은
전자책 정담자리

브랜드 그늘
주소 경기도 파주시 회동길 230 (문발동)
투고문의 ksibook13@kstudy.com

발행처 한국학술정보(주)
출판신고 2003년 9월 25일 제406-2003-000012호
인쇄 북토리

ISBN 979-11-6983-936-5 03840

그늘은 한국학술정보(주)의 SF/판타지/스릴러 큐레이션 출판 전문브랜드입니다.
더운 여름날 그늘 밑에서 편하게 읽을 수 있는 책,
사건의 내막을 들여다보며 느끼는 음습한 그늘이라는 의미를 중의적으로 담았습니다.
나무 아래에서 혼자 편히 쉬고 싶을 때, 넓은 그늘이 되어 주는 책을 만들고자 합니다.

@geuneul_book